I0706081

Commentaires à propos de M comme Marquis

« J'ai découvert une nouvelle auteure à acheter d'office... J'ai maintenant lu chacun des livres de Grace Callaway et je les ai adorés – ce qui est exceptionnel. Gabriel et Thea sont mes deux personnages favoris des livres que j'ai lus cette année. Tous deux ont connu des difficultés et il était captivant de les voir les surmonter ensemble, même si cela n'était pas toujours facile pour eux. C'est mon livre préféré de 2015. » — *Romantic Historical Reviews*

« Ce livre est carrément génial, et c'est très certainement l'un des meilleurs que j'ai lus cette année... Le suspense, l'intrigue, le mystère et l'intimité décadente, sensuelle et absolument torride entre Gabriel et Thea vous tiendront en haleine. » — Patricia, *Goodreads*

« Les livres de Grace comptent parmi les meilleurs livres de romance historique et elle ne m'a pas déçue avec celui-ci non plus. J'ai été captivée dès le début avec cet alpha sexy et ces sombres promesses sensuelles, le tout mêlé à une romance et à un mystère captivant. » — Nicola, *Goodreads*

« Thea était tout ce que l'on peut espérer d'une héroïne. Sa santé fragile ne l'empêche pas d'être une femme forte, vive et intelligente. Gabriel, malgré son veuvage et ses propres démons à apprivoiser, est le compagnon idéal pour elle, et leur alchimie est explosive. » — Lily, *Goodreads*

« J'ai tellement de bien à dire de ce livre ! Le second tome de la série est tout aussi génial que le premier. Il y a très peu d'auteurs que je lis, et dont je peux dire que j'ai aimé chaque livre qu'ils ont écrit. Mme Callaway est l'une d'entre elles, si ce n'est la meilleure. J'attends avec impatience le prochain tome de la série. J'ai également lu tous les livres de la série *Mayhem in Mayfair*. Tous méritaient également cinq étoiles ! — Mary, *Goodreads*

« Un autre volet génial de cette série. Ce livre regorge de tout ce qui fait le genre de romance que j'apprécie : intrigue, charme, force, sexe et romance. Les personnages principaux sont parfaitement assortis, ils ont leurs propres démons à combattre et j'aime voir revenir ceux des livres précédents. » — Lori, *Goodreads*

M COMME Marquis

LE CŒUR *de* L'ENQUÊTE

LIVRE 2

GRACE CALLAWAY

USA TODAY BESTSELLING AUTHOR

Traduit de l'anglais par Sophie Salaün

Conception de la couverture : EDH Graphics

Image de couverture : Period Images

Traduction française : Sophie Salaün

Chapitre Un

Devant la porte de pierre, Gabriel Ridgley, marquis de Tremont, arrêta son étalon.

— Doucement, Shadow, murmura-t-il, tandis que les muscles de l'animal frémissaient sous lui.

Il ne pouvait pas en vouloir à l'animal. À minuit, la lueur spectrale de la lune et les tourbillons de brumes transformaient les landes du Yorkshire en un paysage sinistre et hostile. C'était sans doute ce qui avait incité sir August Mondale, ancien maître-espion et mentor de Gabriel, à construire une maison ici.

Les espions, même à la retraite, étaient attirés par l'obscurité. Gabriel, lui, choisissait de se draper dans la respectabilité. Intérieurement, il s'amusait du fait que les plus exigeants membres de la bonne société l'avaient surnommé le *Marquis angélique*, en raison de ce qu'ils considéraient son comportement comme correct et irréprochable. Leurs mauvaises langues se déchaîneraient s'ils connaissaient la vérité. Mais cela n'arriverait pas, parce qu'il ne voulait pas qu'ils sachent. Dissimuler ses pensées et ses désirs était pour lui une seconde nature.

Reste sur tes gardes, et ne fais confiance à personne.

C'était la devise de son mentor, et la première leçon du métier d'espion.

Gabriel descendit de sa monture et l'attacha. Il escalada la porte avec facilité, atterrissant sans bruit de l'autre côté. Les fenêtres arrière du manoir étaient plongées dans l'obscurité, mais il savait que le maître-espion l'attendait. Mondale, autrefois connu sous le nom de code Octave, avait envoyé à Gabriel une convocation rédigée dans l'ancien code. Après avoir quitté la profession depuis plus de dix ans, déchiffrer le message était toujours aussi naturel pour Gabriel que de respirer.

Mon étude vendredi à minuit. N'en parle à personne. Ne te fais pas remarquer.

Il se fraya un chemin à travers les haies broussailleuses, le bruit de ses bottes étouffé par le tapis de mousse et de mauvaises herbes. De toute évidence, Octave n'avait pas pris goût au jardinage après avoir pris sa retraite... si tant était qu'il ait pris sa retraite. Depuis la dissolution du Quorum, le cercle d'espionnage fondé par Octave et pour lequel il avait recruté Gabriel, ce dernier n'avait plus eu de nouvelles de l'autre. Ce qui n'était pas surprenant, car le maître-espion avait été très en colère lors de leur dernière réunion.

— Comment cela, tu veux arrêter ? Sur un revers ?

Les traits durs d'Octave avaient laissé transparaître son incrédulité.

— La mort de Marius était plus qu'un revers !

En dépit de sa voix calme, Gabriel avait eu la sensation d'être étouffé par la rage et la culpabilité. Marius avait été son camarade et son ami, davantage un frère pour lui que le sien ne l'avait jamais été.

— Il est mort en me protégeant.

— Les missions ne se déroulent pas toujours comme prévu. Cela fait partie du jeu, Trajan.

Trajan. L'ancien nom de code de Gabriel. Un bon soldat, un tueur obéissant. Une façon pour Octave de lui rappeler qu'il l'avait formé en lui offrant un objectif et une discipline, les outils mortels nécessaires à la poursuite d'une cause plus noble.

Mais cette dernière mission en Normandie avait changé tout

cela. Être capturé et torturé, voir son meilleur ami mourir pour lui et être impuissant à faire quoi que ce soit : voilà qui avait permis de voir clair.

— *La guerre est terminée depuis deux ans, remarqua Gabriel.*

— *La guerre n'est jamais terminée ! s'exclama Octave, abattant le poing sur le bureau. Nous avons peut-être vaincu Bonaparte, mais les ennemis de l'Angleterre continuent de conspirer. Le Spectre est peut-être encore vivant...*

— *Je l'ai tué, dit Gabriel. Pendant mon évasion.*

Des flammes et le chaos surgirent dans son esprit. La silhouette enveloppée d'une cape s'était trouvée à vingt mètres, entourée de fumée grise, mais l'instinct de Gabriel lui avait permis d'identifier son ennemi juré. Le Spectre. Le maître-espion français, ainsi nommé, car c'était un fantôme qui avait réussi à échapper à la capture, et à garder son identité cachée.

Bien que blessé et perdant du sang, Gabriel avait visé d'une main sûre. Il avait lancé l'une des six dagues forgées en acier damasquiné dans une trajectoire mortelle à travers la fumée. Il avait vu sa cible tomber juste avant qu'une explosion ne ravage la forteresse et que le monde bascule.

— *Nous n'avons jamais retrouvé son corps. Ni ta lame, remarqua Octave, secouant sa crinière grisonnante. Sans preuve, nous ne sommes pas sûrs qu'il soit mort. Il a déjà survécu à des coups de couteau, au feu, et à des explosions. Il a échappé à la mort un nombre incalculable de fois.*

— *Chasse les maîtres-espions fantômes si tu en as envie. C'est fini pour moi.*

Gabriel avait quitté le bureau de son mentor une douzaine d'années auparavant. Il n'avait jamais regardé en arrière.

Alors, pourquoi diable reviens-tu ici maintenant ?

À mesure qu'il approchait de l'arrière du manoir, son impatience grandissait. Il avait senti l'urgence sous-entendue dans la convocation du maître-espion. La loyauté était dans sa nature : il ne pouvait pas plus oublier Octave qu'il ne pouvait le pardonner.

Encore une preuve qu'il ne pourrait jamais laisser son passé derrière lui. Que ses erreurs, en dépit de tous ses efforts, se répéteraient. Tout à coup, sa plus récente erreur apparut dans son esprit. Dès le début, le regard noisette de Dorothea Kent l'avait captivé, semblant voir directement dans son âme. Sa beauté à l'ossature fine et ses cheveux brun brillant aux reflets dorés lui avaient fait penser à une gravure dans l'un des livres de contes de son fils, celle de la princesse enfermée dans une tour d'ivoire.

Il ne se rappelait plus si ce dessin avait bien fait ressortir la poitrine délicate de Thea ou ses fesses joliment rebondies. Ou si la princesse de l'histoire sentait le chèvrefeuille, si sa peau était plus douce que la crème. Ou si un simple baiser avait rendu le héros de l'histoire plus dur qu'une pique d'acier. Il fit taire ces pensées, qui ne pouvaient qu'être source de problèmes. Il avait eu raison de mettre de la distance entre Thea et lui ; en vérité, il avait laissé les choses aller trop loin. Se lier avec une vierge, de surcroît de constitution délicate, était la dernière chose dont il avait besoin. Il avait déjà emprunté cette voie et cela avait eu des conséquences désastreuses pour toutes les personnes impliquées.

En outre, il avait des considérations plus urgentes : un domaine à gérer... un fils à élever. La mâchoire crispée, il se concentra sur la tâche à accomplir. Ses doigts gantés trouvèrent le bord d'une fenêtre entrouverte. Il aperçut une faible lueur à travers une fente dans les rideaux, puis les tranches de livres reliés en cuir, lui indiquant qu'il avait trouvé l'étude. Il souleva la vitre, se glissa silencieusement à l'intérieur, puis écarta le velours pour balayer la pièce du regard.

La lampe sur le bureau, à moitié brûlée. L'odeur du tabac préféré d'Octave. Et quelque chose d'autre...

Gabriel dégaina ses lames, dont le métal scintilla. Il scruta la pièce. Aucun mouvement. Aucun endroit où se cacher. Tout en restant proche du mur, il s'avança et il vit la main sur le sol près des étagères. Après trois pas supplémentaires, le corps, auparavant caché par le bureau, lui apparut. Une silhouette aux cheveux gris gisait sur le ventre, un bras tendu, le visage tourné sur le côté et les yeux pâles, morts.

Octave.

De la neige envahit son ventre, bloquant les sentiments tandis que son cerveau analysait les détails avec une clarté détachée. Le maître-espion avait été égorgé. Par-derrière, et sans avertissement, à en juger par l'incision nette. Ce pauvre bougre ne l'avait pas vu venir, il ne s'était pas débattu. Gabriel ne remarqua aucun signe d'effraction. Le meurtrier était entré et reparti comme un fantôme. S'accrochant au dernier fil de sa vie, Octave n'avait sans doute eu qu'une minute ou deux avant de s'étouffer dans son propre sang. La traînée écarlate indiquait qu'il s'était servi de ce temps précieux, au prix d'un effort monumental, pour se traîner de son bureau à l'étagère.

Pourquoi?

S'accroupissant, Gabriel fit rouler le corps sur le dos. Il vit le livre serré dans la main de son mentor, dont les doigts étaient recroquevillés entre les pages. Avec précaution, il libéra le tome relié de cuir de la poigne mortelle d'Octave. Le *Jules César* de Shakespeare. Gabriel parcourut la page qu'Octave avait marquée. Acte III, scène I, les paroles de César étaient ointes du sang de son mentor. *Et toi, Brutus, aussi! Tombe donc, ô, César!*

Les célèbres paroles de César dénonçant l'ultime trahison d'un membre de son cercle intime. Octave avait-il lui aussi été trompé par un de ses proches? Le maître-espion n'avait aucun parent survivant ni aucun ami, et, au cours des dernières années, il était devenu un quasi-reclus. Il n'appartenait à aucun groupe, à l'exception de celui que, comme César, il avait dirigé.

Le Quorum.

Le sang de Gabriel se glaça dans ses veines. Pourquoi l'un des membres du Quorum, l'un des anciens collègues de Gabriel, voudrait-il la mort d'Octave? Le vieux maître-espion savait-il qu'un danger se profilait? Était-ce la raison de sa mystérieuse convocation ce soir?

Gabriel passa une main gantée sur les yeux de son mentor pour les fermer.

— Repose-toi maintenant, mon vieil ami, dit-il doucement. Tes souffrances sont terminées.

Les siennes venaient juste de commencer. Il repartit comme il était venu, par la fenêtre, et par le jardin. Se fondant dans l'ombre, il se mit en quête de réponses.

CHAPITRE DEUX

TROIS SEMAINES PLUS TARD

Une fois passée la grille à l'entrée, Dorothea Kent s'émerveilla devant les jardins de la société zoologique. Située à l'extrémité est de Regent's Park, la réserve d'animaux s'étendait à perte de vue. Tout autour d'elle, des créatures à fourrure, à plumes ou à écailles se promenaient dans des enclos d'herbe dorée par le soleil. Droit devant, elle aperçut des silhouettes qui virevoltaient dans une volière à dôme de verre et, à gauche, des bêtes de somme exotiques qui paissaient autour d'une maison de style arabe.

— C'est *fantastique*!

Violet, la deuxième sœur de Thea, se hissa sur la pointe des pieds, ses boucles châtains se balançant tandis qu'elle tendait le cou pour avoir une meilleure vue.

— Voyons d'abord les léopards. Non, plutôt les ours!

— Nous avons tout l'après-midi, Vi, intervint Emma, leur sœur aînée, secouant la carte qu'elle avait achetée à la cabane à l'entrée. Si nous suivons le chemin dans le sens des aiguilles d'une montre, nous serons sûres de tout voir...

— Diantre! Est-ce que ce sont des *lamas*?

Avec un cri enthousiaste, Vi bondit.

— Dois-je la suivre, ma jolie ? s'enquit le duc de Strathaven en haussant un sourcil.

Grand, brun et diaboliquement beau, Strathaven avait épousé Emma l'année précédente. Il était clair pour tous, et c'était une source d'amusement pour les membres de la bonne société, que l'ancien séducteur adorait sa femme. Emma avait récemment donné naissance à leur fille, Olivia, et Thea n'avait jamais vu sa sœur aussi heureuse.

— À mon avis, tu ferais bien, avant que quelqu'un ne prenne Vi pour une créature sauvage et ne l'enferme dans une cage, lui répondit Emma, plissant le nez.

Avec un sourire tranquille, Strathaven embrassa sa duchesse avant de se lancer à la poursuite de Violet.

Les joues rosies, Emma ajusta sa coiffe.

— On y va, les filles ?

Leur plus jeune sœur Polly et leur nièce Primrose, toutes deux âgées de dix-sept ans, répondirent en chœur : « Oui, s'il te plaît », et elles s'avancèrent sur le sentier bras dessus bras dessous, leurs jupes de mousseline blanche se balançant tandis qu'elles découvraient l'exposition vivante. Alors qu'elle marchait derrière elles avec Emma, Thea remarqua que plus d'un gentleman jetait des regards dans la direction des filles. Polly ne sembla pas s'en rendre compte, mais les fossettes de Rosie se creusèrent. C'était une beauté blonde au tempérament vif, qui avait l'habitude d'être admirée.

Thea se demandait quel effet cela ferait de faire l'objet d'une telle attention. Elle était observatrice par nature, plus à l'aise pour regarder que pour être regardée. La seule exception, c'était lorsqu'elle se trouvait devant un piano. Car alors, tout, le public, le monde, s'effaçait devant le glissement doux de l'ivoire sous ses doigts, l'immersion dans un royaume au-delà de l'ordinaire, où seules les sensations profondes de l'âme existaient.

Elle se perdait souvent dans la musique, et les applaudissements la sortaient de sa rêverie. Certaines fois, les invités demandaient un rappel. Mais un seul homme l'avait vraiment entendue.

Ses mains se recroquevillèrent dans ses gants, ses doigts la picotant au souvenir de mèches épaisses et fauves glissant entre eux. La saveur sombre et délicieuse de son premier baiser imprégna ses sens. Le mélange familier de désir et d'humiliation l'envahit.

Ne sois pas naïve, se morigéna-t-elle. *S'il te voulait, il ne serait pas parti. Il n'aurait pas disparu sans un mot depuis trois mois.*

— Fatiguée, ma chérie ?

Thea leva le nez pour plonger dans les yeux bruns inquiets d'Emma. Elle parvint à sourire. Elle ne voulait surtout pas inquiéter sa sœur, qui avait déjà tendance à se montrer trop protectrice à son égard.

— Je vais bien, affirma-t-elle.

— C'est une grande marche depuis la promenade, et tu t'es levée tôt avec Olivia ce matin...

— Il n'y a pas de quoi en faire une histoire, l'interrompit-elle doucement. Tu sais que j'adore jouer la tante dévouée.

Mariée à un duc, Emma aurait pu disposer d'une armée de nourrices si elle l'avait voulu. Mais ce n'était pas ainsi que faisaient les Kent. Ils étaient issus de la classe moyenne rurale et, en dépit des mariages d'Ambrose, le frère aîné, et d'Emma avec des personnes de la classe supérieure, la fratrie conservait dans une large mesure sa vision originelle de la vie.

La famille restait unie, contre vents et marées. Les Kent les plus âgés veillaient sur les plus jeunes. Ainsi, après la naissance d'Olivia, Thea était partie de la maison de son frère pour habiter chez sa sœur et l'aider à s'occuper du dernier membre de la famille.

Emma fronça les sourcils.

— Il a plu hier, et tu sais dans quel état sont tes poumons après la pluie.

À la mention de sa santé, Thea réprima une pointe de frustration. Ce n'était pas juste de sa part d'être agacée par Emma. Son inquiétude constante résultait d'années passées à s'occuper de tous les Kent, et d'elle en particulier. À l'âge de cinq ans, Thea avait contracté un croup[1]. La toux et la fièvre avaient persisté près de quinze jours. D'autres membres de sa famille étaient également tombés malades, mais tous s'étaient complètement rétablis.

Cependant, elle restait vulnérable, sujette à des quintes de toux, et à des spasmes soudains de ses poumons. Pendant des années, cette affection respiratoire lui avait volé son énergie et avait limité ses activités ; elle avait même envisagé la perspective de vivre comme une invalide. C'était alors qu'un miracle s'était produit. Elle avait été confiée aux soins du docteur Abernathy, un brillant médecin écossais, qui lui avait prescrit un nouveau traitement à base d'exercices et de rinçages à l'eau salée pour renforcer son système respiratoire. Au cours de l'année écoulée, sa santé s'était considérablement améliorée, et elle avait retrouvé espoir.

Physiquement, elle était consciente qu'elle ne serait jamais aussi robuste que ses frères et sœurs, mais sa volonté était égale à la leur. Elle donnerait n'importe quoi pour vivre pleinement, sans être gênée par les limites de son corps. Une existence où elle pourrait connaître le genre de passion qu'elle n'avait éprouvé qu'à travers la musique jusqu'à présent.

— Je te suis reconnaissante de tout ce que tu as fait, Thea. Ce n'est pas simple avec Olivia, encore moins qu'avec Polly au même âge.

Emma inclina la tête, ses boucles noires scintillant sous la lumière.

— Cela doit venir du côté de la famille de Strathaven.

Thea réprima un sourire.

— Je trouve qu'il s'est bien calmé.

— N'est-ce pas ? confirma Emma avec un sourire.

Elle s'arrêta ensuite un moment pour observer d'énormes oiseaux nommés « émeus », qui se poursuivaient dans un enclos fermé.

— Le mariage nous a été bénéfique à tous les deux.

---

1. *Note de la traductrice (toutes les notes sont de la traductrice)* : sorte de laryngite, généralement d'origine diphtérique.

Prise d'un insupportable accès d'apitoiement sur son propre sort, Thea soupira intérieurement. *Mais quel est mon problème?* Elle était sincèrement heureuse qu'Emma et Ambrose aient tous deux trouvé des partenaires dignes de ce nom : personne ne méritait plus d'être aimé que ses frères et sœurs. Pourtant, côtoyer des gens amoureux lui donnait envie de goûter à cette intensité, à cette ardeur qui bouleversait l'existence. Elle était à présent âgée de vingt-quatre ans, et le temps lui manquait.

À la fin de la saison, elle serait considérée comme vieille fille. Après cela, elle serait comme une pomme qui a roulé hors de vue, se ridant et moisissant dans un coin sombre sans que personne ne la remarque... sauf peut-être les fourmis. Mais qui voudrait se faire remarquer par les fourmis? Ces choses auxquelles elle aspirait, un amour passionné, un mari et des enfants à elle, resteraient toujours hors de sa portée.

Apparemment, Emma avait compris où la menaient ses pensées.

— À propos de mariage... j'ai pensé à toi.

— À moi?

Thea ne quittait pas des yeux les oiseaux qui cabriolaient, les plumes brun et noir qui s'agitaient.

Emma arbora une expression résolue, et un pli familier se creusa entre ses sourcils.

— Depuis le départ du marquis de Tremont, tu es en plein marasme. Strathaven fait des affaires avec lui, et ils sont amis, comme tu le sais. Je peux lui demander de...

— *Non*, Emma! s'exclama Thea, dont les poumons se contractèrent à cette idée. Tu m'as promis que tu n'interviendrais pas. Ne me fais pas regretter de t'avoir fait part de mes sentiments... sentiments qui se sont estompés, je te rassure.

La dernière partie était un mensonge, mais c'était mieux que l'autre possibilité. Parmi ses frères et sœurs, c'était d'Emma qu'elle se sentait la plus proche; elle était son aînée d'un an. Mais Em avait tendance à penser qu'elle savait ce qu'il y avait de mieux pour tout le monde, et par conséquent, elle pouvait se montrer un peu autoritaire.

Celle-ci se mordit la lèvre inférieure.

— Je suis toujours convaincue que le marquis s'intéressait à toi. Pendant des mois, il s'est montré tellement attentif! Je ne comprends pas son départ soudain.

Si elle avait l'habitude de se confier à sa sœur, Thea avait pourtant gardé un secret pour elle : le baiser qu'elle avait partagé avec Tremont. Après tout, quelle femme aurait voulu révéler qu'elle s'était jetée dans les bras d'un gentleman, qu'elle avait connu des moments d'un plaisir paradisiaque... juste avant de se faire rabrouer sans ménagement?

Tâchant de prendre un ton désinvolte, elle dit :

— Peut-être avait-il des choses à régler à son domaine.

— Mais, partir au beau milieu de la saison? Et sans en parler à personne? Après le temps qu'il avait passé en ta compagnie, il aurait pu au moins envoyer un message, remarqua Emma avec un soupir indigné.

Sa sœur n'avait pas tort. Depuis la saison précédente, Tremont avait prêté attention à Thea. Rien qui aurait pu faire sourciller la bonne société, rien qu'une danse à l'occasion, ou une promenade autour de la salle de bal. Elle s'était rendu compte qu'elle était attirée par l'énigmatique veuf. Non seulement parce qu'il était séduisant, ce qui ne faisait aucun doute, avec ses traits classiques et son physique viril, mais parce qu'elle sentait en lui une âme sœur.

En apparence, c'était un parfait gentleman, le *Marquis angélique*, comme le surnommait la bonne société. Il ne jouait pas, ne buvait pas beaucoup et ne s'adonnait pas aux autres excès communs aux hommes de son rang. Ses manières étaient d'une politesse telle qu'elles étaient dépourvues de toute émotion. Il s'habillait de manière sobre ; sa cravate impeccable et ses bottes étincelantes étaient aussi irréprochables que sa réputation.

Pourtant, derrière toute cette retenue masculine, elle sentait la passion, la puissance et le désir.

Jamais elle n'oublierait les premiers mots qu'il lui avait adressés. Elle venait de jouer sa sonate préférée au piano lors de la fête de fiançailles d'Emma, et les invités s'étaient approchés pour la féliciter pour son interprétation. Le dernier d'entre eux avait été un grand inconnu large d'épaules. Il devait avoir une trentaine d'années, un homme dans la force de l'âge. Le lustre avait fait scintiller l'or de ses cheveux, projetant des ombres sur un visage d'une beauté saisissante.

— Cela a commencé comme une pluie fine…, avait-il dit, et sa voix grave lui avait donné la chair de poule. Et cela s'est terminé comme un orage. Merci de m'avoir fait penser à l'esprit humain, à sa passion et à sa folie, à sa capacité à résister.

Soudain, elle s'était trouvée à bout de souffle. Son être tout entier s'était tendu, frémissant comme un instrument dont on s'apprête à pincer les cordes. C'était une sensation qu'elle avait attendue toute sa vie.

Fascinée par l'intensité de ses yeux gris ardoise, elle avait murmuré :

— Merci… euh, qui êtes-vous ?

Son sourire tranquille, plein de dérision, avait bouleversé ses sens.

— Mes manières ne sont généralement pas aussi négligées. Pardonnez-moi. Gabriel Ridgley, marquis de Tremont, à votre service.

C'était ainsi qu'avait commencé son entichement.

De son côté, il n'avait jamais encouragé son attachement, pas plus qu'il ne l'avait découragé. Ils avaient parlé, dansé, flâné dans le jardin, le tout, dûment chaperonnés. De manière amicale et polie. Par moments, elle avait cru qu'ils étaient sur le point de franchir un cap, qu'il allait lui faire part de ses sentiments, mais il se retirait ensuite, les yeux opaques comme de l'acier. Aussi froids et impassibles.

Elle avait fini par ne plus pouvoir le supporter. Pour la première fois de sa vie, elle avait agi de manière irréfléchie. Elle avait pris le taureau par les cornes et elle avait été rejetée.

— Il ne me doit rien, affirma-t-elle, puis, parce qu'il fallait que ce soit dit : Je t'en prie, ne t'en mêle pas, Em. Cela ne ferait que compliquer les choses si lui et moi nous croisons à l'avenir.

— Très bien. Tu es bien mieux sans lui, si tu veux mon avis, déclara sa sœur. Tremont m'a toujours semblé être un peu pisse-froid.

Si seulement son baiser avait été froid, elle aurait pu l'oublier plus facilement. Mais, au cours de ces quelques précieux instants, avant qu'il ne la rejette, ses lèvres avaient fait bouillir son sang, réveillant des désirs endormis. Des désirs qui envahissaient main-tenant ses rêves, qui la faisaient s'agiter dans son lit...

— Et dis-toi bien qu'il n'est pas le seul poisson dans la mer. Au lieu de te morfondre, tu devrais profiter pleinement du reste de la saison. Rencontrer de possibles prétendants. Tu étais si préoccupée par ce fichu Tremont que tu n'as remarqué personne d'autre.

En réalité, Thea avait vu la poignée de gentlemen qui lui avaient montré de l'attention... qui auraient même pu lui faire la cour, si elle les avait encouragés. Ils étaient tous nettement plus âgés qu'elle, veufs avec une descendance assurée. Des hommes qui pouvaient se permettre de prendre pour épouse une femme fragile qui leur servirait de compagne pendant leurs vieux jours ou de décoration dans leur salon. Des hommes qui lui feraient une bise sur la joue, lui tapoteraient la tête et l'enverraient dans sa propre chambre à coucher.

Des hommes qui ne la comprenaient absolument pas.

Pourtant, le seul homme qui la comprenait, qui avait semblé voir le cœur vital et palpitant de ses désirs, ne voulait pas d'elle. Durant des semaines, elle n'avait cessé de s'interroger sur les raisons du rejet de Tremont. Était-ce parce que sa santé lui parais-sait trop fragile ? Était-elle trop âgée ? Pas assez belle ? Peut-être était-ce son baiser qu'il avait trouvé trop effronté, ou parce qu'elle manquait d'expérience ?

Ou peut-être n'avait-il jamais éprouvé les mêmes sentiments qu'elle. Peut-être ne l'avait-il jamais vue autrement que comme une compagne platonique. Peut-être son cœur appartenait-il toujours à lady Sylvia, sa défunte épouse, dont toujours le monde s'accordait à dire qu'elle avait été un parangon de vertu...

Arrête! s'intima Thea. Les réponses à ces questions étaient aussi inaccessibles qu'un mirage. Ce qui signifiait qu'elle devait cesser d'en faire une obsession, sinon on finirait par la conduire à Bedlam[2].

— Si je rencontre quelqu'un d'intéressant, tu seras la première à le savoir, affirma-t-elle, lançant un regard suppliant à sa sœur. *S'il te plaît*, pourrions-nous changer de sujet?

Emma souffla.

— Si j'insiste, c'est uniquement parce que je tiens à toi, tu sais.

Resserrant son châle autour de ses épaules, Thea se força à sourire.

— Je sais. Nous ferions mieux de rattraper les filles.

Près du pavillon des chameaux, deux dandys audacieux s'inclinaient devant Rosie.

— Ces deux-là attirent davantage l'attention que la ménagerie.

— Je ne comprendrai jamais ces gens, dit Emma avec un soupir. Ils sont là pour s'admirer, pas pour les animaux.

Une lady arborant une plume de paon dans son chapeau passa près d'elles. Thea murmura :

— Peut-on vraiment faire la différence?

Sa sœur éclata de rire, dissipant toute tension entre elles.

L'heure qui suivit passa rapidement, grâce aux distractions qu'offraient les diverses expositions. Elles retrouvèrent Strathaven et Violet; cette dernière mourait d'impatience de voir les kangourous. Les autres filles voulaient également y aller. Sentant la fatigue familière l'envahir comme le brouillard recouvre la Tamise, Thea scruta les environs animés à la recherche d'un banc et proposa d'y attendre le groupe.

---

2. Institut Bethlem, surnommé Bedlam par les Londoniens. Plus ancien asile psychiatrique d'Europe, fondé en 1247. Les traitements s'apparentaient davantage à de la torture, et les riches londoniens payaient l'entrée pour s'y divertir, se moquer des malades, voire les maltraiter.

— Je reste avec toi, dit Emma.

— Non, va t'amuser. J'aimerais avoir quelques instants de tranquillité. Vraiment, j'en ai besoin.

Emma parut sur le point de protester, mais Strathaven passa un bras autour de sa taille.

— Ne fais pas d'histoires, mon amour. Laisse Dorothea profiter d'un peu de répit. Nous ne serons pas absents longtemps.

Thea adressa un regard reconnaissant à son beau-frère. Avec un clin d'œil, il emmena Emma et les filles. La jeune femme se dirigea vers le banc. Mais deux ladies la devancèrent, l'obligeant à en chercher un autre. Elle en aperçut un au loin. À l'écart de la promenade principale, le banc se trouvait près d'un étang étincelant, partiellement caché par un groupe d'arbres. Attirée par cette promesse de solitude, elle s'en approcha. Quelques minutes plus tard, elle s'assit dans l'ombre enveloppante. L'air frais parfumé par l'odeur des feuilles était comme un baume pour ses sens, et elle sourit en regardant les oiseaux aquatiques qui s'ébattaient et agitaient leurs ailes, faisant scintiller des diamants à la surface de l'eau. Alors qu'elle commençait à se détendre, la voix d'un garçon vint troubler le calme.

— S'il vous plaît, mademoiselle Fournier, je ne peux pas vous suivre !

— Vous ne voudriez pas manquer le repas des ours, n'est-ce pas ? répliqua une femme à l'accent français prononcé. Vous devez vous dépêcher, sinon nous allons le manquer.

Protégeant ses yeux du soleil, Thea repéra le duo : un petit garçon aux cheveux fauves, vêtu d'une tenue sobre mais coûteuse, qu'une femme tirait par le bras. Sa robe terne et son bonnet indiquaient qu'elle était sa gouvernante. Ils se trouvaient de l'autre côté de l'étang, se dirigeant vers les arbres qui bordaient les jardins.

L'enfant planta les talons dans le sol.

— Je ne crois pas qu'il faille passer par ici pour aller voir les ours. Et qu'en est-il de papa ? Il a dit qu'il reviendrait tout de suite...

— Votre papa nous trouvera. Vous devez m'écouter. *Allons-y*[3].

La gouvernante tira impatiemment sur le bras de son protégé et le garçon gémit :

— Arrêtez, s'il vous plaît, vous me faites mal !

Thea se leva brusquement et se précipita.

— Pardon, dit-elle entre deux respirations, mais que se passe-t-il ?

La gouvernante tourna la tête dans sa direction. La femme devait être âgée d'environ vingt-cinq ans. Elle était exceptionnellement jolie, avec des traits réguliers et une silhouette élancée. Ses yeux sombres et perçants se posèrent sur Thea, et son expression se détendit tel un drap sur un lit.

— Rien qui vous concerne, *mademoiselle*, répondit-elle.

— Votre façon de traiter cet enfant me préoccupe.

Thea se tourna vers le garçon, dont les yeux bleu-gris mangeaient une bonne partie de son visage fin. Des taches de rousseur ressortaient sur sa peau pâle. D'une voix douce, elle lui demanda :

— Est-ce que tout va bien, mon chéri ?

— Ou... oui, mademoiselle.

La voix tremblante du garçon lui indiqua qu'il n'allait pas bien. Pas du tout.

— Est-ce qu'elle vous emmène contre votre gré ?

— Je suis sa gouvernante ! s'emporta la Française. Vous vous immiscez dans des affaires qui ne vous regardent pas. Venez, Frederick, nous devons partir.

Thea se crispa lorsque le garçon résista, tirant pour se libérer de la poigne de la femme.

— Je veux papa ! s'exclama-t-il, la lèvre inférieure tremblante. Il nous a dit d'attendre pendant qu'il allait acheter des billets pour les promenades à dos de chameau !

— Nous partons *maintenant*.

---

3. En français dans le texte, comme tous les mots prononcés par la gouvernante, et apparaissant en italique.

La gouvernante lui tordit le bras, et il cria.

— Arrêtez de lui faire mal !

Dans un élan désespéré, Thea s'agrippa au bras de la gouvernante et parvint à lui faire lâcher prise sur le petit garçon. Elle poussa l'enfant derrière elle, le protégeant du mieux qu'elle pouvait.

Le désespoir illumina les yeux de la Française. Elle plongea la main dans les plis de sa jupe et en sortit un objet scintillant. Stupéfaite, Thea se retrouva face au canon d'un petit pistolet.

— Donnez-le-moi ! s'exclama la gouvernante.

Thea sentait l'enfant trembler derrière ses jupes... à moins que ce ne soient ses propres membres qui tremblaient ?

— Vous devrez d'abord me tirer dessus.

Elle détestait avoir l'air aussi essoufflée, la respiration haletante... *Garde ton calme, respire lentement...*

— Si vous tirez, tout le monde entendra, parvint-elle à dire. Vous ne pourrez pas vous échapper.

La femme releva son arme.

— C'est votre dernier avertissement...

— Frederick ! rugit une voix masculine au loin. Où es-tu ?

— Papa ! s'écria le garçon. Par ici !

Thea ne quittait pas la gouvernante des yeux. La panique se lisait dans le regard sombre de l'autre femme, dont les articulations blanchissaient contre l'arme. Thea se prépara, les battements de son cœur martelant ses oreilles...

La gouvernante se retourna et courut vers les arbres. Abasourdie, Thea suivit des yeux la silhouette qui s'éloignait. Quelque chose de blanc s'échappa de ses jupes sombres et atterrit sur l'herbe, mais la femme n'y prêta pas attention. Elle continua à courir, atteignit le bosquet qui bordait les jardins et disparut dans les broussailles denses. Thea fit quelques pas vers l'objet tombé au sol et se pencha pour le ramasser. C'était un mouchoir blanc ordinaire, avec les initiales « M. F. » brodées bien en évidence au centre.

— Frederick ! Est-ce que tu vas bien ?

Lorsqu'elle entendit la voix grave et familière de l'homme, Thea se retourna brusquement. Sa respiration irrégulière devint saccadée. *Tremont ?* Pendant un instant, leurs regards se croisèrent ; elle vit son propre choc se refléter dans les prunelles d'un gris tempétueux de l'homme.

Puis il regarda le garçon. Était-ce... son fils ?

— Je vais bien, papa, dit Frederick d'une voix tremblante.

— Bon sang ! Mais que fais-tu ? s'exclama le marquis, dont les traits figés semblaient inquiets. Je t'ai dit de ne pas bouger ! Où est Mlle Fournier ?

— Elle voulait que... que... que je voie les ours. Je n'en avais pas envie.

Les yeux de Frederick se mirent à briller. Reprenant ses esprits, Thea s'empressa de dire :

— Ce n'était pas sa faute. La gouvernante essayait de l'enlever. Elle avait un *pistolet*.

— Quoi ?

La voix de Tremont devint dangereusement sourde.

— Elle s'est enfuie dans cette direction, expliqua Thea, pointant les arbres du doigt.

Elle se rendit compte qu'elle tenait toujours le mouchoir de la gouvernante.

— Elle a laissé tomber cela.

Il le lui prit, la mâchoire crispée. Ses muscles se contractèrent sous le tissu bleu impeccable de sa veste.

— Restez ici avec Frederick, dit-il d'un ton laconique. Je vais aller jeter un coup d'œil...

— Papa, je ne me sens pas bien...

Le regard de Thea se porta sur Frederick. Une rougeur inquiétante avait envahi le visage du garçon. Il vacilla sur ses pieds et Tremont l'attrapa avant qu'il ne touche le sol. Bercé dans les bras de son père, l'enfant haleta, sa tête se tourna sur le côté et ses yeux se révulsèrent. Puis ses membres minces se mirent à trembler.

Chapitre Trois

— Tiens bon.

Gabriel se protégea de son chaos intérieur. Il garda une voix calme et posée, même s'il savait que son fils ne pouvait pas l'entendre. Il maintint fermement le petit corps de Freddy, secoué de tremblements.

— Ce sera bientôt fini, je te le promets.

— Que puis-je faire ? lui demanda la voix douce de Thea.

Elle s'était agenouillée de l'autre côté de Freddy. Sous le bord de son bonnet, ses yeux noisette reflétaient son inquiétude.

— Il n'y a rien d'autre à faire que d'attendre, répondit Gabriel, toujours laconique.

En silence, elle se tint à ses côtés, tenant la main de Freddy. Son pouls rapide mesurait les secondes qui passaient. *Cette crise dure trop longtemps. Pourquoi diable ne s'est-elle pas arrêtée ?*

Une éternité s'écoula avant que les tremblements ne cessent enfin.

— Pa... papa ? marmonna Freddy, dont les cils s'agitèrent.

Un sentiment de soulagement envahit Gabriel.

— Je suis là. Repose-toi. Tu as eu une autre crise.

Un faible gémissement s'échappa des lèvres du petit garçon,

dont la poitrine se soulevait et s'abaissait au rythme de sa respiration superficielle.

— Thea ! Nous t'avons cherchée par… *Lord Tremont* ?

La duchesse de Strathaven s'approcha, suivie de son mari et de ses sœurs. Son regard se posa sur la silhouette allongée de Freddy.

— Juste ciel ! Que se passe-t-il ?

— Voici Lord Frederick, le fils de Tremont. Il ne se sent pas bien, dit Thea, avec une discrétion salutaire. Nous devons le mettre en sécurité le plus rapidement possible.

— Je vais aller chercher la calèche, annonça Strathaven avant de marquer une pause, sourcils froncés. Tremont, quand es-tu revenu en ville ? Où loges-tu ?

Pour financer les améliorations nécessaires à sa propriété à la campagne, Gabriel avait vendu sa maison de ville à Londres quelque temps auparavant. Strathaven, en tant que partenaire commercial et ami, était au courant de sa situation financière. En réalité, c'était grâce aux brillants plans d'investissement du duc que Gabriel avait fait des progrès significatifs dans la récupération de sa fortune au cours de l'année écoulée.

— J'ai pris des chambres chez Mivart. Nous ne devions rester que pour le week-end, expliqua-t-il, et sa poitrine se contracta. C'est l'anniversaire de Frederick, tu sais, et il voulait voir les jardins.

— Un hôtel n'est pas un lieu de convalescence. Tu vas venir chez nous, répondit Strathaven, dont le ton ducal n'admettait aucun refus. Je vais faire venir mon médecin personnel pour qu'il s'occupe de ton garçon.

— Je ne voudrais pas déranger…

À la grande consternation de Gabriel, le large dos de Strathaven s'estompait déjà au loin.

— Ne faites pas attention à lui. Sa Grâce aime avoir le dernier mot, déclara la duchesse.

— Je suis dé… désolé de causer des soucis, dit Freddy. S'il te plaît, ne te mets pas en colère, papa.

— Je ne suis pas en colère.

Pas contre toi.

Thea sourit et serra la main du fils de Gabriel.

— Ce n'est pas un problème. En fait, nous serions ravis d'avoir de la compagnie.

— Je ne suis pas de très bonne compagnie, mademoiselle, marmonna Freddy.

Ce triste aveu donna à Gabriel l'envie de frapper quelque chose. C'était malheureusement vrai. L'affliction de Frederick le rendait incapable de tolérer la moindre stimulation. Lorsque Sylvia était encore en vie, elle avait veillé à ce que leur fils reste dans des environnements isolés et tranquilles, le protégeant ainsi du monde.

Pourtant, Gabriel l'avait exposé au danger en l'amenant dans un lieu public et en ne parvenant pas à le protéger. La colère l'envahit quand il pensa à Mlle Fournier. Pourquoi la gouvernante avait-elle tenté d'enlever son fils? Il y avait tant de possibilités... il les repoussa.

Il sera toujours temps de pourchasser cette catin plus tard. Occupe-toi d'abord de mettre Freddy à l'abri.

— Eh bien, il est effectivement difficile d'être de bonne compagnie lorsque l'on n'a pas été correctement présenté, dit Thea à Frederick. Je suis Dorothea Kent.

Doux Jésus! Trois mois loin d'elle, et rien n'a changé, songea Gabriel. Rien que le son de sa voix, un simple regard à ses lèvres rose corail et à ses cheveux brillants, et le désir l'envahissait. Le désir de lui faire des choses innommables. De la posséder entièrement.

— Ravi de vous rencontrer, mademoiselle Kent, lui dit Freddy d'une voix timide.

— Souhaiteriez-vous rencontrer le reste de ma famille? lui demanda-t-elle.

Le garçon hocha la tête, hésitant. Lorsqu'elle lui présenta ses sœurs et sa nièce, le pauvre garçon rougit et balbutia des salutations. Personne ne pouvait lui en vouloir. Gabriel dut faire appel à toute sa discipline pour garder un regard vigilant, scrutant les alentours à la recherche de signes de menace. Malgré cela, ses sens revenaient sans cesse à Thea, avec avidité. Son parfum de chèvre-feuille s'insinuait dans ses narines, libérant un besoin impérieux.

Le mélange puissant de danger et de désir le rendait prêt à se battre, à copuler. Pour lui, ces pulsions primaires avaient toujours été les deux faces d'une même pièce, se nourrissant l'une l'autre. Lorsque le regard de Thea croisa le sien, doucement inquisiteur, la convoitise le frappa en plein ventre.

Strathaven arriva peu après avec un grand attelage, et tous montèrent à bord; Gabriel portait son fils. Thea prit place à côté de lui. À chaque ornière, son corps frôlait le sien avec une sensualité innocente, et il serra la mâchoire contre cette douce torture.

Cela n'arrivera pas, espèce d'ordure ! Tu vas devoir t'y faire.

Une fois, poursuivi par ses ennemis dans les rues tortueuses de Marseille, il s'était réfugié sur les toits, sautant d'une surface en tuiles à l'autre. Au moment du dernier saut, il avait failli manquer son coup. Les mêmes sensations l'assaillaient maintenant. Comme une tentative désespérée de retrouver l'équilibre, l'instinct de s'ac-crocher. Le besoin de résister à une force plus grande, parce qu'il savait ce qui se produirait s'il n'y parvenait pas.

Tel un lion en cage, Tremont faisait les cent pas devant la cheminée. Pour Thea, assise dans un fauteuil à haut dossier proche et qui l'observait discrètement, la toile de fond vert et or du salon renforçait l'illusion qu'il était une bête de proie exotique rôdant dans la jungle, ses muscles saillants ondulant sous sa veste. Assis sur un canapé adjacent, Emma et Strathaven tentaient de faire la conversation en attendant que le docteur Abernathy termine l'examen de Lord Frederick.

Au cours des mois pendant lesquels ils s'étaient côtoyés, Tremont avait parlé de son fils, mais seulement en passant. Chaque fois que Thea avait tenté d'en savoir plus sur l'enfant, il s'était montré réticent. D'après Emma, la bonne société ne savait pas grand-chose de l'héritier du marquis, et même Strathaven n'avait jamais rencontré le garçon, qui vivait toute l'année au siège de Tremont dans le Hampshire.

Thea s'était dit que la réticence de Tremont à parler de son fils était due à son penchant naturel pour l'intimité... ou peut-être à un chagrin persistant à la suite de la mort de la mère du petit. Il était de notoriété publique qu'il avait été affligé par la perte de sa marquise, décédée quatre ans plus tôt alors qu'elle donnait naissance à leur enfant mort-né.

Tout le monde s'accordait à dire que Lady Sylvia avait été l'épouse idéale : belle et gentille, le summum de la féminité. Comment une vieille fille à la santé fragile aurait-elle pu rivaliser avec une telle perfection ?

Arrête, se dit Thea. *C'est terminé. Concentre-toi sur le présent.*

Pensant à Freddy, elle éprouva un sentiment d'inquiétude mêlé d'admiration. En raison de son affection, le petit bonhomme portait un lourd fardeau et pourtant il avait fait preuve d'un grand courage en tenant tête à la scélérate qui avait tenté de l'enlever. Cet enfant était plus fort qu'il n'y paraissait, c'était un véritable guerrier, songea Thea. Elle pria pour que sa résistance lui permette de se rétablir rapidement.

La porte de la chambre adjacente s'ouvrit, et le docteur Abernathy, un Écossais aux sourcils broussailleux, entra. Il inclina sa tête grise pour les saluer. Thea lui sourit : elle devait beaucoup à ce médecin bourru, dont les traitements peu orthodoxes avaient permis d'améliorer considérablement sa propre santé.

— Comment va-t-il ? s'enquit Tremont.

— Mon opinion professionnelle, my lord, c'est que ce garçon a souffert d'une trop grande stimulation de ses nerfs. Il a besoin de repos, répondit le médecin, dont la voix rauque donnait du poids à cette affirmation. Je lui ai administré quelques gouttes de laudanum pour l'aider à dormir, et je suis sûr qu'il se rétablira complètement.

Les traits de Tremont se détendirent quelque peu.

— Je vous suis redevable, monsieur.

— Voilà d'excellentes nouvelles ! s'exclama Strathaven.

— En effet, acquiesça le docteur Abernathy. Après une semaine de repos, ce garçon devrait être en pleine forme.

Tremont se figea.

— Une semaine ? Il doit rester ici aussi longtemps ?

— Mieux vaut privilégier la prudence, insista le médecin. Les événements d'aujourd'hui ont sans aucun doute déséquilibré le système nerveux de Lord Frederick, qui est très sensible en raison de sa maladie. Il a besoin de temps pour se stabiliser.

Le regard gris orageux de Tremont se porta soudain sur Thea, et un sentiment de conscience la traversa comme un éclair. Sa respiration se bloqua, son pouls s'emballa. Après ces mois de séparation, pourquoi produisait-il toujours cet effet sur elle ?

— Vous pouvez rester aussi longtemps que vous le souhaitez, my lord, lui dit Emma, assise sur le canapé. Strathaven sera ravi de rattraper le temps perdu avec vous, n'est-ce pas ?

Le beau-frère de Thea semblait amusé ; il arborait souvent cette expression quand il avait affaire à Em.

— Tu le sais bien, mon amour, répondit-il.

— Je vous présente mes excuses pour le dérangement, dit Tremont.

Les plis autour de sa bouche se creusèrent.

— J'aurais dû savoir qu'il ne fallait pas emmener Frederick dans les jardins. La faute m'incombe.

— Ce n'est la faute de personne ! intervint Thea, car c'était plus fort qu'elle. Vous vouliez seulement exaucer le vœu d'anniversaire de votre fils. Pourquoi ne pourrait-il pas jouir des mêmes plaisirs que n'importe quel autre enfant ?

— On m'a conseillé à plusieurs reprises de le tenir à l'écart des lieux publics. Pour le protéger de l'agitation induite par les environnements bruyants, expliqua Tremont.

Il gardait une expression stoïque, mais son tourment se lisait dans son regard.

— Comme l'a dit le médecin, c'est ma décision qui a déclenché la crise de Frederick.

— Je n'ai rien dit de tel, intervint le docteur Abernathy, sourcils froncés.

— Vous avez dit que les événements d'aujourd'hui ont déséquilibré l'organisme de Frederick.

— Je parlais de la tentative d'enlèvement, pas de votre décision d'emmener votre fils dans les jardins, répliqua le médecin avant de marquer une pause. Je sais que certains de mes collègues préconisent la mise en quarantaine des patients atteints de maladies infectieuses, mais je ne suis pas d'accord. Absolument pas d'accord. À mon avis, l'isolement fait souvent plus de mal que de bien...

— Cela n'a pas d'importance, dit Tremont sans ambages. Si j'avais gardé Freddy en sécurité à la campagne, rien de tout cela ne serait arrivé.

Thea avait envie d'arguer que la sécurité était une prison en soi. Ayant elle-même été invalide, elle savait à quel point c'était cruel d'être enfermé dans son propre lit, à regarder passer la vie. Mais en voyant les traits durs de Tremont, elle décida de ne pas gâcher sa salive. Elle n'avait jamais été du genre à se disputer : en famille, elle jouait souvent le rôle de gardienne de la paix, et, dans cette situation précise, elle n'avait pas à faire cela. Le marquis avait fait clairement savoir des mois plus tôt qu'il ne voulait pas d'elle dans sa vie.

Alors pourquoi ai-je tant envie de le connaître ? Pourquoi est-ce que je ressens ce lien entre nous ?

Dès le début, elle avait senti la passion qui se cachait sous son apparence distante. Les yeux de Tremont contenaient une énigme qui l'attirait, même si elle savait que le poursuivre de ses assiduités ne mènerait qu'à un autre rejet. Elle tordit ses mains sur ses genoux.

Le médecin soupira.

— Je vais prendre congé. Je reviendrai voir le patient demain.

— Merci, monsieur, lui dit Tremont en s'inclinant. Je vous suis redevable.

Après le départ de l'Écossais, Emma affirma :

— Ce qui est fait est fait. Nous devons nous concentrer sur les prochaines étapes. Avez-vous une idée de la raison pour laquelle la gouvernante a essayé d'enlever votre fils ?

— Je n'en ai aucune idée, Votre Grâce. Le motif le plus évident, cependant, serait une rançon, répondit Tremont, le regard glacial. Soyez assuré que je ferai tout ce qui est en mon pouvoir pour la traquer.

— Kent et Associés pourrait vous aider, dit Emma avec un empressement prévisible. Nous sommes spécialisés dans les cas difficiles.

L'année précédente, Em s'était impliquée dans la société d'enquêtes privées détenue par leur frère Ambrose et ses associés. Elle avait rencontré Strathaven au cours de sa première enquête. Après leur mariage, le duc avait soutenu cet engagement du moment qu'il pouvait l'accompagner, et que les affaires n'étaient pas trop dangereuses. Thea le soupçonnait d'avoir choisi la solution la moins contraignante. Essayer d'empêcher Emma de poursuivre l'objectif qu'elle s'était fixé revenait à se jeter devant une calèche qui s'emballait.

— Non, merci. J'ai mes propres ressources, affirma Tremont.

— Oui, mais la recherche de criminels est notre gagne-pain...

— Je vous suis déjà redevable, Votre Grâce. Pour l'hébergement, ainsi que pour la protection apportée par les hommes que vous avez postés à l'extérieur. Demain, j'enverrai chercher mes propres gardes.

— Raison de plus pour engager Kent et Associés, insista Emma. Le frère de Strathaven, M. McLeod, supervise les affaires de sécurité de l'entreprise et a fait partie du 95e régiment de fusiliers...

— Ce n'est pas *comme il faut*[1] de harceler ses invités, chérie, dit Strathaven d'un ton léger.

Thea était d'accord avec le duc. Elle savait que la persévérance d'Em ne mènerait à rien d'autre qu'à des tensions avec Tremont.

---

1. En français dans le texte.

— Et si nous allions voir Olivia ? suggéra-t-elle avant que sa sœur n'ait le temps de protester. Nous ne l'avons pas vue depuis des heures, et elle se demande sans doute où tout le monde est passé.

S'il y avait bien une chose à laquelle Emma ne pouvait pas résister, c'était à l'attraction de sa fille.

— Bon, très bien ! J'essayais seulement d'aider, répondit Emma en se levant, et Strathaven, poli, fit de même. Tremont, discutez donc avec le duc ici présent si vous ne voulez pas me croire sur parole. Mon frère Ambrose et ses associés sont les meilleurs enquêteurs du secteur.

— Je n'en doute pas, Votre Grâce, répondit Tremont en s'inclinant.

Thea sortit de la pièce à la suite de sa sœur. En passant devant Tremont, elle commit l'erreur de le regarder droit dans les yeux. L'éclair de désir qu'elle vit dans ceux du marquis, le feu blanc de l'acier en fusion, la fit trébucher. Il la rattrapa et la maintint contre lui. Son odeur subtile envahit les sens de Thea ; il ne portait pas de parfum, il sentait le savon et son propre musc masculin, un mélange terriblement excitant. Sa chaleur et sa force la faisaient fondre. Ils ne se quittaient pas du regard.

Le cœur battant la chamade, elle dit :

— Je... je vous demande pardon.

— Ce n'est pas la peine, mademoiselle Kent. C'est un plaisir de vous aider.

Le côté rugueux de sa voix accentua son vertige.

— Tu viens, Thea ? s'enquit la voix de sa sœur, interrompant le moment.

Aussitôt, Tremont la relâcha, et la chaleur de ses yeux, semblable à du vif-argent, disparut. Elle se demanda alors si elle l'avait imaginé, si ses pupilles d'un gris froid n'avaient jamais eu pour elle autre chose qu'un intérêt poli.

Ne prends pas la gentillesse pour plus qu'elle n'est. Il t'a déjà rejetée une fois.

Oh, et puis zut ! Pourquoi ?
Après avoir dégluti, elle dit :
— Au revoir, my lord.
Elle s'éloigna avant de faire quelque chose qu'elle regretterait.

Chapitre Quatre

À minuit et demi, Thea renonça à essayer de dormir. Après avoir recouvert sa chemise de nuit d'une étole de chintz, elle prit une lampe et quitta sa chambre pour se diriger vers la cage d'escalier. Elle s'y arrêta, son œil attiré par le couloir sinueux qui menait à l'aile des chambres d'amis. Une image surgit dans son esprit, celle de Tremont au lit...

Un frisson l'envahit. C'était ce genre d'idées qui l'avaient conduite à l'insomnie. La présence de Tremont aussi près était comme de l'amadou[1] pour ses sens, elle les enflammait et obscurcissait son jugement. Heureusement, il avait pris son dîner sur un plateau dans la chambre de son fils, et elle ne l'avait pas vu de la soirée.

Cependant, alors qu'elle descendait les larges marches incurvées, elle ne put s'empêcher de se demander dans quel genre d'ennuis Tremont était embourbé. Elle sentait qu'il y avait plus dans cette tentative d'enlèvement qu'il ne le laissait entendre. Quels secrets cachait-il ?

---

1. Substance spongieuse et inflammable, sorte de feutre que l'on faisait sécher pour allumer un feu.

Ne te mêle pas de cela. Ses affaires ne te concernent pas. Il s'est montré suffisamment clair à ce sujet.

En quête de distraction, elle pénétra dans la bibliothèque faiblement éclairée. La collection de livres du duc occupait des étagères qui s'étendaient du sol au haut plafond ; elle aurait pu passer une vie entière à explorer ces murailles de littérature. Au centre de la pièce, des sièges moelleux étaient disposés autour de l'âtre, et, à l'extrémité, de hautes fenêtres en arc de cercle donnaient sur les jardins éclairés par la lune. L'odeur de la fumée de bois et du vélin réveilla les souvenirs du cottage douillet où Thea avait grandi. Son père avait été l'instituteur du village et un érudit dévoué. Si sa famille avait connu des temps difficiles, la seule chose dont elle et ses frères et sœurs n'avaient jamais manqué, c'était de livres.

Elle se rappelait avoir attrapé un rhume de cerveau à l'âge de onze ans, ce qui avait entraîné une nouvelle rechute au niveau de ses poumons. Faible et apathique, elle avait été contrainte de garder le lit ; depuis sa fenêtre, elle avait observé avec envie ses frères et sœurs qui travaillaient et bavardaient dans le jardin. Elle aurait tant voulu partager leur labeur ! Être capable de supporter son propre poids, être un membre à part entière de la famille.

Lorsque sa mère lui avait demandé ce qui se passait, elle avait répondu :

— Pourquoi ne puis-je pas être comme Emma et les autres ? Pourquoi suis-je si faible ?

— Tout le monde a des forces différentes, ma chérie, avait dit sa mère. Il te suffit de trouver les tiennes.

Ce soir-là, son père avait offert à Thea un livre relié de cuir, les yeux brillants derrière ses lunettes.

— L'esprit peut partir à l'aventure même quand le corps en est incapable, ma fille.

Grâce aux aventures du capitaine Gulliver, la convalescence de Thea était passée plus vite. Avec nostalgie, elle regretta que ses parents ne soient plus en vie pour voir comment leur famille prospérait, et même elle, l'avorton de la portée. Jamais elle ne serait capable de grimper à un arbre comme Violet, ou de diriger un foyer avec l'alacrité d'Emma. Mais grâce aux traitements du docteur Abernathy, elle pouvait maintenant jouer du piano pendant des heures sans se fatiguer.

Elle avait suffisamment d'énergie pour partir en quête de ce qu'elle désirait vraiment : la passion et l'amour. Comme dans ces romans qu'elle avait lus alors qu'elle était trop malade pour quitter sa chambre. Elle voulait éprouver ces sentiments vitaux avant qu'il ne soit trop tard… ce qui signifiait qu'elle devait oublier Tremont. Ses meilleures années étaient déjà derrière elle, et elle ne pouvait pas se permettre de perdre plus de temps.

Avec un soupir de frustration, elle parcourut les étagères à la recherche d'un roman à sensations et alla se blottir au coin du feu. Elle aperçut un plateau de thé et un verre de brandy vide sur la table basse devant elle. Étrange. En général, le personnel faisait preuve d'une efficacité sans faille.

— Bonsoir, mademoiselle Kent.

Elle releva la tête d'un coup sec. Le cœur battant à tout rompre, elle se retrouva face au visage austère de Tremont. Il s'était écarté sans bruit des étagères.

— Doux Jésus ! s'exclama-t-elle. Vous m'avez fait peur. Vous vous déplacez comme un fantôme.

— C'est une fâcheuse habitude, confirma-t-il.

Les coins de sa bouche se relevèrent… quelque chose l'amusait ?

— Je vous présente mes excuses pour avoir marché sans bruit.

— Le *Marquis angélique* ne peut pas avoir le pas lourd…

Le sourire de Tremont s'accentua, et elle eut soudain l'impression que l'*Ange* était devenu un homme de chair et de sang. En effet, en manches de chemise et sans cravate, il était encore plus troublant et viril qu'à l'accoutumée. Ses joues minces portaient l'ombre d'une barbe couleur bronze, qui accentuait la ligne sensuelle de ses lèvres. Contrastant avec le lin blanc de sa chemise, son cou était fort et bronzé, le col ouvert offrant un aperçu alléchant de sa poitrine musclée et parsemée de poils…

— Que faites-vous debout à cette heure, mademoiselle Kent? s'enquit-il.

À la hâte, elle planta ses yeux dans les siens.

— Je n'arrivais pas à dormir.

— Moi non plus. Sans doute à cause de toute cette agitation.

Elle ne répondit pas. Pas parce qu'elle ne trouvait rien à dire, mais à cause de l'avalanche de mots qui encombraient soudain son cerveau. *Ai-je imaginé l'attirance entre nous? Pourquoi êtes-vous parti sans un mot? Mon baiser était-il à ce point répugnant?* Pourtant, elle n'avait jamais été du genre à confronter les gens, si bien qu'elle resta assise, en proie à une tension silencieuse.

Des bûches crépitaient dans la cheminée. Tremont se passa une main dans les cheveux, signe de son propre malaise, peut-être. C'était une situation inconvenante; lorsqu'il ouvrit la bouche, elle s'attendait à ce qu'il prenne congé.

Au lieu de cela, il fit un geste vers le fauteuil adjacent.

— Puis-je?

Elle cilla.

— Si vous le souhaitez. Il me semble que vous étiez là en premier.

Il installa sa longue silhouette dans le fauteuil en cuir. Posant une cheville chaussée d'une botte sur le genou opposé, il l'observa. Il agissait en maître de maison, même s'il n'était qu'un invité. Une impression de puissance, discrète, mais palpable, émanait de lui. Elle aurait aimé ne pas trouver aussi attirant son air naturellement autoritaire et assuré.

— Je vous suis redevable d'avoir sauvé Frederick aujourd'hui, dit-il à Thea.

— J'ai fait ce que n'importe qui aurait fait dans ces circonstances.

— Je ne suis pas d'accord. Vous avez démontré un courage hors du commun, surtout compte tenu de votre propre santé.

Cette remarque fit éclater la bulle de plaisir qu'avaient fait naître ses louanges. Une pointe de tension se fit sentir dans sa voix lorsqu'elle lui répondit :

— Je ne suis pas aussi délicate qu'il y paraît.

— Je connais peu de femmes, délicates ou non, qui auraient osé intervenir dans un enlèvement.

Manifestement, il ne connaissait pas bien les femmes de sa famille.

— Comment se porte Lord Frederick? demanda-t-elle poliment.

— Il dormait profondément lorsque je suis venu le voir. Le traitement du médecin semble fonctionner, expliqua-t-il alors que des rides se creusaient autour de sa bouche. Je ne peux qu'espérer que le traumatisme d'aujourd'hui n'aura pas d'effets durables.

— À quelle fréquence les crises de mal caduc de Lord Frederick se produisent-elles?

Elle avait posé la question sans réfléchir : après tout, c'était une interrogation naturelle. Pourtant, les yeux de Tremont devinrent froids comme l'acier, aussi durs qu'une lame. C'était une barrière impénétrable, du genre que seule une idiote tenterait de franchir. Elle s'était fait des illusions une fois, et elle n'avait aucune envie de renouveler l'expérience.

— Je ne voulais pas me montrer indiscrète, dit-elle en se levant. Si vous voulez bien m'excuser...

Il bondit sur ses pieds et entoura son poignet de sa main.

— Non, s'il vous plaît. Ne partez pas.

La chaleur de son toucher la secoua. Ses doigts étaient forts et calleux contre le dessous sensible de son poignet. Une sensation de conscience se répandit à partir du point de contact, la chair de poule lui picota la peau, les pointes de ses seins se raidirent, se dressant sous ses vêtements de nuit. Une chaleur liquide s'accumula au creux de son ventre. Le cœur battant la chamade, elle s'obligea à croiser le regard de Tremont.

— Je n'aime pas les jeux, my lord, affirma-t-elle.

— Les jeux?

— Les messages contradictoires. L'incertitude, poursuivit-elle, la voix tremblante. Souffler le chaud et le froid me laisse tiède.

Il resserra subtilement son emprise sur elle.

— Je vous trouve tout sauf tiède, mademoiselle Kent.

La frustration de Thea tendait ses nerfs comme des cordes de piano.

— Ce n'est pas moi, le problème. C'est *vous*, s'exclama-t-elle.

Quelque chose de dangereux brilla dans les yeux du marquis.

— Ce qui veut dire ?

Comme une catapulte qu'on relâcherait, les émotions refoulées de la jeune femme jaillirent d'un coup.

— Vous avez joué avec mon affection pendant des mois, et je n'ai jamais su si vous me faisiez la cour, ou si vous passiez simplement le temps. Vous n'avez jamais été clair dans vos intentions. Si vous ne vouliez pas que je vous embrasse, vous auriez simplement dû me le dire, au lieu de partir sans un mot, dit Thea, dont la respiration était saccadée. Et maintenant, vous êtes de retour, et votre comportement est plus déroutant que jamais. J'ignore pourquoi vous êtes parti. Je ne sais pas ce que vous voulez maintenant...

— Je sais ce que je veux, Thea, affirma-t-il d'une voix rauque. Ce que j'ai *toujours* voulu de vous.

Il l'attira contre lui. Une collision choquante, entre la douceur et la dureté. Avant qu'elle ait pu reprendre ses esprits, la bouche de Tremont se colla à la sienne, et son baiser lui coupa le souffle.

———

Elle avait le même goût que dans son souvenir.

De la douceur avec un soupçon d'épices. Cette essence enivrante avait alimenté ses fantasmes depuis qu'il avait goûté pour la dernière fois à la tentation qui se trouvait entre ses bras.

Même à travers le brouillard du brandy et du désir, il savait que c'était insensé. Extrêmement imprudent. Son mentor avait été tué, son fils avait failli être enlevé, le voile de chaos et de meurtre s'épaississait à chaque instant. Même s'il n'y avait eu aucun danger, il n'avait pas le droit de commencer une telle chose. Il n'avait pas le droit de sentir la bouche de Thea s'épanouir sous la sienne ni sa langue, pétale de soie qui faisait frémir et ressortir les sombres envies qui l'habitaient.

Le désir se répandit dans ses veines comme une traînée de poudre.

Au même instant, la voix tremblante de Sylvia le transperça. *Je t'ai donné un héritier. Je t'aime, et si tu m'aimes en retour, tu feras ce que je te demande. Épargne mes sensibilités, je t'en prie.*

Que diable était-il en train de faire ? Il n'était pas un mari pour une demoiselle vierge. Et elle ne pourrait pas lui donner ce dont il avait besoin... ce dont il avait envie. Il s'était juré de ne plus jamais se placer dans la situation atroce de vouloir quelqu'un qui ne voulait pas de lui en retour. D'aimer une femme qui ne supportait pas qu'il la touche.

Il éloigna sa bouche. Pourtant, il ne pouvait détacher son regard du visage de Thea, tourné vers lui : ses lèvres rougies par le baiser, ses yeux noisette doré à la fois sensuels et purs... et il remarqua qu'elle n'avait pas l'air d'avoir peur. Non, elle semblait *pleine de désir.*

Puis les mains de la jeune femme s'élancèrent. Et agrippèrent l'arrière de sa tête.

Seigneur tout-puissant ! Elle *tirait* sur ses cheveux pour ramener sa bouche sur la sienne.

Son agressivité douce et féminine brisa la retenue de Gabriel. Un grognement s'éleva dans sa gorge, puis il l'embrassa à nouveau. Il plongea la main dans la soie fine de ses cheveux, la maintenant fermement tandis qu'il lui pillait la bouche. Il enfonça sa langue dans cette douce alcôve. Son goût infusait ses sens, alimentait sa faim et son besoin de prendre davantage d'elle. Quand elle glissa la main dans son col, la vision de Gabriel se brouilla sur les bords.

Sans y réfléchir, il la prit dans ses bras, puis l'assit sur ses genoux sur le canapé. Son baiser était dur, exigeant ; pourtant, Thea ne le repoussait pas. Ses ongles effleurèrent doucement les muscles durs de son torse, et la bête en lui se cabra avec un plaisir surpris. Sous les fesses douces de la jeune femme, le vit de Tremont était plus dur que l'acier, palpitant avec une intensité qui frôlait la douleur. Lorsqu'elle remua, il connut un plaisir atroce.

Les alarmes de sa conscience s'estompèrent face au rugissement de son sang. Ses mains se déplaçaient comme celles d'un maraudeur, écartant les pans de son châle pour dévoiler le volumineux vêtement qui se trouvait en dessous. Enveloppée de lin couleur de neige, elle était la quintessence de la féminité. Il suivit la pente élégante de sa clavicule sous le tissu fin ; le cœur de Thea palpitait comme les battements d'ailes d'un colibri sous sa paume. Lorsqu'il caressa un sein parfait, son pouce effleurant sa pointe raidie, le halètement de la jeune femme réchauffa les lèvres de Gabriel.

— J'ai rêvé de ça, murmura-t-il. De vous toucher.

Ses épais cils dorés se relevèrent.

— Faites-le encore, répondit-elle. S'il vous plaît.

L'impatience innocente dans ses yeux le secoua profondément. Il répéta la caresse, taquinant son mamelon à travers le linge, en proie à une excitation brûlante alors qu'elle tendait le cou contre son autre bras. Cette courbe gracieuse le séduisait au-delà du supportable. Gabriel se pencha sur elle, et enfouit son nez contre sa gorge. Sa convoitise prit corps dans le parfum du chèvrefeuille et du savon, dans le passage de sa langue sur la peau la plus douce et la plus lisse.

Les halètements qu'elle laissait échapper le rendaient fou. Ses baisers descendirent de plus en plus bas, jusqu'à ce qu'il suçote son sein à travers son vêtement. Ses narines se dilatèrent à la vue du mamelon de la jeune femme qui se dressait contre la chemise de nuit mouillée. Gémissant, il le reprit dans sa bouche, faisant tournoyer sa langue sur le pic raide. Son sang martelait ses oreilles comme son vit turgescent. Les ténèbres envahirent ses veines, et il l'effleura de ses dents...

— Tremont. Attendez !

Ces mots, prononcés d'une voix haletante, parvenaient à peine à percer le brouillard de la luxure.

— Je ne peux pas... je ne peux pas respirer.

Gabriel releva la tête. Le visage de Thea était pâle, sa poitrine se soulevait et s'abaissait en vagues rapides et superficielles. Ses pupilles étaient dilatées... par la peur?

Il eut l'impression d'avoir reçu un coup de poing dans le ventre.

— Qu'y a-t-il?

— Mes poumons... oppressés...

Il comprit enfin.

— Dites-moi ce qu'il faut faire.

— Du thé, dit-elle entre deux halètements. Ça aide...

Il s'empara de la théière sur la table et versa un peu de liquide dans une tasse. Il le porta aux lèvres de la jeune femme.

— Tenez. Buvez lentement.

Elle obéit, prenant de petites gorgées. Peu à peu, la respiration de Thea s'apaisa.

Repoussant la tasse, elle dit :

— Je vais bien maintenant.

À la lumière du feu, il vit qu'elle avait repris des couleurs. Sa poitrine se soulevait et s'abaissait à un rythme régulier. Il éprouva du soulagement, suivi d'une poussée de colère. Envers lui-même.

— Je m'excuse, dit-il avec raideur. Je n'aurais jamais dû...

— Ce n'est pas votre faute. Cela arrive parfois, c'est tout, expliqua-t-elle, les joues rosies. L'excitation peut déclencher une crise, et... cette journée a été chargée en émotion, n'est-ce pas?

La tentative de Thea de parler d'un ton léger ne parvint pas à apaiser sa culpabilité.

— Il est tard, dit-il sèchement. Si vous vous sentez mieux, vous devriez aller vous coucher.

Elle cilla.

— Je ne suis pas une enfant, Tremont.

Bon sang! Il n'en était que trop conscient. À présent que le danger était écarté, il percevait le péril de ce qui avait failli se produire. Il s'était comporté de façon méprisable. Il se dégoûtait d'avoir pénétré sur un territoire qu'il savait interdit.

On ne pouvait pas embrasser des vierges sans qu'il y ait des conséquences. Des conséquences qu'il n'était pas prêt à affronter.

Non seulement Thea était vierge, mais sa santé était fragile. Il l'avait à peine touchée, et il avait malgré tout déclenché une crise. Que se passerait-il s'il déchaînait sur elle ses véritables désirs anormaux. Le choc la tuerait probablement.

La honte lui tordit le ventre.

— Non, vous êtes une lady. Et vous ne devriez pas être seule avec un homme à minuit. Ni à aucun moment, affirma-t-il, se passant une main dans les cheveux. Bon sang ! C'était une maudite erreur !

Le silence s'étira. Elle se leva, l'obligeant à faire de même.

— Une erreur ? demanda-t-elle, les yeux brillant d'un feu d'or. C'est ce qui vient de se passer entre nous ?

— La faute m'incombe entièrement. Je n'aurais pas dû…

— Dites-moi simplement ceci, Tremont, dit-elle d'une voix tremblante. Voulez-vous, ou ne voulez-vous pas de moi ?

Je veux te déshabiller et te trousser jusqu'à ce que nous ne puissions plus bouger. Je veux maîtriser ton plaisir, te posséder complètement. Je veux mes empreintes sur ton âme.

— Je ne suis pas fait pour vous, lâcha-t-il.

— Pourquoi ? s'enquit Thea d'une voix tremblante.

— Je ne ferais pas un bon mari.

C'est l'euphémisme du siècle, songea-t-il, l'âme sombre.

— Mais vous avez déjà été marié. Tout le monde dit que vous étiez heureux.

Parce qu'ils ne connaissent pas la vérité.

— Ma femme était un modèle, répondit-il d'un ton plat, et je ne demanderais cela à personne. Vous êtes trop délicate et innocente pour quelqu'un comme moi. Trouvez un mari qui vous donnera ce que vous méritez.

Gabriel lut la douleur au fond des yeux de Thea. Elle déglutit fort.

— À partir de maintenant, murmura-t-elle, ne m'approchez plus.

Elle se retourna et quitta la pièce en courant.

Chapitre Cinq

Le lendemain matin, Thea ouvrit les yeux sur un regain d'énergie.

Parfois, cela se passait ainsi : après une crise d'asthme, elle dormait profondément et se réveillait en pleine forme. Ou peut-être l'intermède avec Tremont avait-il effacé son ardoise, la soulageant du fardeau de l'incertitude et de l'espoir. Elle repoussa les couvertures et la douleur de la nostalgie.

Le souvenir de la douleur et de l'humiliation la brûlait. Elle ignorait qui la frustrait le plus : lui ou elle-même. Pourquoi, pour une fois, son corps n'avait-il pas pu fonctionner normalement ? Pourquoi ses poumons abîmés avaient-ils dû se bloquer au moment le plus inopportun ? Pourquoi Gabriel ne leur avait-il pas au moins donné l'occasion de discuter ?

Parce que, apparemment, je ne suis pas un modèle comme sa première femme. Je suis trop délicate. Faible.

Au moins, elle avait sa réponse maintenant. La vérité était telle qu'elle s'y était attendue. Il était toujours amoureux de sa femme décédée, et Thea ne pourrait jamais rivaliser avec un fantôme, pas plus qu'elle n'en avait envie. Et son excuse selon laquelle ce n'était pas elle le problème, mais lui ?

Elle avait beau être une vieille fille de classe moyenne et une invalide en voie de guérison, elle n'était pas idiote.

Prenant une inspiration résolue, elle réfréna le flot de ses émotions. Comme sa mère avait coutume de le dire, pleurer ne servait à rien. S'apitoyer sur son sort n'avait jamais rien donné; ce dont elle avait besoin, c'était de tirer les leçons de ce rejet et de continuer à avancer.

Se levant, elle alla écarter les lourdes tentures de brocart. Le soleil l'éblouit; le ciel bleu s'étendait sur la place verdoyante à l'extérieur. Des ombrelles pastel jalonnaient les allées du parc. Déterminée à ne pas manquer la rare beauté de cette matinée, elle entreprit de faire ses ablutions matinales, y compris la série de rinçages du nez et de la gorge prescrite par le docteur Abernathy. Lorsqu'elle eut terminé, elle appela sa femme de chambre pour qu'elle l'aide à s'habiller.

Une demi-heure plus tard, Thea, vêtue d'une robe de marche rose pâle aux amples manches très à la mode, se rendit en premier dans la chambre de Lord Frederick. En dépit des sentiments contradictoires qu'elle éprouvait à l'égard de Tremont, le fils de ce dernier la touchait. Elle voulait voir comment Frederick allait après l'épisode éprouvant de la veille, et elle avait un livre à lui donner.

Calant l'ouvrage sous son bras, elle frappa doucement à la porte.

— Bonjour. C'est Mlle Kent. Puis-je entrer?

Il répondit par l'affirmative; elle pénétra dans la chambre et sourit au garçon qui se tenait assis contre un amas d'oreillers. Heureusement, il n'avait pas l'air trop mal en point. Il inclina la tête en guise de salut formel, l'effet étant quelque peu altéré par le fait que ses cheveux dorés étaient ébouriffés et qu'une mèche se dressait à l'arrière de son crâne.

Thea se rapprocha du lit.

— Bonjour, Lord Frederick. Vous vous sentez mieux, j'espère?

— Oui, merci. Et vous pouvez m'appeler Frederick. Ou Freddy, si vous préférez, et vous pouvez me tutoyer.

Elle réprima un sourire devant ses manières solennelles et s'assit à côté de son lit.

— Alors, tu dois m'appeler Dorothea ou Thea, comme le font mes amis.

— Mademoiselle Thea, dit-il d'un ton grave, je vous suis redevable pour votre aide hier.

— J'étais heureuse de pouvoir le faire. Non pas que tu en aies eu besoin. Tu as fait preuve d'un courage peu commun en refusant d'obéir aux ordres de ta gouvernante.

— J'obéissais à papa. Il nous avait dit de ne pas bouger.

Freddy laissa échapper un soupir presque imperceptible.

— Et je l'ai déçu !

— Déçu ? Pourquoi dis-tu cela ? s'étonna Thea.

— Il était en colère, marmonna le garçon. Je l'ai bien vu.

— S'il l'était, je suis convaincue que ce n'était pas contre toi.

Elle hésita. Ce n'était pas à elle de traduire le comportement de Tremont à son propre fils. En fait, il semblait plutôt ironique qu'elle déchiffre ses actions à quelqu'un d'autre alors qu'elle ne parvenait pas à comprendre ce qu'il attendait d'elle. Pourtant, à le voir avec son fils, à cause de la profondeur de l'émotion dans ses yeux, elle ne doutait pas de son inquiétude paternelle, même s'il ne l'exprimait pas avec autant de mots.

— Si ce n'était pas après moi, après qui ? C'est moi qui ai causé des problèmes hier.

Bonté divine ! La détresse se lisait sur le visage du petit garçon.

— Tu n'es pas à l'origine des problèmes. C'était ta gouvernante, le rassura Thea, avant de poursuivre, fronçant les sourcils. S'était-elle comportée de façon étrange avant cela ?

Freddy secoua la tête.

— Elle n'a commencé à travailler avec nous que récemment. Mon ancienne gouvernante a reçu un héritage inopiné, vous voyez, et elle nous a quittés presque du jour au lendemain. Mlle Fournier a présenté sa candidature, expliqua-t-il, puis il redressa les épaules. Je suis sûr que ses références étaient exemplaires, car papa est toujours minutieux.

— J'en suis certaine, murmura Thea. Mais son comportement laissait quand même à désirer.

— Un instant, tout allait bien, et l'instant d'après, elle insistait pour que nous allions voir les ours. Je n'aime même pas ces animaux ! s'exclama-t-il.

La voix de Freddy se mit à trembler sous l'effet de l'étonnement, et sa façade de maturité se fissura.

— J'ai essayé de le lui dire, mais elle ne voulait rien entendre.

— Tu as fait de ton mieux, j'en suis sûre, et le plus important, c'est que tu sois sain et sauf.

Freddy releva les genoux et les entoura de ses bras.

— Croyez-vous qu'elle va revenir ?

Thea jugea prudent de se montrer honnête.

— Je l'ignore. Mais si elle le fait, nous serons prêts. Des hommes gardent les lieux en ce moment même, et ton père prévoit d'en engager d'autres pour te protéger.

— C'est ma faute ! s'exclama Freddy, dont les yeux bleu-gris se mirent soudain à briller. Papa ne voulait pas m'emmener à Londres, mais je l'ai harcelé pour qu'il accepte ! Il avait raison : je suis *vraiment* trop malade pour aller où que ce soit. Maintenant, nous ne pouvons pas partir, parce que le docteur Abernathy dit que je suis trop faible pour me déplacer...

— Rien de tout cela n'est ta faute. Tu n'as rien fait de mal, mon chéri.

— Mais j'ai eu une crise. En public ! insista-t-il.

Des larmes montèrent aux yeux du petit garçon, et sa poitrine se souleva au rythme d'une respiration irrégulière.

— Maintenant, tout le monde va savoir que je suis une bizarrerie ! J'ai mis papa dans l'emb... embarras.

Le cœur de Thea se serra sous l'effet d'une colère soudaine. Tremont avait-il caché le garçon à la campagne, l'avait-il tenu à l'écart de la société parce qu'il avait honte de son magnifique fils ? Parce qu'il trouvait Freddy trop imparfait, trop *délicat* pour les yeux du monde ?

— Tu n'es pas une bizarrerie, dit-elle fermement, et tu n'as pas à avoir honte. Tu ne peux pas plus contrôler tes crises que je ne peux contrôler les miennes.

Freddy cligna des yeux.

— Vous avez aussi des crises ?

— Oui. Pas exactement les mêmes, mais j'ai une maladie respiratoire depuis que je suis toute petite. Mes poumons sont sujets à des spasmes, souvent aux moments les plus inopportuns, expliqua Thea.

Se remémorant sa crise de la veille, elle sentit ses joues chauffer.

— Mes crises, comme les tiennes, peuvent être imprévisibles. C'est la faute de la nature, pas la nôtre.

— Même si c'était vrai, je donnerais tout pour être comme les autres garçons, répliqua Freddy, dont les épaules s'affaissèrent. Pour pouvoir faire du cheval avec papa, jouer et avoir des amis. Pour être... normal.

Tu peux faire tout ce qui te tient à cœur, Freddy, pensa-t-elle avec force. *Tout ce que tu veux.*

Pourtant, elle comprit à l'expression résignée du garçon que les mots ne changeraient pas grand-chose à l'opinion qu'il avait de lui-même. Après tout, elle-même luttait contre ses propres doutes. Dans son cas, ce qui l'avait le plus aidée, c'était d'être entourée de sa famille. Ils avaient apporté de la normalité dans son enfermement, la divertissant avec des conversations et des jeux lorsqu'elle était trop faible pour quitter son lit. Leur présence affectueuse et turbulente l'avait soutenue dans ses moments les plus sombres. Freddy se sentirait peut-être mieux s'il était entouré d'enfants de son âge. Et elle connaissait le compagnon idéal pour lui.

Sur un coup de tête, elle lui dit :

— Quand tu seras prêt, aimerais-tu rencontrer mon neveu ? Edward a à peu près ton âge, et je pense que vous vous entendriez très bien tous les deux.

— Je ne sais pas, dit-il, dubitatif. Le médecin a dit que je ne devais pas quitter le lit. Et je n'ai pas beaucoup d'expérience avec des amis...

— Des amis ? intervint la voix grave de Tremont.

Thea se retourna sur sa chaise. Une fois encore, il s'était approché sans bruit, comme une ombre, et, ce matin, elle trouvait cette habitude irritante. Cela, et le fait qu'il soit à ce point séduisant. Pourquoi ne pouvait-il pas avoir quelques dents en moins ou perdre ses cheveux ? Mais non ! Il fallait qu'il soit parfait ! Telle une sculpture, ses traits angéliques arboraient une expression d'une sévérité irréprochable. Ses cheveux, de la même teinte fauve que ceux de son fils, étaient impeccablement coiffés. Ses yeux étaient aussi sombres que sa veste couleur charbon et le pantalon couleur chamois qui tombaient parfaitement sur son corps mince et musclé.

— Bonjour, papa, dit Freddy d'une voix timide. Je me sens beaucoup mieux aujourd'hui.

— Je suis soulagé de l'entendre. Qu'est-ce que c'est que cette histoire d'amis ?

Le garçon se mordit la lèvre, alors Thea intervint :

— C'était mon idée, my lord.

Devant le regard inquisiteur de Tremont, elle réitéra sa proposition.

— Ce n'est pas possible, répondit-il. Mon fils ne va pas assez bien pour recevoir de la visite.

L'enthousiasme de Freddy retomba comme un soufflé.

— Nous pourrions consulter le docteur Abernathy, dit Thea rapidement. Je suis sûre qu'il approuvera cette distraction. En outre, je pourrais m'assurer que mon neveu comprend bien qu'il ne faut pas trop fatiguer Freddy. Edward est un garçon de nature calme, et il préfère de loin les jeux comme les échecs à *La p'tite hirondelle* ou *Cache-cache*.

Finalement, Tremont convint :

— J'y réfléchirai... si le docteur est d'accord.

— Merci, papa, dit Freddy d'une voix tremblotante.

Le regard de Tremont restait fixé sur celui de Thea, et ses iris gris semblaient agités, et d'une chaleur déconcertante. La jeune femme se disait qu'elle était ravie uniquement pour le bien du garçon. Elle se fichait de ce que le père de ce dernier pensait.

Elle se leva pour partir, et se souvint alors du livre qu'elle tenait dans ses mains. Tendant l'ouvrage relié en cuir au petit garçon, elle lui dit :

— J'ai failli oublier. J'ai apporté ceci pour toi.

— Pour moi ?

Freddy s'en saisit, ouvrant de grands yeux.

— Un cadeau d'anniversaire en retard. Mon père me l'a donné quand j'étais alitée, et les aventures du capitaine Gulliver ont fait passer le temps plus vite.

Elle sourit en voyant la ferveur avec laquelle le garçon ouvrit la couverture.

— J'espère que tu l'aimeras autant que moi.

Elle était presque arrivée à la porte lorsque Tremont lui barra le chemin. Elle ignora la secousse que provoqua son toucher léger sur son bras.

Relevant le menton, elle dit :

— My lord ?

— Je voulais m'enquérir de votre santé, dit-il et ses hautes pommettes rougirent. Après, euh… après les événements d'hier.

Son ton soucieux la fit grincer des dents.

— Je ne suis pas une poupée de porcelaine, affirma-t-elle d'un ton acerbe. Je vais très bien, et je suis plus forte que j'en ai l'air.

— Savais-tu que Mlle Thea avait aussi une maladie ? Je n'aurais pas deviné, intervint Freddy depuis son lit. Hier, elle s'est montrée intrépide et ne s'est pas laissé intimider.

— La force de Mlle Kent est en effet une chose étonnante, déclara Tremont.

Les joues rougissantes, Thea s'intima d'ignorer le timbre rauque de sa voix, et la lueur avide dans ses yeux. La frustration l'envahit. Pourquoi jouait-il avec elle, fleuretait-il avec elle alors qu'il lui avait fait comprendre, non pas une fois, mais deux, qu'il ne voulait pas d'elle ?

Elle éprouvait une certaine liberté à savoir qu'il l'avait rejetée.

Elle avait suffisamment de fierté pour ne pas lui demander de revenir sur sa décision. Si Tremont n'était pas capable de reconnaître la force de sa passion, s'il ne pouvait pas la voir telle qu'elle était, alors elle trouverait quelqu'un d'autre qui le ferait.

Elle refusait de dépérir comme un fruit oublié. Elle allait chercher quelqu'un qui lui rendrait son amour. Qui l'embrasserait, la toucherait, la désirerait comme une femme de chair et de sang. Qui lui donnerait l'impression d'être aussi vivante qu'elle l'était dans les bras de Tremont...

Arrête. Ne le laisse pas jouer avec tes émotions comme un chat joue avec une pelote de laine.

— J'ai des courses à faire, my lord, dit-elle froidement.

Le rideau d'acier s'abattit de nouveau sur le regard de Gabriel.

Un instant plus tard, il s'écarta et la laissa partir.

Quelle surprise !

Chapitre Six

Après s'être assuré que Freddy était bien installé, Gabriel descendit les marches jusqu'au rez-de-chaussée.

Mais que fais-tu à fleureter avec elle?

Il avait des affaires urgentes à régler, et elles n'incluaient pas de badiner davantage avec une demoiselle innocente qu'il ne pouvait pas avoir. Pourtant, en présence de Thea, ses principes semblaient s'estomper, la fascination d'être près d'elle, de posséder le moindre petit morceau d'elle, le poussant à se comporter comme un mufle.

Que Dieu lui vienne en aide! Sa passion avait brûlé si fort lors de leur rencontre nocturne, illuminant ses fantasmes les plus sombres. Il avait contemplé ses cheveux brillants, enroulés dans son poing, et la bête en lui s'était enflammée à l'idée de se servir de cet écheveau de soie comme d'une rêne. De la faire basculer à genoux, de lui arracher sa chemise de nuit, et de la trousser jusqu'à ce qu'elle crie son nom, jusqu'à ce qu'elle le laisse faire n'importe quoi. Tout.

Au lieu de cela, il l'avait blessée. Il avait déclenché une crise chez elle.

Il arriva sur le palier, les épaules raides.

Il savait qu'il ne devait pas s'engager avec une femme qui ne pouvait pas lui donner ce dont il avait besoin. Et qu'il ne pourrait pas satisfaire, quand bien même il essaierait. Les souvenirs de son mariage l'assaillirent comme une ombre.

Après avoir quitté le Quorum, il avait rencontré Sylvia lors d'un bal mondain, le premier auquel il avait assisté en tant que nouveau marquis. Après la vie qu'il avait menée, il ne se sentait pas en harmonie avec le rythme insouciant de la bonne société, mais dès qu'il avait été présenté à Sylvia, sa beauté brune et délicate et ses manières de lady avaient ancré quelque chose en lui. Au cours des semaines suivantes, ils étaient tombés amoureux. Il avait demandé sa main, et il l'avait obtenue.

Il s'était persuadé d'avoir enfin trouvé ce qui manquait à sa vie. Sylvia avait été comme une véritable lumière : sa légèreté et sa beauté, sa présence tranquille, avaient promis de chasser ses ombres. Pour la première fois, son avenir lui avait semblé radieux.

Leurs relations conjugales avaient constitué un choc... pour tous les deux. Comme il avait passé sa vie d'adulte plongé dans le monde obscur de l'espionnage, il n'avait jamais eu de relation avec une lady auparavant. Il ne s'était pas rendu compte à quel point ses préférences sexuelles étaient débridées. Les catins avec lesquelles il avait couché avant son mariage ne s'étaient jamais plaintes; en fait, elles avaient encouragé ses demandes dépravées comme un jockey le fait avec une monture.

Mais Sylvia n'était pas une traînée. Elle était sa fiancée, une innocente. Il avait fait tous les efforts possibles pour dompter ses relations sexuelles, pour modifier ses envies et veiller au plaisir de la jeune femme, mais rien n'avait changé.

Elle n'aimait pas qu'il la touche. Chaque fois, elle restait allongée, crispée et raide comme une planche, attendant que ce soit fini. Lorsque son espoir avait commencé à s'estomper et que ses visites dans la chambre à coucher de son épouse s'étaient espacées, il avait vu dans ses yeux bleus le soulagement, le sentiment de répit, et il avait eu l'impression que l'on jetait du sable sur les flammes de son âme.

Après avoir donné naissance à leur fils, elle lui avait enfin dit ce qu'elle voulait. Qu'il fasse ce que tout gentleman prévenant faisait : prendre une maîtresse. *Je t'en prie, tu ne peux pas attendre de moi que je réponde à tous tes besoins. Tu en veux trop.* Des larmes avaient coulé sur son beau visage. *N'est-ce pas suffisant que je t'aie donné un héritier et un foyer paisible ?*

La honte envahit Gabriel quand il repensa à cette accusation. Qu'il était trop... exigeant. Il avait compris qu'elle ne parlait pas seulement de sexe, mais aussi de sentiments. Il grimaça en songeant que, dans les premiers jours de leur mariage, il avait baissé sa garde pour la première fois de sa vie. Il avait eu tellement hâte de mettre son sombre passé derrière lui, de recommencer sa vie en tant qu'homme nouveau. La vérité, humiliante, c'était qu'il avait agi comme un chiot stupide, agaçant et pathétiquement, avide d'attention de la part de son épouse.

Une ordure pécheresse et en manque d'affection. Pas étonnant que Sylvia l'ait trouvé ennuyeux.

Les paroles de sa mère sur son lit de mort étaient revenues le hanter. *C'est la malédiction du sang des Tremont.* Avec son beau visage pieux, marqué par des années de souffrance, elle avait murmuré :

— Vous tous, vous n'êtes que des bêtes aux appétits démesurés. *J'ai prié pour ton âme, mon fils. Pour que tu ne deviennes pas un dégénéré comme ton père.*

Âgé de douze ans à l'époque, il n'avait pas compris ses mots. Et lorsqu'il avait enfin compris, il était trop tard. Son sang vicié l'avait emporté, la présence dévorante de la bête palpitait en lui. Malgré tout, sa femme avait possédé son cœur. Il ne pouvait pas la trahir, alors il avait vécu dans les limbes ; il avait désiré la femme qu'il aimait, et compris qu'elle ne voulait pas de lui en retour.

Il avait vécu l'enfer à contempler la porte fermée entre leurs chambres, nuit après nuit. À rester là, assis à la table du petit déjeuner, à faire poliment la conversation à sa marquise dévouée qui méprisait son toucher. À faire semblant d'être heureux, pour le bien de Sylvia et de leur fils.

Il ne se replongerait plus jamais dans cette situation. Il savait ce qu'il était et savait combien il était vain de vouloir ce qui ne pourrait jamais être sien. Dans le cas improbable où il se remarie-rait, il se fonderait sur des éléments qui seraient au moins acces-sibles. La compatibilité sexuelle. L'honnêteté. Il ne serait pas question d'amour ou d'autres folies du même genre.

Néanmoins, le premier critère rendait la recherche d'une partenaire adéquate presque impossible. Comment pouvait-on s'assurer de l'adéquation sexuelle d'une personne avec une autre avant le mariage ? Le genre de femme bien élevée qu'il souhaitait épouser n'était pas le même que celui d'une pouliche que l'on peut essayer avant de décider de l'acheter. Il n'était pas possible d'essayer une épouse potentielle pour voir si vous pouviez vous rendre mutuellement heureux au lit. Et, de toute façon, quelles étaient les chances que cela se produise ? Ses préférences sexuelles étaient ténébreuses, obscènes et susceptibles de faire s'évanouir n'importe quelle vierge.

Il en était là. Il voulait une lady douce à ses côtés, une femme soumise dans son lit conjugal, et aucune émotion compliquée entre eux. En d'autres termes, il voulait la lune, les étoiles, et tous les cieux entre les deux.

Tu n'es qu'un pauvre idiot, n'est-ce pas ? Et une ordure. Désor-mais, il devrait rester loin de Thea, pour leur bien à tous les deux. La nuit précédente avait prouvé que le désir qu'il éprouvait pour elle était comme une folie ancrée dans son sang. Son entrejambe s'agita au souvenir de la ferveur avec laquelle elle lui avait rendu ses baisers.

Mais Sylvia, elle aussi, avait semblé apprécier les baisers quand il lui avait fait la cour. Ce n'était pas suffisant pour prédire un véri-table lien sensuel, qui, pour lui, impliquerait davantage que des baisers. Il expira. *Tellement plus !*

— Tu t'en allais, Tremont ?

En arrivant dans le vestibule, Gabriel fut accueilli par son hôte, et il fut surpris de voir le duc tenir un nourrisson dans le creux de son bras.

— Voici ma fille, Olivia, annonça Strathaven. Ma poupée, dis bonjour à notre invité.

— Tout le plaisir est pour moi, my lady, la salua Gabriel.

Le bébé l'observait de ses grands yeux verts. Sa petite bouche en bouton de rose s'ouvrit et une goutte de salive pendit avant d'atterrir sur la manche de la veste immaculée du duc. Une tache sombre s'y forma et s'étendit.

— Elle aime baver sur moi. Elle tient cela de sa mère, je suppose, dit Strathaven avec suffisance.

— Te voilà bien repenti, mon ami.

En vérité, Gabriel avait du mal à croire aux changements survenus chez l'ancien séducteur.

— C'est l'influence de mes femmes. Elles me rendent plus civilisé, expliqua le duc, inclinant la tête. Ou l'inverse est sans doute vrai.

— C'est toi qui les rends civilisées ?

— Non, ma sauvagerie déteint sur elles, répondit le duc d'un ton dépité. Au petit déjeuner, Sa Grâce a continué à réfléchir aux mérites de son plan. Elle veut te convaincre de faire appel à l'entreprise de son frère.

Les muscles de Gabriel se figèrent. Il ne pouvait pas se permettre d'avoir des enquêteurs qui fouillaient dans ses activités. Si son instinct était bon, et il était généralement une boussole fiable lorsqu'il était question de meurtre et de désordre, la tentative d'enlèvement avait été déclenchée par son enquête sur le meurtre d'Octave. Au cours des trois dernières semaines, il avait recherché des informations sur la dernière mission de son mentor, tâchant de découvrir ce qui avait conduit à son assassinat.

Son intuition lui disait qu'il se rapprochait du tueur, qui s'en était pris à Freddy en guise d'avertissement. Il bouillonnait de rage. *Personne ne fait de mal aux miens.*

C'était une affaire d'espionnage, et les civils ne feraient que l'entraver. Il ne pouvait pas risquer de faire éclater au grand jour ses activités passées ou celles de ses anciens collègues. Les agents de renseignements n'avaient peut-être pas beaucoup de scrupules, mais, tout comme les voleurs, ils avaient leur propre code d'honneur. Le respect de l'anonymat du jeu et de ses joueurs en faisait partie.

— Je lui suis reconnaissant de sa sollicitude, mais je dois agir comme je l'entends.

— Je le lui ai dit. Cela ne l'empêchera pas d'essayer, affirma Strathaven qui berçait sa fille, l'air grave. Loin de moi l'idée de m'en mêler, mais, comme tu le sais, j'ai moi aussi eu des ennuis l'an dernier. Sans Kent et mon frère William, je ne serais peut-être pas là aujourd'hui. Je ne peux que les recommander vivement, et pas seulement parce qu'il se trouve que j'ai des liens de parenté avec eux.

— Je m'en souviendrai. Merci, mon ami, pour tout, répondit Gabriel, qui hésita. Pourrais-tu garder un œil sur Frederick pendant que je m'occupe d'une affaire ?

Le duc baissa les yeux sur sa manche et soupira.

— Bien sûr. Puisqu'il semble que j'ai été réduit à une simple serviette de table, je ferais mieux de renvoyer ce lutin à sa nourrice et de convoquer mon valet.

Ils se saluèrent et Gabriel appela sa calèche. Tandis que le véhicule se dirigeait vers l'est de la ville, il passa les faits en revue. Depuis l'assassinat d'Octave, il avait remonté les pas de son mentor, à la recherche d'indices. Qu'avait-il pu faire ou découvrir qui l'avait fait tuer ?

Et toi, Brutus, aussi !

Le dernier geste d'Octave sur cette terre avait été de révéler qu'il avait connu son assassin, un intime de son cercle le plus restreint. Les visages des agents de Gabriel au sein du Quorum surgirent dans sa tête, aussi familiers que les rues qui défilaient.

Cicéron. Homme d'État du groupe, son éloquence leur avait permis de se tirer d'affaire plus d'une fois. On ne savait jamais si Cicéron disait la vérité ou s'il mentait. L'ancien agent avait pris son siège à la Chambre des lords et occupait désormais une place importante dans la politique.

Tibère. Aristote avait écrit qu'il n'y avait pas de grand génie sans un grain de folie, et c'était évident avec ce collègue en particulier. La rumeur disait que le fragile équilibre mental de Tibère s'était encore affaibli à cause de l'opium. Lors de sa récente reconnaissance, Gabriel s'était rendu compte que l'homme avait rejoint un groupe radical qui soutenait des principes proches de la trahison.

Pompeia. Belle et dangereuse, elle était à présent une lady, évoluant dans des cercles prestigieux qui démentaient ses véritables origines. Elle était capable de jouer n'importe quel rôle, de s'inventer n'importe quelle identité. Intelligente et froide, elle avait abandonné le Quorum au moment où ses collègues avaient eu le plus besoin d'elle, les laissant à court d'effectifs et vulnérables lors de cette dernière mission fatidique.

Le dos de Gabriel se crispa quand il songea à la Normandie... et à son dernier camarade. Marius avait été le brillant stratège et penseur ; s'il y avait une personne au sein du Quorum en qui on pouvait avoir confiance, c'était bien lui. Il avait été le véritable meneur du groupe, le ciment qui les maintenait unis quand la méfiance, la jalousie et l'appât du gain menaçaient de les séparer.

Aux yeux de Gabriel, il avait été comme un frère aîné, sauf que, contrairement à son frère de sang, Marius de l'avait pas battu comme plâtre à la moindre occasion. Il parlait mieux que Cicéron, il était plus rusé que Pompeia, plus malin que Tibère et, à l'occasion, plus fort que Gabriel. Pourtant, il avait toujours mis ses capacités au service du bien commun.

L'espace d'un instant, Gabriel revint au bord des falaises crayeuses, l'air marin irritant ses poumons, le clair de lune se brisant sur les eaux sombres en contrebas. Sa poitrine se contracta quand il songea à ce nom qu'il avait hurlé encore et encore cette nuit-là face aux vagues déchaînées. Si seulement il n'avait pas perdu le contrôle, s'il ne s'était pas acharné à tuer tous les ennemis, s'il avait agi plus vite pour sauver son ami...

Mais les *si* ne changeaient rien. Il n'y avait pas de retour en arrière possible, et Marius n'était pas suspect. La mort avait au moins soulagé Gabriel de ce fardeau.

Près de la porte de Temple Bar, la calèche ralentit devant l'afflux de personnes et de véhicules à l'extérieur. Tapant sur le plafond, Gabriel commanda à son cocher de le déposer dans la rue, avec pour consigne de le retrouver au même endroit une heure plus tard. Il se rendit à pied à sa destination ; juste avant de passer sous la porte voûtée de Sir Wren, il leva le nez. Le monument en pierre de Portland, surmonté de statues de monarques Tudor, semblait assez inoffensif à présent, mais des têtes de traîtres avaient autrefois été exposées sur des pics sur le toit de l'arche.

La Grande-Bretagne ne faisait preuve d'aucune clémence envers ceux qui la trahissaient. Même ceux qui œuvraient dans la clandestinité pour son bien-être n'étaient pas à l'abri. Octave aimait à le dire ainsi : *Si vous réussissez, personne ne saura jamais ce que vous avez fait. Si vous échouez, vous encourez une peine pour trahison.*

Son mentor avait toujours eu un don pour motiver les troupes.

Gabriel poursuivit sa route le long de Fleet Street vers sa destination. Son goût pour les vêtements simples n'était pas purement esthétique ; les couleurs sombres et les lignes épurées lui permettaient de se fondre dans le décor. Par-dessous le bord bas de son chapeau, il surveillait les alentours. Les imprimeries et les librairies prospéraient dans cette partie de la ville, les clients quittant les établissements bien tenus avec des paquets emballés dans du papier. Il ne voyait rien qui puisse éveiller ses soupçons, mais on n'était jamais trop prudent.

Il sentit le léger poids dissimulé dans la poche intérieure de son manteau. Il avait reçu la lettre la veille du jour où il devait emmener Freddy à Londres. Il avait lu ces lignes énigmatiques avec un pressentiment qui lui avait donné des frissons :

Je vous écris conformément aux instructions laissées par un ami commun. Il a souhaité qu'après sa mort que son contrat pour mes services vous soit transféré, et je dois vous informer que je suis maintenant en possession de l'objet rare qu'il avait commandé.

Mon seul regret est de ne pas avoir pu l'obtenir avant le décès de mon client.

L'article vous attend dès que possible. Vous n'aurez besoin que de la carte de membre ci-jointe et du nom qui vous a été donné par notre ami commun.

Respectueusement,
  Theodore Cruiks

Comme Gabriel devait se rendre en ville le lendemain, il avait prévu de faire d'une pierre deux coups : exaucer le vœu d'anniversaire de son fils, et récupérer l'objet qu'Octave lui avait légué. Son besoin de retrouver le coupable de la mort de son mentor était ancré dans un sens du devoir et de la loyauté, altéré mais pas détruit par le ressentiment et les années qui passaient.

Toutefois, l'attaque contre Frederick avait rendu les choses plus personnelles. Celui qui avait essayé de faire du mal à son fils allait payer.

Gabriel arriva à l'adresse indiquée, une devanture en briques avec un panneau indiquant qu'il s'agissait de la bibliothèque de prêt Cruiks. Il entra dans l'établissement au doux son d'une cloche ; plusieurs clients lui jetèrent un regard avant de retourner à leur lecture de périodiques et de journaux. Un employé se tenait derrière le comptoir pour les aider. Une lady coiffée d'un bonnet fleuri lui tendit une carte blanche ; après un échange rapide, l'employé sortit par un rideau vert et réapparut quelques minutes plus tard, un livre à la main.

Faisant semblant de parcourir les rayonnages, Gabriel attendit qu'il soit libre avant de s'approcher du comptoir.

— Bonjour, monsieur, dit l'employé. En quoi puis-je vous être utile ?

Tirant la carte de sa poche, Gabriel la posa sur la surface en bois brillant : son nom était inscrit sur le papier en lettres élégantes.

— Je crois que vous avez un objet qui m'appartient.

L'employé s'inclina.

— Très bien, my lord.

Il franchit le rideau et revint quelques instants plus tard avec un petit homme aux lunettes à monture métallique et aux cheveux bruns, grisonnants au niveau des tempes.

— Bienvenue. Je suis Theodore Cruiks, dit le propriétaire. J'ai cru comprendre que vous recherchiez une biographie. Y en a-t-il une qui vous intéresse en particulier ?

Gabriel reconnut la demande sous-jacente.

— Oui, je me documente au sujet des Romains, répondit-il.

Pour les éventuels indiscrets, il adopta la voix traînante et ennuyée d'un gentleman qui a trop de temps à perdre.

— Auriez-vous quelque chose à propos de ce vieux garçon… le soldat qui est devenu empereur ? Quel était son nom, déjà, par Jupiter ? s'enquit-il, tapotant le comptoir du bout des doigts. Ah, oui ! Trajan. C'est cela.

— En effet. Un moment, s'il vous plaît, répondit Cruiks, qui se rendit à l'arrière du magasin et revint avec un simple livre brun qu'il déposa sur le comptoir. Il s'agit d'un objet rare, obtenu lors d'une vente aux enchères spéciale auprès d'une source anonyme. Son coût était élevé. Il n'y avait aucun moyen de remonter à ses origines.

Traduction : un receleur de haut vol. Coût : plusieurs milliers de livres. Vendeur inconnu.

— Bien qu'il ait fallu de nombreuses années pour le trouver, notre ami commun a toujours cru qu'il referait surface, poursuivit M. Cruiks. Je regrette qu'il n'ait pas vécu assez longtemps pour le voir. La salle de lecture se trouve sur la gauche, si vous souhaitez examiner l'objet.

Gabriel remercia le propriétaire. Il trouva la salle de lecture vide, à l'exception de deux ladies qui badinaient avec un dandy. Ils ne prêtèrent pas attention à Gabriel. Il trouva un bureau dans le coin de la pièce : il avait un mur dans le dos, et une vue d'ensemble de la salle de lecture. Puis il s'attela à la tâche d'ouvrir le « livre ».

Ses doigts effleurèrent les bords des pages : du bois sculpté pour donner l'apparence du papier. Il avait déjà vu plusieurs de ces objets en son temps. En quelques secondes, il repéra le mécanisme caché dans la tranche. Un léger déclic se produisit, et la couverture s'ouvrit.

Le cœur de Gabriel s'emballa lorsqu'il reconnut l'objet à l'intérieur.

Il passa un doigt sur le motif distinctif de la lame, de l'eau coulant capturée dans l'acier. Il savait que sa main s'adapterait parfaitement au manche, comme des pièces de puzzle. S'il retirait les deux couteaux du harnais sous sa veste et les plaçait à côté de celui-ci, les trois seraient parfaitement assortis, mortels.

C'était la dague qui lui manquait. Elle provenait de la série de six qu'Octave lui avait offerte des années plus tôt, avant sa première mission. *L'acier damasquiné est un art perdu, et il s'agit d'un ensemble rare qui a survécu. Sers-t'en à bon escient, Trajan.* Son mentor avait parlé d'un ton bourru, qui était peut-être bien le reflet de sa fierté. *Tu es maintenant prêt à défendre ton pays.*

L'esprit de Gabriel tournoyait, amortissant le choc, distillant les faits. La dernière fois qu'il avait vu ce couteau, c'était en Normandie. Lorsqu'il l'avait envoyé dans la poitrine du Spectre. D'une manière ou d'une autre, cette dague avait survécu à l'explosion, et elle était sortie du brasier.

La voix de son mentor résonna dans sa tête. *Sans preuve, nous ne sommes pas sûrs qu'il soit mort... il a déjà survécu à des coups de couteau, au feu, et à des explosions... il a échappé à la mort un nombre incalculable de fois...*

C'était ce qu'Octave avait recherché depuis le début : la preuve qui se trouvait maintenant sous les yeux de Gabriel. Le maître-espion français, responsable de la mort d'innombrables officiers et agents britanniques, dont Marius, était toujours en vie.

Et toi, Brutus, aussi !

Une sensation de froid se répandit au plus profond des os de Gabriel. Il n'y avait qu'une seule sorte de trahison qui aurait pu blesser Octave aussi profondément. Cela expliquait tant de choses. Comment le Spectre a pu avoir accès à des secrets. L'autre semblait connaître les services secrets britanniques à la perfection. Cette ordure avait toujours su garder une longueur d'avance.

La sombre conclusion s'imposa à Gabriel.

Non seulement le Spectre était en vie, mais il était aussi un agent double.

L'un des membres du Quorum.

Chapitre Sept

Le lendemain matin, Thea et ses sœurs se rendirent à un rendez-vous avec Madame Rousseau, une *modiste*[1] très en vogue. La boutique de Bond Street s'était récemment agrandie pour accueillir ses adeptes de plus en plus nombreux. L'atelier spacieux, décoré dans des tons frais de vert printanier et de bronze pâle, regorgeait de clients qui s'extasiaient devant les créations exquises de *Madame*. Une assistante vêtue de noir conduisit Thea et ses sœurs dans un grand salon d'essayage privé.

Thea et Polly se partagèrent la causeuse confortable tandis qu'Em prenait place sur la méridienne en velours crème. Comme elle n'était pas du genre à rester tranquillement assise, Violet se promenait dans la pièce, observant les objets qui s'y trouvaient.

— Madame va bientôt arriver, dit l'assistante. Puis-je vous apporter du thé pendant que vous patientez?

Toutes refusèrent, à l'exception de Violet, qui demanda si elle pouvait également ajouter un biscuit.

— N'as-tu pas pris de petit déjeuner ce matin? s'enquit Thea quand l'assistante sortit pour chercher les rafraîchissements.

---

1. En français dans le texte.

— C'était il y a une éternité ! s'exclama Violet, passant en revue les rouleaux de tissu sur la table de travail. J'ai faim.

— Je me demande pourquoi, répliqua Emma d'un ton sec.

Leur sœur s'était déplacée dans la pièce, observant des bobines colorées accrochées au mur.

— Rester assise n'est pas un crime, tu sais ?

Vi fit tourner une bobine sur son crochet.

— Mais cela ressemble à une punition. C'est tellement ennuyeux !

S'il y avait bien une chose que Violet ne supportait pas, c'était l'ennui.

— Tu es sur le point de faire tes derniers essayages pour un bal masqué ! s'exaspéra Em. Cela devrait être assez exaltant, même pour toi !

Ce vendredi soir, Emma, Thea et Violet devaient assister à une soirée costumée organisée par le marquis et la marquise de Blackwood. Cet événement annuel coïncidait avec la fin de la saison, et, comme il restait encore des femmes et des hommes en quête de partenaires, cela promettait d'être un succès.

Pour une fois, Thea se réjouissait de participer à un événement social. Elle s'était résolue à ne plus penser à Tremont, et à repartir de zéro. Sa mère lui avait toujours dit que les choses importantes de la vie valaient la peine qu'on se donne du mal pour elles. Si Thea voulait l'amour et le mariage, elle ne pouvait pas laisser une déception l'empêcher de poursuivre son objectif. Elle refusait de pourrir comme un fruit oublié. Non, elle se consacrerait à la rencontre de possibles candidats et, si nécessaire, elle apprendrait à jouer le jeu du marché du mariage.

Mais pourquoi cette idée lui donnait-elle l'impression d'avoir le cœur aussi lourd que du plomb ? Tremont, pour sa part, ne semblait pas affecté par ce qui s'était passé entre eux. En fait, il l'évitait même ; elle ne l'avait pas vu depuis la veille, dans la chambre de Freddy.

— J'aimerais pouvoir y aller, intervint Polly, dont les yeux aigue-marine étaient emplis de regrets. Les costumes seront magnifiques.

— Tu pourras y assister l'année prochaine, ma chérie. Quand tu auras fait ton entrée dans la société, répondit Emma.

À présent que leur sœur était devenue duchesse, les filles Kent étaient présentées à la Cour. Elles étaient bien loin de leur vie passée, où le personnage le plus distingué qu'elles avaient rencontré était le maire du village. Polly se mordit la lèvre, baissant les yeux sur ses mains. Devinant les craintes de sa plus jeune sœur, Thea mit de côté sa propre agitation et lui serra le bras pour la rassurer.

— Ce n'était pas si terrible, Polly, lui dit-elle. Il s'agit surtout de rester debout à attendre. La présentation proprement dite ne prend qu'une minute. Et comme Rosie fera son entrée aussi, elle sera à tes côtés.

— Rosie n'a peur de rien, constata Polly avec un hochement de tête soulagé.

— Exactement. Entre son exubérance et ton charme tranquille, vous allez prendre la Cour d'assaut à vous deux, dit Thea.

Le lent sourire de Polly métamorphosa son petit visage : elle était une véritable beauté.

La porte s'ouvrit, et la *modiste* entra. Femme française de petite taille, aux cheveux foncés et à la peau pâle, Madame Rousseau parvenait à être parfaitement chic dans une tenue noire très stricte. Les deux assistantes derrière elle se précipitèrent vers les paravents et y accrochèrent soigneusement les robes.

— *Bienvenue*[2], Votre Grâce. Mesdemoiselles Kent, les salua Madame Rousseau, dont les jupes froufroutèrent quand elle fit la révérence. J'ai hâte que vous puissiez voir mes créations terminées.

— Merci, Madame, répondit Emma. Nous vous sommes reconnaissantes d'avoir accéléré notre commande.

---

2. En français dans le texte, comme toutes les paroles prononcées par *Madame Rousseau* et apparaissant en italique.

— Vous êtes de la famille de Mme Kent, constata simplement la *modiste*.

Marianne Kent, leur belle-sœur, avait été l'une des premières clientes de Madame Rousseau, et avait contribué à faire connaître la couturière. Les deux femmes étaient des confidentes, et Marianne avait amené les sœurs Kent dans leur royaume de haute couture et de goût impeccable.

Ce qui n'était pas une mince affaire, songea Thea avec amusement. Après avoir grandi à Chudleigh Crest, ses frères et sœurs avaient non seulement manqué du vernis de la ville, mais ils ne savaient même pas ce que c'était. Pendant la majeure partie de leur vie, ils avaient cousu leurs propres vêtements, dont beaucoup se transmettaient de l'un à l'autre, rapiécés et repris.

Pourtant, ils étaient tous là, aussi brillants que des pommes lustrées. Ce fait ne cessait d'étonner Thea. Le chemin qu'avait parcouru sa famille était immense, et elle avait de nombreuses raisons d'être reconnaissante.

— Qui veut commencer ? s'enquit Madame.

Violet sauta sur l'occasion. Lorsqu'elle émergea de derrière le paravent, vêtue d'une robe jaune vif, Thea sourit. Madame avait fait de Violette une jonquille. D'exquises feuilles vert émeraude décoraient le corsage, assorties à de longs gants de satin de la même teinte. Les couleurs vives et franches traduisaient parfaitement l'esprit animé de Vi et les lignes longues et épurées épousaient sa silhouette élancée, soulignant sa féminité.

— Ravissant, approuva Em. Tu me fais penser à ce poème[3] de M. Wordsworth.

— *J'en vis d'un coup d'œil des milliers, je pense, agitant la tête, en leur folle danse*, cita Thea d'une voix douce.

— *Et mon cœur alors, débordant, pétille de plaisir, et danse avec les jonquilles*, ajouta Polly.

Souriant, Vi se balançait devant le miroir.

— Cette jonquille a l'intention de valser toute la nuit !

----

3. *Les Jonquilles*, 1804.

— Vi, tu connais les règles de la valse..., commença Em.

Violet leva les yeux au ciel.

— Ne t'inquiète pas, mère poule. Ce n'est qu'une façon de parler.

Emma échangea un regard avec Thea, qui partageait l'inquiétude de sa sœur. Dans sa jeunesse, le caractère fougueux de Vi lui avait valu de nombreuses déconvenues; heureusement, la plupart s'étaient révélées sans conséquence. Mais maintenant qu'elle était plus âgée et qu'elle évoluait dans les hautes sphères londoniennes, son impulsivité pouvait avoir des conséquences plus néfastes.

— Malgré tout, tu dois être prudente, Vi, intervint Thea. Tu sais à quel point les membres de la bonne société peuvent se montrer pointilleux sur les convenances.

— S'ils sont comme mes *sœurs*, je serai dans le pétrin, c'est certain! ricana Violet. Ne vous inquiétez pas, je serai si convenable et si discrète qu'on me confondra avec mon homonyme de petite taille.

Elle s'en alla se changer en trottinant, attrapant un biscuit au passage.

— Qui veut passer ensuite? s'enquit Madame Rousseau avec un signe de la main vers le deuxième paravent.

Emma se porta volontaire, et lorsqu'elle revint, Thea et Polly l'applaudirent. La *modiste* avait transformé leur sœur aînée en un félin élégant, avec de l'hermine luxueuse bordant le corsage et l'ourlet de sa robe gris tourterelle. La pièce de tête astucieusement conçue donnait l'impression que deux petites oreilles pointues dépassaient des boucles sombres d'Emma.

— Tu es adorable! s'exclama Thea.

— C'était l'idée de Strathaven, expliqua Emma en rougissant. Mais ne vous occupez pas de moi. C'est ton tour, Thea.

Celle-ci passa derrière un paravent. Madame l'aida à enfiler sa tenue, et, lorsqu'elles eurent terminé, elle s'observa dans le miroir. Elle avait déjà vu le costume inachevé lors d'essayages précédents, et elle en avait approuvé l'élégance.

Pourtant, alors qu'elle se regardait maintenant, l'émotion la frappa comme une vague.

Une larme coula et roula sur sa joue.

— *Alors*, que se passe-t-il ? demanda la *modiste*, fronçant les sourcils. Vous n'aimez pas l'ensemble, *mademoiselle* ?

— N... non. Il est ra... ravissant.

En vain, Thea tenta de maîtriser le tremblement de sa voix. C'était comme si un barrage caché s'était rompu en elle, et que la vague d'émotions qu'elle avait retenue se déversait. Elle songea à ses sœurs, si pleines de vie et de vigueur dans leur costume, et le désespoir l'envahit. *Pourquoi ne puis-je pas être comme elles ?* Sa propre image, blanche et vaporeuse, se brouilla.

Au lieu de cela, je ne suis qu'un stupide cygne. Blafard et inutile. Une créature ornementale.

— Ah ! *Je comprends.* La robe n'est pas comme vous vous voyez, mademoiselle Kent ?

Croisant les yeux perspicaces de la Française, Thea répondit, impuissante :

— Je... je suis désolée. Je ne sais pas ce qui m'arrive. Vous avez fait un travail magnifique, et je vous en suis très reconnaissante...

La *modiste* l'interrompit d'un geste de la main.

— Nous devons tout recommencer.

— Oh, non ! s'exclama Thea, horrifiée, il n'y a rien de mal...

— Si ce n'est pas bien, alors c'est mal, répondit simplement Madame Rousseau.

— Thea, dit la voix d'Em depuis l'autre côté du paravent, est-ce que tout va bien ? Dois-je venir t'aider ?

Pourquoi ai-je toujours besoin d'aide ? Pourquoi ne puis-je pas être forte ? Pourquoi ne puis-je même pas embrasser un homme sans que mes poumons me trahissent ?

L'une après l'autre, les pensées se bousculaient dans l'esprit de Thea. Ses yeux la brûlaient.

— Je reviens tout de suite, murmura la *modiste*.

Comme engourdie, Thea entendit la propriétaire dire à Emma et aux autres que son essayage nécessitait plus de temps.

Elle demanda à ses assistantes de montrer aux demoiselles Kent des accessoires dans la boutique principale.

— Es-tu certaine de n'avoir pas besoin de moi? s'enquit Emma.

— Ne t'inquiète pas pour moi, répondit sa sœur. Je ne vais pas tarder.

Les portes se refermèrent derrière ses sœurs, et Madame Rousseau revint.

— Merci, Madame. D'ordinaire, je ne me laisse pas aller ainsi, expliqua Thea, gênée.

— Dans ma profession, les larmes sont aussi fréquentes que les épingles. Et comme les épingles, elles sont utiles si l'on sait quoi en faire. La *modiste* tendit un mouchoir à Thea, d'une manière tout à fait naturelle.

— Dans votre cas, *mademoiselle*, les larmes pourraient nous conduire à la vérité.

— La vérité, c'est que je suis une idiote, répondit Thea en se tamponnant les yeux. Cette robe est très belle. Cela suffira, vraiment...

— Dans mon atelier, suffisant n'est pas un objectif à atteindre. Voulez-vous me dire ce qui vous préoccupe, mademoiselle Kent? Une modiste ne peut pas habiller correctement une cliente sans la comprendre. Et vous pouvez être assurée de ma discrétion.

— C'est très gentil de votre part.

Se mouchant dans le linge, Thea se demanda pourquoi il lui était plus facile de se confier à la couturière qu'à ses propres sœurs. Peut-être était-ce l'absence de jugement, l'objectivité absolue qu'elle percevait chez cette femme. Elle laissa échapper un soupir tremblant.

— Il y a... un gentleman.

— Ah, *chérie*, il y en a presque toujours un!

— Il me croit fragile et faible, avoua-t-elle.

Madame haussa les épaules, Un geste résolument gaulois.

— Les gentlemen aiment à croire que nous sommes le sexe faible, *non*?

— Je pensais qu'il y avait une attirance entre nous, expliqua-t-elle avant de souffler. Il est veuf, voyez-vous, et sa défunte femme était un véritable modèle. Tout ce qu'une lady se doit d'être. Je ne serai jamais aussi parfaite qu'elle.

— Il n'y a pas deux robes identiques, déclara la modiste avec philosophie. Dans la mode, comme dans la vie, l'objectif doit être d'accentuer ses dons uniques plutôt que d'imiter ceux des autres. C'est cela le véritable art, *ma petite*.

La poitrine de Thea se serra.

— Mais que se passe-t-il si l'on n'a pas de dons ?

Madame haussa un sourcil sombre.

— Alors, je dirais qu'il faut commencer par cette conviction.

— Pardon ?

— Si vous vous considérez comme déficiente, c'est ainsi que le monde vous verra.

Se considérait-elle comme déficiente ? Était-ce là le problème ?

— Je *veux* être forte, murmura-t-elle.

— *Alors*, les aspirations sont le premier pas vers la réussite, affirma la modiste, une lueur dans le regard alors qu'elle tournait lentement autour de Thea. Continuez. Que souhaitez-vous d'autre ?

— Je ne veux pas être freinée par ma maladie. Je ne veux pas être fragile, passer à côté de la vie alors qu'elle se déroule autour de moi.

Sa voix se fit plus stable à mesure qu'elle se regardait dans le miroir. Elle vit une femme mince, vêtue de plumes cendrées, d'un tissu incolore, les poings serrés.

— Je veux tomber amoureuse et fonder ma propre famille.

Madame Rousseau se tapota le menton avec un doigt.

— Et ?

— Je veux connaître la passion, dit précipitamment Thea.

Je veux ressentir ce que j'éprouve quand je suis dans les bras de Tremont. Pourquoi ne puis-je pas l'oublier ?

— Ah ! Je commence à comprendre. Ce n'est pas le calme et la sérénité que vous recherchez, mais une nouvelle aventure. Vous voulez vous sentir vivante, vibrer... que la *joie de vivre* vous enflamme ! s'exclama l'artiste, le regard flamboyant. *Mais oui !* J'ai *exactement* le costume qu'il vous faut.

— Ah, oui ?

— Oui. Je peux vous confectionner la robe de vos rêves, mais vous seule pourrez faire de vos rêves une réalité, affirma la modiste, dont le regard semblait la percer à jour. Si vous voulez que les autres vous considèrent comme quelqu'un de fort, vous devez d'abord croire que vous l'êtes.

— J'essaierai, dit-elle sérieusement.

— Alors je peux vous promettre ceci : lorsque vous porterez ma création dans deux jours, le monde vous verra comme vous étiez censée être vue. Quant à la prouesse de vous transformer véritablement en cette vision, *chérie*, dit la modiste en haussant les sourcils, elle ne dépendra que de vous.

Chapitre Huit

Les paroles de Madame Rousseau accompagnèrent Thea ce jour-là et le suivant. Chaque fois qu'elle essayait de deviner quel costume l'autre femme lui destinait, elle ressentait une poussée d'enthousiasme et d'espoir. Quelle que soit la forme que prendrait la création, elle se jurait de lui rendre justice. Car derrière les paroles de la *modiste* résonnait une vérité qu'elle n'avait pas envisagée jusqu'alors.

Il ne suffisait pas de vouloir que les autres la croient forte... il fallait qu'*elle* y croie aussi. Sa première tâche consistait donc à se prouver à elle-même la profondeur de sa détermination... et il n'y avait pas de meilleur endroit pour cela que le bal masqué des Blackwood.

Le lendemain soir, elle ne resterait pas en retrait de la salle de bal, comme une frêle invalide ou une vieille fille déprimée. Elle ne se contenterait pas de regarder le monde passer comme le faisait l'ancienne Thea. Non, la nouvelle Thea danserait, badinerait, et ferait de nouvelles connaissances. Elle se comporterait comme n'importe quelle femme à la recherche d'un époux. Elle s'efforcerait de trouver l'amour qu'elle recherchait.

Cependant, ses projets pour le bal furent relégués au second plan lorsque Freddy eut une migraine au cours de l'après-midi.

Bien qu'elle soit inquiète pour le garçon, elle fut surprise et touchée qu'il la demande personnellement. Elle lui tint compagnie, posant des serviettes fraîches sur son front et le distrayant avec les aventures passionnantes du capitaine Gulliver parmi les Lilliputiens jusqu'à l'arrivée du docteur Abernathy. Pendant l'examen du médecin, la petite main de Freddy s'accrocha à la sienne, et elle ne le lâcha pas avant que le laudanum ait fait son effet et qu'il ait sombré dans le sommeil.

— Comment va mon fils, docteur Abernathy ?

Tremont était resté au pied du lit pendant que le médecin soignait Freddy. En dépit de son attitude stoïque, Thea vit qu'il s'agrippait fermement au montant. Les mauvaises langues de la société remarquaient souvent son manque d'émotion, mais Thea avait le sentiment qu'il s'agissait plutôt d'une surcharge que d'un manque en ce qui le concernait. D'après ses propres observations, il était un homme qui protégeait ses sentiments comme ses secrets.

Ses sentiments ne te regardent pas. Tu as tourné la page, tu te souviens ?

Exact. Thea posa à nouveau le regard sur le visage de Freddy, et un frisson d'angoisse la traversa. Ses taches de rousseur se détachaient nettement sur la pâleur de ses joues. Elle repoussa une mèche de cheveux humide de son front.

— L'écorce de saule soulage la douleur, affirma le docteur Abernathy. Laissons-le se reposer et parlons dehors.

Tous trois se retirèrent dans le salon. Thea et le docteur Abernathy s'assirent près de l'âtre, et Tremont resta debout, le bras appuyé sur le manteau de la cheminée, à côté d'un vase rempli de roses. Avec n'importe quel autre gentleman, la posture aurait paru indolente. Pourtant, Thea remarqua ses muscles tendus contre son gilet et son pantalon. La lumière du matin conférait un éclat métallique à ses cheveux et illuminait les angles sculptés de son visage.

Si Tremont était un ange, ce n'était certainement pas un chérubin qui se prélassait sur les nuages. Ni l'un de ceux dont les voix s'élevaient en des chants célestes. Non, c'était le genre d'ange qui portait une épée et vengeait les offenses.

— Alors ? demanda-t-il d'une voix polie, mais menaçante.

— Votre fils a subi une légère réplique, dit le médecin sans préambule. Son mal de tête n'est pas exceptionnel après une crise prolongée comme celle qu'il a subie dans les jardins. S'est-il déjà plaint de tels symptômes ?

— Non.

— La situation était extraordinaire, je ne suis donc pas surpris qu'elle ait perturbé ses nerfs. Il n'y a pas de quoi s'inquiéter. Il devrait être rétabli dès demain.

Alors que Tremont restait immobile, Thea sentit qu'une partie de sa tension le quittait. Le docteur Abernathy caressa ses favoris.

— Si vous le permettez, j'aimerais en savoir plus sur les antécédents de la maladie de votre fils. Quel âge avait-il lorsque les crises ont commencé ?

— Moins d'un an, dit Tremont.

Un étau se referma autour du cœur de Thea. *Pauvre petit bonhomme.*

— À quelle fréquence se produisent les crises ?

— Il y a des hauts et des bas. Quatre à douze épisodes par mois.

— Avez-vous essayé des traitements ? s'enquit le médecin.

Tremont éclata d'un rire sans humour.

— Nous avons essayé tous les traitements, monsieur. Ma défunte épouse avait une grande confiance en votre profession. Freddy a subi de nombreuses manipulations et a essayé toutes les herbes, les racines et les préparations à base d'huile de serpent qui existent. Lorsqu'un charlatan a proposé de percer un trou dans son crâne pour en libérer les forces surnaturelles, j'ai mis un terme à tout cela.

Les ongles de Thea s'enfoncèrent dans sa paume. Avec sa propre maladie, elle savait que, parfois, de prétendus remèdes pouvaient être pires que la cause, et cela la peinait que Freddy ait subi tant de choses depuis son plus jeune âge. La boule dans sa gorge grandit, tout comme son admiration pour le jeune garçon : il était fort pour pouvoir survivre à de telles épreuves.

— En tant qu'homme de science, je ne vois aucune excuse pour une telle ignorance, dit le docteur Abernathy dont l'accent se faisait davantage entendre avec son air dégoûté. Il y a des charlatans dans toutes les professions, et malheureusement la mienne ne fait pas exception. Il ne faut cependant pas jeter le bébé avec l'eau du bain. Il existe des traitements scientifiques plus récents qui sont à l'étude et qui pourraient...

— Ma femme a consulté les médecins les plus éminents de Londres. À l'unanimité, ils ont prescrit du repos et un environnement calme pour apaiser les nerfs de Frederick.

— Je ne souhaite pas contredire mes éminents collègues, mais dans ma propre pratique, j'ai constaté que le fait de cloîtrer un patient peut avoir des effets néfastes. Surtout pour les enfants, expliqua le médecin.

Puis, penché en avant, les coudes sur les genoux, l'expression sérieuse, il poursuivit.

— C'est pourquoi j'ai fait des recherches sur des traitements expérimentaux, y compris...

— La santé de mon fils n'est pas une expérience, répliqua Tremont, dont les paroles planaient au-dessus de la pièce comme des nuages d'orage. Si je n'avais pas fait faire ce voyage à Freddy, rien de tout cela ne serait arrivé. Dès qu'il sera rétabli, je le ramènerai dans mon domaine et je veillerai à ce qu'il ne subisse plus de perturbations.

Je donnerais tout pour être comme les autres garçons. La voix mélancolique de Freddy s'enroula comme une liane autour du cœur de Thea et le serra. *Pour être... normal.*

Elle ne le comprenait que trop bien.

— Il est aussi sujet à des crises là-bas, dit-elle d'une voix tranquille.

Tremont se tourna vers elle.

— Je vous demande pardon ?

Elle se tint droite face à son regard orageux, à la tempête de frustration et d'angoisse qu'il s'efforçait manifestement de contenir. Étrangement, ses puissantes émotions n'intimidaient pas Thea. Savoir qu'il ne voulait pas d'elle, qu'elle ne craignait pas de perdre son estime, lui permettait de parler avec une liberté renouvelée.

— À l'instant, vous avez dit que Freddy souffrait de quatre à douze crises de mal caduc[1], même dans votre domaine, souligna-t-elle. Qu'avez-vous à perdre en essayant le traitement du docteur Abernathy ?

— Je ne vais pas raviver inutilement les espoirs de Frederick, répliqua sèchement Tremont. Il a assez souffert.

— Ne croyez-vous pas que l'isolement est une épreuve en soi ?

Elle serra les poings sur ses genoux à mesure qu'affluaient les souvenirs de son propre alitement. Et *elle* n'avait pas été mise à l'écart. Même lorsqu'elle était trop faible pour quitter la chambre, ses frères et sœurs étaient venus la voir et l'amuser avec des histoires et des jeux.

— Savez-vous que votre fils a envie d'avoir des amis, de jouer avec quelqu'un ? Il veut être normal. Il a *besoin* de l'être.

— Eh bien, il ne l'est pas. Il ne le sera jamais, répliqua Tremont.

— Peut-être que si vous ne l'enfermiez pas dans votre domaine, il pourrait avoir une vie plus normale. Il est plus fort que vous ne le pensez. Et, plus que tout, il veut votre approbation.

— Qu'est-ce qui vous fait penser qu'il ne l'a pas, mademoiselle Kent ?

L'hostilité dans la voix de Gabriel la poussa à l'honnêteté.

— Il a peur de vous décevoir, my lord. De vous mettre dans l'embarras en public avec sa maladie. Tout ce qu'il veut, c'est pouvoir monter à cheval et jouer avec vous, faire ce que font les autres garçons avec leurs pères.

Un éclair brilla dans les yeux de Gabriel.

---

1. Ancien nom de l'épilepsie.

— Trois jours ont fait de vous une experte de mon fils ?

— Non. Bien sûr que non. Je ne voulais pas...

— Ma femme a fait tout ce qui était en son pouvoir pour guérir Frederick. Sur son lit de mort, le seul souhait de Sylvia était que je continue à le protéger des dangers du monde.

— Il a besoin de faire partie du monde... pas d'en être exclu, insista Thea.

— Vous ne tiendriez pas compte des souhaits de sa propre mère ?

Il disait cela comme si elle avait contredit les enseignements d'une sainte. Maîtrisant son impatience, elle dit :

— Je ne veux pas empiéter sur vos prérogatives ; je ne fais que présenter un autre point de vue. Votre épouse était peut-être un modèle, my lord, mais *moi*, j'ai été une invalide.

Qui aurait pensé que cela deviendrait une source d'assurance pour elle ?

— Croyez-moi quand je dis que je comprends parfaitement ce que c'est que de vivre avec une maladie sur laquelle on n'a aucune prise, poursuivit-elle.

— Cela ne vous donne pas le droit d'interférer, répliqua-t-il d'un ton glacial.

Elle oscillait entre l'embarras et la colère. Pourquoi ce maudit homme la déstabilisait-il et troublait-il à ce point ses sentiments ? Avant Tremont, elle s'était considérée comme quelqu'un de patient, et d'humeur égale. Elle ne se querellait jamais avec quiconque, ne provoquait pas, et ne déclenchait pas de conflits. Au milieu de ses frères et sœurs, elle avait souvent joué le rôle d'intermédiaire en raison de sa sérénité naturelle.

Pour l'heure, cependant, elle mourait d'envie de s'emparer du vase sur la cheminée et de le fracasser sur la tête de Gabriel. Elle se laissa aller à savourer l'image de lui, trempé, couronné de fleurs fanées. Puis elle se leva.

— Si Freddy me réclame à son réveil, faites-le-moi savoir, et je reviendrai lui tenir compagnie, affirma-t-elle avec un hochement de tête froid. Bonne journée, messieurs.

———

Ce soir-là, le dîner fut tendu.

À cause de son comportement plus tôt, Gabriel n'en attendait pas moins. Une partie de lui aurait même voulu éviter de descendre. Jusqu'à présent, il avait pris ses repas sur un plateau avec son fils, et il n'avait pas encore dîné avec ses hôtes. Abernathy avait eu raison : son mal de tête était passé, heureusement, et Freddy s'était réveillé après sa sieste de l'après-midi en se sentant nettement plus en forme. Les bonnes manières exigeaient que Gabriel se présente à la table du dîner.

Comme il n'y avait que les Strathaven, Thea et lui, la longue table en acajou avait été dressée à une extrémité seulement, conférant une atmosphère plus intime à leur repas.

— Cela ne servirait à rien de crier d'un bout à l'autre de la pièce, déclara la duchesse avec pragmatisme.

Le duc occupait la chaise du bout, sa duchesse était à sa droite, et Thea à sa gauche. Gabriel était placé à côté de cette dernière. Ce soir, elle ressemblait plus que jamais à une princesse de conte de fées dans une robe de soie bleu clair aux épaules dénudées. Alors qu'il entamait son filet de bœuf, il essaya de ne pas remarquer que la lueur du candélabre glissait sur le décolleté de la jeune femme, embrassant la peau lisse et nue et créant un jeu d'ombres intrigant. Il perçut son odeur sucrée et subtile, comme un limier lèverait le nez pour flairer un renard.

Sous la table, quelque chose d'autre s'était levé.

Son manque de contrôle était épouvantable. Même la froideur dont elle faisait montre à son égard ne parvenait pas à atténuer ses réactions physiques face à sa présence. En apparence, elle était tout ce qu'il y a de plus poli, mais la tension qui régnait entre eux était résolument sibérienne et aurait glacé un homme moins fort.

Il le méritait. Il était peut-être même plus en colère contre lui-même qu'elle ne l'était.

Tu n'es qu'un pauvre idiot ! Bon sang ! Mais pourquoi s'était-il emporté contre elle ? Elle ne cherchait qu'à aider Freddy. Il trancha brutalement le morceau de bœuf, laissant éclater sa frustration refoulée, son impuissance à aider son propre fils.

Sylvia avait consulté un charlatan après l'autre en quête d'un remède. Il avait vu les médecins proposer leurs diagnostics comme des camelots avec une charrette remplie de produits de mauvaise qualité. Certains avaient qualifié la maladie de Freddy de « déficience mentale »; d'autres les avaient mis en garde contre la contagiosité de son état, ce qui était ridicule puisque personne dans l'entourage de Freddy n'avait développé d'affliction similaire. Lorsque l'une de ces sangsues était allée jusqu'à déclarer que la maladie était « l'œuvre d'esprits obscurs », Gabriel était finalement intervenu et avait éjecté le charlatan de sa propriété.

Il devait avoir acquis certains préjugés à l'égard de la profession médicale. En tant que médecin, il n'avait rien à reprocher à Abernathy, qui semblait instruit et faisait preuve de davantage de bon sens que la plupart des autres docteurs. Mais Gabriel n'avait pas l'intention de soumettre Freddy à d'autres outrages. Ce cycle d'espoirs et de déceptions était trop dur à supporter pour un enfant. Ou même un adulte.

Il doit être tenu à l'écart des autres. Sylvia avait prononcé ces mots de manière définitive. *Pour son bien et pour le nôtre.*

Il lutta contre une vague d'émotions soudaines et inexpliquées. Il se répétait que Sylvia n'avait voulu que ce qu'il y avait de mieux pour eux tous. À cause de son éducation, elle avait du mal à accepter les imperfections, et lorsqu'elles ne pouvaient pas être corrigées, elle les évitait, ou les balayait sous le tapis.

Loin des yeux, loin du cœur. Des portes fermées et des visites brèves et ponctuelles à l'enfant. Cette façon de faire lui avait bien convenu.

La culpabilité rongeait Gabriel. Il n'avait aucune raison de penser du mal de Sylvia, qui n'avait voulu que la paix et l'harmonie, une existence policée pour eux tous. Alors que sa prise se resserrait sur sa fourchette, il mit sa réaction sur le compte de sa nervosité. Après tout, un espion meurtrier était en liberté, sans doute un ancien associé de Gabriel, un perfide agent double? Son fils avait failli être enlevé, et il avait subi une nouvelle crise de mal caduc. Et la femme qui jouait le rôle principal dans ses fantasmes nocturnes, dont la délicate sensualité le rendait fou depuis des mois, faisait comme s'il n'existait pas.

Il y avait des limites à ce qu'un homme pouvait supporter. Il ne pouvait pas avoir Thea pour amante, mais l'idée qu'ils soient ennemis le répugnait. S'éclaircissant la gorge, il chercha une ouverture.

— Euh... comment trouvez-vous les asperges, mademoiselle Kent ? s'enquit-il.

Elle tourna légèrement la tête dans sa direction. Ses cheveux étaient simplement et élégamment coiffés, et la lueur du lustre faisait briller ses boucles brun miel. Une paire de peignes en écaille retenait ces luxuriantes mèches et, l'espace d'un instant, il s'imagina arracher ces obstacles et sentir le poids soyeux glisser sur ses paumes.

C'est le privilège d'un mari, espèce d'ordure... un privilège que tu ne connaîtras jamais.

Elle haussa les sourcils.

— Vous souhaitez entendre mon avis, my lord ?

Il grimaça. Il l'avait bien mérité.

— Vous devez savoir que c'est le cas, marmonna-t-il. Si je vous ai donné des raisons d'en douter, alors je dois vous demander pardon.

Elle ne répondit rien et porta à sa bouche un minuscule morceau d'asperge. La pointe verte glissa doucement entre ses lèvres couleur corail, faisant surgir une autre image de débauche : elle, à genoux, le prenant de cette façon. Ses yeux, d'un or sensuel, qui le regardaient tandis que sa bouche recevait avec douceur son vit palpitant...

Un frisson le parcourut. Il saisit son verre de vin. Elle finit de mâcher.

— Pour dire la vérité, je trouve cela dur à avaler.

Il s'étrangla sur sa boisson.

— Euh... je vous demande pardon ?

— Je n'aime pas perdre du temps et des efforts pour quelque chose qui devrait être simple, dit-elle d'un ton calme. La nourriture, comme la compagnie, devrait être une chose facile et réconfortante plutôt qu'un défi à relever.

Touché. Malheureusement, il était encore obnubilé par l'idée outrageusement érotique de la voir avaler ce qu'il désirait ardemment lui donner. De la voir se soumettre volontairement à l'un de ses plaisirs préférés. *Bon sang!* Sa serviette formait une tente sur ses genoux; s'il s'excitait davantage, il allait se cogner contre le dessous de la table.

— Quelque chose ne va pas avec les asperges? s'enquit la duchesse, l'air perplexe, avant d'en goûter une dans son assiette.

— Ne t'inquiète pas, ma chérie. Moi, je les trouve bonnes. D'un autre côté, on ne peut pas contrôler son appétit, déclara Strathaven. Ou son absence d'appétit.

Le regard taquin du duc oscilla entre Gabriel et Mlle Kent. Au moins, *quelqu'un* s'amuse, pensa Gabriel, irrité.

— Prenons l'exemple de Tremont, poursuivit son hôte. Il est d'une nature plutôt frugale.

— Peut-être n'aime-t-il pas les asperges? répondit Emma.

Se tournant vers lui, elle l'interrogea :

— Souhaiteriez-vous un autre légume? Je suis sûre que la cuisinière pourrait préparer quelque chose.

— Merci, Duchesse, mais j'aime les asperges, répondit tranquillement Gabriel. En fait, je les aime même beaucoup.

Les épais cils dorés de Thea se soulevèrent. Elle jeta un coup d'œil à son assiette.

— Si c'est le cas, alors pourquoi n'y avez-vous pas touché?

Parce que mes exigences te feraient peur. J'ai envie de t'enchaîner à mon lit, de faire ce que je veux de toi jour et nuit. Et je veux que tu aimes ça.

— Ce n'est pas parce que l'on aime une chose que l'on doit la prendre, affirma-t-il.

Les épaules de Thea se raidirent dans leur cadre de soie bleue.

— Ce ne sont que des asperges, intervint la duchesse, visiblement déconcertée. Quel mal y a-t-il à se laisser tenter par un légume, pour l'amour du ciel ?

Ce bougre de Strathaven avait l'air de se retenir de rire. Prenant la main de sa femme, il en embrassa les jointures.

— T'ai-je dit dernièrement à quel point je t'adore ?

Cela suffit à distraire la duchesse et donna l'occasion à Gabriel de s'adresser à Thea à voix basse.

— Puis-je vous demander de m'accorder votre pardon ? Je m'excuse pour mon comportement grossier de tout à l'heure. Je sais que vous n'aviez que de bonnes intentions...

— Frederick est votre fils, my lord, et je suis sûre que vous savez ce qu'il y a de mieux pour lui.

Thea découpa une pomme de terre en morceaux bien nets. Elle aurait peut-être aimé faire de même avec lui.

— Je ne donnerai plus mon avis à l'avenir.

Mais il *voulait* son avis. Il voulait tellement plus... *Tu ne peux pas l'avoir. Reprends-toi, bon sang !*

La mâchoire crispée, il poursuivit :

— Quoi que vous pensiez, mademoiselle Kent, je souhaite que nous soyons amis.

La blessure qui transparaissait dans ses yeux noisette le toucha plus profondément que ne l'avait fait sa colère.

— Je suis arrivée à la conclusion que l'amitié n'est pas possible entre nous.

— Pourquoi pas ? Vous devez savoir que je vous admire, insista-t-il.

Aux yeux de Gabriel, il était primordial qu'elle le sache, à défaut d'autre chose.

— Tout ceci est entièrement ma faute, ajouta-t-il.

— *Ce n'est pas moi, c'est vous ?* répliqua-t-elle d'un ton moqueur.

— C'est la vérité. Mademoiselle Kent... Thea, dit-il à voix basse, je ne pourrais pas vous admirer davantage.

Dans le creux de la gorge de la jeune femme, il vit son pouls qui s'emballait.

— Peu importe. Ce qui est fait est fait, et nous devons aller de l'avant, dit-elle.

Ses lèvres se figèrent en un sourire éclatant. Il comprit qu'ils étaient à nouveau observés.

— Avec la fin de la saison qui approche à grands pas, je suis certaine que vous êtes aussi occupé que je le suis.

Il avait beaucoup à faire, mais ce n'était pas le genre d'obligations sociales dont elle parlait. Il devait enquêter sur trois anciens collègues et identifier un traître. Ensuite, il allait devoir éliminer le problème, venger la mort d'Octave, de Marius et de tous les autres hommes de bien qui avaient été trahis par l'agent double, homme ou femme, qui se dissimulait sous les traits du Spectre.

Cicéron, Pompeia et Tibère se trouvaient tous à Londres, ce qui facilitait la tâche de Gabriel. Une confrontation directe ne ferait que les mettre sur leurs gardes. Il avait donc fait appel à ses anciens contacts, les surveillant tous les trois. Il ne s'attendait cependant pas à ce que la surveillance débouche sur grand-chose. Par expérience, il savait que les anciens agents étaient trop prudents et trop rusés pour révéler d'éventuels méfaits. Il prévoyait donc également de procéder à une fouille clandestine des espaces privés de ses anciens camarades. Pour trouver des preuves solides que l'un d'entre eux était le Spectre.

— En parlant d'être occupée... j'espère que ton costume arrivera à temps, Thea, dit la duchesse.

— Un costume? répéta Gabriel.

— Le bal masqué annuel des Blackwood. Il a lieu demain soir, intervint Strathaven. Joins-toi à nous, si tu veux.

C'était, songea Gabriel, l'une des rares fois où le destin lui souriait. Un bal costumé lui faciliterait grandement la tâche : il pourrait pénétrer sur le territoire de son ennemi par la porte d'entrée. Grâce à son déguisement, il pourrait mettre en œuvre ses plans secrets au cours d'une soirée publique. L'occasion rêvée.

— J'ai quelques rendez-vous, mais je passerai peut-être plus tard, dit-il.

— Parfait. Tu pourras m'aider pour mes devoirs d'escorte. Il y a trop de ladies pour moi !

— Comme si tu t'étais déjà plaint d'une telle chose, le taquina la duchesse, avant de se tourner vers sa sœur. Quels changements de dernière minute Madame Rousseau avait-elle à faire ? J'imagine qu'il n'y avait pas grand-chose. Ce costume de cygne était parfait pour toi.

Une vision surgit dans l'esprit de Gabriel : Thea, resplendissante dans une robe d'un blanc pur garnie de plumes. Elle avait tout d'un cygne. Gracieuse, délicate, tellement belle.

— Nous avons trouvé quelques nouvelles idées. Tu verras demain.

La conversation se poursuivit, et un mur de politesse s'éleva à nouveau entre eux. Après le dîner, la duchesse proposa à sa sœur de jouer quelques airs sur le piano. Gabriel était assis là, fasciné par les traits fins de Thea, ses mouvements élégants. Sa musique ensorcelait ses sens, chaque note pénétrant de plus en plus profondément dans les couches qu'il avait érigées, déterrant des vestiges de honte et de désir...

Les années passées seul dans son lit, la porte fermée de son mariage. La souffrance due à ce désir non réciproque, ce besoin qu'aucune quantité de brandy ou de plaisir solitaire n'aurait pu soulager. Ces pulsions qui l'avaient mené dans les chambres obscures d'un club, sanctuaire discret où ses plaisirs les plus sombres pouvaient s'exprimer *J'ai été une vilaine esclave, milord. Punissez-moi. Éperonnez-moi plus fort, pilonnez-moi !*

Tandis que les mains fines de Mlle Kent caressaient les touches jusqu'à un crescendo, le sombre désir qui l'habitait se tendait, mettant sa patience à rude épreuve. Il savait qu'il lui faudrait le satisfaire rapidement ; pourtant, l'idée de se rendre chez Corbett ne lui paraissait pas être une bonne solution. Depuis qu'il était veuf, il était allé dans ce club privé à l'occasion, mais il savait par expérience que le soulagement qu'il en retirerait serait éphémère. Il y trouverait le soulagement, mais pas la paix. Ces jeux dépravés n'étaient qu'un simulacre de ce qu'il désirait vraiment ; en fin de compte, l'accouplement apaiserait son désir, mais le laisserait froid et vide. Il ne ferait qu'échanger une bête contre une autre.

À la fin du morceau, Strathaven proposa de se retirer pour boire un porto et fumer des cigares, ce que Gabriel accepta avec soulagement. Fuir n'était pas la manière la plus honorable de faire face aux problèmes, mais c'était parfois la plus prudente. Mlle Kent était une tentation inavouable. S'il n'y prenait garde, ses sombres désirs se libéreraient, et entraîneraient des conséquences qu'il n'était pas prêt à affronter.

CHAPITRE NEUF

— Ils ne parlaient pas des asperges, n'est-ce pas ? s'enquit Emma alors que son mari entrait dans sa chambre à coucher par la porte adjacente.

Alaric s'approcha de la coiffeuse devant laquelle elle était assise, terminant ses ablutions du soir. L'air délicieusement viril dans sa robe de chambre en soie noire, il se pencha et embrassa sa joue, son parfum boisé familier provoquant un agréable frisson dans la colonne vertébrale de la jeune femme. Cela faisait plus d'un an qu'ils étaient mariés, et elle s'étonnait encore que ce magnifique diable brun soit tout à elle.

Il lui prit la brosse en argent des mains. Dans le miroir, les yeux verts d'Alaric laissaient entrevoir une lueur d'amusement.

— Je crains effectivement que la conversation n'ait rien eu à voir avec les légumes, mon amour.

— Zut alors ! Je le *savais* ! s'exclama-t-elle.

La subtilité n'avait jamais été son fort. Pourtant, elle-même avait perçu les sous-entendus à la table du dîner.

— Pourquoi Tremont ne peut-il pas laisser Thea tranquille ?

— Es-tu certaine qu'elle veuille qu'il la laisse ?

— Après la manière dont il l'a abandonnée en début de saison, je l'espère ! s'indigna-t-elle.

— Je croyais qu'il ne s'était rien passé entre eux ?

— D'après ce que m'a dit Thea, non, mais elle peut se montrer aussi fermée qu'une huître quand elle le veut, répondit Emma.

Elle était rongée par l'inquiétude à l'idée que sa douce et gentille sœur se retrouve soumise aux caprices de Tremont. *Encore.*

— Quelque chose se trame. Il était en train de s'excuser auprès d'elle... pour quelle raison, je me le demande ?

Alaric passa la brosse dans les cheveux de sa femme, et, en dépit de son agitation, le plaisir lui fit tendre le cou. Le toucher de son mari était magique. Ses caresses, à la fois fermes et douces, l'apaisaient et provoquaient des picotements en même temps.

— Tu ne dois pas t'en mêler, ma chérie, dit-il doucement. Ni Tremont ni ta sœur ne t'en remercieraient.

Emma détestait qu'il ait raison. Elle ne se préoccupait pas particulièrement de l'opinion de Tremont, mais la dernière chose qu'elle voulait, c'était contrarier Thea. C'était ce qu'il y avait de plus difficile quand il était question de la famille : même quand on savait ce qu'il y avait de mieux pour les autres, il fallait parfois s'abstenir d'interférer.

— De toute façon, je ne vois pas ce que Thea trouve à Tremont. Ils ne vont pas ensemble. Elle est douce et charmante, et lui est un pisse-froid, affirma-t-elle avant de soupirer. S'il n'avait pas été confronté à une tentative d'enlèvement et à la maladie de son fils, je lui donnerais mon avis sur la façon dont il l'a traitée.

— Voilà qui est bien charitable de ta part, ma jolie, répondit Alaric d'un ton narquois. Il se trouve que je suis d'accord avec toi sur un point. Tremont a déjà bien assez à faire.

— Mmmh. Il se passe plus de choses qu'il n'y paraît. Pourquoi refuse-t-il si catégoriquement l'aide de Kent et Associés ? C'est suspect, si tu veux mon avis, remarqua Emma, plissant les yeux. Il cache quelque chose. Et je ne crois pas une seconde que la gouvernante ne cherchait qu'à gagner de l'argent.

— C'est ton intuition féminine qui le dit ?

— Mon sens de la logique. Si la gouvernante avait l'intention de demander une rançon, pourquoi choisir l'enfant de Tremont? Sa fortune s'améliore peut-être, mais il n'est pas Crésus. Il y a beaucoup d'hommes plus riches et plus puissants... toi, par exemple.

Alaric esquissa un sourire.

— Les oreilles de Tremont doivent être en train de siffler. Mais tu n'as pas tort, commença-t-il, s'arrêtant au beau milieu d'un coup de brosse. Peut-être la gouvernante a-t-elle cru que Tremont avait les poches pleines?

— Une femme comme cela ne va rien croire du tout! Si je devais me donner la peine d'enlever un enfant, je veillerais à ce que cela en vaille la peine.

— Comme tu es vénale! Est-ce pour cela que tu m'as épousé?

— Je me fiche totalement de ton argent, et tu le sais. Cesse de chercher les compliments, dit-elle, et raconte-moi ce dont vous avez parlé avec Tremont en buvant votre porto.

Les yeux d'Alaric brillèrent dans le miroir.

— Ce dont nous discutons dans le bureau reste dans le bureau. Première règle des gentlemen.

— Les épouses sont certainement exemptées de cette règle! protesta-t-elle.

— Les épouses sont *à l'origine* de cette règle. Désolé, mon amour, mes lèvres sont scellées.

Elle lui lança un regard exaspéré.

— Tu ne vas rien me dire?

Alaric reposa la brosse sur la coiffeuse avec un soin excessif.

— Beaucoup de temps a passé depuis Oxford, et nous n'avons été amis que peu de temps avant qu'il n'abandonne ses études pour aller travailler pour un riche parent à l'étranger. J'ignore ce qu'il a fait durant toutes ces années, mais quoi qu'il en soit, cela l'a changé. Je pense qu'il pourrait avoir plusieurs squelettes dans son placard, expliqua-t-il, avant de sourire. Qui se ressemble s'assemble, sans doute.

Comme elle ne voulait pas que son mari s'attarde dans les ténèbres de son propre passé, Emma posa une main sur la sienne.

— Tu t'es débarrassé de tes squelettes.

— Avec ton aide, oui, confirma-t-il en portant la main d'Emma à ses lèvres.

Cette caresse chaude fit dresser ses mamelons qui se tendirent contre sa robe de chambre. Ses seins étaient particulièrement sensibles ces derniers jours. Si la plupart des femmes de la bonne société faisaient appel à une nourrice pour leur progéniture, celles de sa famille avaient toujours allaité elles-mêmes leurs enfants, et elle s'était rendu compte qu'elle aimait ce lien particulier avec Olivia. Comme elle nourrissait sa fille au sein, sa poitrine était généreuse et sensible; et elle sentit une légère humidité autour de ses mamelons.

Rougissant, elle resserra son châle autour d'elle.

— Crois-tu que l'un des squelettes de Tremont puisse être lié à son premier mariage?

— Je ne saurais le dire avec certitude, car lui et moi ne nous étions pas encore revus à l'époque. Mais la rumeur dit que sa marquise était irréprochable, et qu'il lui était dévoué. Peut-être l'est-il encore.

— Ne me dis pas que tu crois à ces histoires de *Marquis angélique*! s'exclama Emma, qui ne put s'empêcher de lever les yeux au ciel.

— Tu ne trouves pas ce surnom approprié?

— Personne ne peut être à ce point irréprochable. En plus, la bonne société est sujette aux exagérations et aux inexactitudes. Regarde, ils t'ont étiqueté comme le *Duc diabolique*, dit-elle, indignée, alors que tu es l'homme le plus honorable, le plus loyal et le plus aimant que j'aie jamais rencontré.

— Je suis ravi que tu le penses, murmura-t-il.

— C'est la vérité. Si la société s'est trompée à ton sujet, quelles sont les chances qu'elle ait fait de même avec Tremont? Tu sais que les gens disent qu'il n'a pas eu de maîtresse ou d'amante depuis la mort de sa femme?

— J'en ai entendu parler, oui.

— Sa femme est morte il y a plus de quatre ans! C'est un

homme dans la force de l'âge, insista Emma. Crois-tu vraiment qu'il porterait le deuil aussi longtemps ?

— Si je te perdais, je te pleurerais jusqu'à la fin de mes jours, affirma Alaric.

Il lui releva le menton d'un geste possessif, le regard brûlant, déterminé.

— Il n'y a personne d'autre pour moi, Emma. Jamais.

Elle fondit complètement.

— Je t'aime aussi.

Le baiser qu'il lui donna lui fit tourner la tête.

— Chérie ? dit-il.

Elle lui sourit d'un air rêveur.

— Mmmh ?

— Regarde si tu aimes.

— Si j'aime quoi ?

Les mains posées sur les épaules de la jeune femme, il la fit tourner à nouveau vers le miroir. Elle cligna des yeux devant l'objet éblouissant qui se reflétait à présent. Elle avait été à ce point absorbée par leur baiser qu'elle n'avait pas senti qu'il lui attachait un collier autour du cou.

— Oh... ! Il est magnifique !

Elle toucha du bout des doigts le ruban de velours rouge, puis la grande médaille incrustée de diamants, nichée au creux de sa gorge. Dans le cadre carré de la breloque se trouvait l'initiale « S », également sertie de diamants.

Même si elle était touchée par le cadeau d'Alaric, son côté extravagant pouvait être un peu excessif. L'année précédente, après avoir visité la maison de campagne de leurs amis, elle avait remarqué la belle orangerie. Aussitôt, Alaric avait fait venir des architectes et des constructeurs dans leur maison de Londres, et il avait fait ajouter un jardin d'hiver miniature pour qu'elle puisse en profiter. L'espace vitré et fleuri d'agrumes était désormais sa pièce préférée dans la maison.

— Le collier est très beau, mais je n'ai pas besoin de davantage de cadeaux somptueux, dit-elle.

— Ce n'est pas un cadeau pour toi. Il est pour moi, affirma-t-il, les yeux brillants tandis qu'il jouait avec le collier. Je veux que tu le portes avec ton costume à la mascarade.

Ses joues rougirent lorsqu'elle comprit.

— C'est... un collier de chat ?

— Pour que tout le monde sache à qui tu appartiens, mon doux chaton, répondit-il d'une voix rauque.

Un frisson discret la parcourut : elle adorait son côté dominateur. En même temps, elle ne put s'empêcher de demander :

— Et *toi* ? Que porteras-tu pour te rappeler à qui tu appartiens ?

En guise de réponse, il balaya la surface de la coiffeuse d'un geste du bras, et avant qu'elle ait pu le réprimander pour le désordre qu'il avait créé, il la souleva de son siège pour l'asseoir sur la table. Elle poussa un cri lorsque son dos fut plaqué contre le miroir, et qu'une présence encore plus dure vint se caler entre ses cuisses écartées. Sa robe de chambre s'ouvrit, glissant sur sa peau nue.

À bout de souffle, elle plongea son regard dans les yeux verts brûlants de son duc.

— Je ne suis pas près d'oublier qui possède mon cœur. Mais allez-y donc, jeune fille, dit-il, et rappelez-moi ce qu'il en est.

Le sexe de la jeune femme palpita en entendant ressortir son accent écossais et en voyant la rougeur de l'excitation sur ses pommettes saillantes. Et cela avant même qu'il ne pose les mains sur ses seins gorgés de lait, ses longs doigts jouant avec les pics sensibles. Lorsqu'il baissa la tête, la sensation choquante et exquise de succion se propagea directement au creux de son ventre, lui arrachant un gémissement.

— C'est pervers, articula-t-elle.

— Oui, et tu aimes ça chez moi, murmura-t-il. Tout comme j'aime te faire ça... et ça...

Sous ses caresses coquines, ses pensées se brouillèrent en une traînée de plaisir d'un rouge vif. En vérité, il était impossible de discuter avec cet homme. Avec son pragmatisme habituel, elle y renonça et s'abandonna avec joie à l'amour de Sa Grâce.

Chapitre Dix

— J'espère que vous trouvez ma soirée divertissante, mademoiselle Kent?

Thea, qui regardait Emma et Strathaven valser ensemble, se retourna et sourit à son hôtesse qui s'approchait. Âgée d'une trentaine d'années, la marquise de Blackwood était une femme extrêmement séduisante et élégante. Ses cheveux d'encre avaient été coiffés *à l'égyptienne*[1] et ses yeux bleu-violet brillaient au milieu d'un trait de khôl exotique qui s'étendait jusqu'à ses tempes. Vêtue d'une tunique blanche sans manches rehaussée d'un éblouissant collier de rubis, elle incarnait parfaitement la sensuelle reine du Nil.

Le royaume qu'elle dirigeait n'était pas moins magnifique. Les invités costumés remplissaient la vaste salle de bal bordée de miroirs, conversant sous de grands palmiers en pot et virevoltant sur la piste de danse. Les notes riches de l'orchestre se mêlaient aux sons joyeux, aux tintements des coupes débordant de champagne.

— Votre fête est assurément le plus grand succès de cette saison, my lady. Et, puis-je me permettre de vous complimenter sur votre tenue? lui dit Thea, sincère. Ce collier vous va à ravir.

---

1. En français dans le texte.

— C'est un cadeau de mon mari. Il prétend que mon prix est bien supérieur à celui de n'importe quel bijou, répondit-elle.

Le sourire aux lèvres, lady Blackwood toucha du bout des doigts l'entrelacement de rubis rouge sang et de diamants couleur de givre.

— Mais assez parlé de moi. La vérité, c'est que je suis venue vous dire à quel point vous êtes exquise dans votre costume. Vous avez attiré pas mal d'admirateurs ce soir.

— Vous êtes trop aimable, my lady, répondit Thea, dont les joues s'échauffèrent. Dans ce cas précis, *la belle plume fait le bel oiseau*[2], je le crains. Le mérite en revient à Madame Rousseau.

Fidèle à sa parole, la *modiste* avait créé un chef-d'œuvre. Cette robe était tout ce que Thea désirait sans pouvoir l'exprimer avec des mots. Le corsage, fait de satin cramoisi, était échancré et laissait ses épaules dénudées. La robe épousait étroitement son buste avant de retomber en cascade sur des jupes amples couvertes de plumes chatoyantes de couleur rouge et orange. Lorsqu'elle bougeait, les jupes donnaient l'illusion d'une flamme dansante. Des gants assortis en satin écarlate et un demi-masque en brocart d'or achevaient sa transformation.

— Comme vous êtes modeste! Mais toutes les femmes ne pourraient pas incarner un phénix convaincant. Se réinventer exige du talent, ma chère, et mon intuition me dit, poursuivit lady Blackwood avec un clin d'œil, que vous êtes en train de découvrir vos propres dons.

— J'essaie. Mais il est difficile de changer sa nature, dit Thea, honnête.

Néanmoins, elle faisait des efforts. Elle avait davantage dansé au cours de cette soirée que pendant toute la saison. Au lieu de se contenter d'observer ou d'écouter les conversations, elle avait bavardé jusqu'à en avoir la mâchoire douloureuse. Elle était déterminée à rendre justice au costume de Madame, et à elle-même.

---

2. Dicton signifiant que les belles parures et les beaux habits contribuent à rendre les gens attirants.

Si c'est ce qu'il faut pour trouver l'amour, qu'il en soit ainsi.

— D'après ce que j'ai pu observer, votre nature a été *très* appréciée par les gentlemen ce soir.

— Oh! Ce n'est pas vraiment moi, avoua-t-elle. Je suis plutôt quelqu'un de réservé et de tranquille. Et mes compétences en matière de badinage sont tout à fait médiocres.

— Agissez avec confiance, dit la marquise en agitant son éventail, et cela deviendra bientôt une seconde nature. Après tout, *nous sommes ce que nous faisons de manière répétée.*

— Aristote, lança Thea, reconnaissant les mots du philosophe préféré de son père. Vous avez de bonnes lectures, my lady.

— Intelligente et magnifique. J'ai fait une bonne affaire, n'est-ce pas ? intervint une voix masculine.

Le marquis de Blackwood apparut derrière sa femme. Il était vêtu comme un gladiateur romain, avec une cuirasse en métal et des sandales en cuir, ce qui convenait à son allure militaire. Des yeux bleu acier pétillaient sur son visage agréablement buriné. Passant un bras autour de la taille de la marquise, il dit :

— Mais je ne devrais pas te flatter autant, ma chérie. Et si tu devenais vaniteuse ?

— Hélas, la vanité d'une femme s'érode avec le temps. Et les enfants, ajouta lady Blackwood en soupirant. Croyez-moi, mademoiselle Kent, il n'y a rien de tel que trois jeunes garçons pour faire vieillir une femme.

— Tu n'as pas l'air plus âgée que le jour où je t'ai épousée, lui répondit son mari.

— Apparemment, ta vue baisse avec l'âge, my lord. Mais je ne vais pas me plaindre.

Souriant, la marquise se pencha vers Thea et lui murmura sur le ton de la confidence :

— Comme vous pouvez le voir, les maris ont leur utilité. Êtes-vous sur le marché pour en trouver un ce soir ?

Thea répondit, déterminée.

— Oui, si je peux trouver la bonne personne.

Son hôtesse balaya la salle de bal du regard, comme une reine aurait observé une carte de son royaume.

— Il n'y a pas de meilleur moment que le présent. Le titre, ou l'argent... qu'est-ce qui compte le plus pour vous ?

Lord Blackwood grimaça.

— C'est le moment pour moi de m'éclipser pour que vous, les femmes, puissiez tenir votre conversation vénale.

— Ne crains rien, my lord. Je t'ai épousé pour ton physique, répondit sa lady d'un ton doux, et ta fortune est arrivée loin derrière.

— Voilà une pensée réconfortante !

Souriant, Blackwood embrassa sa femme, s'inclina devant Thea, et il s'en alla se mêler à ses invités.

— Revenons à notre tâche, dit lady Blackwood, dont le regard vif parcourait toujours la salle de balle scintillante. Qu'en est-il de Sir Rathburn ? Il porte un costume doré, près de la fontaine de champagne. Son déguisement de Midas est tout à fait approprié : il gagne vingt mille livres par an.

Thea étudia l'homme en question. S'il était beau et bien bâti, son sourire en coin lui rappelait le coq qu'ils avaient à la campagne. L'oiseau bouffi d'orgueil avait paradé autour du poulailler, picorant les poules et chantant à des heures indues... jusqu'à ce qu'Emma, exaspérée, le mette dans la marmite de soupe.

— Je ne crois pas que sir Rathburn et moi soyons compatibles, dit Thea.

— Vous avez tout à fait raison. Ce n'est qu'un simple baron.

— Oh, ce n'est pas ça. Je suis moi-même une femme de la classe moyenne, après tout, et j'en suis bien heureuse, dit-elle honnêtement. Seulement, dans ma famille, on ne se marie pas pour l'argent ou le statut.

— Votre sœur a épousé le duc de Strathaven, remarqua lady Blackwood.

— Emma l'aurait épousé même s'il n'était pas duc. En fait, dit

Thea avec un sourire contrit, leur cour aurait pu se dérouler de manière un peu plus tranquille.

— Une famille d'idéalistes, comme c'est rafraîchissant ! Dites-moi donc ce que vous recherchez, mademoiselle Kent.

Tremont surgit dans son esprit. Elle bloqua son image.

— Un amour profond, sincère et passionné, déclara-t-elle.

— Eh bien. Voilà qui complique les choses, n'est-ce pas ? remarqua lady Blackwood, dont les yeux brillaient sous les traits de khôl. Il se trouve que vous êtes une lady selon mon cœur, mademoiselle Kent, et j'aimerais vous aider. Dois-je vous présenter quelques hommes célibataires ?

Alors que Thea s'apprêtait à répondre, un picotement de conscience envahit sa nuque. Elle jeta un coup d'œil par-dessus l'épaule de son hôtesse, en direction de l'entrée. Un homme de grande taille, vêtu d'un domino[3] noir, se tenait près d'un pilier. À cette distance, ses cheveux étaient d'un brun tabac, bien plus foncé que ceux de Tremont, mais il y avait quelque chose chez lui...

Elle cligna des yeux, et il disparut.

C'est parfait, n'est-ce pas ? Non seulement j'ai imaginé l'attirance entre Tremont et moi, mais maintenant je le vois partout. Si je ne surmonte pas ce penchant ridicule, je vais devenir folle.

Thea prit une inspiration et lissa ses jupes en plumes.

— Oui, my lady. Je vous serais très reconnaissante de faire les présentations.

———

Derrière la colonne, Gabriel se maudit. Il était certes un peu rouillé en matière d'espionnage, mais il se rappelait encore les règles. Perdre sa concentration était le meilleur moyen de faire échouer une mission. L'enjeu était trop important pour qu'il se permette une telle bêtise.

---

3. Cape de velours dotée d'une capuche.

Il se dit que c'était simplement le choc d'avoir vu un cygne transformé en une créature mythique faite de flammes. Ce fut plus fort que lui : il se risqua à jeter un nouveau coup d'œil autour du pilier. À chacun des mouvements de Thea, ses plumes incendiaires s'agitaient, offrant un contraste séduisant avec la peau laiteuse de son corsage décolleté et les boucles dorées rassemblées sur le dessus de sa tête délicate. Son masque doré accentuait la finesse de ses traits.

Fragile et pourtant fougueuse, elle était l'essence même du désir. Une réaction brûlante enfla en lui, le désir primitif de la revendiquer comme sienne et seulement sienne. Farouchement, il fit taire ses envies.

Tu es ici dans un but précis. Des vies, dont celle de Freddy, en dépendent.

Il engagea délibérément la conversation avec une dame déguisée en nymphe. Elle n'avait cessé de lui lancer des regards appuyés, et il valait toujours mieux se fondre dans la masse. Pendant ce temps, il surveillait discrètement sa cible de la soirée : Pompeia, également connue sous le nom de lady Pandora Blackwood.

Elle faisait le tour des lieux et présentait Thea à divers invités. Des hommes, uniquement. Gabriel serra la mâchoire tandis que Thea s'éloignait dans les bras d'un dandy déguisé en pirate. Il avait envie de s'approcher de lui et de lui faire perdre quelques dents pour aller avec son maudit cache-œil.

Avec fermeté, il ramena son attention sur Pompeia. Son mari était de nouveau à ses côtés, et il dégageait une véritable affection pour elle, le pauvre bougre. Blackwood était un honnête gentleman, respecté et admiré pour ses actions sur le champ de bataille. Ce qui prouvait que même un homme intelligent pouvait être aveuglé par l'amour. Si Blackwood découvrait un jour quelle vipère il avait épousée...

Le frétillement dans la poche cachée du domino de Gabriel lui indiqua qu'il était temps. Il avait suffisamment repéré le terrain. Il allait mettre en place son prochain stratagème.

S'écartant de la nymphe, il emprunta le couloir menant au foyer principal, où les invités continuaient d'arriver au compte-gouttes. Deux valets de pied les encadraient, l'un à l'avant et l'autre à l'arrière, afin de guider les nouveaux arrivants bavards dans le couloir menant à la salle de bal. Un troisième domestique était posté devant la grande cage d'escalier qui menait aux étages supérieurs.

Alors que le groupe se dirigeait vers le couloir derrière Gabriel, il tituba au milieu d'eux comme un marin ivre, ce qui lui valut quelques commentaires agacés, comme : « Faites attention, mon vieux ! » Il bredouilla ses excuses, puis choisit sa cible : un homme dont le domino écarlate était assorti à son visage boursouflé, et déposa les diversions à fourrure dans la poche de l'homme. Le valet de pied à l'air harassé qui fermait la marche le dépassa.

Dix... neuf... huit...

Gabriel se faufila vers le dernier valet de pied qui se trouvait devant l'escalier.

— Je dis, marmonna-t-il avec des accents d'ivrogne, où se trouvent les satanées commodités dans cet endroit ? Je ne vois pas le moindre pot de chambre, monsieur.

... quatre... trois...

— Elles sont vers la salle de bal, my lord...

Un cri masculin retentit dans le couloir.

Juste au bon moment.

— Parbleu ! Il y a des souris dans ma poche !

— De la vermine ! s'écria une dame. Il y en a une qui a couru sous ma jupe.

Une vague de cris et d'exclamations s'ensuivit.

— Je vous demande pardon, my lord ! s'exclama le valet de pied qui abandonna son poste et se précipita dans le couloir.

Gabriel gravit les marches menant au premier étage. Il s'engagea dans le couloir, marchant toujours comme un ivrogne au cas où il croiserait des gens. Il entendait le brouhaha qui se poursuivait à l'étage inférieur : c'était beaucoup d'agitation pour deux mulots inoffensifs.

Gabriel repéra les chambres de maître dans l'aile droite. Comme il avait surveillé la maison de l'extérieur, il savait laquelle était la chambre de Pompeia. Il crocheta la serrure et se glissa à l'intérieur, refermant la porte derrière lui, s'enfermant dans une obscurité qui sentait la rose et le patchouli.

Le domaine de Pompeia.

Le clair de lune passait entre les rideaux qui n'étaient pas tout à fait fermés. La lumière argentée scintillait à travers les doubles portes vitrées du balcon, éclairant le mobilier féminin. Il fouilla méthodiquement la chambre. Il découvrit un compartiment caché derrière la tête de lit; il contenait des bijoux, mais aucune preuve reliant Pompeia à la mort d'Octave ou au Spectre.

Gabriel passa ensuite au salon attenant. Avec une grande précision, il fouilla dans le contenu du secrétaire de Pompeia, prenant soin de remettre chaque chose à sa place. Sa correspondance, son matériel d'écriture, une pile d'invitations, rien de particulier. Il passa le bout des doigts sur les bords de chaque tiroir, et son pouls s'emballa lorsqu'il trouva l'interrupteur dissimulé. Un léger déclic se produisit, et le fond du tiroir coulissa pour dévoiler une cachette.

Une missive.

Il la déplia, et ses poils se hérissèrent à la vue du code du Spectre. Cela faisait des années qu'il ne l'avait pas vu, mais il n'oublierait jamais le cryptogramme du maître-espion. Son cerveau fonctionnait comme une presse d'imprimerie à l'envers, dépouillant la syntaxe et les symboles jusqu'à ce que le message apparaisse clairement.

Covent Garden, Fielding. Jeudi 13 août à 10 heures.

Pompeia avait-elle écrit cela, était-elle le Spectre?

Ou bien, avait-elle reçu ce message? Travaillait-elle pour le Spectre, prévoyant de le rencontrer à cette heure et à cet endroit?

Les différentes possibilités se bousculaient dans sa tête. Il n'y avait qu'un seul moyen sûr d'obtenir des réponses. La mâchoire crispée, Gabriel réprima son impatience. Se précipiter impliquerait de perdre la proie ultime. Le rendez-vous avait lieu une semaine plus tard ; il attendrait son heure. Puis, le moment venu, il se rendrait à Fielding. Il capturerait le Spectre, que ce soit Pompeia ou quiconque l'employait, et il rendrait justice.

Ses muscles se tendirent quand il perçut un bruissement dans le couloir à l'extérieur de la pièce. Des mouvements silencieux et discrets, quelqu'un qui agissait de manière délibérément furtive. Il replaça la missive et referma le tiroir du bureau. Au moment où une clé entrait dans la serrure de la porte de la chambre à coucher, il tirait les portes du balcon derrière lui. Enveloppé d'ombre, il se tenait dos à la pierre froide, se glissant contre la balustrade. À l'abri des regards, il patienta.

L'air humide lui collait au visage. Les bruits du bal masqué lui parvenaient. Il resta parfaitement immobile, ralentit sa respiration et concentra tous ses sens sur ce qui se passait dans la chambre.

Il y eut un léger remue-ménage à l'intérieur : Pompeia qui vérifiait ses cachettes pour s'assurer que tout était en place ? Gabriel tendit l'oreille, s'efforçant d'entendre le moindre son. Des pas... Ses mains se refermèrent sur le manche de ses dagues. Quelqu'un arrivait, s'arrêtant devant les portes du balcon. Il y eut un bruissement de tissu, des draperies que l'on écartait. Il resta immobile, le dos appuyé contre le mur froid, imaginant Pompeia regardant à travers les rideaux. Elle était à quelques mètres de lui, mais elle ne pouvait pas le voir, pas encore. À moins qu'elle ne décide de sortir sur le balcon.

Les vitres des doubles portes tremblèrent. Les lames de Tremont brillaient, prêtes à l'action.

Une autre voix se fit entendre dans la chambre. Étouffée, grave. Un homme. Un instant plus tard, Pompeia répondit en riant. Gabriel ne saisit pas les mots, mais le ton était séducteur. Elle avait été interrompue par son mari... ou par un amant.

Quoi qu'il en soit, le rideau se remit en place. Les pas de la femme reculèrent dans la chambre à coucher, puis plus loin encore. Tremont ne bougea pas jusqu'à ce que les voix se taisent.

Il compta jusqu'à cinquante. Puis il recommença, réfléchissant à ce qu'il allait faire ensuite.

Sortir par la chambre à coucher était trop risqué, surtout si Pompeia avait senti une menace. Il devait sortir d'ici maintenant, et vite. Glissant ses couteaux dans leurs fourreaux cachés, il s'accroupit sous la balustrade pour rester à l'abri des regards. Il s'avança lentement; à travers les balustres, il évalua la distance qui le séparait du sol.

Un peu plus de quatre mètres. Alors qu'il fuyait pour échapper à des agents ennemis, il avait déjà sauté par la fenêtre d'un hôtel du Marais d'une hauteur deux fois supérieure. Et il n'y avait rien eu pour amortir sa chute. Au moins, ici, il pouvait descendre le long d'une des colonnes soutenant le balcon. Il ne transpirerait même pas.

Alors qu'il s'apprêtait à franchir la rambarde, un mouvement attira son attention.

Dans le coin le plus reculé du jardin. Un éclair écarlate...

Thea. Était-elle en train de... courir? Elle essayait d'échapper à un faquin vêtu d'or. Sous les yeux incrédules de Gabriel, cet enfant de catin la rattrapa, plaqua la silhouette élancée de la jeune femme contre une haie sombre et *se colla contre elle.* La rage le fit voir rouge, et son sang rugit dans ses oreilles. L'instant d'après, il sauta par-dessus la balustrade.

Chapitre Onze

— Lâchez-moi tout de suite !

Les poumons de Thea s'épuisaient sous l'effort, mais elle se força à respirer profondément. À avoir l'air forte et ferme.

— Gardez vos mains pour vous, Sir Rathburn.

— Pas besoin de jouer les timides, ma colombe. Tu n'as pas cessé d'agiter tes plumes devant moi toute la soirée, dit le baron d'un air narquois. Il est temps d'en assumer les conséquences.

Thea grimaça et détourna la tête. Malgré cela, les lèvres visqueuses de Rathburn se posèrent contre son oreille, son souffle chaud empestait l'alcool. Ce n'était pas ainsi qu'elle allait pouvoir garder son calme. Posant les mains sur les épaules de l'homme, elle le repoussa de toutes ses forces.

— Lâchez-moi, espèce de rustaud !

L'homme se contenta d'éclater de rire.

— Une *miss* avec de l'insolence, hein ? C'est comme ça que je les aime.

— Je me fiche... de ce que vous aimez ! s'exclama Thea, esquivant ses lèvres baveuses. Je ne veux rien avoir affaire avec vous !

Pourquoi, oh pourquoi, avait-elle ignoré son instinct et l'avait-elle laissé l'emmener prendre l'air dehors ? Elle avait tellement eu envie de tourner la page et de chasser Tremont de son esprit qu'elle avait agi de façon irréfléchie. Elle avait échangé un désastre contre un autre.

— Tu as besoin qu'on t'apprenne les bonnes manières, ricana Rathburn.

— Je vais hurler si vous ne me laissez pas partir ! le prévint Thea.

— Je ne crois pas. À moins que tu n'aies envie de ruiner ta réputation. Maintenant, sois gentille et nous nous amuserons sans que personne ne s'en aperçoive...

La panique s'empara d'elle lorsqu'il lui toucha la poitrine. Elle se débattit, et la prise de l'homme se resserra comme un nœud coulant. Lorsqu'elle tenta de le repousser, le déchirement soudain du tissu la ramena à la réalité. Elle ne pouvait pas l'arrêter ; elle avait besoin d'aide. Sa vertu était plus importante que sa réputation. Elle reprit son souffle pour crier...

— Qu'est-ce que... ?

Ce fut Rathburn qui cria ; il arborait une expression surprise quand il vola en arrière, loin d'elle. Il atterrit contre une haie en gémissant. Il fallut un moment à l'esprit de Thea, choquée, pour comprendre qu'un étranger enveloppé d'obscurité était en train de frapper son agresseur, ses poings le cognant avec une force mortelle. Le baron se débattait, mais ses tentatives de riposte étaient vaines, comme celles d'un chat domestique cherchant à repousser un lion. Lorsque les jointures de son sauveur s'écrasèrent contre la mâchoire de Rathburn, le craquement de l'os sortit Thea de son hébétude.

Elle se précipita et s'agrippa au bras de Tremont. Ses muscles étaient raides et vibraient d'une puissance phénoménale. Derrière le masque noir, des yeux gris orageux lui coupèrent le souffle. Entre eux, il y eut un grésillement de conscience.

— Arrêtez. Vous allez le tuer ! plaida-t-elle, désespérée.

— Il mérite de mourir, gronda-t-il d'une voix qu'elle n'avait jamais entendue auparavant. Il vous a *touchée*.

Thea déglutit devant la violence contenue dans son regard. Et en voyant le sang qui coulait de ses mains.

— Je vais bien. Vraiment, insista-t-elle. S'il vous plaît, laissez-le partir.

Elle se moquait bien de ce qu'il adviendrait de Rathburn, mais elle ne voulait pas que Tremont commette un meurtre à cause d'elle. La colère dans ses yeux lui disait qu'il était tout à fait capable de déchiqueter son agresseur membre par membre. Il n'avait plus rien de courtois. Une fois la façade arrachée, il dégageait une puissance primitive, une férocité à peine contenue. Le cœur de Thea battait la chamade à cause de la peur... et d'une attirance dévastatrice.

Se l'avouer la bouleversa, et un mélange de ressentiment et de soulagement l'envahit. Elle ne pouvait plus se cacher la vérité. Ce qu'il y avait toujours eu sous ses yeux.

Je ne veux que lui et personne d'autre. Si je dois prendre le risque d'être rejetée, qu'il en soit ainsi.

Si elle devait finir vieille fille, elle préférait essuyer un revers plutôt que de pourrir sans jamais savoir ce qui aurait pu se passer.

— Je le laisse partir, si vous faites ce que je dis, gronda Tremont.

Lentement, elle acquiesça.

Tremont desserra sa prise sur Rathburn. Le baron glissa le long de la haie et s'affaissa sur le sol. Il semblait inconscient, et il était plein de sang, mais, heureusement, il était vivant.

Le regard de Tremont parcourut Thea, et un muscle tressaillit dans sa mâchoire à la vue de son corsage déchiré. Il retira son domino et passa le manteau de velours sur les épaules de la jeune femme. Il redressa le masque de Thea.

— Nous partons d'ici, annonça-t-il.

— Mais je suis venue avec Emma et Strathaven...

— Je leur ferai passer un mot. Nous allons directement à ma calèche. Maintenant, ordonna-t-il.

Un simple regard sur l'expression féroce de Tremont convainquit Thea qu'il était prudent d'obéir. Il l'entraîna à sa suite, sa main possessive se posant dans le creux de son dos, et même à travers les couches de tissu, la puissance de son toucher la brûla. Ils traversèrent la maison de ville, Gabriel la protégeant de sa large carrure. Ils arrivèrent à sa calèche, dont la portière s'ouvrit sur un seuil sombre et cossu.

Lorsqu'il la fit monter, son ventre se mit à palpiter sous le coup de la nervosité… et d'une attente impatiente.

———

Reste calme, se dit-il alors que la calèche démarrait. *Maîtrise tes ardeurs.*

Thea était assise sur la banquette en face de lui. Elle avait retiré son masque, et, dans la faible lumière de la lampe de la calèche, des ombres jouaient sur ses traits délicats. Son cou était blanc et gracieux au-dessus des attaches de son domino, et des plumes rouges apparaissaient derrière le velours noir. Des épingles s'étaient détachées de sa coiffure, et ses mèches couleur de miel retombaient jusqu'à sa taille.

Une princesse libre. Si belle qu'il en avait la mâchoire douloureuse.

— Vos articulations saignent, remarqua-t-elle, fouillant dans son réticule. Laissez-moi trouver un mouchoir…

— Je n'ai pas besoin d'un maudit mouchoir ! s'exclama-t-il, sa soif de sang couvant juste sous la surface. Que diable faisiez-vous dans le jardin avec cette ordure ?

Thea se raidit et posa son sac de côté. D'un ton froid, elle répondit :

— Merci d'être intervenu, my lord. Sir Rathburn devenait une véritable contrariété.

— Une *contrariété*, dites-vous ? Ce faquin avait les mains sur vous ! Si je n'étais pas arrivé à ce moment-là…

La gorge de Gabriel se serra à cette éventualité. Une force profonde et féroce tambourinait dans sa poitrine. *Personne ne touche à ce qui m'appartient.*

— Comme je vous l'ai dit, je vous en suis reconnaissante. Avec le recul, mon comportement était un peu imprudent, dit-elle, la voix vacillante. Mais même ainsi, ce ne sont pas vos affaires.

— Bien sûr que si ! Maintenant, voyez...

— Non. *Vous*, écoutez-moi ! s'exclama-t-elle, relevant le menton, les yeux brûlant d'un feu d'or. Je ne suis pas une demoiselle délicate qui a besoin d'un protecteur ! Vous n'avez pas le droit de me dicter mes agissements. Je passerai du temps avec qui bon me semble. Vous ne voulez peut-être pas de moi, mais d'autres hommes apprécient ma compagnie.

La vision de Tremont s'obscurcit.

— Au diable ces bêtises ! Je te veux ! s'exclama-t-il, la tutoyant malgré lui. Je te l'ai dit, le problème vient de moi...

— J'en ai assez de ton ambiguïté. De tes tergiversations. Si tu me veux, je te suggère d'agir maintenant, lui lança-t-elle, le tutoyant à son tour.

Ses épaules étaient ramenées en arrière, les rondeurs de sa poitrine rebondissant comme deux appâts jumeaux.

— C'est ta dernière chance, alors décide-toi, bon sang !

Déjà réveillé par la violence de la soirée, son côté sauvage se dressa face à ce défi. Rien ne pourrait l'arrêter. Son désir pour elle le submergeait, chacun de ses muscles palpitait d'envie. Elle voulait une preuve de son désir pour elle ?

Soit.

———

Tremont la souleva dans ses bras. *Enfin.*

Plaquée contre ses cuisses dures, Thea tremblait. Enfin, elle était à sa place. Là où elle mourait d'envie d'être depuis leur dernier baiser. Il se débarrassa rapidement du domino, et le cocon de velours tomba de ses épaules. Les baisers de Gabriel brûlaient sa peau nue.

Dans ses bras, elle était vraiment vivante. Soudain, elle comprit qu'aucun autre homme ne pourrait lui faire éprouver de telles sensations. Elle ne voulait que lui, seulement lui.

— Si nous faisons cela, ce sera à ma manière, gronda-t-il.

— Oui.

— Je ne te prendrai pas complètement, mais je vais m'occuper de ton plaisir. S'il y a quelque chose que tu n'aimes pas, tu me diras d'arrêter. Sinon, tu feras ce que je dirai. Sommes-nous d'accord ?

Son ton dominateur la fit frissonner. Elle abaissa le menton.

— Je ne suis pas le gentleman que l'on pense, la prévint-il. Je ne suis pas un ange.

— Tout comme je ne suis pas une poupée de porcelaine, affirma-t-elle avant de poursuivre, hésitante. Veux-tu vraiment de moi, Tremont ?

Il posa la main sur sa joue, et sa peau calleuse lui donna des frissons.

— Je n'ai jamais eu autant envie de quelqu'un. Prête, princesse ?

— Oui, souffla-t-elle.

Gabriel s'empara de la bouche de Thea, et la chaleur se déchaîna comme une symphonie, l'enveloppant d'une sensation pure. Il n'y avait que ses lèvres, leur fermeté et leur chaleur, leur frottement délicieux et enivrant. Il lui fut naturel d'écarter les siennes pour l'accueillir plus profondément en elle. Leurs langues se trouvèrent dans un *glissando* de plaisir qui lui donna la chair de poule. Les pointes de ses seins se raidirent sous son corsage jusqu'à lui provoquer des picotements.

Assise sur les genoux de Tremont, elle savait que leur baiser produisait le même effet sur lui. À travers les couches de vêtements, elle sentait la forme dure de sa virilité. Elle s'agita, juste pour voir sa réaction, et il gémit.

L'instant d'après, elle se retrouva allongée sur le dos, les omoplates contre la banquette en velours. Tremont s'agenouilla sur le plancher de la calèche, les traits sérieux, les yeux brûlants et possessifs. Le genre de passion dont elle avait rêvé.

— Magnifique, la complimenta-t-il, la voix rauque. Tu me rends brûlant.

— Avec toi, je me sens submergée, avoua-t-elle en tendant la main pour toucher sa mâchoire.

Il lui prit la main, puis la plaça au-dessus de sa tête, enroulant les doigts de Thea autour de quelque chose de lisse, fait de cuir... la sangle du passager ? Tournant la tête sur le coussin, elle vit qu'il lui avait effectivement fait attraper la boucle noire attachée à la paroi sous la vitre.

— Les deux mains, ma belle, ajouta-t-il, lui prenant l'autre main pour la placer aussi sur la sangle. Je veux que tu t'accroches et que tu ne lâches pas jusqu'à ce que je te le dise.

— Mais... pourquoi ?

— Parce que c'est ce que je veux.

Les mains de Gabriel constituaient un argument convaincant, elles parcouraient sa colonne vertébrale, dénouaient et desserraient son corset.

— Parce que j'ai besoin de savoir que tu me fais confiance, ajouta-t-il.

Elle voulait lui demander ce qu'il entendait par là, mais sa question s'évanouit lorsqu'il posa les lèvres sur son épaule pour en suivre la courbe. Un brouillard enveloppa son esprit tandis qu'il enfouissait son nez dans le creux de sa gorge. *Si c'est ce qu'il veut*, se dit-elle avec langueur, *je suppose que je n'ai plus qu'à me laisser faire...*

Ses baisers descendaient de plus en plus bas, et elle sentit qu'il tirait sur son corsage, exposant pour la première fois sa poitrine aux yeux d'un homme. La faim faisait briller une flamme d'argent dans les yeux de Gabriel, réduisant à néant la pudeur et la timidité de la jeune femme. Elle aurait tout le temps plus tard pour les préoccupations virginales et les pensées rationnelles.

À cet instant, tout ce qu'elle voulait, c'était lui.

— Bon sang ! Tu es d'une beauté inouïe, murmura-t-il d'une voix où perçait la révérence.

Avec son pouce, il tourna autour d'un mamelon, le taquinant jusqu'à ce qu'il atteigne son point culminant, et elle eut le souffle coupé. *Continue à respirer*, se rappela Thea. *Tu ne voudrais pas passer à côté de ça.* Elle parvint finalement à faire entrer régulièrement de l'air dans ses poumons. *Inspire profondément, expire profondément.* Son assurance se renforça lorsque Tremont la toucha, lui affirmant à quel point il la trouvait exquise, parfaite.

— Es-tu prête pour plus ? gronda-t-il d'une voix rauque.

Pour tout.

— Oui. Oh, oui !

— Alors, accroche-toi bien à la sangle, ma douce. Ne la lâche pas.

Gabriel abaissa la tête et Thea haleta tandis que le cuir se tendait dans ses mains. Les choses qu'il faisait avec sa langue, ses lèvres... Lorsqu'il lécha l'un de ses mamelons, puis souffla doucement dessus, elle sentit un frémissement la tirailler au plus profond de son ventre. Il l'attira dans sa bouche et le suça, et la sensation se répandit dans son bas-ventre. Une chaleur liquide s'accumula entre ses jambes.

— Tu es si douce et réactive, la complimenta Gabriel, dont le souffle chaud effleurait le pic humide, la faisant frissonner. Tu aimes ça, Thea ? Tu aimes que je te caresse et que je t'embrasse... comme ça ?

Sa langue tourbillonna et elle gémit en réponse.

— Tu en veux encore ?

Oh que oui !

— Je veux tout connaître. Avec toi, soupira-t-elle.

Il expira fort, avant de l'embrasser à nouveau. C'était un échange torride de lèvres, de langues et de respirations. Ses jupes bruirent, ses doigts glissèrent sur ses bas de soie, suivant la peau sous la jarretière. Lorsqu'il referma sa main sur sa cuisse nue, elle expira brutalement.

— Tout va bien, princesse ?

— Ne t'arrête pas, le supplia-t-elle.

Gabriel remonta la main.

— Tu aimes que je te touche ici... et ici ?

Les mots se bloquèrent dans la gorge de Thea, car il avait atteint le sommet de ses cuisses. Il l'écarta délicatement, et les joues de la jeune femme s'enflammèrent lorsqu'elle se rendit compte à quel point elle était devenue humide. Mon Dieu, était-ce *normal* ?

— Tu es si douce, si humide. Comme une fleur après la pluie, la complimenta-t-il, la voix basse et empreinte de révérence. Tu es une perfection de la nature.

Eh bien ! Rassurée par son approbation et par la chaleur dans les yeux de Tremont, elle se détendit et laissa les merveilleuses sensations l'envahir. Au même moment, une étrange pression naquit au creux de son ventre. Une tension qui semblait liée au plaisir, à un rythme identique. Le pouls de Thea s'emballa comme si elle était dans une course... après quoi ?

— Tremont, dit-elle en remuant.

— Gabriel. Je veux t'entendre le dire.

Il toucha un endroit qui lui arracha son prénom des lèvres, ses hanches se soulevant de la banquette.

— Et là, ajouta-t-il d'une voix rauque, voici le plus beau bourgeon de ton jardin.

Elle émit des sons incohérents tandis qu'il continuait à jouer avec cette pointe sensible, tournant autour d'elle, la caressant, faisant monter la tension en elle. Elle ne cessait de remuer contre la banquette, envahie de sensations, mais étrangement vide à la fois. Elle avait besoin de quelque chose... de plus. Une chose pour laquelle elle n'avait pas de mots.

— Gabriel, s'il te *plaît*.

Elle ne savait même pas ce qu'elle demandait.

Il arborait une expression triomphale. Il posa les lèvres sur celles de Thea dans un baiser plus rude, plus fort qu'auparavant. Elle se délectait de ce côté possessif de Tremont. Soudain, elle éprouva une sensation d'étirement, puis il la toucha... *à l'intérieur.* Elle retint sa respiration tandis que ses muscles se contractaient autour de cette plénitude inconnue.

— Comme tu es étroite ! Et tu me serres si fort, dit-il, se redressant brusquement. Est-ce que je te fais mal ?

— Non, répondit-elle, car ce n'était pas vraiment douloureux. C'est une sensation... étrange.

— Étrange dans le mauvais sens du terme?

— Étrange d'une manière étrange. Recommence.

— Comme ça?

Cette fois, le frottement exquis et intense lui fit cambrer le dos.

— Oui, soupira-t-elle.

Gabriel gémit le prénom de Thea et ses caresses changèrent. Ses doigts adoptèrent un rythme rude et soutenu, dont la cadence haletante lui coupa le souffle. C'était tellement *bon*! Lorsque sa paume asséna une légère gifle à sa chair enflée, elle gémit de plaisir. Il recommença, encore et encore. Thea bascula la tête en arrière contre le velours, tandis que le *crescendo* en elle montait...

— Tire sur la sangle, lui ordonna-t-il. Tire fort pour moi.

Elle s'agrippa au cuir et tira. Tout son corps se tendit, et les doigts de Gabriel plongèrent profondément, créant une vague transcendante qui fit apparaître des étoiles devant ses yeux. Elle cambra les hanches tandis qu'il la comblait complètement, sa paume se frottant contre son bourgeon sensible.

— Jouis pour moi maintenant, Thea, gronda-t-il.

Elle cria en franchissant la ligne d'arrivée. Des spasmes de volupté la secouèrent, l'un après l'autre, puissants et d'une douceur insoutenable. Des ondes de félicité la bercèrent, la séparant de son ancien moi; cette découverte la laissa frissonnante.

Quand Thea reprit ses esprits, elle leva les yeux vers Tremont. Pour une fois, son expression était spontanée. Dans son regard étincelant, elle vit le reflet de son propre émerveillement. Et la lueur de quelque chose d'autre, aussi, qui aurait bien pu être... de l'espoir.

Chapitre Douze

Gabriel se réveilla tout à fait alerte, une habitude datant de ses années d'espionnage. Être somnolent pouvait être fatal, et ce n'était pas une façon de commencer la matinée. Allongé dans la chambre d'amis, la lumière de l'aube s'infiltrant par une fente entre les rideaux de velours, il était parfaitement conscient de deux faits.

Tout d'abord, il avait amené Thea à l'orgasme dans la calèche la nuit dernière, et cela avait été l'expérience la plus torride et la plus séduisante de sa vie. La passion de la jeune femme l'avait totalement bouleversé. Ensuite, elle n'avait pas été effrayée ni rebutée par ses caresses. Elle était une lady, une innocente, et pourtant elle l'avait désiré... elle l'avait *supplié* de la libérer. La beauté impudique de son orgasme l'avait stupéfié; s'ils n'étaient pas arrivés à la résidence Strathaven, il aurait adoré lui en procurer un autre.

Il observa les chérubins en plâtre qui s'ébattaient le long du plafond, le cœur battant la chamade. Une possibilité s'offrait à lui : pourrait-elle accepter ses désirs charnels ?

Je veux tout connaître. Avec toi.

Certes, ses paroles étaient celles d'une innocente : elle ignorait ce qu'impliquait « tout » avec lui. Pourtant, son ouverture d'esprit réveillait son fantasme le plus profond, auquel il avait renoncé depuis longtemps. Il était vain de vouloir quelque chose qui n'existait pas, mais son vieux et dangereux désir prenait néanmoins racine : comment serait-ce de posséder entièrement une lady ? Qu'elle s'abandonne à lui, qu'elle lui accorde toute sa confiance, qu'elle lui appartienne, à lui et à lui seul ?

Cette possibilité rôdait dans un coin de son esprit, aussi alléchante qu'un rêve. Une vanne cachée s'ouvrit en lui, libérant tant d'envies, d'une telle intensité, qu'il ne pouvait pas toutes les identifier. Un désir brutal l'envahit.

Le pouls affolé, il glissa la main sous le drap. Il étouffa un gémissement lorsqu'elle se referma sur la crête raide et douloureuse de son vit. Au cours des années qu'avait duré son mariage, il s'était habitué à se donner du plaisir. Pour le meilleur et pour le pire, la masturbation était devenue une habitude nécessaire.

Mais il ne voulait pas songer au passé. Il voulait se concentrer sur l'avenir, sur le fantasme qui s'éveillait en lui. Fermant les yeux, il s'autorisa à imaginer toutes les choses qu'il voulait faire avec Thea. Les plaisirs pervers qu'il voulait lui faire découvrir, les limites de sa passion, qu'il se languissait de mettre à l'épreuve et... de contrôler.

Dans sa tête, il revint à l'obscurité de la calèche, à son magnifique corps nu étendu pour lui sur les coussins de velours. Cette fois, il vit ses mains liées par la sangle du passager, ses poignets attachés par du cuir noir pendant qu'il plongeait ses doigts en elle. Sa respiration s'accéléra ; il empoigna son érection, imitant la pression serrée et timide de son sexe, et la manière dont elle l'avait si ardemment accueilli. Bon sang ! Elle avait été magnifique dans les affres du plaisir. Il s'imaginait plaquant ses mains sur ses cuisses duveteuses, les écartant tandis que son orgasme la faisait trembler.

Abaissant la tête, il posa sa bouche sur elle. Son essence inonda ses sens comme de l'ambroisie, et il s'en délecta avec avidité. Au son de ses geignements plaintifs, il lécha son sexe, s'enfonçant profondément, gémissant à son tour quand ses muscles palpitants l'attirèrent plus loin. Il la prit avec sa langue, et elle le laissa faire à sa guise...

tout ce qu'il voulait. Son membre tressaillit dans sa main; il le serra plus fort tout en remontant vers sa perle qu'il taquina de sa langue.

Lorsqu'il suça le fier petit bourgeon, Thea cria encore, et ses cuisses se crispèrent autour de la tête de Gabriel. La voir atteindre son paroxysme enflamma son sang et, l'instant d'après, il la montait, approchant son vit de sa boutonnière humide. Il plongea en avant, le plaisir se propageant le long de sa colonne vertébrale à mesure que le corps de la jeune femme l'accueillait. Ses yeux le retenaient aussi pleinement que sa chair vierge, des miroirs noisette brillant et pleins de confiance. Avec un abandon pur et simple.

Déstabilisé par elle, il laissa libre cours à l'animal qui sommeillait en lui. Il plongea en elle, dans son corps humide et accueillant. Les gémissements de Thea accompagnaient le claquement féroce de ses testicules contre ses pétales rosés. Elle le prit jusqu'à la garde, et ce ne fut toujours pas assez, il avait besoin de s'enfoncer plus loin encore. Hissant les chevilles de la jeune femme par-dessus ses épaules, il plaqua ses hanches contre elle. Encore et encore... en boucle.

Se débattant contre ses liens, elle se cambra pour prendre tout ce qu'il avait à lui donner. Ses seins rebondissaient au rythme des coups de reins de Gabriel, leurs pointes couleur corail dressées fièrement. Elle cria quand son sexe commença à convulser autour de son vit envahissant. Il lui donna de nouveaux coups de reins, plongeant en elle en gémissant. Elle le serrait, et il sentit sa propre extase arriver à toute vitesse. S'enfonçant une dernière fois en elle, il explosa dans un nuage de félicité.

Haletant, Gabriel se laissa retomber contre les oreillers, les draps humides, le cœur battant la chamade. À mesure qu'il redescendait de son extase, il se sentit plus calme, il avait les idées plus claires. Le désir entre Thea et lui la nuit précédente avait été réel. Certes, il n'avait pas dévoilé la profondeur de ses penchants, l'étendue de son besoin de domination sexuelle, mais la réaction de la jeune femme était prometteuse. Était-il possible qu'elle l'accepte sexuellement?

L'impatience le tenaillait. Son sens de l'honneur lui dictait de lui faire une demande, mais il ne se lancerait pas à l'aveuglette comme la dernière fois. Cette voie n'avait conduit qu'au malheur des deux parties. Cette fois, il apprendrait de ses erreurs. Il expliquerait toutes ses attentes à Thea, et il lui décrirait le genre de mariage qu'il avait à lui offrir.

Peut-être ne s'évanouirait-elle pas, peut-être ne s'enfuirait-elle pas de la pièce en courant. Il ne lui était pas interdit de rêver. Et peut-être, juste peut-être, voudrait-elle l'accepter.

Il souffla. Avant d'aller plus loin avec Thea, il devait tirer un trait sur son passé. Jamais il ne laisserait la menace du Spectre l'atteindre. D'ici dix jours, il tendrait une embuscade au méchant et à Pompeia lors de leur rencontre à Covent Garden. Il mettrait un terme à cette vilaine affaire, et assurerait la sécurité de ceux qui lui étaient chers. Alors, et seulement à ce moment-là, il pourrait s'occuper de son avenir.

L'espoir surgit, illuminant un avenir qui pourrait inclure Thea.

———

Les jupes de mousseline fleurie de Thea se balançaient tandis qu'elle descendait les marches à toute vitesse. Ce n'était pas très élégant de se précipiter, mais elle ne pouvait pas s'en empêcher. Elle avait dormi bien plus tard que d'habitude; si sa femme de chambre n'était pas venue avec un plateau de petit déjeuner, elle aurait peut-être dormi jusqu'à midi. En l'état actuel des choses, elle avait hâte de voir Gabriel. Son pouls battait la chamade au souvenir de tout ce qu'ils avaient partagé la nuit précédente.

Il la voulait. Il l'avait trouvée *parfaite.*

Il était parfait, pensa-t-elle rêveusement. Une sensation de chaleur se répandit au bas de son ventre et ses muscles intimes se mirent à palpiter. Dans ses bras, elle avait enfin connu la passion dévorante à laquelle elle aspirait. Il l'avait traitée comme une femme de chair et de sang, et elle s'était délectée de ses caresses délicieusement dominatrices.

Au rez-de-chaussée, elle suivit le bourdonnement des conversations, traversa la bibliothèque et se rendit à la salle de billard. Depuis l'embrasure de la porte, elle vit Emma et Strathaven. À l'autre bout de la pièce, ils discutaient avec animation, pour savoir où accrocher une planche circulaire qui ressemblait à une cible de tir à l'arc. Une nouvelle distraction, songea Thea, masquant un sourire. Sa sœur et son beau-frère aimaient jouer.

Son regard se déplaça alors, et elle vit Gabriel et Freddy assis dans des fauteuils club. Les cheveux de ce dernier avaient été peignés et il était une adorable et sombre miniature de son père. Ils arboraient tous les deux la même posture droite, mais aucun d'eux ne parlait. Elle se demanda, et ce n'était pas la première fois, pourquoi il y avait une distance entre le père et le fils. Il était évident qu'ils s'aimaient. Peut-être avaient-ils besoin d'un coup de pouce pour combler cet écart.

Gabriel leva les yeux lorsqu'elle entra, et le regard qu'il lui lança fit naître des papillons dans son ventre. Son habituel bouclier de froideur avait disparu ; ses yeux étaient chaleureux et doux, comme de la fumée. Il se leva pour la rejoindre, et un frisson de plaisir possessif parcourut Thea. Beau et viril, il était majestueux dans une veste vert foncé qui mettait en valeur ses larges épaules et son torse mince. Son pantalon collait comme une seconde peau à ses cuisses musclées, avant de se glisser dans des bottes soigneusement cirées.

— Vous vous êtes levée tard ce matin, mademoiselle Kent. J'espère que les activités d'hier soir ne vous ont pas trop épuisée.

Son ton était poli, et il la vouvoyait de nouveau pour ne pas éveiller les soupçons des Strathaven, mais il y avait une lueur sensuelle dans ses yeux.

Rougissant, elle répondit sur le même ton.

— J'avais juste besoin d'un peu plus de repos. Avez-vous, euh... bien dormi ?

— Jamais mieux que cette nuit, répondit-il, lui offrant l'un de ses rares sourires.

Le cœur en fusion, elle adressa un signe de la main à Freddy.

— Bonjour, mon chéri. C'est un plaisir de te voir debout.

— Le docteur Abernathy a dit qu'un changement de décor me ferait du bien, répondit le garçon avec un sourire timide. Et je me sens beaucoup mieux aujourd'hui.

— Je suis ravie de l'entendre, affirma-t-elle d'un ton chaleureux.

— Thea, tu aurais dû venir me voir si tu ne te sentais pas bien hier soir, lui dit Emma qui s'approcha, l'air inquiet. Heureusement, Tremont était là pour t'aider. Dieu sait que ce genre de choses peut faire basculer quelqu'un...

— Il n'y a pas lieu de t'inquiéter, Em. Je vais très bien.

Consciente que son visage devait être rouge comme une tomate maintenant, Thea chercha à changer de sujet. Regardant par-dessus l'épaule de sa sœur, elle vit Strathaven ajuster furtivement la planche sur le mur.

— Qu'êtes-vous en train d'accrocher ?

— C'est pour un jeu. Un peu comme le tir à l'arc, mais nous utilisons des fléchettes au lieu de flèches, expliqua Emma. M. McLeod en a un chez lui. Ses camarades soldats et lui avaient l'habitude d'y jouer pour passer le temps quand ils étaient dans l'armée. Et tu connais Strathaven. Tout ce que son frère possède, il faut...

Elle s'interrompit brusquement. Apercevant son duc en train de déplacer la cible, elle lui lança d'un ton exaspéré :

— C'est beaucoup trop près de la fenêtre, Alaric !

— On voit mieux la cible à la lumière. Elle est parfaitement placée ! insista son mari.

— Si tu ne veux plus avoir de vitres aux fenêtres, certes, répliqua-t-elle, les lèvres pincées. Je ne pourrai pas jouer, j'aurais trop peur de casser la fenêtre.

— La peur aide à viser, dit Strathaven qui s'approcha d'elle et lui souleva le menton. Maintenant, arrête de t'inquiéter, ma jolie, et constituons les équipes.

Freddy choisit de regarder, Thea se retrouva donc avec Gabriel, ce qui était parfait, puisqu'elle mourait d'envie de lui parler. Le duc leur expliqua les règles : chaque équipe recevait quatre fléchettes, de minuscules lances joliment ornées de plumes colorées. Elles étaient bleues pour les Strathaven et vertes pour Thea et Gabriel. Depuis la ligne de tir, chaque joueur devait lancer sa fléchette sur la cible, qui était constituée de trois cercles concentriques et d'un centre rouge. L'équipe dont la fléchette atterrissait le plus près du centre gagnait.

Alors qu'Emma s'avançait pour tirer la première, Gabriel s'approcha de Thea et lui parla à voix basse :

— Comment vas-tu ?

Pour quelqu'un qui ne le connaissait pas, sa question était simplement polie. Mais, à la ligne tendue de sa mâchoire, Thea comprit qu'il s'inquiétait sincèrement des conséquences de la nuit passée. Le fait que cet homme fort et stoïque s'inquiète pour elle lui donnait tout autant le tournis que si elle avait bu une coupe de champagne.

— Je vais bien, le rassura-t-elle. Mieux que bien.

— Tu ne regrettes rien ?

— Non, répondit-elle, puis, voyant son air sérieux, elle ne put s'empêcher de le taquiner. En fait, si, une chose.

— Oui ?

— Je regrette que nous ne l'ayons pas fait plus tôt.

Il souffla soudain, et elle se rendit compte qu'il avait retenu sa respiration. Les yeux de Gabriel se réchauffèrent, jusqu'à ressembler à de l'acier en fusion.

— Pour cela, il y a toujours l'avenir.

Les genoux de Thea flanchèrent, et son cœur s'emballa.

— Vraiment ?

— Mon Dieu, je l'espère !

Son ton empli de ferveur était si éloigné de celui de l'*Ange* sans émotion qu'elle dut sourire. Dans le même temps, un sentiment d'insécurité la tenaillait. Qu'est-ce qui avait changé pour lui la nuit précédente ? Qu'est-ce qui l'avait poussé à passer enfin à l'acte ? Pendant si longtemps, il s'était montré hésitant au sujet de leur relation. Quelle garantie avait-elle que les sentiments de Gabriel ne changent pas à nouveau.

Avant qu'elle ait pu trouver le courage de lui poser la question, le duc l'appela pour qu'elle joue. Elle s'avança vers la ligne et tâcha de se concentrer sur la cible. Tenant la fléchette verte à hauteur de ses yeux, elle visa et la lança. Elle se planta dans le cercle extérieur, plus loin du centre que la fléchette d'Emma.

Elle retourna auprès de Gabriel.

— Je ne suis pas très douée pour cela, dit-elle avec regret.

— Tu as simplement besoin d'entraînement, répondit-il d'un ton impassible, mais ses yeux souriaient. Je serai heureux de t'aider à t'entraîner, princesse.

Le pouls de Thea s'emballa. Bonté divine! Le Gabriel séducteur était encore plus dévastateur pour ses sens que le Gabriel énigmatique. Se rappelant qu'il avait utilisé le même surnom la veille, elle lui demanda timidement :

— Pourquoi m'appelles-tu ainsi ?

— Princesse, tu veux dire ?

Elle hocha la tête.

— Parce que tu me fais penser à un conte. La princesse enfermée dans la tour, expliqua-t-il d'une voix grave et rauque qui lui donna la chair de poule. Dès la première fois que je t'ai vue, j'ai eu envie que tu lâches tes cheveux pour moi.

La respiration de Thea devint saccadée. Elle avait le tournis. Encore un peu, et elle s'évanouirait de bonheur. Heureusement, le cri de joie d'Emma les interrompit. Le duc avait planté sa fléchette dans l'anneau le plus proche du centre.

C'était au tour de Gabriel, mais il tendit le projectile à plumes à Thea.

— Essaie encore.

— Non, vas-y. Sinon, nous allons perdre...

— Ce n'est qu'un jeu, répondit-il d'une voix plus forte, la rapprochant de la ligne. Ramenez votre bras un peu plus en arrière, comme cela.

Il positionna le bras de Thea de manière que sa main soit près de son oreille. Sa proximité lui coupait le souffle, et son musc masculin pur lui donnait le vertige.

— Essayez de garder votre épaule et votre bras détendus ; imaginez que vous lancez à partir de votre coude.

Elle se concentra, tâchant de suivre les conseils de Gabriel. Elle lança, et la petite flèche s'enfonça dans le cercle à côté du centre.

— Bien joué, mademoiselle Thea ! s'exclama Freddy.

Plutôt satisfaite de l'amélioration de son tir, elle sourit.

— Merci, mon chéri.

Le lancer suivant d'Emma manqua complètement la cible, atterrissant dans la moulure autour de la fenêtre, à quelques centimètres à peine de la vitre. Elle adressa un regard à son mari, comme pour affirmer : « Je te l'avais dit. »

Gabriel tendit à Thea leur troisième fléchette. Il l'aida à nouveau à mettre son bras en position.

— Cette fois-ci, dit-il, donnez un petit coup de poignet pour augmenter la vitesse.

Sa fléchette atterrit encore plus près du centre que la précédente.

— Bien joué, la complimenta Gabriel. Vous êtes particulièrement douée pour cela.

Son approbation déclencha une vague de chaleur en elle. Le duc passa en dernier pour l'équipe Strathaven. Sa fléchette atterrit dans le rouge, juste un peu à gauche du centre. *C'est fini*, se dit Thea. Personne ne pouvait battre un tel tir.

Lorsque Gabriel lui tendit la dernière fléchette, Thea secoua la tête.

— S'il vous plaît, prenez votre tour. Je veux voir ce que vous savez faire.

Se rendant compte que ses paroles pouvaient avoir un double sens, elle rougit.

— Si vous insistez.

Avec un petit sourire, Gabriel ne prit même pas la peine de s'approcher de la ligne. En fait, il ne la quitta pas des yeux, et, d'un geste si naturel qu'on aurait dit qu'il ne visait pas du tout, il envoya leur dernière fléchette.

Qui frappa la cible avec un bruit sourd. *En plein centre*, constata Thea, ébahie. La cible vibra sous l'effet de la puissance de son lancer, et quelques autres fléchettes se détachèrent et tombèrent au sol.

Freddy poussa un cri de joie.

— Tu as gagné, papa !

— Pas mal, Tremont, remarqua Strathaven en haussant les sourcils. Tu as déjà fait ça, n'est-ce pas ?

— Une fois ou deux.

Tandis que le duc et Em commençaient à ramasser les fléchettes, Gabriel se tourna vers Thea.

— Aimerais-tu te promener dans le jardin ? lui demanda-t-il à voix basse. Nous avons beaucoup de choses à nous dire.

— J'adorerais...

Elle fut interrompue par l'arrivée de Jarvis, le majordome âgé, qui traînait des pieds.

— Je vous demande pardon, Lord Tremont, dit le fidèle serviteur avec son accent écossais, mais un message vient d'arriver pour vous.

Gabriel prit la missive sur le plateau. Il en parcourut le contenu, et son expression s'assombrit.

— Des nouvelles ? s'enquit le duc.

— J'ai engagé un homme pour rechercher la gouvernante, et il a retrouvé une ancienne adresse à Shoreditch.

— Crois-tu qu'elle y sera ? demanda Strathaven en fronçant les sourcils.

Les yeux de Gabriel étaient aussi durs que l'acier.

— C'est une piste que je vais devoir vérifier.

— Je t'accompagne, proposa le duc.

— J'aimerais mieux que tu gardes un œil sur mon fils. Je serai bientôt de retour... avec de bonnes nouvelles, je l'espère.

Il marqua une pause, le regard rivé sur Thea.

— Une fois que cette affaire sera terminée, l'avenir pourra vraiment commencer.

— Prenez soin de vous, lui dit-elle, anxieuse. Cela pourrait être dangereux...

Il s'inclina sur sa main et murmura à sa seule intention :

— Nous parlerons davantage à mon retour. M'attendras-tu ?

Elle hocha la tête. Il dit brièvement au revoir à Freddy et sortit à grands pas.

— Ne t'inquiète pas, mon chéri, dit-elle, remarquant la peur que le garçon essayait vaillamment de dissimuler.

Elle lui serra l'épaule dans un geste rassurant.

— Ton papa ira bien.

— Je n'aime pas Mlle Fournier. Ce n'est pas une bonne personne, dit le petit garçon, la lèvre frémissante.

— Non, c'est vrai, mais j'espère que ce sera bientôt terminé. Voudrais-tu essayer de lancer quelques fléchettes ? J'aurais besoin d'un partenaire d'entraînement.

— Oh ! s'exclama Freddy, sourcils froncés. Je peux sans doute essayer.

Il se révéla être un élève doué, ses premières tentatives atterrissant de manière honorable dans l'anneau du milieu. *Tel père, tel fils*, pensa Thea avec fierté. La fléchette suivante de Freddy toucha le bord de la partie rouge, et, au même moment, les fenêtres tremblèrent soudainement.

Il cligna des yeux.

— Je n'ai pas fait cela... n'est-ce pas ?

— Que diable...? Cela venait de la rue, annonça Strathaven, qui allait sortir de la pièce en direction de l'avant de la maison. Restez ici, en sécurité.

Emma, bien évidemment, le suivit, et Thea et Freddy se précipitèrent derrière elle. Dans le salon, Thea s'approcha d'une des fenêtres donnant sur la rue. Elle se hissa sur la pointe des pieds et tendit le cou pour voir...

Son cœur s'arrêta.

Au bout de la route, la calèche de Gabriel était la proie des flammes, couchée sur le côté.

Chapitre Treize

— T*rajan, nous devons nous en aller.* Maintenant. *Des chevaux nous attendent...*

La voix de Marius filtrait à travers la fumée et les flammes. À travers une rage brûlante.

Gabriel repoussa l'autre.

— Je ne pars pas. Pas avant d'avoir tué jusqu'à la dernière de ces ordures.

— Bon sang ! Nous n'avons pas le temps... !

Les ennemis sortaient en masse du bâtiment en flammes et les encerclaient. Gabriel serra les dents ; la bête se cabra et griffa en lui. Pendant des semaines, ils l'avaient retenu captif, l'avaient battu et fouetté, riant pendant qu'il se débattait, en proie à la douleur.

Ce sont tous des hommes morts.

Le clair de lune se refléta sur ses couteaux. La mer rugissait.

Lorsque la brume se dissipa, des corps gisaient sur le sable tout autour de lui. Ses mains étaient chaudes et collantes. Le calme retomba comme un linceul. C'était trop calme. Où était Marius ?

Son regard se porta au loin. Deux silhouettes près des falaises. L'une d'elles tenait un pistolet.

L'autre était Marius.

— Non ! hurla Gabriel.

Le coup de feu brisa le silence de la nuit.

———

— Je suis désolé, my lord. Le bébé est arrivé en avance. Je n'ai rien pu faire, pour aucun d'eux.

Les mots résonnaient dans le couloir vide. Il ne voyait que la porte fermée, cette barrière qui ne s'était que brièvement ouverte sept mois plus tôt. Il est de mon devoir, Tremont, de te donner un remplaçant en plus de l'héritier. *Des mots froids, et des draps plus froids encore.*

Sa main se leva d'elle-même pour atteindre la poignée.

— Non, my lord, vous ne devez pas entrer! Nous n'avons pas eu le temps de...

La mort. Son odeur réveilla ses instincts, les mettant en alerte. Mais le danger était déjà passé, ne laissant que la destruction dans son sillage. Il passa une main tremblante sur ses cheveux bruns; sa beauté n'était plus qu'un masque de cire.

Son devoir l'avait tuée... il l'avait tuée. Il s'assit, comme engourdi, au milieu des draps tachés de sang, tenant les restes de son amour.

———

Gabriel se réveilla, haletant.

Ses mains s'agrippaient à... des draps. Pas dans la salle d'interrogatoire en Normandie. Pas dans son domaine. Une lumière vacillante combattait l'obscurité; il était dans un lit inconnu...

— Calme-toi, mon amour. Tout va bien. Je suis là.

Il tourna la tête en direction de la voix. Dans la pénombre, il vit briller des yeux noisette, et des cheveux d'or et de miel. Il la reconnut, et il s'ancra à la réalité.

— Thea? croassa-t-il. Que s'est-il passé?

Elle posa la main sur son front.

— Tu as eu un accident ce matin.

La panique envahit Gabriel.

— Frederick ?

— Il est en sécurité, le rassura-t-elle. Non, ne bouge pas...

Trop tard. La douleur lui tenailla le flanc lorsqu'il essaya de se redresser. Il se laissa retomber contre les oreillers, et son champ de vision fut envahi de noir.

Thea appliqua quelque chose de frais sur son front, et lorsqu'elle parla à nouveau, sa voix tremblait d'inquiétude.

— Tu dois faire attention, Gabriel. Il y a eu une explosion, et tu as été blessé. Heureusement, aucun organe vital n'a été endommagé, mais tu as des côtes fêlées. Le docteur Abernathy a retiré un éclat de bois de ton flanc.

En un éclair, tout lui revint : les légumes éparpillés, la charrette renversée qui bloquait la route. Il avait ouvert la porte de la calèche, avec l'intention de sortir et de voir ce qui se passait. C'était alors qu'avait retenti la détonation assourdissante. Puis le feu avait pris. Il s'était précipité, les chevaux hennissaient...

— Mon cocher ? s'enquit-il.

— Il est vivant, le rassura Thea d'une voix douce, mais ses blessures mettront du temps à guérir.

Encore un innocent blessé à cause de lui. La culpabilité et la rage lui donnèrent le vertige ; le noir revint aux confins de sa vision.

— Tiens, bois ceci, lui intima-t-elle, portant un verre à ses lèvres.

Le liquide frais, aromatisé aux agrumes, était comme un baume pour sa gorge desséchée. Il but goulûment et ne remarqua l'amertume qu'après avoir tout avalé.

— Bon sang ! Tu m'as donné du laudanum ?

— Le docteur Abernathy a dit que tu en aurais besoin pour la douleur. Et de repos, aussi.

— Je n'ai pas besoin de me reposer. Il faut attraper l'ordure qui a fait ça...

— Quand tu iras mieux. Pour l'instant, tu n'es pas capable de tenir debout, et encore moins de traquer un meurtrier, le réprimanda-t-elle gentiment. Si tu essaies de bouger, tu ne feras qu'aggraver tes blessures.

Il s'affaissa à nouveau contre les oreillers, l'esprit embrouillé ; il avait du mal à former des pensées cohérentes. *Je dois les protéger... je dois lui dire... même si elle me méprise...* Il lutta contre le brouillard et saisit le poignet de Thea.

D'une voix rauque, il lui demanda :

— Dis à Strathaven qu'il doit veiller à la sécurité de tout le monde. Qu'il doit te protéger.

— Ne t'inquiète pas. Il y a des valets de pied partout.

— *Non.* Des gardes professionnels.

Sa langue lui paraissait épaisse dans sa bouche, et ses paupières s'abaissaient comme des poids de plomb. Il s'accrocha à la première chose qui lui venait à l'esprit.

— L'agence de ton frère... *promets-le-moi.*

— Je te le promets, répondit-elle, les yeux écarquillés, les lèvres tremblantes. Que se passe-t-il, Gabriel ?

Il essaya de se concentrer, mais son visage se brouillait.

— L'ennemi... dangereux.

— Qui est-il ? Gabriel...

La voix de Thea lui paraissait venir de loin. Il tombait à pic dans un tunnel noir.

— Le Spectre, murmura-t-il.

L'obscurité l'avala.

Chapitre Quatorze

Le lendemain après-midi, Thea attendait dans le salon que Gabriel descende. À son réveil, il avait insisté pour organiser une réunion avec tout le monde. Il avait ignoré ses questions et ses protestations quant au fait qu'il n'était pas assez rétabli pour quitter le lit.

C'est une affaire urgente, avait-il répondu. *J'expliquerai les choses lorsque tout le monde sera arrivé.*

Elle n'avait pas pu l'en dissuader.

Ambrose entra dans la pièce, sa femme Marianne à ses côtés. Son robuste associé aux cheveux bruns, M. William McLeod, le suivait. L'Écossais salua Strathaven en lui donnant un coup sur le bras. Le duc lui rendit la pareille avec la même force; ainsi se comportaient les deux frères qui étaient aussi différents que le jour et la nuit, tant par leur apparence que par leurs manières.

Thea alla saluer les nouveaux arrivants.

— Merci d'être venus, dit-elle.

— C'est normal. Comment va Tremont ? s'enquit Ambrose.

Brun et longiligne, son frère était un homme de principes, solide et fiable. Il avait dix-sept ans de plus que Thea, car sa mère avait été la première femme de leur père, mais elle ne l'avait jamais considéré autrement que comme un membre à part entière de sa famille. Très jeune, il avait subvenu à ses besoins et à ceux de sa famille, et sa simple présence la rassurait.

Marianne, la femme d'Ambrose, était tout son contraire, élégante jusqu'au bout des ongles. Cette blonde élancée, autrefois qualifiée d'Incomparable[1], était intelligente et dotée d'un esprit très vif. Si différents que semblent être le mari et la femme en apparence, leur dévouement l'un envers l'autre était absolu. Et plus d'une fois, les connaissances de Marianne au sujet de la bonne société avaient aidé Ambrose dans ses enquêtes.

— Tremont ne devrait pas sortir du lit, constata Thea d'un ton inquiet. J'ai essayé de le convaincre de reporter cette réunion, mais il n'a rien voulu savoir.

— Étant donné que sa calèche a explosé, sa hâte n'est pas surprenante, intervint sa belle-sœur.

Le ventre de Thea se noua sous l'effet de la peur qu'elle avait tâché de maintenir à distance. Se mordillant la lèvre, elle dit :

— J'aimerais savoir ce qui s'est passé. Qui pourrait être à l'origine d'une attaque aussi ignoble ?

— C'est pour cela que nous sommes ici. Pour le découvrir, répondit son frère avec un calme rassurant.

La veille, elle avait honoré la promesse qu'elle avait faite à Gabriel et elle avait envoyé un message à l'agence de son frère. M. McLeod était venu en personne sur place pour établir ce qu'il appelait un « périmètre ». Ses hommes entraînés surveillaient maintenant la résidence Strathaven jour et nuit.

— Nous sommes également ici pour voir comment tu vas, intervint Marianne. Emma dit que tu t'es épuisée à soigner le marquis.

Thea jeta un regard exaspéré à sa sœur aînée, qui était trop occupée à discuter avec M. McLeod pour le remarquer.

— Emma se comporte en mère poule, comme d'habitude. Je vais très bien.

— Avec ta maladie..., commença Ambrose.

---

1. Femme de la bonne société, qui n'a ni d'égale ni rivale.

— Je vais *bien*. Je suis plus forte qu'avant, répliqua-t-elle avec un léger soupir. Pourquoi personne ne le comprend?

Son frère et sa belle-sœur parurent surpris. Même elle fut surprise de son ton piquant.

— Personne ne doute de ta force, ma chérie. Nous nous inquiétons simplement pour toi, répondit Marianne.

Comprenant l'inquiétude sincère du couple, Thea se sentit aussitôt coupable.

— Je le sais. Vous me pardonnez?

— Il n'y a rien à pardonner, dit son frère. Mais je dois te poser la question, Thea. Que se passe-t-il entre toi et Tremont?

Les joues de la jeune femme s'échauffèrent. Comme l'explosion avait empêché la discussion que Gabriel et elle devaient avoir au sujet de l'avenir, elle ne savait pas quoi répondre.

— Puis-je répondre à cette question plus tard?

Ambrose fronça les sourcils.

— Pourquoi?

— Parce qu'à cet instant, elle ne connaît pas la réponse, lui murmura Marianne, avant de se tourner vers Thea. Du moment que tu sais ce que tu fais, ma chérie.

— Je le sais, dit Thea.

Du moins, je l'espère.

À ce moment-là, Gabriel entra dans la pièce, attirant l'attention de Thea. Ses cheveux fauves étaient ébouriffés et son teint manquait encore d'éclat, et les cernes sous ses yeux lui donnaient une apparence plus masculine que jamais. Le léger renflement de son bandage était visible sous son gilet. Même dans cet état, il était si incroyablement séduisant que le cœur de Thea chavira.

Pourtant, l'amant tendre qu'elle commençait à peine à connaître n'était plus là. Il n'y avait plus aucune trace de chaleur en lui, il n'y avait plus qu'une détermination glaciale. Les yeux de Gabriel se fixèrent sur les siens; ils étaient du gris froid et clair de l'aube. Un pressentiment la fit frissonner. Il avait convoqué cette réunion dans un but précis, et elle avait l'intuition qu'elle apprendrait bientôt certains de ses secrets.

Ce qui lui convenait. Parce qu'elle désirait le connaître, qu'elle avait été attirée dès le début par l'âme sombre et passionnée qu'elle avait toujours sentie sous son apparence civilisée. *Il* était l'intensité qu'elle avait toujours désirée. Avec lui, elle se sentait plus vivante, plus épanouie qu'elle ne l'avait jamais été.

Elle était déterminée à l'aider de toutes les manières possibles.

Qui essayait de faire du mal à Gabriel ? La tentative d'enlèvement de Freddy était-elle liée à l'attaque de la calèche ? Dans quelle sorte d'intrigue Gabriel était-il impliqué et contre quel ennemi maléfique ?

Tout le monde s'installa autour de la table basse, et Thea choisit le fauteuil à côté de lui. Tandis que l'on servait le thé et les rafraîchissements, il se mit à parler.

— Merci à tous d'être venus. Je vous dois ma gratitude, dit-il d'un ton grave, et je crains de vous être encore plus redevable avant la fin de la journée.

— Il n'est pas question d'être redevable entre amis, dit Strathaven d'un ton dédaigneux.

— Pas plus qu'au sein d'une famille, intervint Ambrose. Tous les amis des Strathaven sont les nôtres, Lord Tremont.

Thea éprouva un élan d'amour et de gratitude envers son frère.

— Alors, j'ai de la chance, car je souhaite recourir aux services de votre entreprise, répondit Gabriel, qui marqua une pause en se frottant la nuque. Pardonnez-moi. Demander de l'aide est encore plus difficile que je ne l'imaginais.

— Thea nous a dit que vous aviez un ennemi, dit Ambrose. Peut-être devriez-vous commencer par là.

Gabriel inspira.

— Oui. Avant de commencer, il y a quelque chose que vous devez savoir. Un secret qui doit rester dans cette pièce.

Ambrose inclina la tête.

— Vous pouvez être assuré de notre discrétion.

— Ne nous tenez pas en haleine, dit Emma.

Sur ses traits, Thea perçut le conflit qui agitait Gabriel.

Oubliant leur réserve en présence des autres, elle s'adressa à lui d'une voix douce.

— Quoi que ce soit, tu peux nous faire confiance, tu le sais.

Gabriel croisa son regard. Il lui adressa un léger signe de tête, comme si, intérieurement, il prenait une décision.

— Au cours de la guerre contre Bonaparte, j'ai participé à des opérations de renseignements pour la Couronne, annonça-t-il.

Alors que Thea essayait d'absorber cette information surprenante, il poursuivit :

— J'ai été recruté dans un groupe dont l'objectif principal était la collecte d'informations, et la protection des secrets nationaux. En d'autres termes, j'étais un espion, conclut-il avec un soupir, sans jamais la quitter du regard.

———

Il remarqua l'expression bouleversée de Thea et se dit qu'il n'y avait rien de surprenant à cela. L'espionnage était considéré comme une activité déshonorante, à laquelle aucun gentleman ne voulait être associé. Au cours de ses sept années de mariage, son passé n'avait été évoqué qu'une seule fois. Il avait fait un cauchemar, si intense que Sylvia l'avait apparemment entendu depuis sa chambre. Elle l'avait réveillé, et il était si désorienté que les détails de son passé avaient surgi.

Elle lui avait coupé la parole d'une voix douce et tremblante. *Si tu fais comme si rien ne s'était passé, ce sera comme si rien ne s'était passé. Mets cela derrière toi, Tremont. Nous n'en parlerons plus jamais.*

Elle avait essayé de le masquer, mais il avait vu l'horreur et le dégoût dans ses yeux, la honte qu'elle éprouvait à cause de lui. Ensuite, il avait gardé son passé pour lui, comme il l'avait toujours fait. Il n'avait jamais prévu de raconter à nouveau ces faits sordides, d'exposer ses secrets infâmes à qui que ce soit... et surtout pas à la femme qu'il désirait plus que tout.

En regardant Thea, il déglutit. Elle paraissait si pure dans sa robe blanche ornée d'un ruban bleu, ses boucles pendant librement autour de son doux visage. Sa vision personnelle de la beauté.

Tu n'as pas le choix, se dit-il.

Il détestait l'admettre, mais le danger était trop grand pour qu'il puisse le gérer seul. L'attaque du Spectre l'avait ramené à la raison. Il avait besoin d'aide, il ne pouvait pas vaincre seul cette ordure.

— Un espion ? *Vous ?* répéta la duchesse, avant de rester bouche bée.

— Ferme la bouche, mon amour, lui dit son mari avec douceur. Tremont ne s'est pas vu pousser une deuxième tête. Il a simplement dit qu'il recueillait des informations pour son pays en temps de guerre.

— Étiez-vous dans l'armée ? l'interrogea William McLeod.

Gabriel savait que cet Écossais costaud avait été soldat et éclaireur dans le 95ᵉ régiment.

— J'ai travaillé sous d'autres cieux, dit Gabriel d'une voix calme. Les Français avaient un avantage considérable sur nous en matière de renseignement. Ils étaient mieux coordonnés, plus efficaces et plus expérimentés, ce qui leur a permis de remporter des succès sur le champ de bataille. Mon supérieur, qui portait le nom de code Octave, s'est vu confier la tâche de mettre sur pied une équipe de renseignements secrète similaire pour les Britanniques. Il a sélectionné et formé un groupe de cinq agents qu'il a baptisé le Quorum. J'étais l'un d'entre eux.

Les yeux dorés d'Ambrose Kent étaient perçants.

— Cet ennemi qui vous menace aujourd'hui... il a des liens avec votre passé d'espion ?

L'enquêteur comprenait vite, ce qui confortait Gabriel dans l'idée qu'il prenait la bonne décision. Il n'avait qu'un seul regret... Il jeta un regard en coin à Thea. Ses yeux noisette, emplis d'une douce passion la veille, étaient maintenant marqués par le choc... et le dégoût ? La poitrine oppressée, il s'obligea à faire face à l'inévitable.

— Il y a un mois, j'ai trouvé Octave assassiné dans son bureau. Depuis, j'ai découvert qu'il traquait un espion français surnommé *Le Spectre*. Pendant la guerre, il était notre ennemi juré, il volait nos secrets, il avait toujours une longueur d'avance. Après le conflit, il s'est lancé dans un commerce florissant en vendant des informations au plus offrant. À un moment donné, il a monté un piège en Normandie, et il a capturé trois membres du Quorum, moi y compris.

La chair guérissait, mais pas les souvenirs. Le dos de Gabriel frémit au souvenir des flagellations et des coups. Il s'obligea à continuer.

— Lors de notre évasion, j'ai repéré le Spectre et j'ai cru que je l'avais tué, mais nous n'avons pu recueillir aucune preuve, car l'endroit était la proie des flammes. Apparemment, Octave a continué à chercher notre ennemi au fil des ans et ce qu'il a découvert l'a conduit à sa perte.

— Qu'a-t-il découvert ? s'enquit Thea, les yeux écarquillés.

— Non seulement le Spectre est vivant, mais il était l'un des nôtres. Un agent double.

D'un ton lugubre, Gabriel leur parla du dernier message de son mentor, marqué de son sang, ainsi que de la découverte de la lame chez Cruiks.

— Nom d'un chien ! Un traître ! s'exclama McLeod en passant une main dans ses cheveux hirsutes.

— Je crois que mon mentor a été tué parce qu'il était trop près de découvrir la véritable identité de notre ennemi, poursuivit Gabriel. Aujourd'hui, j'ai été pris pour cible, car l'information m'a été transmise. L'explosion du carrosse, la tentative d'enlèvement de mon fils, tout cela est l'œuvre du Spectre.

— Vous étiez cinq dans le réseau d'espionnage, dites-vous ? Moins vous, cela fait une liste de quatre suspects possibles ? l'interrogea Kent, qui griffonnait sur un petit carnet.

— Trois, dit Gabriel à voix basse. Mon collègue Marius a été tué lors de l'évasion en Normandie. Les autres agents, Cicéron, Tibère et Pompeia, sont en vie, et ils se trouvent à Londres.

— Pompeia ? répéta Mme Kent, haussant les sourcils. Une femme espionne ?

— Elle était l'un de nos meilleurs agents, et l'un des plus meurtriers. Elle pourrait être le Spectre, comme l'un des deux autres, confirma Gabriel avec un soupir. Avec l'aide de Kent et Associés, j'ai l'intention de démasquer le vrai méchant et de mettre fin à cette folie.

— Nous aurons besoin de connaître l'identité des autres agents, déclara Kent.

Gabriel en était conscient, bien sûr, mais une certaine résistance se manifestait en lui. Révéler l'identité d'un collègue espion allait à l'encontre de l'un des rares codes d'honneur de l'espionnage, et de ses propres convictions. Pourtant, il revoyait Octave gisant dans une mare de sang, la peur dans les yeux de Freddy, la cape du Spectre qui apportait ténèbres et flammes...

Fais ce qui doit être fait.

— Ces informations ne devront pas quitter cette pièce. Des réputations, voire des vies sont en jeu, déclara-t-il, l'air sombre. En tant qu'agents, nous nous sommes fait des ennemis puissants, et l'anonymat est notre seule protection.

— La discrétion est primordiale chez Kent et Associés, le rassura Kent.

Gabriel jeta un regard à Thea, incapable d'interpréter sa réaction. Même si cela n'avait pas d'importance. Avant l'attaque, il s'était laissé aller à un optimisme profondément illusoire. Il avait laissé ses fantasmes obscurcir son jugement. À cet instant, alors qu'il mettait son passé à nu, il voyait les choses à travers le prisme limpide et dur de la réalité.

Épouser Thea les conduirait tous deux au désastre. Une fois encore, son passé s'était réveillé pour lui rappeler ce qu'il avait été : un espion et un tueur sans état d'âme. Une véritable bête. En dépit des réactions de la jeune femme dans la calèche, ce qu'il lui avait montré là n'avait fait qu'effleurer la surface de ses désirs charnels. Son insatiable besoin de domination.

Son sang était maudit. S'ils se mariaient, elle finirait par entrevoir la véritable noirceur qui l'habitait, et il la répugnerait, comme il l'avait fait avec Sylvia. Il se retrouverait dans la même situation douloureuse que lors de son premier mariage, mais en pire. Il préférerait qu'on lui arrache les tripes plutôt que de lire le rejet dans les yeux de Thea.

Il mit de côté ses sentiments et se concentra sur les faits.

— Pompeia est lady Pandora Blackwood.

Il entendit Thea inspirer brusquement et vit tout le monde hausser les sourcils.

— La marquise ? dit la duchesse, incrédule. Comment est-ce possible ?

— En tant qu'espionne, elle avait la capacité singulière d'endosser n'importe quelle identité. À ma connaissance, elle parle au moins quatre langues, et elle est capable de charmer ou tuer un homme avec la même facilité.

— Mais elle était si *gentille*, dit Thea. Je n'arrive pas à le croire. Lors de son bal masqué, elle a bavardé avec moi, elle m'a présentée à ses invités...

— Pompeia peut sembler très gentille... jusqu'à ce qu'elle vous passe un garrot autour du cou, répondit Gabriel d'un ton neutre.

La main de Thea se porta à sa propre gorge. Au-dessus de son châle, sa peau était lisse et blanche. D'une vulnérabilité exquise.

— Pensez-vous que lady Blackwood est le Spectre ? l'interrogea Kent.

Décrivant la missive accablante qu'il avait trouvée dans sa chambre, il conclut :

— Si elle n'est pas le Spectre, alors elle travaille probablement pour lui. Lors de notre dernière mission en Normandie, elle a abandonné notre groupe, expliqua-t-il alors que l'amertume ancienne se réveillait en lui. À cause de son absence, nous nous sommes retrouvés en infériorité, et nous avons été pris au piège. Au cours de notre évasion, l'un des nôtres est mort. S'il l'on se fie au passé, on ne peut pas lui faire confiance.

— Cette missive que vous avez trouvée dans son bureau...

mentionnait-elle l'heure et le lieu de rendez-vous ? s'enquit Strathaven.

— Dans cinq jours. Dans un endroit appelé Fielding à Covent Garden.

— On dirait l'un des étals du marché, dit McLeod. Nous pourrions mettre en place une surveillance et voir si votre fantôme apparaît.

— C'est exactement ce que je pensais, déclara Kent. Et les deux autres suspects ?

— Cicéron est Lord Cecil Davenport et Tibère, M. Tobias Heath.

— Doux Jésus ! s'exclama le duc, haussant un sourcil. Un conservateur et un radical qui ont quelque chose en commun ? Et ce quelque chose, c'est un passé dans l'espionnage ?

— Davenport et Heath se ressemblent plus que vous ne le pensez. Tous deux sont impitoyables et capables de tuer.

— Nous devrons également les surveiller, suggéra Kent. McLeod, avons-nous les hommes pour cela ?

— Oui. Je vais mettre Cooper et Jones sur l'affaire.

— Voilà qui couvrira les suspects connus, poursuivit Kent dont le front se plissa sous l'effet de la concentration. Ce qui nous laisse deux autres pistes à suivre : la gouvernante, et l'explosion de la calèche. Commençons par la première : avez-vous fait des progrès ?

— J'ai mis à contribution certains de mes contacts pour retrouver Marie Fournier, mais cela n'a rien donné. Elle a eu la sagesse de faire disparaître ses affaires de l'hôtel avant d'essayer de capturer mon fils, je n'ai donc que peu d'éléments pour continuer.

— Vous avez le mouchoir qu'elle a laissé tomber au Jardin zoologique, lui rappela Thea.

Son désir le tenaillait, plus profond que ses blessures. Pourquoi fallait-il qu'elle soit si belle *et* intelligente ? Elle incarnait tous ses fantasmes, mais aussi une réalité qu'il ne posséderait jamais.

Il fouilla dans sa poche, en retira l'objet, et le plaça sur la table basse, à la vue de tous. Le mouchoir était simple, blanc, de qualité moyenne. Le genre que l'on pouvait trouver en vente dans n'importe quelle boutique de la ville. Il n'avait rien de particulier, à l'exception des initiales de la gouvernante, « M. F. » brodées au centre avec un fil bleu bien visible.

Kent examina le mouchoir.

— Ce n'est pas grand-chose, mais je vais me renseigner auprès de quelques boutiques. Si vous avez les noms de ses références, je suivrai ces pistes également; il y a de fortes chances qu'elles soient également fausses. L'explosion reste donc la piste la plus prometteuse. Lorsque j'ai inspecté votre calèche, j'ai trouvé les restes d'une cartouche de poudre à canon attachée en dessous. Je pense que le chariot renversé faisait partie d'une diversion; pendant que vous étiez arrêté, quelqu'un a allumé la mèche. Avez-vous des souvenirs de ce qui s'est passé juste avant l'explosion?

Gabriel se pencha sur la minute qui avait précédé. La calèche qui ralentissait. Les légumes qui jonchaient la route, la charrette renversée. Les gens qui commençaient à s'approcher de la scène. Il avait posé la main sur la poignée de la portière, avec l'intention de sortir et de voir ce qui se passait, mais il s'était arrêté parce que...

— Un homme. Il est passé devant ma portière au moment où je m'apprêtais à descendre. Il était vêtu d'une tenue de travail, il avait des cheveux bruns et des traits ordinaires. Gabriel se replongea dans le passé, dans la calèche, au moment où il avait jeté un bref coup d'œil à l'inconnu qui passait par là. Pourquoi l'avait-il regardé? Qu'est-ce qui avait retenu son attention? La mémoire lui revint.

— Il boitait. Il s'appuyait davantage sur sa jambe gauche.

— C'est un début, affirma Kent en refermant son carnet. Lorsque nous interrogerons les témoins, nous leur demanderons s'ils ont vu un homme qui boitait. Peut-être quelqu'un se souviendra-t-il de quelque chose.

— Que puis-je faire? J'aimerais aider, intervint Thea.

Les paroles de la jeune femme stupéfièrent Gabriel, et une sensation de chaleur s'empara de sa poitrine. L'instant d'après, la flamme s'éteignit sous le coup d'une épouvante totale. Tous ses muscles se contractèrent en signe de refus.

— Vous ne vous impliquerez pas, affirma-t-il.

— Au cas où vous ne l'auriez pas remarqué, je suis déjà impliquée. Après tout, j'ai déjoué l'enlèvement de Freddy. Qui peut dire que je ne peux pas être utile dans le cas présent ?

Conscient qu'ils n'étaient pas seuls, Gabriel s'efforça de se maîtriser. Il était hors de question qu'il laisse son histoire délétère la toucher. Il était temps d'étouffer cette situation dans l'œuf.

— C'est une affaire dangereuse. Une femme n'y a pas sa place, déclara-t-il d'un ton ferme.

— Mais une femme *est* impliquée. Lady Blackwood est suspecte, protesta-t-elle, puis elle inclina la tête. En fait, lors de son bal, elle s'est montrée très amicale avec moi. Je pourrais lui rendre visite, profiter de l'occasion pour enquêter...

— Il n'en est pas question ! gronda Gabriel.

— Tremont a raison, Thea, intervint Kent.

Heureusement, son frère avait le bon sens de le soutenir !

— C'est trop dangereux pour toi.

— Emma travaille avec toi. Elle se trouve sans cesse dans des situations dangereuses, souligna Thea.

La duchesse s'éclaircit la gorge.

— Ce n'est pas tout à fait vrai. J'aide sur les dossiers, oui, mais pas sur ceux qui impliquent un danger physique.

Thea plissa les yeux.

— Tu as aidé à retrouver l'homme qui cherchait à *assassiner* Strathaven.

— Dans ce cas précis, je n'avais pas le choix. Sa vie était en danger, répondit sa sœur avec sérieux. Je ne pouvais pas rester sans rien faire et regarder l'homme que j'aime être blessé.

Strathaven passa un bras autour des épaules de sa femme.

Thea croisa les bras.

— Vous comprendrez alors pourquoi je ne peux pas supporter de voir l'homme auquel *je* tiens risquer de se faire tuer.

Sa déclaration plongea la pièce dans le silence. Les oreilles de

Gabriel se mirent à bourdonner, et son cœur se mit à battre à un rythme effréné. Elle... *tenait à lui* ?

Elle ne connaît pas tes sombres secrets. Elle ne sait pas ce que tu as fait ni qui tu es, murmura sa voix intérieure. *Elle est bien trop innocente pour voir la bête qui est en toi.*

En voyant les regards qui s'échangeaient dans la pièce autour d'eux, il comprit qu'il devait agir. Protéger Thea d'un avenir de désillusion et de douleur. Quel qu'en soit le prix, il devait empêcher une telle chose de se produire.

— Votre sollicitude à l'égard d'un invité atteste de votre gentillesse, mademoiselle Kent, dit-il avec une courtoisie glaciale, mais, je vous l'assure, ce n'est pas nécessaire. J'ai la situation bien en main.

Thea le regarda fixement.

— De la sollicitude à l'égard d'un invité ? C'est ainsi que tu qualifies notre relation ? explosa-t-elle, faisant fi de toute retenue en le tutoyant devant tout le monde.

— Comment pourrais-je la qualifier autrement ? répondit-il d'un ton neutre. Votre hospitalité envers moi et mon fils vous honore, mais la dernière chose dont j'ai besoin, c'est d'une femme qui s'immisce dans mes affaires. Surtout une femme à la constitution délicate.

Un rouge profond envahit les joues de Thea.

— Maudit sois-tu, Tremont !

Il n'aurait pas été plus surpris si elle l'avait giflé. La Thea qu'il connaissait n'utilisait jamais qu'un langage doux. Elle se leva d'un bond et tous les hommes se hâtèrent de faire de même, y compris lui. Même s'il la dominait par la taille, c'était *lui* qui était prisonnier d'une svelte princesse à la chevelure de miel et aux yeux d'or.

— Si tu crois une seule seconde que je vais te laisser affronter ce danger seul, c'est que tu ne me connais pas du tout ! s'exclama-t-elle.

La voix de Thea tremblait non pas de peur, mais... de colère ?

— Pour la dernière fois, je ne suis *pas* délicate. Tu peux souffler le chaud et le froid si tu le souhaites, mais je ne vais pas rester là à me tordre les mains en attendant que tu te fasses tuer.

Les mains serrées en petits poings élégants, elle sortit de la pièce.

Eh bien... bon sang! Soudain, Gabriel avait du mal à respirer. Sous sa veste, il était devenu dur comme de la pierre, et l'excitation faisait rugir son sang dans ses veines.

— Il n'a pas tort, marmonna Kent, s'adressant à tout le monde dans la pièce. Ce n'est pas sûr pour Thea.

— Je ne voudrais pas que mon épouse Annabel soit mêlée à ce genre d'affaires, acquiesça McLeod avec une sympathie toute masculine. Les femmes n'ont pas leur place au milieu des meurtres et du chaos.

Mme Kent se leva, et ses jupes s'agitèrent.

— Alors, nous, les femmes, nous devrions nous rendre utiles, n'est-ce pas, Emma? dit-elle d'un ton mielleux. Nous pourrions, par exemple, aller vérifier le ménage, ou faire de la broderie.

— Ou bien nous pourrions nous contenter de nous tordre les mains avec Thea, intervint la duchesse.

Alors que les deux femmes sortaient à grands pas de la pièce, Strathaven murmura :

— Que Dieu nous vienne en aide, gentlemen. Préparez-vous à vous battre... sur plusieurs fronts.

Chapitre Quinze

— Je ne voulais pas perdre mon sang-froid, s'excusa Thea en faisant entrer Emma et Marianne dans sa chambre.

— Tu en avais tout à fait le droit. Tremont s'est montré assez rustre, déclara Emma.

La compréhension qu'elle perçut dans les yeux de sa sœur entraîna un picotement menaçant dans ceux de Thea. Elle était peut-être trop protectrice, mais elle pouvait toujours compter sur elle pour prendre son parti.

Thea refusait de céder aux larmes.

— Je ne suis *pas* aussi délicate qu'il le croit.

Après avoir balayé la chambre du regard, Marianne choisit la chaise près de la coiffeuse, ses jupes retombant gracieusement lorsqu'elle s'assit.

— Tout bien considéré, je pense que, pour quelqu'un de sensible, tu es plutôt résistante. Toutes les femmes ne réagiraient pas avec autant de sérénité à l'annonce du passé de Tremont.

Em s'assit sur le lit et tapota la couverture à côté d'elle. Thea vint se blottir contre sa sœur, puis elle admit :

— C'est choquant. Mais ce n'est pas non plus très surprenant, si cela a un sens.

Même s'il lui était difficile de concevoir que Gabriel ait été

impliqué dans des affaires d'espionnage, c'était en quelque sorte...
logique. Et, d'une certaine manière, elle se sentait soulagée, car les
choses avaient désormais plus de sens. Sa façade soigneusement
maîtrisée, la puissance nerveuse qui se cachait en dessous. Pourquoi il protégeait si étroitement ses passions et ses secrets. Se remémorant la façon dont il avait neutralisé Rathburn et sa précision
mortelle avec les fléchettes, elle se demanda quelles autres compétences cachées il possédait.

Elle ne trouvait pas cette idée si dérangeante que cela, mais
plutôt intrigante. Son aura énigmatique, sa grande maîtrise de lui-
même l'avaient toujours fascinée. Découvrir qu'il avait servi son
pays ne faisait qu'ajouter à l'admiration qu'elle lui portait. Il était si
complexe qu'elle voulait retirer toutes ses couches, une à une,
pour découvrir qui il était vraiment. L'amant puissant dans la
calèche, et le tendre soupirant dans la salle de billard.

Zut alors... ! Je suis en train de tomber amoureuse de lui.

Malheureusement, cette prise de conscience s'accompagnait
d'une bonne dose d'agacement. Pourquoi fallait-il qu'elle aime un
homme qui l'avait rejetée à plusieurs reprises ? Qui ne semblait pas
pouvoir faire un choix à son sujet ?

Emma pinça les lèvres.

— On dirait bien que tous les éléments concordent, n'est-ce
pas ? Les espions doivent avoir le sang froid pour faire leur travail,
et j'ai toujours pensé que Tremont était un peu un iceberg.

— Seulement dans la mesure où il a des profondeurs cachées
sous la surface, répliqua Thea, s'empressant de défendre Gabriel
en dépit de son irritation à son égard. Il ne montre peut-être pas
ses émotions, mais c'est un homme aux sentiments profonds. Sans
cela, je ne tiendrais pas à lui.

— Et te rend-il ton affection, ma chérie ? demanda Marianne
avec douceur.

— Nous sommes parvenus à nous entendre le soir du bal
masqué, affirma-t-elle, avant de se mordiller la lèvre inférieure. Du
moins, c'était ce que je croyais.

Emma plissa les yeux.

— Tremont a-t-il profité de toi?

— Non. En fait, on pourrait dire que c'est le contraire qui s'est produit, dit-elle en toute sincérité. Il est possible que j'aie profité de lui.

Sa sœur haussa les sourcils.

— Ce sont toujours les plus discrètes…, remarqua Marianne. Tremont t'a-t-il fait sa demande?

— Avant d'être attaqué, il a dit qu'il voulait que nous discutions de notre avenir. Maintenant, il agit comme si nous n'étions que de simples connaissances, dit-elle alors que sa frustration était à son comble. Depuis le début, il n'arrive pas à faire un choix en ce qui me concerne, et ça me fait *mal*. Un instant, il me veut, l'instant d'après, il me repousse.

— C'est vraiment exaspérant, reconnut sa belle-sœur. Bien que, dans son cas, je crois qu'il essaie d'agir noblement, et de te protéger de son passé.

— Je me fiche de son passé! Je tiens à *lui*.

Emma soupira.

— Alors je suppose que nous ferions mieux de faire front commun et de le sortir de ce pétrin, dit-elle en plissant le nez. En dépit des affirmations contraires, j'ai personnellement constaté que le point de vue féminin est toujours utile lors des enquêtes. Surtout quand l'un des suspects est une femme.

— Et tous les suspects sont des membres de la bonne société… dont je suis experte, ajouta Marianne.

Thea n'avait jamais autant aimé ces deux autres femmes.

— Que sais-tu de lady Blackwood, Marianne?

— Il se trouve que Pandora a fait des débuts plutôt mystérieux, répondit sa belle-sœur, qui fronça les sourcils. Si je me souviens bien, elle a fait son apparition au sein de la bonne société il y a une douzaine d'années, prétendant être la fille d'un certain Henry Hudson. Celui-ci avait un titre mineur, et c'était un aventurier… vous savez, le genre qui vit à l'étranger et qui fait des fouilles. Pour autant que l'on sache, lui et sa femme Flora sont morts au cours d'une expédition, il y a des années. Personne ne savait qu'ils avaient un enfant, mais apparemment Pandora avait été éduquée dans un pensionnat sur le Vieux Continent pendant toutes ces années. Elle a apporté la preuve qu'elle était bien la descendante légitime des Hudson, et, en l'occurrence, le dernier membre de cette famille.

— Comment peux-tu garder tout cela dans ta tête ? demanda Thea, étonnée. Tu es un exemplaire ambulant de l'annuaire mondain *Debrett* !

Avec un petit sourire, sa belle-sœur continua de relater les faits.

— Quelques semaines après son retour en Angleterre, Pandora a rencontré et épousé Blackwood. Leur cour a été de très courte durée, mais la société était prête à l'ignorer, en raison du statut de Blackwood et de sa position. Néanmoins, des bruits ont couru au sujet de l'impétuosité de ce dernier, surtout lorsque son héritier est arrivé à peine huit mois après les noces.

Thea se souvint de l'affection sincère dont elle avait été témoin entre les Blackwood. Elle se mordit la lèvre.

— Crois-tu que Lord Blackwood se doute que sa femme était une espionne ?

— J'en doute, dit Marianne. C'est un gentleman honorable et un militaire de surcroît. Il n'apprécierait pas ce genre de choses.

— Et si Lady Blackwood était effectivement un agent double ? Qu'adviendrait-il de son mariage… et de sa famille ? s'enquit Thea, la gorge nouée. Elle m'a dit qu'elle avait trois jeunes garçons.

L'expression de Marianne devint sombre.

— Il s'agit d'une idée inquiétante, certes.

L'instinct de Thea se refusait à croire que lady Blackwood était diabolique.

— Lors du bal masqué, elle s'est montrée tellement gentille avec moi ! Et elle était clairement amoureuse de son mari.

— D'après Tremont, la dame est douée pour la tromperie, dit Marianne.

— En tant qu'espionne, j'imagine que cette compétence était nécessaire à sa survie, intervint Thea. Elle et Tremont, d'ailleurs, ont rendu un grand service à notre pays. Ils ont risqué leur vie et leur intégrité physique pendant que nous dormions tranquillement dans notre lit. Et ils l'ont fait en sachant que leurs valeureux efforts ne seraient jamais connus. Pour moi, cela fait d'eux des héros.

— Tu as raison, mais je crains que tu ne sous-estimes la manière dont l'espionnage peut façonner une personne. Tu ne sais pas de quoi Pandora Blackwood est capable, remarqua Marianne avant de s'interrompre. Ou Tremont, d'ailleurs.

Thea se raidit.

— Qu'est-ce que tu insinues ?

— Ne t'énerve pas, ma chérie. Je n'essaie pas de dénigrer la personnalité de ton marquis. Mais je crois qu'il pourrait posséder certaines particularités qui vont à l'encontre de ta propre vision optimiste du monde.

— Je ne suis pas une idiote, protesta-t-elle.

— Non, tu es une Kent, dit Marianne avec douceur, ce qui signifie que tu as un cœur bon et loyal. Je ne voudrais pas qu'il soit brisé.

Une vague d'irritation envahit Thea.

— Pourquoi tout le monde pense-t-il que je suis fragile ? Personne ne voit-il donc que ma santé s'est améliorée ? Je ne suis plus aussi faible et inutile qu'avant !

Fronçant les sourcils, sa sœur répondit :

— Qui a dit que tu étais faible et inutile ?

— Je sais que j'étais l'avorton de la portée, autrefois. Mais je suis plus forte maintenant, et je peux aider Tremont…

— Tu n'es pas un avorton ! Comment peux-tu penser une chose pareille ? l'interrogea Emma, l'air sincèrement surpris. Ma chérie, tu es la pierre angulaire de la famille, un roc.

Elle cilla.

— Ce n'est pas vrai. C'est toi.

— D'après Strathaven, j'ai effectivement la subtilité d'une pierre quand je cherche quelque chose, dit Emma avec un sourire gêné, mais quand il s'agit d'être la présence qui donne une stabilité à notre famille, c'est ton rôle, Thea. Cela a toujours été le cas.

— Non, c'est faux. Je suis la malade, protesta-t-elle, déconcertée. Tu t'inquiètes toujours pour mes poumons, pour ma santé...

— Est-ce ta manière de me dire que je suis trop intrusive ?

— Tu es particulièrement protectrice à mon égard. Et ce n'est pas sans raison, expliqua Thea, la gorge nouée. Je sais que je ne suis pas d'une constitution aussi solide que les autres.

— Si je suis trop protectrice, c'est parce que j'en ai pris l'habitude quand tu étais petite. En vérité, cela en dit plus long sur moi que sur toi, expliqua Emma avant de soupirer. J'*essaie* d'être moins autoritaire.

— Tu es attentionnée, aimante, et personne ne pourrait demander une meilleure sœur, la rassura Thea.

— Et toi, ma chérie, tu es d'humeur égale, gentille, et tu es le pivot de la paix familiale, tout comme maman l'était, répondit Em, nostalgique. Elle prenait rarement parti, et elle voyait le meilleur en chacun.

Thea était stupéfaite qu'Emma la voie ainsi.

— J'ai toujours pensé que tu étais celle qui ressemblait le plus à maman. Tu es pleine de bon sens et travailleuse. Lorsque les temps étaient durs, tu as veillé à ce que nous ayons de la nourriture sur la table, à ce que nous soyons propres et correctement vêtus. Nous avons survécu grâce à toi.

— Et nous avons *prospéré* grâce à toi. Tu ne t'es jamais plainte de quoi que ce soit, et tu as été un exemple pour nous tous, affirma Emma, penchant la tête sur le côté. Te souviens-tu de l'année où nous avons passé Noël dans l'école ?

Le givre fondit sur une fenêtre du passé, et Thea vit clairement ce jour lointain.

— Tu as fait durer ce fromage et cette miche de pain aussi longtemps que possible, en renonçant même à ta part, dit-elle d'une voix douce, mais les plus jeunes avaient toujours aussi faim. Je me souviens encore des gargouillements d'estomac de Vi.

Emma secoua la tête en se remémorant ces bons souvenirs.

— La seule chose la plus bruyante, c'était Violet elle-même. À l'entendre, on aurait pu croire qu'elle n'avait pas mangé depuis des semaines. Polly et Harry s'y sont mis aussi, et bientôt ils ont commencé à se plaindre de tout, du manque de *plum-pudding* à la pénurie de cadeaux cette année-là. Noël aurait pu être complètement gâché si tu n'avais pas pensé aux clés.

— Les clés ? demanda Marianne.

— Celles de l'école. Papa venait d'être démis de ses fonctions de maître à cause de sa maladie, expliqua Thea, mais je me suis souvenue qu'il avait un double des clés.

— Elle a convaincu tout le monde de s'emmitoufler et de marcher dans la neige jusqu'à l'école, se souvint Emma. Il y avait un piano et Thea nous a joué des hymnes de Noël toute la nuit. Tout le monde chantait et riait, et nous avons tout oublié, à part le fait que nous étions ensemble.

Thea sourit.

— En fin de compte, c'était un bon Noël, n'est-ce pas ?

— Grâce à toi. Voilà pourquoi tu ne dois jamais douter de ta force, dit sa sœur.

— Emma n'a pas tort, remarqua Marianne, l'air pensif. De plus, le fait que Tremont se préoccupe de ta « délicatesse » en dit peut-être plus sur lui que sur toi. Par exemple, que sais-tu de son premier mariage ?

Seulement qu'il était parfait.

— D'après le peu que Tremont a dit, lady Sylvia était l'épouse et la mère idéale, répondit Thea avec un pincement au cœur. Je crois qu'ils étaient très heureux.

Comment pourrais-je me comparer à un tel modèle ? La gorge de Thea se noua. Si la véritable raison de sa retenue était sa dévotion à sa défunte épouse, elle ne pourrait jamais conquérir son cœur. Quelle ironie, en vérité. Parce que, ce qu'elle aimait chez lui, l'intensité dévorante de sa passion, pourrait bien être la chose même qui les séparait.

— Ta description correspond aux « on-dit » sur lady Sylvia. D'après ce que j'ai entendu, elle était l'incarnation de la vertu féminine. Le fait que Tremont ne se soit jamais remarié et n'ait pas pris de maîtresse ajoute un éclat particulier à son auréole, expliqua Marianne avant de s'éclaircir la gorge. Sais-tu comment elle est morte?

— Oui, en couches, répondit Thea, qui prit conscience de la situation au moment où les mots sortaient de sa bouche. Bonté divine! Croyez-vous que ce soit pour cela qu'il s'inquiète à ce point de ma santé délicate?

— C'est à lui que tu devrais poser la question, ma chérie, lui dit Marianne.

Thea sentit grandir sa détermination. Quelles que soient les raisons de Gabriel, elle en avait assez de se laisser mener par le bout du nez, comme un jouet au bout d'une ficelle. D'après sa sœur, elle était un *roc*; à partir de maintenant, elle allait poser les fondations de son propre avenir.

— Je vais lui parler, annonça Thea, et j'obtiendrai des réponses une fois pour toutes.

— Tu parles comme une vraie Kent, approuva Emma.

CHAPITRE SEIZE

À minuit, Gabriel arriva.

Thea le regarda refermer la porte du jardin d'hiver sans bruit derrière lui. Le parfum des agrumes qui mûrissaient, l'intimité feutrée des feuillages sombres participaient à son impatience. Le clair de lune traversait le verre qui constituait trois des côtés de la pièce, couvrant ses cheveux d'argent et donnant à ses yeux un éclat de prédateur. Gabriel s'avança à pas lents vers elle, grand et élancé. Il avait passé une robe de chambre en brocart noir par-dessus ses manches de chemise, et sa sensualité décontractée lui donna le tournis.

Elle resserra son châle en flanelle autour d'elle. *Si tu es capable de glisser un mot sous la porte d'un homme, tu peux avoir une conversation rationnelle. Ne perds pas ton sang-froid maintenant.*

Redressant les épaules, Thea lui dit :

— Je suis contente que tu aies reçu mon message. J'avais peur que tu dormes.

— J'étais réveillé, dit-il.

Puis, arborant une expression indéchiffrable, il fit un geste vers un banc en bois entouré d'orangers en pot.

— Veux-tu t'asseoir ?

— Je suis bien debout, répondit-elle avant d'inspirer. Nous devons parler, Gabriel.

Son regard était sombre, insondable.

— Oui.

C'est maintenant ou jamais.

— Je dois savoir où nous en sommes. Je t'ai déjà dit que tu devais te décider à propos de notre relation, affirma-t-elle, fière de son calme, et je le pensais. Je ne mérite pas que l'on joue avec moi.

— Non, c'est vrai. Tu mérites mieux, confirma-t-il, et sa poitrine se gonfla. Bien mieux que ce que j'ai à t'offrir.

Exactement ce que Thea avait craint de l'entendre dire. Ses nerfs tremblaient comme les cordes fraîchement martelées d'un piano, mais elle s'appuya sur sa détermination. *Ne t'effondre pas maintenant. Obtiens tes réponses.*

— À cause du Spectre ? articula-t-elle.

Il hocha la tête d'un air sinistre.

— Je pensais pouvoir tirer un trait sur le passé, mais je me trompais. Ce que j'étais, ce que j'ai fait... cela ne me quittera jamais. Et je ne veux pas que tu sois blessée à cause de ça.

— Ce que tu as fait, tu l'as fait pour ton pays. À mes yeux, cela fait de toi un héros.

La surprise se lut dans les yeux de Gabriel, et disparut la seconde d'après.

— Tu n'as aucune idée des péchés que j'ai commis. L'espionnage est une activité peu glorieuse. Les choses que j'ai faites... elles te dégoûteraient. Elles te donneraient envie de me fuir aussi vite que possible.

Thea ne recula pas.

— Qu'as-tu fait ?

— J'ai tué, répondit-il. Des dizaines d'hommes.

Elle vit la flamme contenue dans ses yeux et sut qu'il la mettait à l'épreuve.

D'une voix douce, elle s'enquit :

— Étaient-ce des innocents ?

Gabriel grimaça.

— Tout dépend de quel côté vous vous battiez. Mais les hommes que j'ai tués... ils avaient une famille, des maîtresses pour les pleurer... comme n'importe quel agent ou soldat britannique. Et je leur ai ôté la vie aussi facilement qu'un boucher le fait avec le bétail.

— Pas aussi facilement, je crois, protesta-t-elle, car le boucher ne pense pas à la bête qu'il a abattue il y a plus de dix ans. Il ne se déteste pas pour avoir fait son travail.

Gabriel pinça les lèvres. Avait-elle touché un point sensible ?

— Quoi qu'il en soit, je ne peux pas te mettre en danger, insista-t-il, se passant une main dans les cheveux. Le Spectre en a après moi, et personne autour de moi n'est à l'abri.

— Avec l'aide de Kent et Associés, tu captureras le méchant. Je sais que tu y arriveras, affirma-t-elle avant de redresser les épaules. Une fois que le Spectre aura été capturé, voudras-tu être avec moi ?

— Thea, ce n'est pas si simple...

— Bien sûr que c'est aussi simple que cela. Depuis le début, tu es ambigu à mon égard, même la saison dernière, avant que cette affaire du Spectre ne surgisse, fit-elle remarquer. Qu'est-ce que tu ne me dis pas, Gabriel ? Est-ce moi ? À cause de la faiblesse de mes poumons, de mon état de santé...

— Il n'y a aucun problème chez toi. Absolument aucun ! s'exclama-t-il, les yeux brillants, saisissant le haut de ses bras. Tu es parfaite, princesse.

— Alors, est-ce à cause..., commença-t-elle, avant que sa gorge ne se noue, et qu'elle s'oblige à poursuivre. Est-ce à cause de ton épouse ? Parce que tu l'aimes encore ?

Gabriel eut l'air brièvement surpris.

— Non. Enfin, je tiens sa mémoire en haute estime, et je le ferai toujours. Mais l'amour romantique... cela fait longtemps qu'il s'est estompé.

Thea en fut soulagée. Elle entendit la vérité dans la voix de Gabriel, la vit sur ses traits. Sa pire crainte n'était plus. Posant les mains sur le torse de Tremont, elle sentit ses muscles durs fléchir à son contact, et elle murmura :

— Alors pourquoi, Gabriel ? Pourquoi ne nous laisses-tu pas être ensemble ?

Le silence resta suspendu entre eux comme un fruit mûr. Il la relâcha et fit un pas en arrière.

— Parce que, dit-il d'une voix gutturale, j'ai bien trop envie de toi.

Elle cilla. Elle s'attendait à beaucoup de choses, mais pas à ce qu'il dise cela.

— Je ne comprends pas.

— Il y a des choses que tu ne sais pas sur moi.

Thea saisit les revers de sa robe de chambre et tira fort dessus.

— Pour l'amour du ciel, *dis-le-moi* !

Avec une autorité douce, mais ferme, il retira les mains de Thea de son torse et les replaça le long de ses flancs.

— Si nous devions nous marier, je voudrais certaines choses. Dans la chambre à coucher, précisa-t-il.

Thea sentit la chaleur bouillonner sous sa peau. Elle ne voyait toujours pas où était le problème.

— Je crois... que je voudrais ces choses également, affirma-t-elle d'une voix timide.

Le coin de sa bouche se retroussa, mais pas en signe d'amusement.

— Vraiment ? Je ne parle pas du genre de relations conjugales qui existent dans la plupart des couples. Ce que je veux, c'est... plus. Plus encore que ce qui m'appartiendrait légalement, que ce que les mots sur le papier pourraient dire. Je voudrais te posséder, Thea. Que tu t'abandonnes à tous mes désirs et que tu soumettes ta volonté à la mienne.

Une sensation de chaleur s'installa entre les cuisses de Thea. Ses poumons se contractèrent.

Inspire, expire.

— Pourrais-tu, euh... être plus précis ? dit-elle.

— J'aurais envie de ton corps quand je le veux, comme je le

veux. Tu ne pourrais pas te refuser à moi, sauf si tu étais malade ou blessée. Même dans ce cas, tu me ferais confiance pour prendre soin de toi, ajouta-t-il. Parfois, je te ferais l'amour tendrement, d'autres fois j'aurais envie de te trousser vite et fort. Je n'accepterais aucune limite à notre vie sensuelle. Je t'attacherais, je te prendrais dans différentes positions, tout ce que je pourrais imaginer... Et j'attendrais de toi non seulement que tu obéisses à mes ordres, mais que tu en aies envie.

Thea avait le tournis. Ses paroles la submergèrent d'une vague d'excitation et elle n'était même pas sûre de bien comprendre ce qu'il disait. Elle s'humecta les lèvres.

— Je... vois.

— Non, tu ne vois pas. Je ne m'attends pas à ce qu'une vierge comprenne cela, affirma-t-il, les pupilles dilatées, le noir remplaçant presque le gris de ses iris. Mais c'est ce que je veux, et je ne peux pas changer qui je suis.

Elle prit conscience de deux sentiments étrangement opposés. L'un était un désir enivrant et puissant. Quel effet cela ferait-il d'appartenir à Gabriel de la manière qu'il décrivait? D'être enfin désirée en tant que femme et avec une intensité aussi débridée? Sa possessivité dominatrice dans la calèche lui revint en mémoire. Elle se rappela le cuir souple entre ses paumes, ses ordres qui l'avaient maîtrisée, et elle ressentit un profond et intense élan de désir.

Et dans le même temps, elle éprouvait de l'agacement. Pourquoi fallait-il qu'il suppose qu'elle n'était pas capable ou disposée à être ce qu'il voulait? Après tout, elle lui faisait confiance. En dépit de la violence de son passé, elle savait qu'il ne lui ferait jamais de mal et qu'il la défendrait jusqu'à son dernier souffle. Pourquoi ne lui témoignait-il pas la même confiance, ne montrait-il pas qu'il croyait en sa force? Pourquoi prononçait-il le mot « vierge » comme s'il s'agissait d'une maladie?

Relevant le menton, elle lança hardiment :

— Et si je disais que ce ne serait pas un problème?

— Alors, je répondrais que tu ignores de quoi tu parles, répliqua-t-il, les yeux plissés alors qu'un muscle tressautait dans sa mâchoire. Tu es délicate et innocente, Thea. Je ne veux pas te faire de mal.

— Pour l'amour du ciel ! Je suis lasse que tu me traites comme si j'étais une nigaude incapable de prendre ses propres décisions !

En fait, il lui apprenait une chose. Qu'elle avait du caractère, et qu'il était en parfait état de marche.

— Et je suis encore plus fatiguée d'être traitée comme si j'étais trop faible et délicate pour tes désirs masculins. Tu étais heureux en ménage avant. Si ce n'était pas un problème à l'époque, je ne vois pas pourquoi tu penses que cela en sera un avec moi.

Des lignes se tendirent autour de la bouche de Gabriel, ses traits étaient durs, comme s'ils étaient taillés dans le granit. Sa gorge se noua, comme s'il voulait dire quelque chose et qu'il n'y parvenait pas. Soudain, Thea comprit. Ce qu'il était trop gentleman pour dire.

Son mariage... n'avait pas été parfait.

C'était la raison de sa réserve actuelle. Elle se sentit coupable d'avoir abordé le sujet avec tant de désinvolture et, plus encore, elle éprouva une minuscule et terrible étincelle de soulagement en apprenant que ce n'était pas à la perfection qu'elle devait se mesurer.

— Je ne déshonorerai pas le passé, dit-il à voix basse, mais j'en ai tiré des leçons. Je ne me placerai pas dans une situation où mes besoins sont incompatibles avec ceux de ma femme. Cela ne peut que se solder par le malheur des deux parties.

Thea déglutit.

— Et si les deux parties veulent la même chose ? Si je suis prête à essayer d'être le genre d'épouse que tu veux ?

Sous le clair de lune, le masque de sérénité de Gabriel se déchira. Il se mettait à nu devant elle, l'expression dévastée.

— Il n'est pas question d'*essayer*, Thea, répondit-il avec un mépris brûlant. Le mariage est permanent. Si nous ne nous convenons pas, tu seras liée à un mari qui te dégoûte.

— Tu ne pourras jamais me dégoûter, protesta-t-elle avec conviction.

— Tu n'en sais rien, ricana-t-il.

Tout à coup, l'intuition de Thea s'éveilla. *Il a peur*, s'étonna-t-elle. À la campagne, un de leurs voisins possédait un étalon qui s'était retrouvé piégé dans une grange frappée par la foudre. Par la suite, au moindre signe d'orage, l'animal se montrait agité et fendait l'air de ses grands sabots.

Quoi qu'il se soit passé au cours du mariage de Gabriel, cela l'avait complètement effrayé. Cela le poussait à s'énerver et à essayer de la faire fuir.

Thea fut envahie d'une vague de tendresse, et d'un étrange calme. Voir cet homme puissant qui tremblait du besoin qu'il avait d'elle, et qui luttait contre ce besoin, lui donna soudain du courage. De la force. *Il est à toi*, murmura une voix. *Si tu n'as pas peur de t'emparer de ce que tu veux.*

Elle le voulait tellement! Un plan audacieux se dessina dans son esprit. C'était effronté, dévergondé, une chose qu'une frêle vieille fille n'aurait jamais pu rêver de faire. Et qu'une femme amoureuse *se devait* de faire.

Doucement, elle lui dit :

— Lors de notre rencontre, j'ai su que je voulais être avec toi. Tu as entendu la passion qui m'habite, et tu y as répondu. Cette musique entre nous, elle était réelle. Tout le reste n'est que du bruit.

— Au lit, je n'ai rien d'une sonate. Quand j'en aurai fini avec toi, tu entendras une marche funèbre, prédit-il d'un ton sinistre.

Elle réprima le frisson d'anxiété provoqué par ses paroles sinistres.

— J'ai une proposition à te faire, Gabriel. Laisse-moi décider par moi-même si j'ai envie de ce que tu as à offrir. Traite-moi comme la femme que je suis, dit-elle d'un ton ferme, et laisse-*moi* choisir si je veux t'épouser.

— Ce que tu demandes..., dit-il, se passant une main dans les cheveux. Je ne vais pas prendre ta virginité sans te donner mon nom.

— Il y a sûrement des moyens moins irrévocables de tester notre compatibilité ? Dans la calèche, tu n'as pas...

Thea avait les joues brûlantes.

— J'en avais envie. Je voulais te prendre à ce moment-là, vite et fort, répondit-il, la voix rauque. Voilà pourquoi je n'ai pas laissé libre cours à mes désirs. Voilà pourquoi je t'ai fait tenir la sangle, pour que ton contact ne me fasse pas sombrer dans la folie.

Thea avait l'impression de se tenir au bord d'un précipice. La peur et l'exaltation lui coupaient le souffle. Toute sa vie, elle avait attendu ce moment où elle déploierait ses ailes et s'envolerait.

Prenant sa respiration, elle répliqua :

— Et si nous recommencions de la même manière ?

Chapitre Dix-Sept

Gabriel sentit tout son sang quitter son cerveau pour se précipiter vers son aine.

— Je te demande pardon ?

Sa gorge s'assécha lorsqu'elle dénoua la ceinture de sa robe de chambre en flanelle et la tira hors des boucles. Le vêtement était ouvert, révélant les plis volumineux de sa chemise de nuit. Avec soin, elle plia la large bande de tissu et la lui tendit.

— Attache-moi à nouveau… Fais-moi l'amour comme tu en as envie. J'ai confiance en toi, affirma-t-elle.

Sa foi douce et insouciante fit bouillir le sang de Gabriel dans ses veines.

— N'as-tu pas envie de savoir si c'est possible entre nous ? N'as-tu pas assez envie de moi pour essayer ?

Il ne dit rien. Il n'avait aucune confiance en ce qu'il pourrait dire.

— Si je n'aime pas ce qui se passe, je te promets que je t'arrêterai. Mais si j'aime ce que tu fais…, poursuivit-elle, et même au clair de lune, il la voyait rougir, tu me promettras de donner une chance à notre relation.

Que Dieu lui vienne en aide ! Les paroles de Thea eurent un effet dévastateur sur Gabriel. Elle aurait déjà dû s'évanouir, hurler ou s'enfuir. Au lieu de cela, elle avait saisi ses désirs les plus profonds, et les lui présentait avec un mélange de courage et d'innocence.

L'innocence est le mot clé. Elle n'a aucune idée de ce qui l'attend.

— Tu n'obtiendras aucune promesse de ma part, lança-t-il. C'est fini entre nous, Thea. Cela n'aurait jamais dû commencer. Veux-tu partir en premier, ou dois-je le faire ?

La lèvre inférieure de la jeune femme trembla. Gabriel crut qu'elle allait se retourner et s'enfuir, mais elle resta plantée là, sa ceinture tendue comme une offrande aux dieux. Il se faisait l'impression d'être la pire des ordures, mais il le serait davantage s'il restait. Il se tourna pour partir.

— Lâche.

L'accusation résonna comme une gifle. Il pivota pour lui faire face.

— Qu'as-tu dit ?

Son visage rougit, sa poitrine se gonfla.

— Tu m'as entendue.

La colère se mêlait à la luxure, comme une tempête percutant le mur de contrôle qu'il avait érigé.

— J'ai tué des hommes pour moins que cela, dit-il d'un ton égal.

— Je n'ai pas peur de toi, répondit-elle d'une voix dédaigneuse en dépit de son tremblement. Il n'y a qu'un seul faible dans cette pièce, et c'est toi.

— Je ne suis pas un foutu faible ! gronda-t-il.

— Ce n'est pas moi que tu cherches à protéger, mais toi. Tu es terrifié à l'idée de prendre un risque, affirma Thea en croisant les bras. De voir où cette relation pourrait aller.

Gabriel savait pertinemment où elle irait : tout droit en enfer. Mais cela n'avait pas d'importance. Sa vision s'assombrissait déjà, et la bête se cabrait à l'intérieur. Elle voulait des preuves de ce qu'il était ? Du fait qu'il était dégoûtant et dégénéré ? Bon sang ! Elle allait voir.

Gabriel arracha le morceau de flanelle des mains de Thea.

Alors qu'il tenait le poids léger dans sa paume, il vit les lèvres de la jeune femme trembler, mais son petit menton était ferme et son expression déterminée.

— Tu es sûre que c'est ce que tu veux ? demanda-t-il avec une douceur mortelle.

Le feu qu'il lut dans les yeux de Thea le rendit plus brûlant qu'Hadès.

— Oui. C'est le seul moyen pour nous de voir si nous sommes faits l'un pour l'autre.

Ce n'est pas le cas, voulait-il gronder. *Pourquoi continuer à me mettre sous le nez ce qui ne peut pas être ?*

Mais il ne pouvait pas lutter ; elle l'avait poussé trop loin. Il n'y avait qu'une solution, c'était de lui montrer ce qu'il était. De l'obliger à voir la vérité : elle était trop innocente et trop bien pour les gens comme lui. Il fit lentement le tour d'elle, les étincelles entre eux alimentant ses sombres désirs. Lorsqu'il fut de nouveau face à elle, il saisit son menton entre le pouce et l'index.

— Retire ta robe de chambre. Laisse-la tomber au sol.

Les yeux écarquillés de Thea plongèrent dans les siens. Une seconde plus tard, elle se débarrassait du vêtement souple en flanelle, qui retomba à ses pieds. La chemise de nuit blanche à rubans qu'elle portait en dessous était encore plus simple que la couche dont elle s'était débarrassée. Le pouls de Gabriel s'emballa quand il imagina ce qui se cachait sous le tissu informe et gonflant.

Mais il n'était pas obligé d'imaginer.

— Retire ça aussi, lui intima-t-il.

Les cils de Thea s'agitèrent, et une foule d'émotions se bousculèrent dans son regard. Du dégoût ? De la peur et du regret d'avoir commencé ?

Quitte-moi, songea-t-il, en proie à un désir douloureux. *Pendant qu'il en est encore temps.*

Les doigts de la jeune femme tâtonnèrent sur les minuscules boutons en perles de la patte de boutonnage. D'un geste rapide et déterminé, elle passa le vêtement par-dessus sa tête et le laissa tomber à terre.

Bon sang de bonsoir! Gabriel en eut le souffle coupé. Elle était si belle que c'était douloureux de la regarder. Une peau d'albâtre, des courbes subtiles et douces. Elle était délicate jusqu'aux os. Il tendit la main et saisit une mèche des cheveux de Thea, frottant la soie contre son mamelon droit. Il l'entendit inspirer doucement, et observa avec une sombre satisfaction la pointe couleur corail se raidir en un pic tendu.

Il passa derrière elle. Tendant entre ses mains la ceinture qu'elle lui avait donnée, il plaça la large bande de tissu sur ses yeux.

— Gabriel, qu'est-ce que tu...?

— Pas un mot, sauf pour dire « non ».

Il enroula deux fois le tissu autour de la tête de Thea, puis il noua le bandeau pour ne pas qu'il tombe.

— Dis « non », et j'arrêterai. Dis « non », et nous mettrons cette folie derrière nous.

La jeune femme pinça les lèvres. Elle était tellement têtue !

— Tu as voulu ça, tu vas l'avoir, dit-il.

Il la tira en arrière contre lui, la plaquant contre son érection palpitante. Il n'y avait rien de poli là-dedans. Rien de lâche. Contre la courbe tendre de son oreille, il gronda :

— Dis non, princesse. Dis-moi d'arrêter.

Thea ne... dit rien.

Il effleura le lobe de son oreille avec ses dents. Sentant ses tremblements, il recommença, le suçant cette fois, se servant de sa langue et de ses dents sur la chair dodue, tandis que ses mains passaient devant elle. Il les posa sur ses appâts dont il pinça les pointes raidies, et elle se tortilla contre lui, ses doux halètements alimentant le brasier en lui.

Gabriel lui prit la main et l'entraîna vers le banc. Il s'assit et la tira, la plaçant debout entre ses cuisses. Il ne put s'empêcher de se délecter de la voir tremblante et consentante. Une beauté incomparable. Un désir primitif lui échauffa le sang ; il se faisait l'effet d'un croisé médiéval qui aurait pris d'assaut le château et réclamé son butin.

Elle ne t'appartient pas. *Donne-lui une leçon. Montre-lui qu'elle n'a rien à faire avec cette bête que tu es.*

Il ne put s'empêcher de poser les mains sur ses hanches douces et de l'attirer plus près de lui. Il embrassa la courbe d'un sein, respirant son doux parfum. Thea frissonna et ses mains s'agrippèrent aux épaules de Gabriel. Il lécha sa peau blanche et lisse, embrassant les jolis mamelons roses qui se dressaient si impudiquement, exigeant son attention.

— Gabriel, s'il te plaît, soupira-t-elle.

— S'il te plaît, quoi?

— Embrasse-moi.

— Où? la défia-t-il. Où veux-tu sentir ma bouche?

— Sur mes seins, dit-elle timidement.

Un sentiment d'incrédulité mêlé de satisfaction l'envahit alors qu'il accédait à sa demande impudique. De sa langue, il caressa l'une des pointes, prenant son temps pour sucer le tendre bourgeon tandis que la tête de la jeune femme basculait en arrière. Il prodigua les mêmes attentions à son jumeau. Thea gémit le nom de Gabriel, enroulant ses doigts dans ses cheveux, l'attirant plus près d'elle.

Il lui agrippa les hanches et la fit reculer. *Garde le contrôle. Prouve ton point de vue.*

— Monte sur le banc. Agenouille-toi dessus et tiens-toi au dossier, lui ordonna-t-il d'un ton brusque.

Avec une maladresse adorable, elle fit ce qu'il lui demandait.

— Écarte davantage tes genoux.

Elle s'exécuta, et un frisson parcourut ses membres élégants. La voir dans une pose aussi décadente fit grimper son désir à des sommets inégalés. Son vit poussait vigoureusement contre son abdomen, déjà moite. Gabriel passa une main sur la colonne vertébrale de Thea, fasciné par le contraste érotique entre la pâleur laiteuse de la peau de la jeune femme et la sienne, couleur bronze.

Pourquoi était-elle incapable de voir la différence entre eux, de voir qu'il n'était absolument pas fait pour elle ? Comment pouvait-elle le laisser la toucher avec ses mains souillées ?

Ce n'était pas un conte de fées. Tôt ou tard, elle se rendrait compte qu'il n'allait pas se transformer en prince. Que la bête était là pour rester.

Finissons-en.

— Cambre les reins. Vite.

Elle tendit les fesses sans hésitation, et en dépit du dégoût qu'il éprouvait envers lui-même, ses narines s'évasèrent devant cette vue. Pâles et tremblantes au clair de lune, les collines de son derrière l'attiraient comme un champ de neige intact. Sans défauts, sans revendications, l'invitant à laisser sa marque. Une vague d'excitation submergea Gabriel.

Il lui asséna une claque sur la fesse droite.

Elle laissa échapper un cri de surprise.

— Qu'est-ce que tu…

— Ne parle pas. À moins que tu veuilles me dire « non », ajouta-t-il en claquant son autre fesse. Dis-moi de mettre un terme à cette dépravation. Dis-moi d'arrêter de t'avilir.

Thea contracta la mâchoire. Elle recula davantage les fesses, les remuant subtilement.

Bon sang ! Il n'en revenait pas de l'esprit qui l'habitait, de son courage absolu. Ses testicules se resserrèrent en réponse à son défi. Bien qu'il n'ait pratiquement pas employé la force, car il ne la fessait que pour l'exciter et non pour lui faire mal, ses fesses portaient de jolies marques roses. La preuve visible de sa domination l'excitait davantage, le rendait plus dur qu'il ne l'avait jamais été de sa vie. Serrant les dents, il administra une nouvelle tape, mettant sa main en coupe, atténuant ainsi le choc, mais amplifiant le claquement lascif de la chair rencontrant la chair.

Cette fois, Thea soupira. Elle *soupirait,* bon sang !

Excité et angoissé, il recommença.

Qu'allait-il devoir faire pour qu'elle se rende compte du salaud qu'il était ?

Thea était assaillie de sensations. C'était comme être immergée dans la musique, dans un monde différent où la réalité était en suspens et où il n'existait rien d'autre que des ressentis. Elle était heureuse que le tissu lui couvre les yeux; ses sens étaient déjà débordés, et voir ce qui se passait aurait été trop. Là, dans le noir, il lui était plus facile de se laisser aller.

De s'abandonner à la vicieuse force de sa domination.

Elle enroula les mains autour du dossier frais et lisse du banc, tandis que la grande main de Gabriel frappait son derrière. Ce n'était pas douloureux, bien au contraire. Qui aurait cru qu'une fessée ferait autant *de bien*? Sa main faisait jaillir des étincelles dans tout son corps. Partout où elle le touchait, des picotements de chaleur et de plaisir se répandaient.

— Pour l'amour du ciel, Thea, dis-moi d'arrêter!

L'excitation contenue dans ses mots lui donnait encore plus envie de lui.

— Donne-m'en plus, Gabriel, murmura-t-elle.

Elle l'entendit jurer, et, pendant un instant, elle craignit qu'il ne veuille s'arrêter complètement. Puis il grogna et des baisers brûlants se mirent à pleuvoir sur ses omoplates et le long de sa colonne vertébrale. Des mains puissantes s'agrippèrent à ses fesses, les pétrissant, apaisant la chair stimulée. Des étoiles scintillèrent dans l'obscurité du bandeau alors qu'il plongeait soudain plus bas, jusque dans ses replis dilatés.

— *Bon sang*! Ta figue est trempée pour moi, s'exclama-t-il d'une voix gutturale, incrédule.

Cette partie de son corps devint encore plus humide quand elle entendit ce nom coquin. Elle s'agrippa au dossier du banc, ses sens se fondant dans une brume délicieuse tandis qu'il la touchait, caressant son sexe trempé.

— Par tous les diables! Tu as *aimé* que je te donne la fessée?

Il était en train de comprendre. Sans la moindre honte, elle se frotta contre sa main en soupirant.

— Oh, oui !

— Tu veux ma main ici, que je caresse ta figue ?

— Oui, oui ! haleta-t-elle.

— Et ça ? gronda-t-il.

Ses doigts plongèrent en elle, la comblant là où elle en avait besoin. Elle gémit, ses muscles se contractant sous l'effet de la pénétration, la plénitude enflammant ses nerfs. Puis il se mit à bouger en de profondes et savantes poussées qui lui coupèrent le souffle.

— Recule vers moi, princesse, lui ordonna-t-il. Donne-toi du plaisir sur mes doigts.

Les paroles perverses de Gabriel l'excitaient tellement qu'elle en avait le vertige. Elle obéit, son désir augmentant à mesure qu'elle chevauchait sa main. Les gémissements de l'homme se mêlaient aux bruits humides de leur connexion, la stimulaient ; elle poursuivait avec fougue ce dénouement devenu vital. Jamais elle ne s'était sentie aussi vivante, ses poumons fonctionnaient à plein régime, sa peau brûlait de désir. Soudain, il effleura son bourgeon caché et la course échappa à son contrôle.

— Ta perle, ta figue m'appartiennent, gronda-t-il. Ton plaisir est à moi.

— *Oui.*

Il fit tourner son doigt autour de sa perle au rythme de l'invasion de ses doigts.

— Alors, jouis pour moi maintenant.

La force de son geste la fit basculer dans le précipice. Avec un cri, elle s'envola vers l'horizon scintillant. Il l'attrapa, une main étouffant ses gémissements tandis que l'autre continuait de lui déclencher un spasme après l'autre.

Le bandeau se souleva. Flottant sur un nuage, elle contempla béatement ses yeux enflammés tandis qu'il la faisait asseoir sur le banc. Debout devant Thea, Gabriel dénoua sa robe de chambre et défit la fermeture de son pantalon. Elle eut le souffle coupé lorsqu'il en sortit son sexe : il était rouge et épais, avec des veines saillantes qui en parcouraient toute la longueur. La hampe dressée palpitait visiblement et se tendait contre les confins de son poing.

— Touche-moi, lui ordonna-t-il. Mets tes mains sur mon braquemart.

Elle s'était crue très cultivée, mais, ce soir, son vocabulaire s'enrichissait à vue d'œil. Une vague d'excitation envahit Thea lorsqu'elle enroula ses doigts autour de lui. C'était comme tenir un éclair : une verge chaude et puissante qu'elle avait du mal à contenir entre ses paumes.

— J'aime te toucher, souffla-t-elle.

Le regard de Gabriel était empreint d'approbation et d'émerveillement.

— Alors, fais-le plus fort. Caresse-moi comme ça.

Il referma sa main sur la sienne, resserrant son étreinte sur lui, imprimant un nouveau rythme féroce. Il était un instrument puissant, et elle était impatiente d'apprendre à en jouer correctement. À lui procurer le même plaisir qu'il lui avait offert. Sous sa direction, elle le caressa des deux poings, s'attardant sur le sommet engorgé quand cela lui sembla renforcer son plaisir. De l'humidité s'écoula de la fente qui s'y trouvait, lubrifiant ses mains, ce qui le fit gémir tout haut.

Soudain, il repoussa ses mains.

— Tes yeux, princesse. Donne-moi tes yeux, dit-il alors qu'il empoignait son membre et se caressait.

Thea croisa son regard. L'étincelle possessive qu'elle y vit la réjouit au plus haut point. Le masque de l'Ange avait disparu. Gabriel se mettait à nu, lui montrant ses désirs primitifs. Il la croyait assez forte pour être son égale. Les muscles de sa mâchoire se contractèrent soudain, et il serra les dents comme pour retenir un cri.

Un instant plus tard, quelque chose de chaud jaillit contre la peau de Thea. Elle haleta lorsqu'il atteignit l'orgasme avec une sauvagerie magnifique. Les jets se succédèrent et la chaleur toucha ses seins, son odeur masculine s'imprégnant dans sa peau. Des frissons secouèrent la carrure puissante de Gabriel tandis qu'il se voyait la marquer de son essence. Lorsqu'il eut terminé, le cœur de la jeune femme battait à tout rompre, comme si elle avait couru des kilomètres.

Curieuse, elle toucha du bout du doigt la gouttelette brillante qui s'accrochait à son mamelon droit. Cette friction humide autour de son bourgeon le fit durcir et lui insuffla une nouvelle bouffée de désir. Son sexe devint aussitôt moite.

— Par tous les diables, dit-il avec révérence.

Thea leva les yeux vers lui. La poitrine de Gabriel se soulevait de façon irrégulière, et l'émerveillement atténuait les lignes dures de son visage. Il referma son pantalon, puis tira un mouchoir de la poche de sa robe de chambre. Avec une grande tendresse, il essuya sa peau, et la gorge de Thea se serra en voyant la chaleur torride de son regard. Ils n'échangèrent aucun mot, mais un nouveau lien s'était établi entre eux. Il la rhabilla, puis la serra dans ses bras.

Contre ses cheveux, Gabriel murmura :

— Que diable vais-je bien pouvoir faire avec toi ?

— Davantage de ce que tu viens de faire ? suggéra-t-elle, pleine d'espoir.

Il éclata d'un rire empreint d'émotion, et resserra les bras autour de la jeune femme.

— Tu es à moi maintenant, Thea. Que ce soit bien ou mal, dit-il d'un ton féroce, je ne te laisserai jamais partir.

CHAPITRE DIX-HUIT

Le lendemain matin, Gabriel se réunit avec les hommes pour organiser l'embuscade à Covent Garden quatre jours plus tard. McLeod leur avait réservé un étal en face de celui de Fielding afin qu'ils puissent observer la rencontre de Pompeia. Ils la prendraient, elle ou le Spectre, en flagrant délit, et ils les arrêteraient.

Tandis que Kent et McLeod repéraient les endroits où leur équipe serait à l'affût, Gabriel ne pouvait s'empêcher de penser au jardin d'hiver. À ce fantasme de minuit qui, à la lumière du jour, semblait si absurdement merveilleux qu'il ne pouvait être réel. Thea avait accepté son passé. Ses désirs. Pour lui, elle avait redéfini l'érotisme, et tout ce qu'il avait connu auparavant avait été anéanti par l'honnêteté et la force de sa passion.

Il l'avait débauchée et elle avait adoré ça, songea-t-il, comme étourdi. Elle en voulait *plus*. Soudain, il était passé du statut d'homme maudit à celui du salaud le plus chanceux du monde.

Grâce à elle. Sa princesse dévergondée.

— Vous approuvez le plan, my lord ?

À la hâte, Gabriel reporta son regard sur Kent.

— Pardon ?

L'enquêteur lui lança un regard étrange et tapota la carte sur la table.

— Vous souriiez comme s'il s'agissait d'un plan du Shamb-hala[1] plutôt que de Covent Garden. Je suppose que vous ne trouvez rien à redire à notre stratégie ?

— Euh, non. Rien à redire, marmonna-t-il. Continuez.

Une vague de chaleur monta sous son col quand l'enquêteur le scruta quelques secondes de plus avant de poursuivre ses plans. Si Kent avait connaissance de ses pensées, il était fort probable que l'homme réagisse. Il se retrouverait alors dans la situation délicate de devoir se battre en duel avec son futur beau-frère.

Car dès que le Spectre aurait été éliminé, il ferait sa demande à Thea. Après la nuit passée, son honneur, et tout en lui, exigeait qu'il la revendique comme sienne. Elle avait provoqué la bête ; une fois qu'il avait goûté à sa douceur, il ne pouvait plus revenir en arrière. Il n'y avait qu'un seul problème. Dans le tumulte des révélations et de la passion de la nuit passée, il avait commodément négligé un sujet : l'amour. Plus précisément, qu'il n'en voulait absolument pas.

Sa nuque s'échauffa lorsqu'il repensa aux premiers temps de sa vie de jeune marié, lorsqu'il avait été pris d'un besoin irrépressible de cette émotion. De cette intimité qu'il n'avait jamais connue auparavant. La honte l'envahit alors qu'il se rappelait à quel point il en était dépendant. Il n'avait pas reproché à Sylvia de le trouver ennuyeux. Il avait mis cela sur le compte de la folie passagère d'un jeune marié.

Il avait repris le contrôle, éliminant tous les signes extérieurs de sentiments, mais trop tard. Les racines s'étaient profondément enfoncées en lui, le conduisant au malheur quand Sylvia n'avait plus voulu de lui dans son lit. Le piégeant dans un enfer fait d'amour.

Si tu laisses entrer les sentiments, ils vont te submerger. Octave n'avait jamais manqué une occasion de le lui faire remarquer. *Dans la vie comme à la guerre, Trajan, les sentiments ne font que t'entraver.*

---

1.   Pays mythique issu de la religion hindo-bouddhiste ; lieu du bonheur paisible.

La mâchoire crispée, Gabriel se disait qu'il apprendrait de ses erreurs. Il lui suffisait, et c'était même plus que ce qu'il avait espéré, que Thea accepte sa sexualité. Le désir était réel et honnête entre eux. Il la posséderait, mais il ne perdrait pas le contrôle de ses émotions comme il l'avait fait autrefois. Cela ne pouvait que mener au désastre. Tant qu'ils ne brouillaient pas les choses avec des sentiments indus, tout irait bien entre eux.

Résolu, il reporta son attention sur la préparation des plans avec les autres hommes. Au bout d'une heure, après s'être assurés que toutes les situations avaient été envisagées, ils se séparèrent.

— Si vous tenez à participer à la capture, vous feriez mieux de passer le reste du temps à récupérer, my lord, lui conseilla Kent. Vous n'êtes pas en état de poursuivre un meurtrier.

— Je serai prêt, dit Gabriel d'un ton dédaigneux.

Quelques égratignures ne l'empêcheraient pas d'abattre personnellement le Spectre.

Après le départ des enquêteurs, Gabriel s'en alla voir son fils. Avant que Thea et lui ne se séparent la veille au soir, elle lui avait suggéré de parler à Freddy de ce qui se passait; au moins les grandes lignes, pas les détails. Au départ, il avait rechigné à l'idée d'affliger son fils en lui parlant de méchants et de meurtres. Il ne voulait pas que son fils ait peur ni risquer de déclencher une autre crise.

— Il n'y a rien de tel que le manque d'informations pour susciter la peur, avait rétorqué Thea. Freddy est un garçon sensible et intelligent. Il a failli être enlevé, et tu as failli être tué. Si tu ne lui donnes pas d'explication raisonnable à tout ce qui s'est passé, son imagination ne manquera pas de s'emballer. Et l'imagination d'un enfant peut être bien pire que la vérité.

Pour Gabriel, la communication ouverte était une notion inconnue. Ses propres parents ne s'étaient jamais trouvés assez souvent dans la même pièce pour avoir des conversations assez longues; il ne comptait pas les cris qu'il les avait parfois entendus échanger. En tant qu'espion, il avait appris à ne pas dévoiler ses cartes pour des raisons évidentes. Au cours de son mariage, les rares fois où il avait essayé de partager ses pensées n'avaient fait qu'agacer sa femme et lui donner l'impression d'être stupide et maladroit.

L'intimité n'était pas son fort. Pour lui, il était préférable d'éviter les conversations qui impliquaient des sentiments. *Ne parlons jamais de choses désagréables*, lança la voix de Sylvia.

Mais, et si Thea avait raison, et que le silence ne faisait qu'aggraver les craintes ? Gabriel détestait l'idée que Freddy soit effrayé. Quelques instants plus tard, il entra dans la chambre de son fils. Le soleil pénétrait par les rideaux ouverts, et le petit garçon lisait dans son lit.

— Bonjour, papa, dit-il en mettant poliment de côté son livre.

Encore le capitaine Gulliver, s'amusa Gabriel. Ce n'était pas surprenant de la part de Thea qu'elle ait donné à son fils un livre sur de petites personnes capables de renverser un géant.

Il prit place sur la chaise près du lit, cherchant la meilleure façon d'entamer la conversation.

— Comment te sens-tu aujourd'hui ?

— Beaucoup mieux. Je n'ai pas eu de mal de tête ni de crise, répondit Freddy en tremblotant.

— C'est une bonne nouvelle !

Le silence s'étira. Le regard de Gabriel parcourut la chambre lumineuse ; les particules de poussière scintillaient au soleil. Il s'éclaircit la gorge.

— Est-ce que tu es à l'aise ?

— Oui, papa. Très.

— Tant mieux.

Gabriel lissa un pli invisible sur son pantalon, maudissant sa propre bêtise. Et s'il disait quelque chose qu'il ne fallait pas, et qu'il déclenchait une crise chez le garçon ? *Allez, continue.*

— Frederick, je suis venu te dire quelques mots au sujet de ce qui s'est passé ces quinze derniers jours, à savoir ta tentative d'enlèvement et mon accident de calèche.

Les yeux de Freddy s'écarquillèrent largement.

— Oui, papa ?

— Il a été porté à mon attention que les deux événements ne sont pas sans rapport. Cependant, je t'assure qu'il n'y a pas lieu de t'inquiéter. J'ai tout sous contrôle et...

— Est-ce que tu vas mourir, papa ?

À la grande consternation de Gabriel, les yeux de son fils se remplirent de larmes.

— Non, pas du tout, le rassura-t-il d'un ton ferme. Qu'est-ce qui te fait dire cela ?

— J'ai entendu les femmes de chambre bavarder. Elles ont dit que l'incendie était si important que tu as failli ne pas en réchapper. Elles prétendent que ce n'était pas un accident, et que quelqu'un essaie de te tuer.

Une larme roula sur la joue couverte de taches de rousseur de Freddy, et le garçon laissa échapper un sanglot soudain.

— Je ne veux pas que tu meures !

— Ne t'énerve pas, Freddy, ce n'est pas bon pour toi...

Consterné, Gabriel vit son fils se mettre à pleurer pour de bon. Il fouilla dans sa veste et en sortit un mouchoir, qu'il tendit au petit garçon. Mais Freddy ne le remarqua même pas ; ses fines épaules tressautaient, et ses larmes coulaient sur la couverture. Avec précaution, Gabriel s'assit sur le lit et posa une main hésitante sur l'épaule de son fils.

— Tout va bien, dit-il d'un ton bourru. Il ne m'arrivera rien.

— M... mais les gens meurent tout le temps. M... maman est morte. Et si tu m... meurs aussi, je serai tout seul.

Soudain, Gabriel comprit. C'était la première fois que Freddy abordait le sujet de la mort de Sylvia. Il avait craint que ce sujet n'accroisse la douleur du garçon et n'aggrave ses crises, aussi n'avait-il jamais abordé le sujet. Comme plus de quatre ans s'étaient écoulés, il avait supposé que son fils s'était remis de cette perte, et qu'aucune discussion n'était nécessaire. Visiblement, il s'était trompé ; il devait dire quelque chose maintenant.

— Je ne sais pas pourquoi ta maman est morte, lui dit-il, mais je peux te promettre que je ferai tout ce qui est en mon pouvoir pour que toi et moi soyons en sécurité. Je suis un homme de parole, Freddy. Je ne te mentirais pas. Tu me crois ?

Sa poitrine se serra devant la confiance qu'il lut dans les yeux baignés de larmes de son fils.

— Ou... oui, papa, répondit Freddy en reniflant.

— Tu es un bon garçon, lui dit-il, essuyant avec précaution les larmes avec son mouchoir. Dans quelques jours, je partirai à la recherche du méchant avec M. Kent et les autres. Nous espérons le capturer et mettre fin à cette situation pour de bon.

— Est-ce que c'est sans danger ? s'enquit Freddy, la lèvre inférieure tremblante. J... j'aimerais pouvoir t'aider. J'aimerais être n... normal et pas malade. Je suis dé... désolé d'être un fardeau...

— Chut.

Maladroitement, Gabriel ramena la tête ébouriffée du garçon contre son épaule. Alors que la silhouette de son fils tremblait à cause de ses sanglots, il ressentit une étrange oppression dans la gorge. Il se souvint de ce que Thea lui avait dit quelques jours plus tôt. *Il a peur de vous décevoir... plus que tout, il veut votre approbation.*

Sur le moment, il lui avait reproché d'avoir osé intervenir. Maintenant, il se demandait comment il avait pu être aussi aveugle. Il avait passé des années à veiller au bien-être physique de Freddy, à s'inquiéter de ses crises. Il n'avait jamais soupçonné que son fils pouvait souffrir d'autres façons.

Lorsque ses pleurs s'apaisèrent, Gabriel prit son fils par les épaules, doucement, mais fermement.

— Tu n'es pas un fardeau, Frederick. Tu es mon fils et mon héritier.

— J'aimerais quand même pouvoir t'aider, répondit Freddy, soupirant. Être utile, pour une fois.

Gabriel réfléchit rapidement.

— Mais tu seras utile ! Tu as également un rôle à jouer.

— Que puis-je faire ? s'enquit son fils, dubitatif.

— Ton rôle sera important. Pendant que les autres gentlemen et moi-même serons en train de capturer le méchant, tu seras l'homme de la maison. Tu devras protéger Mlle Kent et la duchesse en mon absence, déclara Gabriel d'un ton solennel. Serais-tu prêt à faire cela pour moi, mon fils ?

Freddy haussa les sourcils.

— Je dois protéger les femmes ? Moi ?

Lui, ainsi que la coterie de gardes postés à l'extérieur de la résidence Strathaven. Mais le garçon n'avait pas besoin de le savoir.

— Mlle Kent, qui est une femme, sera probablement inquiète, affirma Gabriel.

Égoïstement, il se rendit compte qu'il aimait l'idée que Thea se fasse du souci pour lui.

— Il te faudra donc être courageux, et faire bonne figure. Tu devras montrer l'exemple. Ce n'est pas une mission facile. Crois-tu être en mesure d'y arriver ?

— Oui, papa, répondit Freddy en redressant les épaules. Tu peux compter sur moi.

— Excellent.

Il ébouriffa les cheveux de son fils et sentit une autre présence dans la pièce. Tournant la tête, il vit Thea qui se tenait dans l'embrasure de la porte avec une brassée de livres. Leurs regards se croisèrent ; la chaleur dans les yeux de la jeune femme et ses joues rosies lui donnèrent envie de l'emmener quelque part. De l'avoir pour lui seul.

— Je suis désolée de vous interrompre, dit-elle en souriant. J'ai apporté de nouvelles lectures à Freddy.

— Nous parlions justement de vous, mademoiselle Thea, lui dit le petit garçon, gonflant la poitrine. Je devrai m'occuper de vous et des autres ladies pendant que papa s'en ira à la chasse au méchant.

Thea passa de l'autre côté du lit. Posant les livres sur la couverture, elle repoussa une mèche égarée sur le front du petit garçon.

— Dans ce cas, je me sentirai en sécurité.

Freddy était rayonnant.

Gabriel regarda Thea par-dessus la tête de son fils. Son cœur semblait battre trop vite, à un rythme aussi erratique que celui d'un écolier en proie à son premier coup de foudre. Cette comparaison désagréable le secoua. *Ne commets pas les mêmes erreurs*, se morigéna-t-il. *Fixe des attentes réalistes.*

Freddy bâilla soudain.

— Je crois que c'est l'heure de la sieste, remarqua Gabriel.

— Oui, papa.

— Mademoiselle Kent, dit-il ensuite, je me demandais si vous voudriez faire un tour dans le jardin ?

— J'en serais ravie.

Le sourire de Thea lui fit perdre le fil de ses pensées. Lui offrant son bras, il s'efforça de se remettre les idées en place. De rester concentré. Mais cette fois, il était hors de question qu'il laisse l'amour se mettre en travers du chemin du bonheur.

CHAPITRE DIX-NEUF

Thea obtint d'Emma la permission de faire une petite promenade dehors avec Gabriel.

Elle aimait le jardin, véritable chef-d'œuvre de rosiers parfaitement taillés, qui aurait fait le décor idéal pour une peinture de paysage. Alors qu'ils se promenaient sur le chemin caillouteux entouré de haies, elle lança des regards furtifs à Gabriel. Il incarnait le parfait gentleman avec sa veste gris fumée et son gilet de brocart bleu; le soleil faisait ressortir le bronze de ses cheveux, coiffés de manière sobre. Il serait un sujet digne d'un portrait.

À quoi pensait-il? se demanda-t-elle. Il avait retrouvé un visage impassible, dépourvu de l'émotion qu'elle avait perçue lorsqu'il tenait son fils dans ses bras. La gorge de Thea se serra lorsqu'elle se remémora cette scène tendre. Tant de choses se cachaient sous le stoïcisme de Gabriel.

Comme si elle avait encore besoin d'une preuve après la nuit passée. Elle eut l'impression qu'elle pourrait défaillir à tout moment. C'était un homme si passionné!

— Un sou pour tes pensées, dit Gabriel.

Thea se ressaisit et sourit.

— J'étais justement en train de me dire que ce serait le cadre parfait pour une peinture. Je la nommerais : *Un intermède anglais*.

— Cela ressemble vraiment à un intermède, n'est-ce pas? Imagine-nous dans un moment qui n'implique pas d'enlèvement, de meurtre ou de destruction.

— Il y a eu bien trop d'excitation ces derniers jours, convint-elle.

— Et la nuit dernière n'était pas des moindres.

Soudain, Thea se retrouva adossée à une haie, des feuilles et des brindilles lui piquaient le dos, et Gabriel se penchait sur elle. Ses pupilles s'assombrirent, et il n'eut plus l'air d'un gentleman. Il n'embrassait pas non plus comme tel, se dit-elle, étourdie, avant que ses pensées ne se dissolvent dans l'assaut brûlant et sensuel.

Un peu plus tard, il la relâcha. Gabriel réajusta ses vêtements, puis ceux de la jeune femme. Il lui glissa le bras dans le sien et continua à la guider sur le sentier.

— J'en avais envie depuis que je t'ai vue ce matin, dit-il sur le ton de la conversation.

Elle essayait encore de reprendre ses esprits.

— Comment fais-tu cela?

— Faire quoi?

— Tu as l'air si convenable quand tu...

— Quand j'ai des pensées inappropriées? demanda-t-il avec un sourire ironique. J'étais un espion, tu t'en souviens? Dissimuler ses désirs fait partie du métier.

C'était logique. Elle voulait en savoir beaucoup plus sur lui, et, pour une fois, ils avaient l'occasion de parler. Sachant que son mariage était un sujet sensible, elle décida de passer outre pour l'instant.

— Parle-moi de ta famille.

Il lui jeta un regard en coin.

— Que veux-tu savoir?

— As-tu des frères et sœurs?

— J'avais un frère aîné. Il est mort.

Elle avait oublié qu'il avait été le remplaçant de l'héritier.

— Je suis désolée.

Elle ne voulait pas imaginer le chagrin qu'elle ressentirait si elle devait perdre l'un de ses frères et sœurs.

— Cela a dû être difficile.

— Non.

Elle fronça les sourcils.

— Mais, c'était ton frère...

— Michael et moi n'étions pas proches. Il avait cinq ans de plus que moi, expliqua-t-il avant de marquer une pause. Son passe-temps, c'était de me battre.

— Au sport et aux jeux? demanda-t-elle, incertaine.

— Avec ses poings.

Sa réponse d'un ton neutre la fit frissonner.

— Pourquoi tes parents ne l'ont-ils pas arrêté?

— Ce sujet devient ennuyeux.

— Pas pour moi.

Puis, comme il ne disait rien, elle insista :

— Ce n'est pas de l'espionnage, Gabriel. C'est une conversation. Comme deux personnes en ont lorsqu'elles essaient d'apprendre à se connaître.

Après un moment, Gabriel dit :

— Mon père était celui qui donnait l'exemple. Il battait Michael, et Michael me battait. C'était logique, sans doute, raconta-t-il avant de hausser les épaules. Ma mère se tenait à l'écart en s'enfermant dans sa chambre à coucher. Elle était pieuse. Chaque fois qu'elle sortait, elle annonçait qu'une propension à la violence et au péché coulait dans les veines de tous les hommes de la maison. C'était la malédiction des Tremont, disait-elle. Elle priait pour nous.

La description objective qu'il en faisait glaça le sang de Thea. La famille de Gabriel était aussi différente de la sienne que le jour et la nuit. Pas étonnant qu'il ait appris à se renfermer sur lui-même : il n'avait eu personne vers qui se tourner.

— Au moins, les prières de ta mère ont fonctionné, dit-elle d'une voix douce.

Il haussa les sourcils, l'air ironique.

— En tant qu'espion, les violences que tu as commises visaient un but précis, affirma-t-elle catégoriquement. C'était pour une bonne cause. Ce n'est pas la même chose que d'être une brute sans cervelle.

— Octave m'a dit un jour qu'il m'avait recruté parce qu'il sentait ce que j'avais en moi, expliqua Gabriel avec un rictus. La capacité de faire ce qui doit être fait... C'était l'euphémisme qu'il employait. Il entretenait cette obscurité en moi.

— Étais-tu proche de lui ? Tu l'as appelé ton mentor, intervint-elle timidement.

Des libellules iridescentes exécutaient devant eux de grands tours vertigineux tandis qu'ils cheminaient en silence.

— Quand j'ai rencontré Octave, j'étais en colère, dit finalement Gabriel. Le fruit des années passées sous la tyrannie de mon frère, sans doute. Octave m'a appris à contrôler cela, il m'a fourni les compétences pour en faire un meilleur usage. Pour cela, je lui suis redevable.

Des ombres traversèrent les yeux de Gabriel. Il y avait autre chose qu'il ne disait pas.

— Mais ? dit-elle doucement.

Il lui lança un autre regard ironique.

— Mais notre séparation ne s'est pas faite à l'amiable. Il ne voulait pas que je quitte le Quorum, et je refusais de rester.

— Pourquoi ?

— C'est une longue histoire.

— Comme tu l'as dit, nous avons le temps, insista-t-elle avec un sourire encourageant.

— Il y a de bien meilleures façons de passer le temps.

Il s'arrêta sur le chemin et prit la main de Thea. Ses lèvres effleurèrent l'intérieur de son poignet, et les genoux de la jeune femme faiblirent. Son regard couleur ardoise lui promettait une tentation pécheresse, mais elle voulait aussi se rapprocher de lui d'une autre manière.

— Tu esquives la question, remarqua-t-elle.

— Et tu es plus persévérante que je ne le pensais, répliqua-t-il, effleurant la lèvre inférieure de Thea avec son pouce. N'avions-nous pas dit que tu abandonnais ta volonté à la mienne ?

Des vagues de chaleur montaient aux joues de la jeune femme. Et ailleurs.

— Notre accord portait sur la chambre à coucher, lui rappela-t-elle. Nous n'y sommes pas pour l'instant.

Le lent sourire de Gabriel lui fit recroqueviller les orteils dans ses demi-bottes.

— Je pourrais improviser.

— Même toi, tu ne me ferais pas l'amour dans le jardin... en plein jour...

La lueur diabolique dans ses yeux lui ôta soudain toute certitude. Inquiète autant qu'excitée, Thea répondit, essoufflée :

— Gabriel, n'importe qui pourrait voir...

Il éclata d'un rire grave et rauque, la plus belle musique qu'elle ait jamais entendue.

— Tu devrais te voir, princesse. Avec tes joues roses et ton inquiétude, se moqua-t-il doucement, puis il lui fit relever le menton, l'observant de son regard sombre et pénétrant. Dis-moi, as-tu peur que je te fasse l'amour ici, ou que je ne le fasse pas ?

Son emprise sur elle était envoûtante, elle ne pouvait pas détourner le regard. Elle ne pouvait pas lui répondre autrement que par la vérité.

— Un peu des deux ?

Gabriel afficha un sourire satisfait. Lui tenant la main, il la guida à nouveau sur le sentier.

— Assez parlé de moi. Parlons de toi.

Elle était loin d'en avoir appris assez sur lui. Cependant, alors qu'elle observait ses traits impassibles, elle comprit qu'elle n'obtiendrait sans doute plus rien de sa part ce jour-là. Se rapprocher de Gabriel, c'était comme apprendre à jouer un morceau de musique complexe. Ses difficultés avec la *Sonate pour piano n° 29* de Beethoven lui revinrent à l'esprit. Elle doutait de pouvoir maîtriser un jour cette composition colossale, de la puissance de son premier mouvement en passant par les nuances profondément émouvantes du deuxième jusqu'à la complexité vertigineuse du dernier.

Mais elle ne renonçait pas à essayer. On ne pouvait pas forcer la musique à révéler son véritable cœur. Il fallait de la patience, de la pratique, et la sagesse de laisser chaque pièce se dérouler en son temps.

Parfois, capituler était un meilleur choix que de frapper les touches sous le coup de la frustration.

— Tu as rencontré la plupart des membres de ma famille, à l'exception de mon frère Harry. C'est un scientifique en devenir qui se fait remarquer à Cambridge.

— Les membres de cette famille ont des centres d'intérêt inhabituels.

— Nos parents nous encourageaient à suivre notre cœur, même si cela nous conduisait à sortir des sentiers battus.

— Dans ton cas, cela t'a conduit tout droit au bord d'une falaise, déclara-t-il d'un ton ironique. Tu ne sais pas ce que tu as accepté avec moi, princesse.

— Je crois que j'en ai eu une bonne idée hier soir. Un plaisir sauvage, un homme qui me désire pour ce que je suis, affirma-t-elle, penchant la tête. Je suppose que je vais devoir le supporter.

— Loin de moi l'idée de te contredire si tu penses avoir fait une bonne affaire, murmura-t-il. Ce que je ne comprends pas, c'est pourquoi tu ne t'es pas mariée avant. Tu as sûrement eu des demandes.

Le fait qu'il en soit convaincu la flattait.

— Je suis loin d'être un diamant de la première eau, et en dépit des rencontres faites par mes frères et sœurs, je ne suis qu'une demoiselle de la classe moyenne en fin de compte, dit-elle sincèrement, avant d'ajouter après une pause : Ensuite, il y a mon état de santé. Les gentlemen qui m'ont montré de l'intérêt voulaient me traiter comme une poupée de porcelaine. Une décoration. Ce n'est pas du tout ce que je suis, et ce n'est pas le genre d'épouse que je veux être.

Gabriel se renfrogna.

— Tu es magnifique, passionnée et douce. Tout ce qu'un homme peut désirer.

Aussi ravie qu'elle soit d'entendre ces louanges, Thea ne put s'empêcher de douter.

— Tu me croyais trop délicate pour toi.

— Le problème, c'était moi, pas toi. Je pensais que mes désirs étaient trop compliqués à assumer pour une vierge, expliqua-t-il.

Avant qu'elle puisse protester, il se corrigea :

— Jusqu'à ce que tu me prouves que j'avais tort. Je pense qu'une partie de moi a compris que tu étais celle qu'il me fallait dès que j'ai posé les yeux sur toi pour la première fois.

— Tu te souviens de notre rencontre ? demanda-t-elle, essoufflée.

— La fête de fiançailles de ta sœur. Tu jouais une sonate, confirma-t-il avec un sourire. J'ai été excité rien qu'en t'écoutant.

Thea écarquilla les yeux.

— Ah ! oui ?

— J'ai eu envie de te prendre sur-le-champ, admit-il à regret. De te déshabiller, de t'allonger sur le piano, de voir ta peau blanche et douce contre le bois sombre. Je voulais prendre mon temps pour t'embrasser et te toucher... partout. Et tu serais restée étendue là, tu m'aurais laissé faire tout ce que je voulais.

La jeune femme avait du mal à respirer. Ses mamelons la picotaient, et son sexe était trempé. Les yeux de Gabriel brillaient d'une lueur complice.

— Et, en même temps, tu me faisais penser à cette princesse dans la tour. Hors de ma portée.

— Et maintenant ? osa-t-elle demander.

Il toucha une boucle lâche sur sa tempe d'une main possessive.

— Je dois te parler de quelque chose, Thea. Quelque chose que j'aurais dû dire hier soir.

Le cœur de la jeune femme s'emballa. Était-il sur le point de lui faire officiellement sa demande ?

— Oui ? parvint-elle à articuler.

— C'est au sujet du mariage. Pour être honnête, avant toi, je n'avais jamais pensé à me remarier. Je ne suis pas un homme fait pour ce genre d'union...

— Je ne suis pas d'accord, protesta-t-elle.

— Laisse-moi finir. Je ne suis pas un homme facile, et mon passé... Eh bien, tu sais ce qu'il en est. Et puis, il y a mes penchants dans la chambre à coucher, ajouta-t-il, les yeux rivés sur les siens. Mais tu sembles avoir accepté tout cela avec sérénité, alors l'avenir s'offre à nous. Il y a cependant un sujet que je pense que nous devons aborder. Cela concerne l'amour.

Voilà qui était mieux. Alors que son pouls s'emballait, Thea dit :

— Oui ?

— Je ne crois pas qu'il ait sa place dans un mariage, déclara Gabriel.

Elle eut la sensation de plonger dans un abîme.

— Je... je ne comprends pas.

— Trop de sentiments peuvent handicaper un mariage et conduire à des déceptions. Je parle d'expérience, dit-il tranquillement, et c'est une erreur que je ne referai pas.

— Tu fais allusion à ton premier mariage ? demanda-t-elle, incertaine.

Il hocha brièvement la tête.

— Comme je te l'ai dit, je ne déshonorerai pas ma défunte épouse en discutant des détails. Mais l'amour ne nous a pas réussi. Je ne suis pas fait pour les sentiments forts. Peut-être est-ce dû au fait que j'ai été agent, mais ce n'est pas important. Si je devais me remarier, je voudrais fixer des attentes claires.

La tête de Thea tournait.

— Quelles attentes ?

— Que ma femme et moi partagions un désir physique. Que nous ayons les mêmes objectifs : élever une famille et faire du domaine un vrai foyer. Que nous soyons honnêtes l'un envers l'autre, et que nous développions la confiance au fil du temps.

Lentement, l'angoisse de Thea se dissipa. À l'exception de sa mise en garde sur l'amour, sa description correspondait presque exactement à ce qu'elle voulait. Peut-être était-ce simplement une question de sémantique.

— Qu'en est-il de la fidélité ? s'enquit-elle prudemment.

— Permets-moi de me montrer très clair : tu m'appartiendrais. Et je n'aurais pas besoin d'une autre.

Thea fut soulagée de voir le regard possessif que Gabriel posait sur elle.

Pourtant, une question lui vint à l'esprit. En réalité, elle la taraudait depuis qu'il avait révélé la veille au soir que son mariage n'avait pas été parfait, laissant entendre que les relations conjugales avaient fait partie du problème.

— As-tu été fidèle à ta femme ? l'interrogea-t-elle.

Il ferma les yeux.

— Je t'ai dit que mon mariage n'était pas un sujet de discussion.

— Si je dois prendre une décision à propos de l'avenir, je dois être en possession des faits.

Elle n'était pas prête à reculer, pas sur ce point. Le silence s'étira entre eux.

La mâchoire tendue, il répondit :

— Sylvia m'a dit de prendre une maîtresse, et je n'ai pas pu le faire. Je ne pouvais pas trahir mes vœux.

Cela confirmait ce que Thea pensait de lui, qu'il avait été un mari sincère et dévoué. Cela soulevait également d'autres questions à propos de son mariage : quel genre de femme enverrait sciemment son mari dans les bras d'une autre ? Sentant l'émotion qui se cachait sous son apparente maîtrise, Thea décida de ne pas insister sur son passé. En tout cas, pas pour le moment.

À la place, elle dit :

— Je sais que les liaisons hors mariage sont à la mode au sein de la bonne société, mais je ne les tolérerais pas. Je ne voudrais pas que mon mari partage son intimité avec quelqu'un d'autre.

— Tu es possessive, n'est-ce pas ? la taquina-t-il alors que son regard s'adoucissait, comme si cette idée lui plaisait. Ne t'inquiète pas, princesse, je ne m'éloignerai pas de ton lit.

Ils abordaient un sujet sensible et critique. Elle hésita, songeant que cela avait dû être très difficile pour lui de perdre sa femme en couches. Pourtant, c'était une raison de plus pour lui poser la question.

Prenant son courage à deux mains, elle demanda :

— Que penses-tu des enfants? D'avoir des enfants, je veux dire.

La décision de Thea concernant l'avenir pouvait bien dépendre de sa réponse. Parce qu'elle avait besoin... non, elle méritait d'être traitée comme une femme de chair et de sang. D'avoir un mari qui la voulait comme épouse, amante, et mère de ses enfants. Être appelée princesse était une chose; elle n'avait pas l'intention d'être enfermée, protégée dans une stupide tour. Elle avait gaspillé suffisamment de temps dans sa vie à regarder le monde tourner. Elle voulait *vivre.*

Elle attendit sa réponse en retenant son souffle. Il fronça les sourcils, l'air déterminé, mais pas fermé.

— Je ne te mentirai pas. La simple idée que tu puisses accoucher me fait perdre des années de vie. Il existe, euh... des méthodes pour empêcher la conception, bien sûr. Mais je n'insisterais pas pour que tu les utilises si tu souhaitais agrandir notre famille, ajouta-t-il avant qu'elle puisse parler.

— Je veux tous les enfants que nous aurons la chance d'avoir, affirma-t-elle d'une voix tremblante.

Au bout d'un moment, il acquiesça brièvement.

Leurs négociations donnaient de l'espoir à Thea. Le désir, l'honnêteté et l'engagement à construire une famille ensemble constitueraient une base solide pour leur relation. C'était plus que ce que vivaient la plupart des gens mariés. Et tout ce que Gabriel lui disait renforçait son intuition : il n'était pas un homme incapable d'aimer, mais il se tenait éloigné de l'amour parce qu'il avait été blessé par le passé. Avec le temps, si elle parvenait à gagner sa confiance, peut-être pourrait-elle le convaincre de lui donner une nouvelle chance.

On ne pouvait pas contraindre l'amour. Heureusement, les combats qu'elle avait menés pour sa santé et sa musique lui avaient enseigné la patience.

— Que penses-tu de l'affection ? demanda-t-elle.

— C'est un avantage, sans le moindre doute, dit Gabriel, effleurant sa lèvre inférieure avec son pouce. Que j'apprécierais entre nous.

Cette fois, elle entendit une pointe de nostalgie dans sa réponse, et lut dans ses yeux un désir féroce. Ce fut ce qui la décida. Il avait beau parler avec dédain de l'amour, avec lui, elle se sentait désirée et convoitée au plus profond de son être. C'était un homme qui réprimait ses sentiments, certes, mais il pouvait apprendre à laisser tomber ses barrières. Il n'y avait qu'à regarder comment il s'était comporté avec Freddy. Il s'ouvrait à elle aussi, même s'il ne s'en rendait pas compte.

Au fond de son cœur, elle savait qu'ils pourraient se rendre mutuellement heureux. Un avenir avec lui valait tous les risques. Elle fit un acte de foi.

— Lors de notre rencontre, tu as entendu ma musique… tu m'as entendue. J'ai su alors que tu étais le mari que je voulais. Rien n'a changé, affirma-t-elle.

Gabriel laissa échapper un souffle. Le fait qu'il avait retenu sa respiration conforta Thea dans son optimisme.

Je t'aime, Gabriel. Un jour, j'espère que tu m'aimeras en retour.

— L'affaire est donc réglée. Tu m'honores, ma douce.

Il s'inclina sur sa main. Le geste était formel, pourtant une satisfaction primitive brillait dans son regard.

— Maintenant, je suggère que nous rentrions avant que je ne scandalise irrémédiablement ma future belle-famille.

Chapitre Vingt

Les trois jours suivants passèrent comme le calme avant la tempête. Thea était bien consciente du danger imminent, des préparatifs en cours, mais même l'inquiétude ne parvenait pas à éroder le bonheur qu'elle ressentait. Pendant près d'un an, elle s'était demandé si son affection était réciproque. Aujourd'hui, sachant que Gabriel la désirait et voulait l'épouser... elle avait du mal à contenir sa joie.

Bien sûr, il y avait son barrage contre l'amour, mais une fois qu'elle avait arrêté son choix, elle s'y tenait. Et elle avait décidé de ne pas laisser un simple mot entraver leur avenir. Après tout, son opinion sur le sujet pourrait changer avec le temps, et elle ferait tout ce qui était en son pouvoir pour le faire changer d'avis. Pour l'instant, il lui suffisait de savoir qu'ils auraient du désir et de l'affection l'un pour l'autre, qu'ils se seraient mutuellement fidèles.

Toutefois, Gabriel lui avait fait promettre de ne pas dire un mot encore au sujet de leur avenir. Il ne voulait pas qu'elle lui soit liée jusqu'à ce que la menace soit écartée, et rien de ce qu'elle disait ne parvenait à le dissuader. *Il n'est pas nécessaire de nous précipiter. Tu es à moi et rien ne changera cela.* Il lui avait adressé un lent sourire, et son cœur avait manqué un battement. *Une fois que j'aurais tué le dragon, je pourrai revendiquer la princesse.*

Entre-temps, il avait redoublé d'efforts pour rester correct. Il avait mis fin aux visites nocturnes, au grand désarroi de Thea. Les raisons de Gabriel étaient valables. Il ne voulait pas la compromettre avant même qu'ils ne soient fiancés. Il ne voulait pas déshonorer ses hôtes et nuire à l'opinion que sa famille avait de lui avant de demander sa main. Il ne voulait pas scandaliser Freddy, qui deviendrait le fils de Thea.

Elle savait que Gabriel avait raison. Elle n'aimait pas cela, mais elle ne pouvait pas lui reprocher de se comporter en gentleman. Le temps qu'elle pouvait passer avec lui compensait presque l'interruption de leurs relations physiques. Ils étaient chaperonnés par sa sœur et souvent en compagnie d'autres personnes, ce qui empêchait les discussions plus intimes, mais leur permettait de se découvrir petit à petit. Du moins, Gabriel en apprenait davantage sur elle.

Ses talents d'espion se révélaient à mesure qu'il lui soutirait habilement des informations. Il voulait entendre des histoires sur sa famille, sur Chudleigh Crest... Il voulait savoir si un garçon du village avait déjà essayé de la courtiser. Quand elle avait admis que le fils d'un fermier lui avait un jour témoigné de l'intérêt, l'éclat possessif que Thea avait vu dans ses yeux l'avait ravie au plus haut point.

En ce qui concernait son propre passé, Gabriel se montrait plus réticent. Elle glana quelques détails supplémentaires sur sa famille, ce qui confirma son impression que son enfance avait été froide et solitaire. Certains sujets restaient hors limites. Il se fermait chaque fois qu'elle essayait de l'interroger sur son mariage ou sur son passé dans l'espionnage. Chaque fois qu'elle se sentait frustrée par son refus de partager ces expériences avec elle, elle se rappelait qu'un morceau ne pouvait pas s'apprendre en un jour. Il lui faudrait du temps pour déterrer des sentiments aussi profondément enfouis.

Le jour de l'embuscade arriva, et sa peur l'emporta sur toutes ses autres préoccupations. Gabriel et les hommes partirent pour Covent Garden avant l'aube. Si tout se passait bien, ils attraperaient le Spectre et mettraient un terme à cette folie. Même si Thea avait confiance dans les aptitudes des hommes, elle ne parvenait pas à endiguer la vague d'inquiétude qui montait. Même jouer du piano ne la distrayait pas; ses doigts lui semblaient maladroits et raides. Elle frappa une note discordante.

— Croyez-vous que mon papa s'en sortira?

Elle leva les yeux du clavier et vit l'anxiété obscurcir les yeux bleu-gris de Freddy. Il était recroquevillé sur le canapé voisin. Le docteur Abernathy était venu voir le garçon ce matin-là, et l'avait déclaré en pleine forme. Le brave médecin avait également prodigué d'autres conseils et avait mentionné un nouveau traitement très prometteur qui pourrait soulager les crises de mal caduc de l'enfant. Thea avait hâte d'en discuter avec Gabriel... à son retour.

Refoulant sa peur, elle réussit à sourire.

— Je suis sûre que ton père va très bien. Après tout, il est avec mon frère et M. McLeod. Ce sont des professionnels qui font ce genre de choses tous les jours.

— Ne vous inquiétez pas, mademoiselle Thea, la rassura Freddy, dont les traits, couverts de taches de rousseur, étaient adorablement farouches. Je prendrai bien soin de vous en son absence.

— Je me sens déjà mieux.

Elle s'approcha, ébouriffa les cheveux du garçon et s'assit à côté de lui.

— Mademoiselle Thea?

— Oui, chéri?

— Allez-vous épouser mon papa?

Elle cligna des yeux devant l'expression grave de Freddy. *Bonté divine !* Elle ne s'attendait pas à cela.

— Euh, pourquoi cette question? demanda-t-elle, cherchant à gagner du temps.

— Parce que je vois que mon papa vous apprécie. Il vous regarde toujours, dit le garçon en penchant la tête, et il est de meilleure humeur quand vous êtes là.

Une vague de chaleur se répandit dans le cœur de Thea. Elle se languissait de pouvoir dire la vérité à Freddy : qu'ils formeraient bientôt une famille. Pourtant, Gabriel et elle avaient convenu de parler au garçon ensemble, après la capture du Spectre, et elle ne voulait pas rompre sa promesse.

— Nous n'avons pas encore pris de décision pour l'avenir, éluda-t-elle. Il y a trop de choses qui se passent en ce moment.

— Eh bien, si vous deviez vous marier, cela ne me dérangerait pas. En fait, je crois... je crois que j'aimerais avoir à nouveau une maman, dit-il timidement.

Oh, Freddy ! j'aimerais être ta maman. Tellement !

— Voudriez-vous venir vivre avec nous dans le Hampshire ? s'enquit-il, visiblement séduit par l'idée.

Gabriel lui avait expliqué qu'il s'était attaché à améliorer Oakhurst, sa résidence de campagne, et lui avait demandé si elle accepterait de vivre loin de Londres et de sa famille. Elle lui avait répondu la vérité : tant qu'elle pouvait rendre visite à ses frères et sœurs, cela ne la dérangeait pas du tout. Elle aimait le rythme de la vie à la campagne et voulait aider Gabriel à redonner à sa maison sa splendeur d'antan. À réparer les dégâts causés par les générations précédentes.

Prenant apparemment son silence pour de la réticence, Freddy ajouta d'une petite voix :

— Je sais que ce n'est pas la plus belle des maisons.

— Oh ! non, mon chéri. Ce n'est pas ça, dit-elle rapidement.

— Une fois, lorsque notre voisin, Lord Melville, est venu parler à papa des clôtures entre nos propriétés, son fils Horatio s'est moqué du manoir. Je l'ai entendu en rire. *Quel tas de décombres*, a-t-il dit. *Rien ne fonctionne ici*, répéta Freddy, dont la voix vacilla, *pas même l'héritier.*

Une rage inhabituelle s'empara de Thea. Elle aurait aimé que Horatio Melville soit là pour pouvoir lui remonter les bretelles et lui dire le fond de sa pensée.

— Ce ne sont que des inepties ! dit-elle vivement. Seul un crétin pourrait dire une chose pareille.

— Horatio est le garçon le plus grand et le plus athlétique du comté. Il gagne dans tous les domaines, expliqua Freddy, les yeux rivés sur ses genoux. Moi, je ne peux même pas quitter la chambre.

— Tu n'es pas dans ta chambre en ce moment.

Les épaules du garçon s'affaissèrent.

— Qui sait combien de temps cela va durer ? Quand j'aurai une autre crise, je devrai retourner à ma chambre de malade.

Thea hésita, partagée entre des désirs contradictoires. D'un côté, elle savait qu'il n'était pas sage d'aborder le sujet d'un remède potentiel pour les crises de Freddy avant d'en avoir parlé à Gabriel... mais elle ne pouvait pas rester sans rien dire pendant que le garçon souffrait, perdant espoir de minute en minute, alors qu'elle connaissait un moyen de l'aider. La description qu'avait faite le docteur Abernathy du nouveau traitement lui revint en mémoire.

Cela peut sembler peu conventionnel, mademoiselle Kent, avait-il dit avec son accent écossais, *mais je vous assure que la cure de jeûne existe depuis l'Antiquité. Un de mes collègues d'Édimbourg a récemment affiné cette technique et fait état d'un succès étonnant. D'après mes observations, ce serait bénéfique pour Lord Frederick. Son appétit a naturellement diminué depuis l'attaque dont a été victime son père, et il est intéressant de noter que cela a coïncidé avec une diminution de ses crises. Si vous pouviez convaincre Lord Tremont d'envisager ce traitement, je pense qu'il serait très bénéfique pour le jeune garçon.*

Avec prudence, Thea dit :

— Ton papa a dit que tu avais essayé un grand nombre de remèdes pour ton état. S'il en existait un autre, prometteur, mais sans garantie de succès, voudrais-tu l'essayer ?

— Le traitement fait-il mal ?

— Non, mais il n'est pas facile, l'informa-t-elle honnêtement. Il faut suivre un régime alimentaire strict, et même jeûner à certains moments.

— Vous voulez dire que je n'aurais pas le droit de manger ?

s'exclama-t-il, la mine renfrognée. Je ne crois pas que cela me plairait.

— Au début, tu n'aurais droit qu'à de l'eau, du bouillon de bœuf, et ce genre de choses. Si cela soulage tes symptômes, d'autres aliments seraient progressivement introduits dans ton régime. Il faudrait travailler avec le médecin pour voir ce qui aggrave ou améliore les crises.

Les cils de Freddy papillonnèrent.

— Papa pense-t-il que je devrais essayer cela ?

Je l'espère. Sachant ce que Gabriel pensait des traitements médicaux, elle pria pour qu'il change d'avis et ne lui en veuille pas de l'avoir suggéré.

— Avant tout, il veut te protéger, répondit Thea avec précaution. Tu as déjà vécu beaucoup de choses, mon chéri, et il ne veut pas que tu subisses des épreuves ou des déceptions inutiles. Comme je l'ai dit, le traitement pourrait ne pas fonctionner.

Freddy redressa les épaules.

— Je pense que j'aimerais quand même essayer, dit-il avec un sourire un peu nostalgique. Qu'ai-je à perdre, après tout ?

Un sentiment de fierté submergea Thea. *C'est un garçon tellement courageux, et il ne s'en rend même pas compte !*

Souriant, elle lui serra la main.

— Alors nous parlerons à ton père ensemble.

Un coup fut frappé à la porte. Jarvis entra et annonça l'arrivée de visiteurs. Thea avait presque oublié qu'elle avait envoyé un mot à Marianne pour lui demander de venir et d'amener Edward, si elle le pouvait. Sa belle-sœur sembla glisser à l'intérieur, véritable vision dans une robe de promenade lilas garnie de dentelle blanche. Sur ses talons, son fils, brun et dégingandé, entra à son tour, tenant une boîte en bois sous un bras.

— Bonjour à vous deux. Merci d'être venus, les salua Thea.

Elle se leva, et Marianne l'embrassa sur la joue ; Freddy se leva à son tour.

— Avec tout ce qui se passe aujourd'hui, nous aurions bien

besoin d'un peu de distraction. Edward et moi nous sommes retrouvés bien désœuvrés.

Retirant sa coiffe et ses gants, Marianne donna un petit coup de coude à son fils.

— Vas-y, présente-toi, mon chéri.

Edward s'avança en traînant les pieds. Il ressemblait à Ambrose avec ses mèches indisciplinées, sa grande taille, ses membres fins et son attitude sérieuse. Il avait hérité sa précocité de sa mère, dont il avait également les yeux, d'un vert éclatant. De toute évidence, le sens de la mode de sa mère avait également joué un rôle dans sa tenue élégante, qui comprenait un gilet à carreaux et un pantalon rentré dans des bottes brillantes.

— Comment allez-vous ? Edward Kent à votre service, dit-il en s'inclinant gravement.

— Je suis Frederick Ridgley, vicomte Waverly. Mais vous pouvez m'appeler Freddy, si vous voulez.

Le visage du garçon rougit, et, après une pause gênée, il laissa échapper :

— J'ai huit ans.

— Tu n'as pas *l'air* d'avoir huit ans, observa Edward, qui se mit à le tutoyer. J'ai huit ans, et je suis bien plus grand que toi.

— Où sont tes bonnes manières, Edward ? le réprimanda Marianne.

— Mais c'est vrai ! Pourquoi serait-il impoli de dire la vérité, maman ? s'enquit Edward, l'air perplexe.

— Parce qu'il y a des vérités qu'il vaut mieux garder pour soi. Tu dois réfléchir à la portée de tes paroles sur les autres avant de les prononcer.

Un pli se creusa entre les sourcils d'Edward.

— Tu veux dire que je peux penser des choses, mais que parfois, je ne peux pas les dire ?

— C'est l'idée générale, oui, répondit Marianne avec ironie.

Au bout d'un moment, Edward hocha la tête d'un mouvement brusque.

— Mes excuses, dit-il à Freddy, je ne voulais pas être impoli.

C'est-à-dire que je suis *effectivement* plus grand que toi, mais cela ne veut rien dire. Mon oncle Harry est un scientifique ; une fois, lui et moi avons fait une expérience avec des haricots.

— Des haricots ? répéta Freddy.

— Nous les avons cultivés en utilisant exactement la même quantité de terre et d'eau, et pourtant, toutes les plantes ont germé à des rythmes différents. Selon l'oncle Harry, la nature de la graine est tout aussi importante que les conditions dans lesquelles elle est cultivée. Cependant, tous les haricots ont fini par pousser parfaitement, dit Edward en haussant les épaules, alors en fin de compte, peu importe quelle plante pousse le plus vite ou le plus haut, n'est-ce pas ?

Freddy cligna des yeux, comme une chouette.

— Euh... je suppose que tu as raison.

Thea masqua son sourire.

— Tu veux faire une partie de jonchets[1] ?

Les changements brusques de sujet étaient fréquents chez son neveu à l'esprit vif. Edward leva la boîte qu'il avait apportée.

— J'ai mon jeu.

Freddy se mordit la lèvre.

— Je ne sais pas comment jouer.

— C'est simple. Je t'apprendrai, le rassura Edward. Maman, pouvons-nous être excusés ?

— Oui, mon chéri. Mais ne fatigue pas trop ton hôte, d'accord ? lui demanda Marianne.

Freddy lança un coup d'œil timide à Thea, qui lui adressa un signe de tête encourageant.

Les garçons trouvèrent une place dans le coin le plus éloigné de la pièce. S'installant sur le tapis, ils commencèrent à sortir les bâtons pour leur jeu. Rapidement, les deux garçons se mirent à discuter à bâtons rompus, poussant des cris de joie et des gémissements à mesure que les tas de bois s'élevaient et tombaient.

Thea et Marianne contemplaient la scène depuis le canapé.

---

1. Petits bâtons en forme de joncs ; semblable au mikado.

— Merci d'être venue aujourd'hui, dit Thea à voix basse. Freddy avait grand besoin de compagnie.

— Edward aussi. Il aurait bien besoin d'un ami de son âge. Il passe beaucoup trop de temps avec les adultes et les livres. Des expériences avec des haricots, pour l'amour du ciel ! s'exclama Marianne avec un frémissement exagéré. À ce rythme, il nous parlera de rotation des cultures avant d'avoir dix ans !

— Tu es une maman fière, et tu le sais.

— C'est vrai, confirma Marianne avec un sourire. Tu sembles démontrer un certain talent pour ce rôle, toi aussi.

Essayant de ne pas rougir, Thea tenta d'éluder la remarque de sa belle-sœur, qui n'était que trop perspicace.

— Freddy ferait ressortir l'instinct maternel de n'importe qui. Il est brillant, charmant, et tout ce dont il a besoin, c'est d'avoir confiance en lui et de voir tout ce qu'il y a de meilleur en lui.

— Et toi, ma chérie, tu es justement celle qui peut lui apporter tout ça. Je suppose que les choses progressent bien avec son père ?

Comme Marianne n'était pas dupe, Thea choisit de se montrer honnête.

— Oui. Mais, je t'en prie, ne dis rien pour l'instant. Gabriel et moi ne voulons pas faire d'annonces avant que le méchant ne soit arrêté.

— Je comprends parfaitement. Mes lèvres sont scellées.

Thea croisa les doigts sur ses genoux.

— Merci. Comment crois-tu que les hommes s'en sortent ? J'aurais aimé être là-bas avec eux.

— Je sais ce que tu ressens, ma chérie, mais nous ne ferions que les distraire. Les hommes se préoccuperaient de notre sécurité plutôt que du problème à résoudre, dit Marianne, souriant d'un air contrit. Non, nous devons les laisser vaquer à leurs occupations, pendant que nous nous occupons des nôtres.

— Les nôtres ?

Marianne haussa un sourcil.

— La résolution de l'affaire nécessite plus que des prouesses physiques

— Tu n'as pas tort. En fait, j'ai réfléchi aux preuves contre lady Blackwood, dit Thea d'un ton pensif, et je n'arrive toujours pas à croire qu'elle soit coupable. J'ai une autre hypothèse.

— Je t'en prie, dis-moi, répondit sa belle-sœur.

En se penchant l'une vers l'autre, elles se mirent au travail et discutèrent de l'affaire.

Chapitre Vingt-Et-Un

Caché dans une carriole couverte à côté de l'étal, Gabriel surveillait la place bondée depuis un trou discret percé sur le côté. Les jours de marché, Covent Garden était le théâtre d'une activité chaotique, et cette journée ne faisait pas exception. C'était comme si les pensionnaires de Bedlam avaient été enfermés et mis au travail sur la place bordée par la cathédrale Saint-Paul à l'ouest et les portiques voûtés des bâtiments italianisants sur les trois autres côtés.

Dans ce marché très animé, les étals et les brouettes débordaient de produits frais, de fleurs et de marchandises en tout genre. Le parfum des violettes et des lilas se mêlait à celui des savoureux pâtés et des fines herbes. Les passants de tous horizons marchandaient joyeusement avec les vendeurs, qu'il s'agisse du séducteur aux yeux fatigués rentrant chez lui en titubant après les divertissements de la nuit, de la ménagère à la recherche des meilleures affaires ou de la lady dont l'entourage de domestiques ramenait à la maison des paniers de fleurs de serre.

Même William McLeod semblait avoir été contaminé par la fièvre mercantile du marché. Coiffé d'un chapeau de paille, portant un tablier par-dessus sa chemise et son pantalon de lin brut, un mouchoir de soie brillant en guise de cravate, l'Écossais costaud incarnait un marchand de fruits et légumes convaincant. Avec l'audace d'un vrai colporteur, il se pavanait devant l'étalage de fruits; son accent cockney[1] semblait tout à fait authentique.

— Melons frais à vendre! criait-il. Venez chercher vos melons mûrs et juteux.

Deux prostituées lourdement maquillées s'arrêtèrent devant l'étal, et l'une d'elles s'exclama :

— Mûrs et juteux comme ceux-ci, mon bon ami?

Elle agita les généreuses marchandises exposées dans son corsage moulant, sous les ricanements de sa compagne.

— *Mes* melons connaîtraient ennuis et querelles après votre passage, rétorqua McLeod avec bonhomie.

Gabriel savait que l'expression « ennuis et querelles » était synonyme de « ma bourgeoise » dans le jargon des voleurs. Gloussant, les prostituées envoyèrent un baiser à l'Écossais avant de s'éclipser pour aller chercher des clients ailleurs. Une fois qu'elles furent parties, Gabriel eut de nouveau une vue dégagée sur sa cible : l'étal d'en face. Il surveillait Fielding depuis une heure et, jusqu'à présent, il n'avait rien vu d'anormal. Le marchand de fleurs faisait de bonnes affaires, vidant et remplissant des seaux de fleurs fraîches.

Gabriel consulta sa montre à gousset.

C'était bientôt l'heure. Pompeia devait arriver d'un moment à l'autre.

Ils étaient prêts pour elle. Dans sa tête, il passa une nouvelle fois en revue leur stratégie, le périmètre invisible que Kent et Associés avait établi autour de Fielding. McLeod et lui surveillaient l'étal lui-même. Kent et ses hommes, tous déguisés en habitués du marché, circulaient autour de l'entrée ouest du marché, surveillant les issues possibles par les rues King et Henrietta. L'autre associé de l'agence, M. Lugo, se faisait passer pour un cocher et il surveillait la rue James au nord.

Enfin, Strathaven, dont tout le monde s'accordait à dire qu'il

---

1. Londonien de l'est de la ville, caractérisé par son langage populaire.

ne pouvait passer que pour un duc, surveillait la rue Russell, au sud, depuis une calèche sans signes distinctifs.

Tout le monde et tout était en place. Le plan était simple. Ils prendraient Pompeia et ceux qu'elle rencontrait en flagrant délit. Ils découvriraient l'identité du Spectre et mettraient définitivement un terme à la malveillance du méchant.

Gabriel pourrait alors se consacrer à Thea. L'idée qu'elle l'attendait à la maison avec son fils lui redonnait espoir. Il gardait le souvenir de sa passion comme des braises incandescentes dans une nuit d'hiver. Elle représentait un nouveau départ. Il avait hâte de la retrouver et de commencer leur avenir ensemble.

Son sixième sens interrompit ses pensées. Avec professionnalisme, il fit abstraction de tout, se concentrant sur la silhouette qui avançait, telle une reine, dans l'allée bondée. Le frisson d'excitation de la chasse le parcourut.

Pompeia était arrivée.

Elle portait une robe de couleur ambre foncé, et sa coiffe était fixée sous son menton par un nœud bleu. Toujours aussi excellente actrice, elle ne manifestait aucune hâte, rien ne laissait présager qu'elle se dirigeait vers un but néfaste. Elle s'arrêta pour examiner des marchandises, sentant ceci et goûtant cela. Comme si elle avait tout le temps devant elle.

Elle finit par s'approcher de Fielding. Gabriel s'écarta de son point d'observation et compta vingt battements de cœur. Formés par le même maître-espion, Pompeia et lui jouaient selon les mêmes règles. S'il s'apprêtait à commettre un acte répréhensible, il procéderait à un balayage minutieux du terrain avant d'agir. Il ne doutait pas qu'elle prendrait les mêmes précautions. Il s'obligea à compter à nouveau jusqu'à vingt, avant de regarder à nouveau par le trou.

Elle était maintenant en face de lui, chez Fielding, lui tournant le dos. Le vendeur de fleurs enthousiaste lui demanda si elle cherchait quelque chose en particulier. Elle hésita et il l'invita à parcourir l'étal, ce qu'elle fit avec une attention toute particulière. Elle examina l'assortiment d'hortensias, de tulipes et de jonquilles, ses doigts gantés effleurant les pétales.

Fais ce que tu es venue faire, quoi que ce soit, l'exhorta-t-il en silence. *Dévoile tes plans diaboliques.*

L'attention de Gabriel se porta soudain sur un homme qui s'approchait de Fielding. L'étranger venait de la direction opposée à celle de Pompeia, et sa démarche était guillerette... *et inégale.* Les poils se dressèrent sur les bras de Gabriel. Il ne voyait pas le visage de l'homme, caché par le bord d'une casquette marron, mais il ne pouvait pas se tromper sur la légère boiterie dans son pas, et sur le fait qu'il privilégiait sa jambe gauche. C'était l'ordure qui était passée à côté de sa calèche juste avant l'explosion.

L'homme bouscula Pompeia en marmonnant des excuses, et Gabriel vit ce qui se passait.

Elle plongea la main dans son réticule. D'un geste si rapide et si sournois qu'il aurait pu le manquer en clignant simplement des yeux, elle en retira quelque chose qu'elle glissa dans la poche de la veste de l'homme. La transaction terminée, l'homme poursuivit son chemin et elle le sien, dans la direction opposée.

Gabriel bondit hors de sa cachette, faisant voler des fruits sur les pavés alors qu'il sautait par-dessus le bord de la charrette. Il retomba sur ses pieds dans l'allée, déclenchant des halètements de surprise tout autour de lui. Pompeia et son complice se retournèrent, leurs visages exprimant la stupeur.

McLeod arriva aussitôt dans le dos de Gabriel.

— Qui est le mien ? s'enquit l'Écossais.

— Elle.

— Bon sang, pourquoi est-ce que je me retrouve toujours avec la femme ? grogna McLeod. Elles ne se battent pas à la loyale, *et* on n'a pas le droit de les frapper.

Gabriel ne prit pas la peine de répondre, s'élançant à la suite de l'homme en marron. Le suspect se frayait un chemin dans la foule, sans se soucier des femmes et des enfants, bousculant tout et n'importe quoi sur son passage. Sa claudication ne le ralentissait pas du tout.

Une agressivité farouche allongea le pas de Gabriel. Il avait choisi de partir à la poursuite de l'homme, parce qu'il connaissait Pompeia et qu'il savait qu'elle était trop intelligente pour s'engager dans une lutte. Contrairement aux prédictions de McLeod, elle ne lui causerait pas de problèmes physiques; elle se contenterait de feindre l'innocence, se servant de son statut et de son mari influent comme bouclier de protection. Ils ne pouvaient pas la toucher sans preuve. Et la preuve en question se trouvait dans la poche du gredin que Gabriel poursuivait.

Il n'était plus qu'à quelques pas derrière lui, mais l'homme tourna soudain au coin de l'allée, renversant au passage une pile de caisses. Alors que le marchand ambulant hurlait sa colère, Gabriel sauta par-dessus les caisses, manquant de perdre l'équilibre sur les pommes de terre éparpillées, mais gardant son élan. Il avait presque rattrapé sa cible, mais l'homme prit un autre virage.

Que le diable l'emporte !

Cette ordure avait choisi l'allée des légumes, peuplée de vieilles femmes en tablier qui écossaient des petits pois dans des paniers. Des cris s'élevèrent alors que le scélérat attrapait des paniers, les jetant derrière lui dans sa course. Les marchands se précipitèrent à quatre pattes, bloquant le chemin alors qu'ils essayaient désespérément de rassembler les légumes qui leur permettaient de gagner leur vie.

Jurant, Gabriel estima que le malfaiteur se trouvait à mi-chemin de l'allée. Au lieu de le suivre, il courut vers l'allée suivante. Ses poumons le brûlaient tandis qu'il fonçait en avant, déterminé à arrêter son ennemi à la prochaine intersection.

Il y arriva, quelques secondes après sa cible, à environ cinq mètres sur sa gauche. Ils débouchèrent sur la partie nord du marché, et l'homme repartit en direction de l'est. Gabriel se lança à sa poursuite, son sang circulant à toute vitesse tandis qu'il réduisait l'écart qui les séparait. Les badauds leur accordaient à peine un regard, car la chasse aux fouille-poches[2] et aux voleurs était aussi courante que les pigeons qui se dispersaient sur leur chemin.

Gabriel suivit sa cible jusqu'à une allée déserte. Il y était presque... L'ordure s'esquiva à nouveau, cette fois dans une ruelle entre les bâtiments. Gabriel s'y engouffra juste après lui, l'attrapa par l'épaule et le plaqua contre le mur. Le méchant se ressaisit rapidement, feinta vers la gauche, un couteau apparaissant soudain dans sa main. Tremont bloqua le geste de l'autre homme, arrêtant la lame à quelques centimètres de sa gorge. Il serra fort et fit un mouvement de torsion.

L'homme hurla, et la lame tomba sur le sol.

Alors que Gabriel pensait avoir le dessus, l'ordure lui asséna un coup sur son flanc blessé. La douleur le traversa, lui coupant le souffle et l'obligeant à relâcher sa prise. Il se plia en deux, et son ennemi lui envoya un autre coup rapide. À travers le brouillard rouge qui envahit son champ de vision, il vit l'autre homme poser la main sur un étui dissimulé, dont il sortit un nouveau couteau. L'acier brilla, et Gabriel eut beau tenter d'esquiver, il comprit que c'était trop tard.

Un coup de feu retentit dans la ruelle.

Il fallut une seconde à Tremont pour comprendre qu'il n'était pas mort. Qu'il était toujours debout. Son adversaire, quant à lui, gisait haletant sur le sol de la ruelle, du sang jaillissant d'une blessure mortelle.

Le regard de Gabriel se porta sur le bout de la ruelle. Il entrevit ce qui aurait pu être l'ourlet d'un pardessus au moment où un pan de tissu noir disparaissait. Devait-il se lancer à sa poursuite ? Sa blessure palpitait, coulait sous sa chemise, et il comprit qu'il n'était pas en état de rattraper l'autre homme. Son mystérieux sauveur avait trop d'avance.

Qui aurait bien pu le sauver avant de s'enfuir ?

Mais que se passait-il, bon sang ?

Il se dirigea en titubant vers le corps inerte de son assaillant. Il

---

2. Pickpockets.

avait vu la mort suffisamment de fois pour savoir qu'il était déjà parti. Comme il n'avait aucune envie d'expliquer la situation à un policier, il jeta un coup d'œil autour de lui et fouilla rapidement les poches du cadavre. Rien ne permettait de l'identifier. Ses doigts étaient repliés sur un objet dur et lisse.

Gabriel s'en empara. Une figurine. La bergère à l'allure de chérubin était réalisée en biscuit[3], et ne mesurait pas plus de quinze centimètres. Ses traits étaient grossièrement sculptés et n'avaient rien d'une œuvre d'art. Pourquoi Pompeia avait-elle glissé cet objet à cet homme ?

Des pas s'approchèrent. Rangeant la figurine dans sa poche, Gabriel tourna sur lui-même, prêt à s'emparer de ses lames. La silhouette massive de M. Lugo, l'associé de Kent, occupait le bout de la ruelle. Son pistolet était dégainé, et sa poitrine se soulevait à cause de l'effort.

— Je vous ai perdu dans la foule, my lord, expliqua l'homme aux larges épaules, regardant le cadavre sur le sol. On dirait que vous vous êtes débrouillé tout seul.

— J'ai eu de l'aide, indiqua Gabriel d'un ton laconique. Auriez-vous vu un homme en noir à l'instant ? Qui portait un pardessus, peut-être ?

— Non, my lord. Mais nous ne devons pas nous attarder, répondit Lugo, lui adressant un regard lourd de sens. Nous détenons l'autre suspect.

L'enquêteur avait raison. Pompeia était la clé de toute cette histoire.

D'une manière ou d'une autre, Gabriel lui soutirerait des réponses.

---

3. Ouvrage de porcelaine qui subit deux cuissons, d'où le nom de bis-cuit.

Chapitre Vingt-Deux

Pompeia ne leur donna rien.

Assise dans le bureau de Strathaven, elle dégustait un thé comme s'il s'agissait d'une visite de courtoisie et qu'elle n'était pas là sous la contrainte. Elle était entourée de Kent et de McLeod, tous deux restés debout, et Lugo s'était posté devant la porte pour faire bonne mesure. Le duc lui faisait face de derrière son grand bureau d'acajou, tandis que Gabriel était appuyé contre le bord avant, ses bottes croisées à la cheville, sa posture aussi délibérément nonchalante que celle de la marquise.

— Je vous ai dit tout ce que je savais, gentlemen, c'est-à-dire, *rien.* J'ignore pour quelle raison vous m'avez arrêtée, affirma-t-elle, reposant sa tasse avec un petit bruit. Mais Blackwood va bientôt m'attendre à la maison, et je n'aime pas le faire patienter.

Un mélange parfait d'innocence et de menace. Elle n'avait pas changé d'un iota. Ses compétences en matière de détournement et de tromperie restaient très aiguisées.

— Tu peux cesser de faire semblant, lui dit Gabriel. Tout le monde dans cette pièce sait qui tu es.

Elle se cacha derrière une expression perplexe.

— Bien sûr que oui. Je connais bien Sa Grâce et la duchesse, et j'ai eu le plaisir de bavarder avec Mlle Kent à plusieurs reprises, affirma-t-elle, ouvrant grand ses yeux indigo. À ce propos, je me demande pourquoi les dames ne sont pas présentes. J'aimerais beaucoup leur rendre visite.

Il lui faudrait passer sur le corps de Gabriel. Il avait bénéficié du soutien total du duc lorsqu'il avait insisté pour que Thea et les autres ladies restent en dehors de l'interrogatoire. Les femmes n'avaient pas apprécié cette décision, et... tant pis. Il n'allait pas laisser cette vipère s'approcher d'elles.

— La partie est finie, Pompeia, dit-il.

À la mention de son ancien nom, elle perdit un peu de son calme. Ce n'était presque rien, un léger tremblement de ses lèvres, ses doigts qui se recroquevillaient sur ses genoux, et elle se ressaisit l'instant d'après.

Elle éclata de rire.

— Quelle étrange chose à dire, Lord Tremont.

— J'ai raconté ton passé et le mien à tout le monde dans cette pièce, répliqua ce dernier, l'air impitoyable. Cela ne sert à rien de te cacher. Quel est ton lien avec le Spectre ?

— Comment oses-tu, Trajan ? s'exclama-t-elle, une lueur de rage dans ses yeux violets, alors que son masque de lady glissait. Tu as prêté serment, le seul vœu sacré pour les agents...

— As-tu tué Octave ? l'interrogea-t-il soudain, pour jauger sa réaction.

— Et toi ? répliqua-t-elle.

Gabriel plissa les yeux.

— Il est venu me demander de l'aide. Il était sur la piste du Spectre, et quelqu'un l'a tué pour cette raison.

— Je n'avais pas parlé à Octave depuis des années ! Cette partie de ma vie est révolue, répondit Pompeia.

— Alors pourquoi as-tu une note écrite par le Spectre dans ton bureau ?

Elle resserra les doigts sur ses genoux.

— Tu n'avais pas le droit de fouiller mes affaires !

— J'ai tous les droits si tu es un transfuge. Si tu as trahi Octave et Marius, et si tu as causé la mort d'innombrables hommes pendant la guerre...

Pompeia arbora une expression méprisante.

— Tu n'as aucune preuve de cela.

— Vraiment ? répliqua Gabriel.

Il sortit la figurine de sa poche et la posa sur le bureau. Contre le luxueux acajou, le biscuit semblait rudimentaire et bon marché. Pourtant, il renfermait un secret vital.

— Qu'est-ce que cela signifie ? Quel message transmets-tu au Spectre ?

— Je ne sais pas de quoi tu parles. Je n'ai jamais vu cela auparavant, affirma-t-elle avec un sourire moqueur. À moins que tu ne comptes ces brouettes où les marchands ambulants essaient toujours de vendre les derniers objets hérités de leur famille.

— Ce n'est pas un héritage.

Il ramassa la figurine, la soupesa, et l'écrasa contre le bureau. L'argile se réduisit en miettes et en poussière, et laissa apparaître de la paille et une petite bourse en satin. Gabriel prit le sac à cordon. Il était lourd.

— Donne-moi ça ! s'exclama Pompeia en se levant d'un bond. Sans quoi, je te jure que tu vas le regretter.

Tremont l'ignora et vida le contenu dans sa paume. Une fortune en rubis et diamants scintilla dans la lumière de l'après-midi. Il fit miroiter le collier devant Strathaven.

— Combien à votre avis ?

Le duc haussa les sourcils.

— Dix mille, au moins.

McLeod siffla. Gabriel se tourna à nouveau vers Pompeia.

— Pourquoi donnes-tu cela au Spectre ? Quels plans infâmes manigancez-vous tous les deux ?

— Ce que je fais ne te regarde pas, dit-elle, et son accent poli s'estompa légèrement, révélant une pointe de cockney. Rends-moi le collier, ou tu le regretteras.

— Tu seras pendue pour trahison, à moins que tu ne me donnes une raison de t'épargner.

— Une menace de la part d'un homme. Voilà qui est nouveau ! cracha-t-elle. Tu n'obtiendras rien de moi.

Il avait presque envie de la prendre au mot et de la remettre à la Couronne sur-le-champ. De toute évidence, elle dissimulait des preuves ; elle avait été prise en flagrant délit de livraison de marchandises à un traître notoire. La culpabilité se lisait sur son visage.

La porte s'ouvrit brusquement et la mâchoire de Gabriel se crispa lorsque Thea, la duchesse et Mme Kent entrèrent. Il jeta un regard à Lugo, qui fermait la marche.

— Ne blâmez pas Lugo, dit rapidement Thea. Nous l'avons obligé à nous laisser entrer.

Lugo haussa ses épaules massives, l'air confus.

— J'ai essayé de les arrêter.

— Il ne pouvait pas vraiment m'empêcher d'entrer dans une pièce de ma propre maison, n'est-ce pas ? demanda la duchesse. Bonjour, Lady Blackwood.

L'incertitude se lut sur les traits de Pompeia avant qu'elle ne dise froidement :

— Bonjour, mesdames.

— Je croyais que nous avions convenu que mon bureau était mon domaine privé, affirma Strathaven qui s'approcha de sa femme et lui releva le menton. Ce qui se passe ici reste ici, tu te souviens.

— C'est pourquoi nous avons pensé qu'il valait mieux que nous soyons présentes, répondit-elle, de sorte que nous ne manquions rien.

— Et nous manquons un tas de choses en écoutant depuis la pièce voisine.

Thea s'approcha de Gabriel et regarda le collier qu'il tenait dans la main. Elle ouvrit de grands yeux.

— Est-ce ce que vous disiez valoir dix mille livres ?

Gabriel serra les dents.

— Tu n'es pas censée être ici.

— J'ai ma place ici, protesta-t-elle, les yeux rivés sur les siens. Laisse-moi t'aider.

Conscient que Pompeia les observait, il repoussa Thea sur le côté et lui dit à voix basse :

— Tu pourras nous aider en faisant demi-tour et en quittant cette pièce. Tu n'es pas en sécurité ici.

— Toi non plus. Et, d'après ce que j'ai entendu, poursuivit la jeune femme d'un ton aussi feutré que le sien, vous ne faites pas beaucoup de progrès. Pourquoi ne me laisserais-tu pas lui parler de femme à femme ?

— Parce qu'elle n'est pas seulement une femme, c'est une espionne.

— Elle est les deux. Et c'est aussi une épouse et une mère, insista Thea, touchant la manche de Gabriel. Tu me fais confiance ?

Il avait beau vouloir débattre davantage, il savait qu'il était trop tard et que Pompeia était en train de tout écouter. Elle emmagasinait des informations sur sa relation avec Thea pour les utiliser contre lui à l'avenir. Dans sa situation, il aurait fait la même chose. S'il ne cédait pas, cela ne ferait que mettre en évidence sa vulnérabilité face à Thea et la mettre davantage en danger.

Il fit appel à toute sa volonté pour reculer.

— Fais ce que tu veux, répondit-il d'un ton indifférent.

Thea lui sourit, et elle était si belle que sa poitrine se serra. Extérieurement, il n'en montra rien. Ils rejoignirent le groupe et lady Strathaven fit signe à tout le monde de se diriger vers le coin salon, où elle s'installa promptement sur un canapé.

Elle montra d'un geste le coussin à côté d'elle.

— Venez, Lady Blackwood, vous êtes une invitée. Cette affaire est déjà assez gênante. Il ne sert à rien d'être encore plus mal à l'aise.

— Suis-je une invitée, my lady ? s'enquit Pompeia, haussant un sourcil.

— Eh bien, oui... à moins que vous ne soyez impliquée dans

les plans diaboliques visant à nuire à Tremont et à son fils. Si vous êtes liée au Spectre, alors ce sera une tout autre histoire, affirma la duchesse. Dans ce cas, nous devrons faire en sorte que justice soit faite.

Personne n'aurait pu accuser la femme de Strathaven de n'être pas franche.

— Je vois.

Au bout d'un moment, Pompeia traversa la pièce pour s'asseoir à côté de son hôtesse, ses jupes ambrées retombant autour d'elle.

Tous les autres prirent place à leur tour, à l'exception de Strathaven. Il se posta derrière sa femme, dans une posture rigide et protectrice. Gabriel s'assit dans le fauteuil le plus proche de Pompeia, prêt à agir si elle ne faisait même que lancer un regard fâcheux sur qui que ce soit.

Thea, installée de l'autre côté de la table basse, prit la parole.

— Lady Blackwood, commença-t-elle tranquillement, pourquoi ne pas nous dire ce qui se passe vraiment ?

Pompeia promena un regard acerbe sur la pièce.

— Pourquoi prendrais-je cette peine ? Vous allez déformer mes paroles et les utiliser contre moi. Si je dis que je suis innocente, personne ne me croira.

— Moi, je vous croirai, affirma Thea.

— Et pourquoi le feriez-vous ? ricana la marquise.

— Parce que vous avez un mari aimant et trois jeunes garçons, ce qui signifie que vous avez beaucoup à perdre. Pourquoi sacrifieriez-vous autant de choses ? Qu'est-ce que le Spectre pourrait bien avoir à offrir de plus qu'un tel bonheur ?

Gabriel remarqua l'étincelle dans les yeux de Pompeia. Ce n'était pas de la colère, cette fois, mais... de la peur ? Elle pinça les lèvres, et garda le silence.

— Savez-vous ce que je crois, my lady ? Qu'aucun espion sur terre ne pourrait vous donner plus que ce que vous avez, affirma Thea, avant de marquer une pause. Mais il pourrait vous l'enlever, n'est-ce pas ?

Gabriel fronça les sourcils quand il comprit dans quelle direction pointait l'hypothèse de Thea. Pompeia n'était pas une victime; elle avait du sang-froid, et elle était rusée. Il se rappelait cette vieille rumeur selon laquelle elle avait séduit un homme, avant de le tuer le soir même sans sourciller. Son mariage avec Blackwood ne pouvait être qu'une façade. Une simple couverture qu'elle avait construite pour se protéger de son passé. Elle n'était pas capable de faire preuve de dignité et de dévouement.

— Faites-vous l'objet d'un chantage, my lady? l'interrogea Kent d'une voix aussi stable et calme que celle de Thea. Si c'est le cas, l'extorsion est un crime, et nous pouvons vous aider.

— M'aider? répéta Pompeia, cynique. Que pourriez-vous faire? On ne peut pas changer le passé.

— Non, mais nous pouvons agir sur le futur, si vous nous dites la vérité, la rassura Thea, le regard sérieux. Vous portiez ce collier lors de votre bal. Vous m'avez dit que votre mari vous l'avait offert, et qu'il vous estimait plus que ces rubis. Qu'est-ce qui pourrait vous pousser à sacrifier un cadeau aussi inestimable, un symbole de son amour et de son affection, un objet qui, je le sais, vous est cher?

Pompeia déglutit visiblement.

— Vous ne savez rien.

— Je sais que vous aimez Lord Blackwood et vos trois garçons. Je sais que vous feriez n'importe quoi pour protéger votre famille.

Bon sang...! Elle est douée! songea Gabriel, surpris. Avec sa sincérité douce et naturelle, Thea faisait plus de progrès que lui avec toutes ses menaces. Il vit l'expression bouleversée de Pompeia... et l'instant où toute son énergie la quitta.

— Cela n'a plus d'importance maintenant. Rien n'a d'importance, dit lady Blackwood.

Gabriel entendit l'amertume dans la voix de son ancienne collègue.

— Il n'a pas reçu son paiement aujourd'hui, et il mettra bientôt sa menace à exécution, poursuivit cette dernière.

— C'est le Spectre dont vous parlez? s'enquit Kent. Il vous soumet à une extorsion?

Pompeia hocha la tête.

— Qu'a-t-il contre vous? demanda la duchesse.

— Vous savez ce que j'étais. Avez-vous vraiment besoin de poser la question? demanda Pompeia avec un sourire sans humour. Il menace de remettre à mon mari et à la bonne société un document décrivant en détail mes actions pendant la guerre. Les hommes que j'ai tués, les hommes avec qui… j'étais associée.

Gabriel ne se serait pas attendu à éprouver de l'empathie pour son ancienne camarade, mais l'angoisse et la haine de soi qu'il lisait dans ses yeux… c'était comme s'il se regardait dans un miroir. Elle les avait peut-être abandonnés lors de leur dernière mission et avait échappé aux coups que Tibère, Cicéron et lui avaient subis, mais il semblait qu'elle-même n'en soit pas sortie indemne.

— Nous faisons tous des choses que nous regrettons, my lady, lui dit Mme Kent d'une voix feutrée, assise avec son mari sur une causeuse adjacente. Vous travailliez au service de votre pays, et, en temps de guerre, la frontière entre le bien et le mal n'est pas aussi claire…

— Elle l'est pour mon mari. Blackwood est un homme honorable et il ne sait rien de mon véritable passé. Il croit que je suis issue d'une bonne famille, que j'ai été élevée à l'étranger jusqu'à ce que je revienne à Londres au cours de la saison où nous nous sommes rencontrés. Mais je lui ai menti depuis le début. Depuis le début, j'ai trompé Blackwood, et il ne pourra jamais me le pardonner.

Le silence s'abattit sur la pièce. Pour Gabriel, le jugement de Pompeia était tout à fait juste. Il y avait peu de chances que son mari, ou n'importe quel homme, puisse pardonner une telle tromperie.

— Quand le Spectre vous a-t-il contactée pour la première fois? s'enquit Kent d'une voix calme.

Le visage de Pompeia était blanc comme un linge.

— Il y a deux mois. Une lettre anonyme est apparue en haut

de ma correspondance et je me souviens l'avoir ouverte au petit déjeuner. J'avais du mal à comprendre ce que je voyais : le code et l'écriture du Spectre sous mes yeux... alors que Blackwood était assis à moins d'un mètre de moi, raconta-t-elle et sa lèvre trembla. La lettre citait des noms de mon passé, et menaçait de me dénoncer si je n'apportais pas cinq mille livres dans un parc près de Russell Square trois jours plus tard.

— Tu as donné de l'argent à l'extorqueur ? lui demanda Gabriel.

— Un bracelet en saphir pour être précis. Je ne disposais pas d'une telle somme d'argent et je ne pouvais pas la réunir sans que Blackwood s'en aperçoive. Mais je n'allais pas me faire saigner à blanc. Ce jour-là, je me suis préparée à faire taire notre vieil ennemi si nécessaire, expliqua-t-elle, usant de ce ton impitoyable dont Gabriel se souvenait, mais le Spectre ne s'est pas montré. Il a envoyé un gamin des rues pour récupérer l'argent, et j'ai essayé de le suivre, mais mes talents sont quelque peu rouillés. Le gredin m'a perdue dans les rues.

Pompeia s'interrompit, puis fit la moue.

— Lorsque j'ai reçu la deuxième lettre d'extorsion, j'ai été informée que le non-respect des instructions me coûterait cher. Pour ce nouveau paiement, il exigeait dix mille livres. Voilà pourquoi je devais lui donner le collier.

— Pardonnez-moi de vous poser la question, intervint la duchesse, mais Lord Blackwood ne remarquerait-il pas l'absence d'un bijou aussi coûteux ?

— J'ai fait faire des répliques en verre de haute qualité. Mon mari est généreux, mais il n'est pas connaisseur en matière de bijoux, dit Pompeia d'un ton morne.

— Mais le Spectre n'a pas eu le collier aujourd'hui, fit remarquer Thea, se mordillant la lèvre inférieure. Comment allez-vous l'empêcher de mettre sa menace à exécution ?

Les yeux de Pompeia reflétaient son impuissance ; elle avait les poings serrés.

— Je l'ignore. Mais je ferais tout, je ferais n'importe quoi pour protéger mon mari de mon passé.

— Nous vous aiderons, dit Thea.

Quoi ?

— Après tout, nous avons un ennemi commun, et nous avons donc tout intérêt à travailler ensemble, affirma-t-elle d'une voix claire. Tu n'es pas d'accord, Tremont ?

— Non, dit-il.

Le fait qu'il éprouve une certaine sympathie pour Pompeia n'impliquait pas qu'il lui faisait confiance. Même s'il ne pensait plus qu'elle était le Spectre, des années d'antipathie ne disparaissaient pas en un instant. Il ne pouvait oublier que ses actions avaient indirectement conduit au *fiasco* de la Normandie, au fait qu'il avait été torturé et à la mort de Marius.

Comme si elle lisait dans ses pensées, Pompeia dit froidement :

— Tu n'as jamais été homme à faire confiance, n'est-ce pas, Trajan ?

— Je préfère rester en vie, répliqua-t-il.

Pompeia se leva, et les bonnes manières poussèrent les hommes de la pièce à faire de même.

— C'est toi qui m'as amenée ici, affirma-t-elle d'un ton mordant. Je ne t'ai jamais demandé d'intervenir. Je peux m'occuper du Spectre moi-même.

— Non, vous ne pouvez pas, répondit Thea.

Précisément. Gabriel était tout à fait d'accord. Même s'il ne faisait pas confiance à Pompeia, il ne voulait pas qu'elle se retrouve seule et qu'elle risque d'effrayer la véritable proie. Mieux valait la surveiller de près.

— Et Tremont non plus, ajouta Thea.

Il lui jeta un regard noir.

— Je peux le faire, et je le ferai !

— Est-ce une règle du métier d'espion qui veut que les agents soient têtus ? demanda-t-elle d'un ton doux. Le fait est que vous devez travailler ensemble pour capturer ce maître-espion.

— Ma sœur a raison, intervint Kent. Mon agence sera là pour vous aider, bien sûr, mais dans cette pièce, vous êtes les deux experts du Spectre. My lady, connaissez-vous sa véritable identité ?

— Je n'ai que des soupçons, dit-elle avant de soupirer, je crois que c'est l'un des nôtres. Il n'y a qu'ainsi qu'il pourrait avoir accès aux informations relatives à mes activités passées.

— Octave a trouvé des preuves qui allaient dans le même sens. Le Spectre était un agent double, et un membre du Quorum, confirma Gabriel.

Pompeia déglutit visiblement, comme si elle essayait de digérer cette information dérangeante. Ce signe révélateur suggérait qu'elle disait la vérité. Qu'elle avait été trahie, tout comme lui.

La marquise plissa les yeux.

— Donc si aucun de nous n'est le Spectre...

— Nous avons donc considérablement réduit les possibilités, n'est-ce pas ? affirma froidement Gabriel.

Thea leur adressa à tous les deux un sourire rayonnant.

— Alors, pourquoi ne pas réfléchir ensemble et capturer le méchant ?

CHAPITRE VINGT-TROIS

Thea était soulagée de l'accueil réservé par le groupe à lady Blackwood. À en juger par leurs hochements de tête et leurs regards préoccupés, elle devinait qu'Ambrose et Emma croyaient à l'histoire de la marquise. Elle sentait que même Gabriel se décrispait à l'égard de son ancienne camarade... même s'il était difficile de s'en rendre compte à l'aune de son comportement.

Il portait une nouvelle fois son masque de stoïcisme. Thea commençait à comprendre que cette tendance particulière avait pu être façonnée par sa carrière dans l'espionnage, car Lady Blackwood, elle aussi, s'était retranchée derrière une façade de sophistication blasée. À ses yeux, les deux anciens espions se traitaient avec méfiance, comme des chats de gouttière prêts à attaquer si l'un d'eux empiétait sur le territoire de l'autre.

Emma sonna pour qu'on leur apporte des rafraîchissements, et Thea fit son choix parmi les sandwichs et les pâtisseries avant de prendre place à côté de Gabriel sur le canapé. Il était en train de narrer les détails de la course-poursuite dans Covent Garden, et il termina par le mystérieux tireur qui lui avait sauvé la vie.

— Vous ne l'avez pas vu ? s'enquit Ambrose.

Gabriel secoua la tête.

— J'ai aperçu ce qui aurait pu être le bas d'un pardessus noir.

Cela s'est passé trop vite. Qui que ce soit, il a tout simplement disparu.

— Comme un fantôme, murmura Thea.

— Tu penses que c'était le Spectre ? s'enquit lady Blackwood, plissant ses yeux violets. Faire taire son propre coursier ? Si c'est le cas, pourquoi n'a-t-il pas tiré sur toi à la place ?

La seule pensée que Gabriel ait pu être aussi proche du danger remua le ventre de Thea. Cependant, il évoquait avec un sang-froid absolu sa confrontation avec la mort.

— C'est une bonne question, répondit-il. Il avait le champ libre pour tirer. S'il avait voulu me tuer, je serais mort.

— Nous devons donc en conclure que cet étranger, qui qu'il soit, voulait vous sauver. Apparemment, vous avez un protecteur secret, constata Ambrose. Un ami qui souhaite rester anonyme.

Gabriel fronça les sourcils.

— Je ne vois pas qui cela pourrait être.

— Je propose que nous commencions par les faits que nous connaissons et que nous travaillions à partir de là, suggéra Ambrose. Tout d'abord, nous savons que le Spectre est en quête d'argent. Le chantage qu'il exerce sur lady Blackwood en est la preuve. Cela pourrait aussi expliquer pourquoi il a vendu aux enchères la lame de Tremont.

— Notre suspect a donc un motif pécuniaire, dit Strathaven en hochant la tête. Que savons-nous des finances de Heath et Davenport ?

— D'après les informations que nous avons recueillies, aucun d'eux ne semble manquer de fonds, admit Ambrose.

— Les Davenport dépensent sans compter, intervint Marianne, et Heath a hérité d'une fortune d'un oncle, qui travaillait dans le charbon, je crois.

Réfléchissant à la question, Thea dit :

— À ce stade, le Spectre doit craindre d'être découvert. Peut-être amasse-t-il de l'argent pour pouvoir s'enfuir.

— C'est une excellente remarque, Thea, dit Gabriel, haussant les sourcils.

Elle entendit et vit sa surprise. De toute évidence, il lui faudrait du temps pour s'habituer au fait qu'elle entendait être une véritable partenaire pour lui, comme Marianne l'était pour Ambrose et Emma pour Strathaven. Le peu qu'elle connaissait du passé de Gabriel la menait à penser que sa réticence à l'impliquer n'était pas due au fait qu'il la considérait comme faible, mais plutôt au fait qu'il n'avait pas l'habitude d'avoir un quelconque soutien. Certes, il n'en avait pas reçu beaucoup en grandissant, et, d'après ce qu'elle avait compris, son mariage n'avait pas été aussi idéal que tout le monde l'avait cru.

Fallait-il s'étonner que la confiance ne vienne pas naturellement à Gabriel ?

Pourtant, une relation sans confiance n'était rien. Thea ressentit un frisson d'angoisse qu'elle repoussa. *Il a dit qu'il voulait que la confiance fasse partie de notre mariage. Avec le temps, il finira par me faire confiance.*

À haute voix, elle dit :

— S'il a vraiment besoin d'argent, il reprendra sans doute contact avec Lady Blackwood, dit-elle avant de se tourner vers la marquise. Votre secret est peut-être préservé jusqu'à ce qu'il obtienne ce qu'il veut.

Lady Blackwood hocha brièvement la tête.

— S'il vous contacte, my lady, vous devez nous en informer, dit Ambrose. L'extorsion ne mène qu'à davantage d'extorsion. Le seul moyen imparable d'arrêter le Spectre est de le capturer.

— Je ferai tout ce qui sera nécessaire pour garder mon secret, confirma-t-elle, la voix lourde de menaces.

Gabriel se tourna vers M. McLeod.

— Avez-vous quelque chose à dire sur les autres suspects ?

L'Écossais avala son thé avant de répondre.

— Oui. Notre mission de reconnaissance corrobore le fait que Heath est une véritable bombe en devenir. Sa dépendance à l'opium ne l'aide pas à rester stable. Notre homme, Cooper, a infiltré une réunion de fauteurs de troubles à laquelle Heath assiste régulièrement. Le sujet de la poudre à canon a été abordé.

— La même arme que celle utilisée lors de l'attaque de Tremont, remarqua Ambrose d'un ton sombre.

— Oui. Mais, selon Cooper, il n'y a aucune preuve que ces radicaux aient mis la main sur des explosifs. La plupart du temps, ils se contentent d'abuser de la boisson et de parler pour ne rien dire.

McLeod mit un triangle de jambon et de cresson dans sa bouche, et mâcha vigoureusement.

— Devrions-nous rendre visite à Heath et l'interroger ? demanda Ambrose.

— Non, répondit lady Blackwood.

— Pourquoi pas ? l'interrogea Thea.

— Tibère est très nerveux, et il s'effraie facilement. S'il sent un danger, il va s'enfuir comme un renard, et nous ne le retrouverons jamais, expliqua-t-elle, avant de secouer la tête. Je propose que vous attendiez. Continuez à le suivre. Aussitôt que vous aurez des preuves solides de quelque chose, vous vous rapprocherez.

— Tremont ? l'appela Ambrose.

Gabriel acquiesça rapidement.

— Elle a raison. Nous devons continuer à le surveiller.

— Il ne reste donc plus que Cicéron... Lord Davenport, soupira Ambrose. Lui, c'est une tout autre histoire. Nous l'avons suivi pendant des jours, et son pire méfait a été une visite d'une demi-journée à Bond Street alors que le Parlement était en session. Soit il est innocent, soit c'est le plus prudent des gredins.

— Si l'on en croit ses discours à la Chambre des lords, il est en effet passé maître dans l'art des faux-fuyants, répondit Strathaven d'un ton ironique.

— Ainsi, une approche offensive ne fonctionnera pas non plus avec lui, n'est-ce pas ? conclut Thea.

— Il nous ferait tourner en rond si nous essayions de l'interroger, confirma Gabriel. Nous devrons trouver un autre moyen d'obtenir des preuves.

— Il se trouve que j'ai un plan.

Tous les regards se tournèrent vers lady Blackwood.

— Sa femme organise un déjeuner mensuel pour l'association caritative qu'elle dirige, poursuivit la marquise. La prochaine aura lieu demain. J'y assisterai, et j'en profiterai pour fouiller le domaine privé de Davenport.

— Mais Lord Davenport ne va-t-il pas se méfier si vous vous montrez? l'interrogea Thea.

— J'ai fait une reconnaissance. À en croire les ladies qui ont participé à ces déjeuners par le passé, il n'est jamais présent. Les Davenport sont un couple très en vue, et ils ne sont pas toujours ensemble.

— Il vous sera difficile de mener une recherche approfondie toute seule. Je vais vous accompagner, proposa Emma.

— Moi aussi, dit Thea.

— *Il en est hors de question!* grondèrent Gabriel et Strathaven à l'unisson.

Emma soupira.

— Chéri, nous avons déjà eu cette discussion avant...

— C'est différent. C'est d'un meurtrier que nous parlons! insista le duc. Et si tu crois que je vais te permettre de te jeter seule dans la gueule du lion...

— Emma ne sera pas seule. Je serai là, intervint Thea, et lady Blackwood aussi. L'union fait la force.

— Hors de question, gronda Gabriel. Ce plan est beaucoup trop dangereux.

— Pas vraiment. Le déjeuner de Lady Davenport a lieu en milieu de journée, et Davenport ne sera même pas chez lui, dit Thea d'un ton raisonnable. Nous serons dans une maison remplie de ladies de la bonne société... Que pourrait-il donc nous arriver avec tous ces témoins? Si un domestique me trouvait dans le bureau de Davenport, je lui dirais que je me suis perdue.

— Je raconte toujours que je cherchais le salon de repos, confirma Em. D'après mon expérience, cela permet d'éviter les questions des valets de pied.

Thea prit note du conseil de sa sœur.

— Je l'interdis! s'exclama Strathaven.

Emma releva le menton, et la tension monta dans la pièce. Le bruissement d'une robe de soie jonquille interrompit l'affrontement silencieux.

— Je vais prendre congé avant que cela ne tourne au bain de sang, déclara lady Blackwood. Faites-moi savoir ce que vous déciderez. Même s'il s'agit d'une décision de dernière minute, vous serez assurée de pouvoir entrer.

— Pourquoi cela? s'enquit Thea.

— Millicent Davenport est une arrogante qui s'est mariée au-dessus de sa condition. Elle est la fille de George Clemens, l'un des plus brillants juristes de Londres, qui n'en est pas moins avocat. La plus grande ambition de Millicent est d'abandonner ses racines. Avoir l'occasion d'accueillir une duchesse à son déjeuner? poursuivit lady Blackwood, jetant un regard de pitié à Emma. Elle va s'accrocher à vous comme une vigne sur un treillis, Votre Grâce.

— Cela pourrait être utile. Emma pourrait distraire lady Davenport pendant que je fouille le bureau de Cicéron, lança Thea d'un ton joyeux.

— Tu n'iras pas, protesta Gabriel.

D'un ton apaisant, Thea lui répondit :

— Nous en parlerons plus tard.

— Nous pourrions en discuter jusqu'à ce qu'il gèle en enfer... tu n'irais quand même pas.

Thea décida de l'ignorer et de lui parler plus tard, en privé.

— Laissez-moi vous raccompagner à la porte, Lady Blackwood, dit-elle à la place.

Dans l'entrée, elle posa une main sur le bras de la marquise. Sous l'apparence nonchalante de l'autre femme, elle sentait son esprit s'agiter.

— Tout ira bien, affirma-t-elle. Vous verrez.

La marquise lui adressa un faible sourire.

— J'aimerais avoir votre foi. Malheureusement, la réalité a été ma seule religion pendant bien trop longtemps.

— Vous n'êtes pas seule dans cette histoire. Nous sommes là pour vous aider, my lady.

— Au vu de tout ce que vous savez sur moi, vous pourriez aussi bien m'appeler Pandora. Pourquoi voulez-vous m'aider ? s'enquit la beauté aux cheveux de jais.

— Parce que vous êtes innocente. Et que vous méritez que justice soit faite, répondit Thea, surprise.

Les yeux violets de Pandora brillèrent.

— Je ne crois pas que quiconque m'ait jamais qualifiée d'innocente auparavant. Même si ce n'est pas vrai, répondit-elle, la gorge serrée, je vous remercie de le croire.

— Mais c'est vrai. Il ne faut pas perdre espoir, Pandora.

L'espace d'un instant, le masque glissa du visage de l'autre femme, et Thea eut le cœur serré en voyant ce qu'il y avait en dessous.

— L'espoir ? Ma chère, c'est la moindre des choses que j'ai à perdre.

Avant que Thea puisse répondre, la marquise s'éclipsa par la porte.

CHAPITRE VINGT-QUATRE

Alors qu'elle retournait dans le bureau, Thea fut déroutée par sa sœur. Emma l'entraîna dans la salle à manger vide et ferma la porte.

— Es-tu parvenue à un accord avec Tremont? demanda-t-elle sans préambule.

Thea s'agita, gênée.

— Je ne peux pas encore en parler.

— C'est donc un oui.

— J'ai promis à Tremont de ne rien dire avant l'arrestation du Spectre.

— S'il ne veut pas que tout le monde soit au courant, il ne devrait pas se comporter comme s'il avait des droits sur toi, souligna Emma. Si tu veux mon avis, il s'est comporté d'une manière vraiment possessive dans le bureau.

— Il est juste protecteur. Il ne veut pas que je sois blessée, répondit Thea, se mordant la lèvre. C'est aussi pour cela qu'il ne veut pas officialiser les fiançailles tant que le méchant ne sera pas capturé. Il craint que celui qui s'attaque à lui ne me prenne également pour cible.

— Je suppose qu'il n'a pas tort sur ce point, dit sa sœur d'un ton réticent. Mais, Thea, es-tu absolument certaine de tes sentiments pour lui? Qu'il est le mari que tu veux?

Oui, il l'était, exception faite de son aversion pour l'amour. Mais elle n'allait pas aborder ce sujet avec sa sœur trop protectrice.

— J'en suis certaine, confirma-t-elle.

Emma l'observa un moment. Puis elle soupira.

— Alors, c'est réglé.

— Me ferais-tu une faveur, Em?

— Oui, chérie?

— Je dois parler à Tremont en privé pour le convaincre de me laisser me rendre au déjeuner avec Pandora, lui dit Thea dans la précipitation. Son projet de s'introduire dans la maison des Davenport pourrait être la clé permettant de résoudre ce mystère.

— Je suis d'accord. Et Tremont n'est pas le seul à avoir besoin d'être convaincu. J'ai fort à faire avec Alaric, dit Emma avec un soupir.

— Alors, tu vas m'aider?

— Si je ne t'aide pas, répondit sa sœur d'un ton ironique, tu te débrouilleras toute seule.

Les joues de Thea se réchauffèrent.

— Maman et papa disaient que nous devions suivre notre cœur.

— Eh bien, le tien peut te conduire dans la bibliothèque. Je vais m'assurer que Tremont et toi ne soyez pas dérangés. Comme vous êtes presque fiancés, je suppose que je peux fermer les yeux quelques minutes.

— Merci, dit Thea. De m'aider, et surtout d'aider Tremont.

Emma lui serra la main.

— C'est bien à cela que servent les sœurs, non? J'espère simplement que tu sais ce que tu fais.

Je l'espère aussi, songea Thea.

———

Dans la bibliothèque, Gabriel croisa les bras sur sa poitrine.

— Il n'y a rien de plus à dire. Le plan de Pompeia est plein de dangers.

Avait-il déjà pensé que Thea était fragile, faible? En dépit de son apparence délicate, elle lui faisait face telle une princesse guerrière, une lueur combative dans ses yeux noisette. Le simple fait de la regarder lui échauffait le sang.

— C'est un déjeuner de charité, pour l'amour du ciel! Il ne m'arrivera rien.

— Oublie ça. Tu n'iras pas.

Elle releva le menton.

— Tu ne peux pas me dire ce que je dois faire.

— Je le peux, et je vais le faire.

— Nous ne sommes même pas officiellement fiancés. Tu n'as aucun droit sur moi.

— Tu sais pertinemment que tu es à moi!

Un muscle se contracta dans la mâchoire de Gabriel. Recouvrant son sang-froid, il dit d'un ton ferme :

— À moins que tu n'aies oublié la promenade en calèche, et cette nuit-là dans le jardin d'hiver? La promesse que tu m'as faite de faire tout ce que je te demanderai?

La faim qu'il éprouvait pour elle le rongeait, amplifiant sa frustration.

Au lieu d'avoir l'air troublée, Thea semblait... impatiente.

— Dans la chambre à coucher, oui. Mais tu ne dicteras pas tout le reste de notre relation. Si c'est le genre de mariage que tu envisages, ne te donne pas la peine de me faire une demande.

Un frisson glacial envahit Gabriel.

— Est-ce une menace?

— Non. C'est un fait, répondit-elle, respirant lentement et profondément. Je ne peux pas rester sans rien faire alors que tu es en danger. Je t'en prie, ne me demande pas ça.

Les magnifiques yeux de la jeune femme l'imploraient.

— L'une de tes attentes à propos du mariage, c'était la confiance. Cela va dans les deux sens, ajouta-t-elle.

— La confiance n'a rien à voir avec cela, affirma Gabriel.

De nulle part, les images sombres l'assaillirent, la fumée et le feu qui obscurcissaient son chemin, les vagues noires qui lui retournaient le ventre. Un corps qui basculait par-dessus la falaise, qui tombait, trop loin pour qu'il l'atteigne.

— Gabriel ?

La voix douce de Thea le ramena à la réalité.

— Par tous les diables ! Je ne peux pas te mettre en danger ! s'exclama-t-il, serrant les poings. Si tu étais blessée par ma faute...

Elle plongea son regard dans le sien.

— Il ne m'arrivera rien lors d'un déjeuner mondain ! Mais il ne s'agit pas que de moi, n'est-ce pas ?

Gabriel ne dit rien.

— Raconte-moi, insista-t-elle. Je veux savoir. Tu peux me faire confiance.

— Marius, dit-il enfin.

— Tu as déjà parlé de lui, répondit-elle, fronçant les sourcils. C'était ton collègue. Celui qui a été tué ?

La culpabilité l'envahit, comme de l'eau sombre sous la glace.

— À cause de moi. Je l'ai fait tuer.

— Que s'est-il passé ? demanda-t-elle d'une voix douce.

— Après la défaite de Bonaparte, Octave était toujours obsédé par la chasse aux espions français, y compris le Spectre. Il était convaincu qu'ils pouvaient encore nuire à l'Angleterre, et il était comme un chien après son os, expliqua Gabriel avant de grimacer. Octave avait reçu des informations selon lesquelles le Spectre avait un repaire sur la côte normande. Il a envoyé le Quorum capturer le maître-espion. Pompeia n'est pas venue.

— C'est de là que vient l'animosité entre vous, conclut Thea.

Il répondit d'un signe de tête.

— Elle nous a abandonnés, nous laissant en effectif réduit pour assurer une mission cruciale. Nous sommes entrés tous les quatre, sans elle, et nous sommes tombés dans une embuscade. Marius s'est échappé, mais Tibère, Cicéron et moi avons été capturés. Interrogés, énuméra-t-il, le cœur battant à tout rompre. Battus.

— Oh, Gabriel !

Il ne voulait pas de sa compassion. Maintenant qu'il avait rouvert la plaie, il n'avait qu'une envie, c'était de laisser sortir le pus.

— Les choses auraient été bien pires pour nous si Marius n'avait pas organisé un sauvetage. Il est revenu. Il a risqué sa vie pour nous sauver.

— C'était un héros, murmura Thea.

— Oui. Il était le véritable chef de notre groupe, davantage un frère pour moi que le mien ne l'a jamais été. Lorsque j'ai rejoint le Quorum, il m'a montré les ficelles du métier.

Ton tempérament est un handicap, Trajan, à moins que tu n'apprennes à le maîtriser. Combien de fois Marius lui avait-il donné ce conseil ? La gorge de Gabriel se noua tandis que son vieil ami apparaissait dans son esprit : un homme râblé aux cheveux blonds, aux yeux pâles, qui avait été confronté au pire du monde, mais qui continuait à rechercher le meilleur. Même chez lui.

— La nuit du sauvetage, Marius s'est introduit dans l'enceinte, et il a déclenché des explosifs. Il nous a tous libérés, et nous nous sommes battus pour sortir. Tibère et Cicéron se sont échappés, mais moi... je suis entré dans une rage folle. Même lorsque j'ai cru avoir tué le Spectre, cela n'a pas suffi. Je voulais voir tous mes ennemis morts.

— Tu n'étais pas dans ton état normal, murmura Thea. Après avoir été fait prisonnier, qui aurait pu l'être ?

— Marius a essayé de me faire partir. Il est resté avec moi, m'a sorti du bâtiment en flammes, dit Gabriel d'un ton hésitant. Dehors, les ennemis nous ont encerclés, et je ne me souviens pas de ce qui s'est passé ensuite. Seulement que je les ai tués, tous. Et quand j'ai songé à chercher Marius... il était trop tard. Il se tenait au bord d'une falaise. Un soldat ennemi l'avait coincé, pointant un pistolet vers lui, et je ne pouvais rien faire. Je ne pouvais pas l'atteindre. Je l'ai vu se faire tirer dessus et tomber dans le précipice.

Il serra les poings le long de ses flancs.

— Quand j'ai tué la dernière de ces ordures, il n'y avait plus aucun signe de Marius sur les rochers en contrebas. Les vagues avaient dû entraîner son corps vers le large.

— Oh, mon amour ! s'exclama Thea, l'enlaçant par la taille.

— Marius est mort parce que j'ai perdu le contrôle de mes émotions. J'ai perdu la tête, et mon ami en a payé le prix ultime, dit Gabriel, l'entourant lentement de ses bras, absorbant sa chaleur, laissant son doux parfum de chèvrefeuille le soutenir pour terminer son récit. À cette époque, mon frère est décédé, et j'ai hérité du titre. J'ai décidé de me concentrer sur ma succession, et sur mon devoir. Je voulais mettre mes années d'espionnage derrière moi, ne plus jamais verser le sang d'autrui. Octave n'était pas ravi de ma décision, mais je m'en moquais. Notre séparation ne s'est pas faite à l'amiable.

— Dieu sait que tu t'es suffisamment sacrifié pour ton pays, lui dit Thea, dont la voix était étouffée contre son torse. Et tu ne dois pas te reprocher d'avoir fait ton devoir d'espion.

— J'ai assassiné des hommes de sang-froid. Ne trouves-tu pas cela abominable ?

— C'est la guerre qui est abominable. C'est ce qu'elle fait aux hommes de bien qui est abominable, répondit-elle, et la chaleur dorée de ses yeux le submergea. Mais jamais je ne te trouverai abominable, Gabriel.

Il posa les mains sur son visage.

— Alors, ne me fais pas vivre un enfer. Si jamais tu étais blessée à cause de moi... ça me détruirait, Thea.

— Mais les situations ne sont pas les mêmes. Je vais participer à un thé, je ne me rends pas dans un bastion ennemi ! protesta-t-elle, posant les mains sur celles de Gabriel. Personne ne sera en sécurité tant que le Spectre sera en liberté. La meilleure manière de me protéger, c'est de me laisser vous aider à l'attraper.

Doux Jésus ! Elle avait la grâce d'une princesse, et le cerveau d'un avocat.

— Le meilleur moyen de te protéger, c'est de te mettre à l'abri du danger.

— Dans quelle tour comptes-tu m'enfermer, Gabriel ? Connais-tu vraiment un endroit que le Spectre ne pourra pas atteindre ? Comment comptes-tu me protéger à chaque instant de chaque journée ?

Les mots de Thea, par leur véracité, touchèrent une corde sensible. Libérant une peur irraisonnée.

— Si tu veux vraiment me protéger, alors laisse-moi aller avec Pandora et Emma demain chez lady Davenport. Je te promets que nous serons prudentes… et tu pourras surveiller l'opération si tu le souhaites, ajouta-t-elle rapidement.

La logique de la jeune femme l'emportait sur son envie de refuser sa demande. Avait-elle raison ? L'autoriser à participer à l'enquête était-il le meilleur moyen de la protéger ?

Son esprit d'espion étudia le plan de Thea, le décomposant sous différents angles. S'il faisait le guet pendant sa visite chez les Davenport, que toutes les entrées de la maison étaient surveillées, il était peu probable qu'il lui arrive quoi que ce soit, à elle ou aux deux autres ladies. Après tout, il s'agissait d'un déjeuner. La présence des autres invitées apporterait un surcroît de sécurité.

Mais il aurait besoin de plus. Il scruta les yeux sérieux de Thea et prit une décision. Il ferait tout ce qui était en son pouvoir pour la protéger. Même si cela impliquait qu'il devait avoir confiance en sa force.

— Tu auras une heure, lui proposa-t-il. Si tu n'es pas sortie dans ce délai, j'entrerai et je te ferai sortir moi-même.

— Oh, Gabriel ! Merci…

— Je ferai le tour de la propriété en calèche. Je posterai des hommes à l'avant et à l'arrière de la maison. Si quoi que ce soit te semble anormal, je veux que tu sortes immédiatement.

— Bien sûr…

— Et, pour finir, tu n'iras pas sans être armée.

Thea entoura Gabriel de ses bras.

— Tu ne le regretteras pas, je te le promets. Je porterai tout ce que tu voudras. Un pistolet, un couteau, des explosifs…

— Tu n'auras pas besoin d'un arsenal, l'interrompit-il.

Il retint un sourire face à l'expression découragée de la jeune femme.

— Les débutants sont plus susceptibles de se blesser avec leurs armes que leurs adversaires.

Thea fronça les sourcils.

— Alors, comment comptes-tu m'armer?

Bien que cela aille à l'encontre de son désir fondamental de la garder en sûreté, enfermée à clé, la meilleure protection, avait-il conclu, était de lui apprendre à se défendre. Il déboutonna sa veste et la posa sur le dossier du canapé.

— Je vais te montrer comment te battre, princesse.

CHAPITRE VINGT-CINQ

Un sentiment d'exaltation envahit Thea tandis que Gabriel la conduisait derrière les canapés jusqu'à un espace vide de la bibliothèque. Il avait accepté son plan. Il apprenait à lui faire confiance au lieu de la repousser, et il avait partagé davantage de son passé douloureux. Même si sa poitrine se serrait en songeant à toute la culpabilité qu'il avait enfouie, au calvaire qu'il avait subi, elle ressentait aussi un élan d'espoir. À défaut d'avoir son amour, sa confiance était toujours bonne à prendre. Qui savait où cela les mènerait ?

Nous faisons des progrès. Elle sentit le bonheur l'envahir lorsqu'il la plaça au centre du tapis Axminster rond, un champ d'un vert éclatant orné d'un motif floral.

Se plaçant face à elle, il dit :

— Que ferais-tu si tu étais attaquée ?

— Je crierais à l'aide, répondit-elle promptement.

— Et s'il n'y avait personne pour t'entendre ?

— Je me débattrais... et je le frapperais si nécessaire.

En un éclair, il se déplaça. Elle haleta quand elle se retrouva emprisonnée, son dos contre son torse dur, le bras de Gabriel autour de son cou. Instinctivement, elle tenta de se libérer, ses mains s'agrippant au membre musclé qui la retenait prisonnière.

C'était comme essayer de soulever une colonne tombée de l'Acropole. Piégée par sa force supérieure à la sienne, Thea ne pouvait rien faire. Elle se tortillait aussi maladroitement qu'un papillon épinglé.

— Première leçon : ne pas lutter contre un agresseur selon ses conditions.

Les mots de Gabriel réchauffèrent la courbe sensible de son oreille et, en dépit de la situation, une prise de conscience sensuelle la fit frissonner.

— Il sera plus fort que toi physiquement ; essayer de l'égaler en force pure ne fera que gaspiller ton énergie.

C'était vrai. Elle était en train de s'épuiser ; elle cessa de se tortiller.

— Bien. Maintenant, peux-tu bouger mon bras ?

Elle se rendit compte qu'elle était toujours en train de s'agripper futilement au bras musclé qui lui enserrait le cou.

— Non.

— Ce qui nous amène à la deuxième leçon : ne pas être prévisible. Ton agresseur s'attendra à ce que tu suives un instinct de victime, alors prends-le par surprise. La meilleure défense se révèle souvent être une action offensive. Lâche mon bras.

Thea laissa ses mains retomber le long de son corps.

— Il est plus fort que toi, certes, mais il a aussi ses faiblesses. Utilise-les contre lui, en plus de l'élément de surprise, et cela peut te permettre de gagner de précieuses secondes de liberté. Prête à apprendre trois étapes simples ?

Elle hocha la tête.

— D'abord, ramène ton coude gauche en arrière aussi fort que possible, directement dans son plexus solaire. Il va se plier en deux, ou au moins être surpris, expliqua Gabriel. Ensuite, tu passes à la deuxième étape : tu écrases son pied, en visant le cou-de-pied pour maximiser la douleur. Cela devrait en principe te libérer de son emprise, et tu auras alors le choix pour la troisième étape.

L'esprit de Thea était perturbé par cette information surprenante. Cela allait à l'encontre de tous les comportements dignes d'une lady qu'on lui avait enseignés. Mais être une lady ne servait pas à grand-chose lorsqu'il était question de faire face à un espion ennemi, n'est-ce pas ?

— Le choix ?

— T'enfuir, ou faire volte-face et lui donner un coup de genou dans l'aine.

Thea passa en revue les étapes dans sa tête.

— Ça semble assez simple.

— Essaie.

— Mais je ne veux pas te faire mal ! protesta-t-elle.

— Ça ira, répondit-il d'une voix sèche. Essaie, princesse.

Avant qu'elle puisse répondre, Gabriel resserra le bras autour du cou de Thea. La sensation d'étouffement déclencha une alarme en elle. Ses mains se dirigèrent d'instinct vers la source de son inconfort, mais les instructions de Gabriel lui revinrent à l'esprit. D'un mouvement souple, elle ramena son coude vers l'arrière, et elle entendit son souffle quand elle heurta le mur de muscles. Dans la seconde qui suivit, elle lui marcha sur le pied de toutes ses forces. L'emprise de Gabriel se relâcha suffisamment pour qu'elle puisse tourner sur elle-même et lever le genou.

Au dernier moment, il dévia son attaque avec ses mains. Ils se tenaient face à face, le souffle court. Il se frotta la poitrine et dit à regret :

— Tu apprends vite.

Une vague d'énergie envahit Thea. Cette sensation de puissance n'était pas sans lui rappeler ce qu'elle ressentait lorsque Gabriel lui faisait l'amour. Elle se sentait vivante, incroyablement forte.

— Montre-m'en plus.

Il sourit. S'inclinant, il répondit :

— Comme tu voudras.

Dix minutes plus tard, elle avait exécuté plusieurs techniques qui permettaient non seulement de désamorcer la force d'un attaquant, mais aussi de l'utiliser contre lui. Gabriel lui montra qu'avec les bons appuis et les bonnes manœuvres, elle pouvait se défendre contre un adversaire plus grand et plus fort qu'elle. Ces connaissances la rendaient puissante. Pleine d'assurance, elle décida d'essayer une variation sur ce thème. Lorsque Gabriel s'approcha d'elle, elle esquiva, et au lieu de se servir de son coude comme il le lui avait appris, elle tendit la jambe pour le faire trébucher.

Le monde bascula. Elle se retrouva allongée sur le dos, les mains bloquées au-dessus de sa tête, le corps musclé de Gabriel la plaquant contre le tapis soyeux. Haletante, elle fixa son visage, hébétée.

Les yeux de Gabriel brillaient.

— Bien essayé, princesse. Dernière leçon : l'excès de confiance peut t'attirer des ennuis.

Elle prit conscience du poids de sa virilité contre sa cuisse, de la chaleur qui bouillonnait sous la surface de sa peau. Avec une rapidité surprenante, la fièvre du combat se mua en désir. L'excitation fit jaillir des étincelles dans tout le corps de Thea.

— Peut-être t'ai-je amené exactement là où je te voulais, dit-elle avec audace.

Les narines de Gabriel se dilatèrent.

— Vraiment ?

Elle avait les mains coincées, elle ne pouvait donc pas s'en servir pour le toucher. Au lieu de cela, elle s'adoucit sous lui, accueillant son poids, berçant son corps avec le sien. La réaction de Gabriel à sa reddition fut immédiate : ses pupilles se dilatèrent, son sexe se transforma en une barre de fer qu'elle sentait même à travers les épaisseurs de ses jupes.

— Ne bouge pas, lui ordonna-t-il. Laisse tes mains où elles sont.

Elle s'immobilisa, son ton autoritaire et érotique faisant monter sa température en flèche. Il était de nouveau son amant dominateur, ses traits étaient marqués d'une grande intensité. Peut-être qu'au vu de ses récentes concessions, il avait besoin de rétablir sa domination par d'autres moyens. Elle était ravie de lui donner ce qu'il voulait. Elle se languissait elle aussi de leur relation sensuelle... mais une voix désagréable lui rappela qu'ils se trouvaient dans la bibliothèque; le soleil de midi passait à travers les hautes fenêtres.

À bout de souffle, elle dit :

— N'importe qui pourrait entrer...

— Nous sommes cachés derrière les canapés. Maintenant, tais-toi et laisse-moi m'occuper de toi.

Ses mamelons se tendirent contre les confins de son corset tandis que ses doigts parcouraient un chemin le long de son corps, et elle resta là, effrontément étalée pour qu'il puisse la scruter. Les poumons de Thea se contractèrent quand il releva ses jupes et ses jupons d'un seul coup. L'air passa contre ses mollets couverts de bas, ses cuisses nues, son sexe humide et douloureux. Gabriel glissa les épaules contre l'arrière de ses jambes, l'écartant largement. Elle tremblait tandis qu'il la maintenait ainsi, ouverte et vulnérable, l'observant avec une faim dévorante dans les yeux.

— Ma princesse dévergondée, murmura-t-il. J'ai rêvé de ça.

Il abaissa la tête. *Oh, mon Dieu !*

Le choc et le plaisir la traversèrent de part en part. C'était impensable. Indescriptible. Ce qu'il était en train de faire avec sa langue... Elle dut réprimer un gémissement.

— Tu as le goût du nectar, dit-il, la voix rauque. Donne moi ta douceur, ma jolie. Je veux tout.

Sa résistance disparut dans un tourbillon de plaisir. Elle contempla rêveusement les plafonds en plâtre tandis qu'il s'emparait d'elle avec sa bouche. Des chérubins gambadaient parmi les fleurs tandis qu'il léchait, suçait et dévorait sauvagement son sexe. *Soulève-toi contre ma bouche. Laisse-moi me régaler de ce qui m'appartient*, répétait-elle. Sa tête bascula contre le tapis tandis que les sensations l'envahissaient les unes après les autres. Elle le sentit écarter ses replis intimes et moites, sa langue glissant habilement jusqu'à son bourgeon impatient.

Son extase enfla jusqu'au point de rupture. Le plaisir se répandit en elle comme un bol plein de sucre dont la douceur se propagea dans tous les coins et recoins de son corps. Elle resta allongée là, alanguie, imprégnée de bonheur et de soleil.

— C'est l'heure de se lever, dit la voix de Gabriel à travers son brouillard de plaisir.

Faiblement, elle se dit que ce serait sans doute la chose à faire… si elle parvenait à trouver comment faire bouger ses membres. Puis le monde bascula à nouveau et elle se retrouva debout; le bras de Gabriel la soutenait au niveau de la taille. Thea posa les mains sur son gilet, elle sentait les forts battements de son cœur alors qu'il réajustait ses vêtements.

— Comme neuve, constata-t-il.

Il lui offrit un baiser tendre, presque courtois. Elle se goûta sur ses lèvres, et, en dépit du fait qu'elle était parfaitement comblée, une excitation sensuelle l'envahit.

Baissant les yeux, elle vit son érection saillante.

— Tu n'as pas…

Il enfila sa veste avec une nonchalance étudiée; le tissu luxueux couvrit l'endroit affecté.

— Aujourd'hui, ce fut mon plaisir de t'en procurer. Au moment que je choisirai, ce sera à toi de m'en donner.

Prononcées avec une confiance tout à fait masculine, les paroles de Gabriel firent surgir des possibilités intrigantes dans l'esprit de Thea. Elle rougit… Il était étonnant qu'elle puisse encore le faire après ce qui venait de se passer sur le sol de la bibliothèque. Plus étonnant encore, il avait l'air parfaitement soigné, sans le moindre cheveu de travers, avec sa cravate parfaitement nouée. Il incarnait parfaitement le *Marquis angélique,* sauf si on le regardait dans les yeux.

D'un gris foncé, brillant d'une lueur diabolique, ils reflétaient sa satisfaction.

— Nous ferions mieux d'y aller, dit-il en offrant son bras à Thea. Je crois que tu as eu assez de leçons pour la journée, n'est-ce pas?

Chapitre Vingt-Six

Pourquoi diable ai-je permis cela ?

Le jour suivant, la question tournait en boucle dans l'esprit de Gabriel alors que sa calèche faisait le tour du pâté de maisons de la résidence Davenport. Il ne voyait rien d'anormal dans la demeure palladienne, mais la tension lui tenaillait le ventre. Au coin de la rue, son véhicule s'arrêta. La portière s'ouvrit et Strathaven entra. Sous prétexte de se promener, ce dernier avait observé la maison de près.

L'air renfrogné, le duc se laissa tomber sur le siège opposé, jetant son chapeau sur les coussins. Il écarta le rideau, son regard pâle se concentra sur la maison calme.

— Tout ce que j'ai vu par la fenêtre, c'est un groupe de ladies qui discutaient autour d'un thé. Aucun signe d'Emma ou des autres. Elles sont probablement en train de fouiller l'endroit.

À l'idée de voir Thea parcourir les lieux comme un agent chevronné, Gabriel se sentit de plus en plus noué.

— Par tous les diables ! Je n'arrive pas à croire que je l'ai laissée me convaincre !

— Crois-moi, je connais ce sentiment. Mais si tu as l'intention d'épouser Dorothea, remarqua le duc en haussant un sourcil, tu devrais t'y habituer.

— Bien sûr que j'ai l'intention de l'épouser, répondit Gabriel d'un air maussade, se frottant la nuque. Dès que cette affaire avec le Spectre sera terminée, je parlerai à Kent. Ou à toi, je suppose.

— Nous pourrions parler maintenant, puisque nous avons du temps devant nous.

Entendant la trace d'humour dans la voix de son ami, il répondit avec raideur :

— Je suis ravi que tu trouves la situation divertissante. Étant donné que les dames peuvent être en danger, je ne trouve pas cela très amusant.

— Je ne suis pas amusé; je suis résigné. Il s'agit d'une chose courante lorsque l'on est marié à une Kent. Tu l'apprendras bien assez tôt, dit le duc. Alors, pourquoi souhaites-tu épouser Dorothea?

— Comment ça, *pourquoi*?

Son ami lui lança un regard innocent.

— Si tu me demandes la permission de l'épouser, tu devrais au moins être préparé, avec des arguments convaincants.

Gabriel était déjà suffisamment sur les nerfs, et il n'était pas d'humeur à apprécier l'ironie du duc.

— Tout d'abord, je ne te demande rien. Je te dis que Thea et moi sommes parvenus à un accord. Dès que cette maudite affaire sera terminée, je la ferai mienne.

Son regard se porta sur la vitre alors qu'ils passaient à nouveau devant la maison de ville. Il n'y avait toujours aucun signe de mouvement... par tous les diables, qu'est-ce qui prenait tant de temps? Il était arrivé à bout de patience, et il tendit la main pour attraper la poignée de la portière.

— J'y vais.

Le duc l'arrêta.

— Nous leur avons promis une heure complète. Bon sang! N'es-tu pas censé être celui qui garde la tête froide? Je pensais que vous, les espions, vous aviez de la glace qui coulait dans vos veines.

— C'est différent, grogna-t-il.

Autrefois, il avait été connu pour son calme. Il se montrait froid et méthodique dans son travail, se fermant aux choses gênantes comme les émotions. Mais là, c'était différent. Personnel. Thea était impliquée, et si ne serait-ce qu'un cheveu de sa tête était décoiffé...

Calme-toi et ressaisis-toi, bon sang !

— L'amour complique les choses, n'est-ce pas ? remarqua Strathaven.

— Il n'est pas question d'amour, mais de bon sens, répondit Gabriel, irrité. Je n'aurais jamais dû laisser ma future marquise prendre un tel risque.

Strathaven le fixa.

— Comme tu dis. Je dois avouer que je suis surpris que tu aies décidé de donner une nouvelle chance au mariage. Je pensais que ta première expérience t'empêchait de l'envisager à nouveau.

La mâchoire de Gabriel se crispa. Il se refusait à déshonorer Sylvia en disant la vérité à voix haute. Pourtant, même s'il avait honte de l'admettre, il découvrait que la perfection n'avait rien à envier à une femme de chair et de sang, dont la force féminine et la tendre vulnérabilité le séduisaient. Il aimait mieux une passion honnête qu'un amour tourmenté.

— Les gens finissent par passer à autre chose, répondit-il à son ami.

— C'est une chose que je peux comprendre, dit le duc.

Il balayait la rue du regard, l'œil vigilant, pendant qu'il parlait.

— Tu sais que, moi-même, je n'avais pas envie de me faire passer la corde au cou une deuxième fois.

Gabriel connaissait les rumeurs infâmes qui avaient été répandues par la première femme rancunière de son ami. Si quelqu'un avait eu de bonnes raisons de se méfier du mariage, c'était bien Strathaven.

— Et pourtant, tu as succombé, lui dit-il.

— Pas aisément. Je me suis bien battu, confirma le duc avec un petit sourire. Mais j'ai rapidement compris qu'il était vain de résister... c'est encore une chose que l'on apprend lorsque l'on a affaire à une Kent.

— Je ne résiste pas à Thea. Je veux la protéger.

— Crois-tu que je ressente autre chose envers Emma ?

— Tu as accepté ce plan absurde, marmonna Gabriel.

— Parce que je sais choisir mes batailles. Lorsque ma duchesse a une idée en tête, il est presque impossible de la faire changer d'avis. Pourquoi perdre mon temps ? s'exclama Strathaven avec un haussement d'épaules. Je préfère quand c'est elle qui essaie de me persuader.

— Je ne te suis pas.

— Disons simplement que Sa Grâce a passé beaucoup de temps hier soir à essayer de me convaincre d'accepter son plan. Elle a aisément fait des concessions que j'aurais mis une éternité à négocier : elle a accepté que je l'escorte, un délai précis pour mener à bien son petit complot, etc. Crois-moi, j'ai appris qu'il est préférable qu'*elle* soit en position de devoir me convaincre que l'inverse.

Gabriel haussa les sourcils.

— Tu veux dire que tu lui as interdit des choses, en faisant semblant de céder ? Dans le but de prendre le dessus ?

— Je préfère penser qu'il s'agit de créer une situation dans laquelle les deux parties sont gagnantes. Emma obtient ce qu'elle veut, et je récolte les bénéfices dus à mon statut de meilleur des maris, dit le duc, dont les yeux verts brillaient. Et, plus important encore, des mesures de protection sont en place pour son bien-être.

Gabriel secoua la tête.

— C'est machiavélique, mon vieux !

— Machiavel a eu la vie facile. Il n'avait pas à protéger Emma d'elle-même, répondit Strathaven avec un regard complice. Tu auras fort à faire aussi, mon ami.

— Thea n'est pas comme la duchesse, répliqua Gabriel, avant de se rendre compte que cela pouvait paraître insultant. Sans vouloir t'offenser. Ta lady est charmante, j'en suis sûr, mais Thea est moins... coriace.

Strathaven haussa les sourcils.

— En es-tu bien certain ?

Gabriel plissa le front... il n'en était pas certain. Il était en train de découvrir que sous l'apparence douce et gentille de Thea se cachait une colonne vertébrale en acier finement ouvragé. Elle était plus que ce qu'il attendait, et plus, en vérité, que ce qu'il avait jamais espéré. Le courage et l'audace de la jeune femme l'excitaient autant qu'ils se heurtaient à son instinct qui le poussait à vouloir la protéger et à prendre soin d'elle.

— Dorothea est peut-être la plus douce des Kent, dit le duc, mais elle reste une Kent. Ils ont un cœur et une volonté solides, et tu dois le respecter. Lutter contre l'essence même de ce qu'ils sont... eh bien, c'est comme essayer d'arrêter les marées. Pourquoi faire une telle chose alors qu'on peut exploiter cette énergie à des fins plus satisfaisantes ?

Gabriel réfléchit. Ce que disait Strathaven était logique. En fait, il était même surpris de constater que son ami se révélait être une véritable mine de conseils. Étant des hommes réservés, ils n'avaient jamais abordé aussi franchement des sujets personnels par le passé. Gabriel trouvait la conversation ouverte inédite... mais pas malvenue.

Depuis qu'il avait parlé mariage avec Thea, une question le taraudait, et elle se rappela à lui à cet instant. Pour le moment, ils semblaient vraiment bien assortis, mais comment pouvait-il être sûr que cette compatibilité perdurerait dans un mariage ? Sa relation avec Sylvia avait aussi semblé prometteuse au début... avant qu'il ne fasse des ravages dans la chambre, et au-delà. Strathaven, un ancien séducteur dont les exploits avaient jadis émoustillé la bonne société, mais qui était aujourd'hui, selon toute vraisemblance, un mari modèle, était la personne la mieux placée pour discuter de ce problème.

Gabriel s'éclaircit la gorge.

— À ce sujet, pourrais-je te demander quelque chose de personnel ?

Le duc haussa les sourcils.

— Avant ton mariage, tu avais une certaine réputation en ce

qui concernait les femmes. En particulier, quand il était question de tes... euh... activités avec elles.

Les sourcils de son ami grimpèrent encore d'un cran. La nuque de Gabriel s'échauffa, et il bafouillait comme un idiot.

— Ce que je veux dire, c'est qu'une fois marié, il faut évidemment tenir compte des sensibilités de son épouse. Quel que soit son passé, un gentleman doit faire certains ajustements pour la santé à long terme de son mariage. Veiller à la... satisfaction constante d'une lady ne doit pas être chose facile.

Strathaven l'étudia un moment avant de répondre.

— Je ne parlerai pas de ce qui se passe dans ma chambre à coucher.

Gabriel se sentit rougir.

— Non, bien évidemment. Je ne voulais pas suggérer...

— Mais je dirai ceci. Je n'ai fait qu'un seul ajustement, comme tu dis, c'est de pratiquer toutes mes activités exclusivement avec ma duchesse.

— C'est tout ?

Cela ne pouvait pas être aussi simple.

— Ma lady ne s'en plaint pas. Crois-moi, si elle avait quelque chose à redire, j'en aurais entendu parler.

Serait-ce si facile de rendre Thea heureuse ? Gabriel ruminait. Il n'avait aucun problème avec la fidélité. Il l'était resté envers Sylvia même lorsqu'elle lui avait demandé de ne pas s'approcher de son lit. Non, le problème de son premier mariage n'avait rien à voir avec la fidélité : c'était *lui*, le problème. Il avait répugné Sylvia par ses excès bestiaux, la malédiction de son sang.

Avec Thea, cependant, il avait évité ces problèmes. Elle avait accepté son passé et ses désirs charnels ; elle ne se lançait pas à l'aveuglette. Tant que l'amour ne s'en mêlait pas, il n'y avait aucune raison de douter de la réussite de leur mariage.

Ne sois pas pathétique ni dépendant, et tout ira bien.

Strathaven l'observait avec ce qui ressemblait à de la compassion.

— Quelle qu'ait été ton expérience antérieure du mariage,

n'en tiens pas compte à l'avenir. Il faut faire table rase du passé, mon ami. Une Kent est un millésime rare, et elle doit être appréciée pour ses qualités uniques.

Gabriel pourrait-il tirer un trait sur son passé? Enfermer ses démons pour de bon? Pour le bien de Thea et le sien, il devait essayer.

— Bien sûr, certaines de ces qualités rares, notamment une propension à l'imprudence, peuvent aussi te conduire à Bedlam, poursuivit Strathaven, mais tu t'y habitueras.

Gabriel plissa le front.

— Je ne vais pas m'habituer à ce que Thea prenne des risques.

Aujourd'hui sera la seule et unique exception, se dit-il. Elle avait beau l'avoir convaincu une fois, cela ne signifiait pas qu'il permettrait à sa future marquise de se mettre à nouveau en danger. Il lui avait enseigné quelques mouvements défensifs, mais uniquement en cas d'urgence. Il ne voulait surtout pas qu'elle se retrouve dans des situations où elle pourrait avoir l'occasion de s'en servir.

— Tu crois que j'aime voir Emma courir à droite et à gauche? s'enquit le duc. Mais, à moins de l'enchaîner dans la chambre à coucher, tout ce que je peux faire, c'est la soutenir et avoir confiance en ses capacités.

L'idée d'enchaîner Thea à son lit était très séduisante.

— Un homme doit être le maître chez lui, affirma Gabriel.

— C'est vrai, dit le duc d'un ton ironique, consultant sa montre à gousset en or. C'est pourquoi je dis, en tant que seigneur et maître de Sa Grâce, qu'il lui reste exactement quarante minutes avant que je ne défonce la porte d'entrée et que je ne la sorte de là

Gabriel acquiesça. Tous deux plongèrent dans un silence tranquille, les yeux rivés sur la maison de ville.

Chapitre Vingt-Sept

Bien qu'il s'agisse d'un déjeuner informel, l'événement organisé par Lady Davenport était somptueux. Trois rangées de tables avaient été dressées dans la salle de bal, avec une abondance de cristal, de porcelaine et d'argenterie qui scintillait sous les lustres. Des ladies vêtues de robes de jour raffinées bavardaient dans la file d'attente du buffet tandis qu'une demi-douzaine de valets de pied servaient les mets délicats tels que le turbot rôti, le pressé de langue de bœuf et l'aspic de légumes.

Alors qu'elle patientait dans la file avec Emma et Pandora, Thea murmura :

— Devrions-nous aller faire les recherches maintenant ?

— Pas encore, ma chère, dit Em, dont les yeux bruns parcouraient les environs d'un regard expérimenté. Nous attendrons que tout le monde soit assis et occupé à manger avant de passer à l'action.

— Lady Davenport va faire un discours. Cela devrait nous offrir quinze minutes de diversion, dit Pandora à voix basse. Nous irons à ce moment-là.

— Votre Grâce ? Mademoiselle Kent ?

La voix timide venait de derrière elles. Thea se retourna et vit une jeune fille ronde et rousse aux yeux bleu brillant et au visage de lutin. Gabriella Billings était la fille douce et simple d'un riche banquier. Emma avait rencontré Gabby l'année précédente et l'avait introduite dans la famille Kent. Thea aimait beaucoup cette fille.

Après avoir échangé des salutations, Emma présenta Gabby à Pandora, qui hocha la tête devant la révérence timide de la jeune fille avant de retourner à son inspection vigilante de la salle de bal.

Thea serra la main de Gabby.

— Quel plaisir de vous voir !

— C'est un *soulagement* de vous voir, Emma et vous, dit Gabby avec émotion. Je croyais que j'allais devoir me débrouiller seule dans un autre de ces événements de la bonne société. C'est mon père qui m'a obtenu cette invitation, voyez-vous. Il a fait des dons considérables à cette association, car il est ami avec l'oncle George depuis toujours...

— Oncle George ?

Habituée au débit constant de Gabby, Thea savait que la jeune fille ne voyait pas d'inconvénient à être interrompue de temps à autre.

— Ce n'est pas vraiment mon oncle, pas par le sang, mais mon père et lui sont de vieux amis. Ils font des affaires ensemble depuis toujours. Mon père dit que l'oncle George est le meilleur avocat de Londres, et que tout banquier a besoin d'un bon avocat. Et vice versa. L'oncle George est le père de Millicent... enfin, de lady Davenport, je la connais donc aussi depuis une éternité. À l'époque, elle s'appelait encore Millicent Clemens. Maintenant, je ne la vois plus beaucoup, expliqua-t-elle en plissant le front. Je ne la vois plus du tout, en fait.

— Ce doit être agréable de voir une vieille amie, remarqua Thea.

Gabby soupira.

— Papa dit que je dois prendre exemple sur lady Davenport. Après tout, elle a décroché un titre, et, en l'espace de deux saisons, je n'ai réussi à attirer que des coureurs de dot.

— Cela ne peut pas être terrible à ce point.

— Croyez-moi, c'est *pire*. La plupart d'entre eux sont aussi vieux que papa, il leur manque des dents et des cheveux, et ils ont tous cette déprimante tendance à oublier mon nom.

Gabby s'interrompit, puis elle imita une voix âgée et aristocratique.

— *Vous, là, la gamine rouquine. Passez-moi ma canne, voulez-vous ?*

Gloussant, Thea lui dit, compatissante :

— Je connais ce sentiment. Cependant, faites attention. J'ai entendu dire que les coureurs de dot étaient très doués pour obtenir ce qu'ils voulaient.

— Pas aussi doués que mon père. Quand il est question d'argent, c'est lui le plus malin, dit Gabby d'un ton enjoué. Il a protégé mon héritage par une fiducie.

— Qu'est-ce qu'une fiducie ? s'enquit Thea.

— Je ne sais pas exactement. Une sorte de galimatias juridique avec lequel l'oncle George l'a aidé. L'essentiel, ajouta Gabby avec un grand sourire, c'est que je resterai maîtresse de mon argent après mon mariage.

— C'est extraordinaire, dit Thea. Voilà le genre de chose que toutes les femmes devraient savoir.

Avant que la jeune fille puisse répondre, une voix fine et cassante coupa court à la conversation.

— Mesdames, quel plaisir de vous voir !

Lady Davenport était mince et de petite taille, et ce qui lui manquait sur le plan de la carrure, elle le compensait par les volumineuses couches de dentelle de sa robe. Ses cheveux étaient d'un châtain terne ; son regard noir était perçant et scrutateur. Elle donnait l'impression d'être pleine d'énergie.

— Dites donc, une duchesse présente à mon déjeuner ! s'exclama-t-elle d'une voix forte. Vous nous honorez de votre présence.

— Merci de nous recevoir, Lady Davenport, répondit Emma, l'air un peu déconfit. Euh... puis-je vous présenter ma sœur, Mlle Dorothea Kent ?

Cette dernière fit la révérence.

Gabby ouvrit la bouche pour parler, mais elle fut interrompue.

— C'est un plaisir, mademoiselle Kent, répondit leur hôtesse en passant son bras dans celui d'Emma. Je suis tellement *ravie* de vous recevoir, Duchesse ! J'ai l'impression que nous sommes des âmes sœurs, et je sais que nous serons tout simplement les meilleures amies du monde.

Elle s'adressa ensuite à lady Blackwood :

— Et, ma chère marquise, vous êtes exquise ! J'adore votre collier.

— Le vôtre est très beau. Est-il nouveau ? s'enquit Pandora avec désinvolture.

Lady Davenport se pavana, effleurant de ses doigts le collier de grosses perles sans défaut qui pendait sur sa mince poitrine.

— Il se trouve que oui. Davenport ne cesse de me gâter, vous savez.

Thea se dit qu'un tel collier devait coûter cher. Et que la robe de la lady semblait coûteuse, elle aussi. Si le Spectre avait effectivement besoin d'argent, Lord Davenport n'était peut-être pas un suspect probable, finalement.

— Je suis sur le point de dire quelques mots. Vous devez occuper la place d'honneur à mes côtés, Duchesse, affirma l'hôtesse. J'insiste.

— Euh, bonjour, Lady Millicent, lança Gabby.

Les sourcils de Lady Davenport formèrent de fines arches.

— Mademoiselle Billings. Je ne vous ai pas vue à l'entrée.

Le visage de Gabby devint écarlate. Tournant le dos à la jeune fille, lady Davenport poursuivit :

— Mesdames, je vous propose d'aller à la table d'honneur.

Thea était horrifiée par son impolitesse. Voyant la lèvre inférieure de Gabby trembler, elle dit d'un ton ferme :

— Mlle Billings aura besoin d'une place, elle aussi.

— Je crains qu'il n'y ait pas de place à ma table, répliqua lady

Davenport avec un léger sourire. Je suis sûre que Mlle Billings pourra trouver une place ailleurs.

— Tout va bien, Thea, dit Gabby avec anxiété. Je vais juste…

— Mlle Billings peut s'asseoir à ma place, intervint Thea.

— Vous n'avez quand même pas l'intention de vous asseoir toute seule, mademoiselle Kent? dit son hôtesse d'une voix dure.

— J'irai avec Mlle Kent, dit Pandora. Mlle Billings peut vous accompagner, vous et la duchesse.

Le visage de Lady Davenport frémit sous le coup de la colère… avant qu'elle n'arbore une expression plus neutre. Sa main se referma sur le bras d'Emma, s'accrochant à sa récompense ultime.

— Par ici, Votre Grâce.

Elle conduisit cette dernière vers la table située à l'avant de la salle; Gabby la suivait timidement.

— Bon travail, murmura Pandora. Il s'en est fallu de peu.

Thea n'avait fait que réagir à la rebuffade dont Gabby avait été victime, mais elle se rendit compte que Pandora avait raison. Il aurait été bien trop voyant de quitter les lieux et de procéder à une fouille si elles avaient été assises à la table de leur hôtesse. Elle suivit Pandora jusqu'aux deux chaises les plus proches de la sortie. Une cloche retentit, rappelant la salle à l'ordre.

Lady Davenport se plaça à l'avant de la salle, s'éclaircissant la gorge d'un air important.

— Bienvenue, mesdames. C'est très gentil à vous de prendre le temps de participer à mon déjeuner, en dépit de vos emplois du temps chargés. La duchesse de Strathaven elle-même, une amie personnelle, est présente pour se joindre à nous dans notre noble entreprise. Je vous prie d'accueillir mon invitée de marque.

Sous des applaudissements polis, Emma devint rouge comme une tomate.

— Mais, comme vous le savez, tout le monde n'a pas eu la même chance que vous et moi, poursuivit lady Davenport, et c'est pour le bien de ces malheureux que nous sommes réunies ici aujourd'hui. Grâce à nos bonnes actions, nous pourrons arracher les opprimés à leur sort funeste. Notre force morale les comblera de vertu. Notre brillant exemple apprendra à ces pauvres créatures malades à renoncer à leur vie de paresse et de turpitude.

Une flamme commençait à brûler dans la poitrine de Thea. Pour avoir connu elle-même la faim, elle était certaine que les opprimés avaient davantage besoin de nourriture que de condescendance. Et s'il fallait enseigner quelque chose aux pauvres, c'étaient bien les compétences nécessaires à l'exercice d'un métier honorable qui leur permettrait de gagner un salaire décent. D'après son père, le véritable remède contre la pauvreté, c'était l'éducation.

Donne un poisson à un homme, et tu le nourriras pendant une journée, disait-il. *Apprends à un homme à pêcher, et tu le nourriras pendant toute une vie.*

— Voilà pourquoi je suis fière de vous présenter ma nouvelle œuvre de charité, annonça lady Davenport.

Elle adressa un grand geste à un valet de pied posté à l'entrée de la pièce.

— Faites-la entrer.

La porte s'ouvrit, et le ventre de Thea se noua tandis qu'une jeune femme vêtue d'une charlotte s'avançait maladroitement vers lady Davenport, qui lui faisait signe de la main. Elle était vêtue d'une robe décolletée et vulgaire qui trahissait son métier. Des halètements et des gloussements se firent entendre alors que la femme se tenait avachie à l'avant de la salle.

— Voici, dit Lady Davenport avec un petit rire satisfait, une femme de mauvaise vertu.

La mâchoire de Thea se contracta. À côté d'elle, Pandora se raidit presque imperceptiblement.

— Notre mission aujourd'hui est de sauver des créatures dépravées telles que celle-ci d'une vie de péché. Comment, me direz-vous ?

Lady Davenport attendit, souriante, tandis que des murmures s'élevaient dans la salle. Puis, avec un geste théâtral, elle sortit un morceau de tissu blanc. S'approchant de son mannequin, elle s'appliqua à nouer et à replier le tissu, de sorte que l'écharpe couvre la femme de la poitrine au menton.

Reculant de quelques pas, lady Davenport annonça :

— Je vous présente mon tout nouveau projet, que j'aime appeler *Fichus pour les déchues*.

Thea cligna des yeux lorsque les applaudissements éclatèrent, et que des murmures enthousiastes parcoururent la salle.

— Après le déjeuner, nous nous retirerons au salon pour coudre ces mantes de pudeur, poursuivit leur hôtesse. Grâce à nos efforts, ces femmes déchues retrouveront dignité et vertu et ne constitueront plus un outrage à la bienséance.

Une dame vêtue de satin bleu agita la main.

— Oui, mademoiselle Simpson ? dit lady Davenport.

— Je pensais que nous pourrions ajouter une touche de broderie aux fichus. Peut-être une croix ou un autre symbole de piété, suggéra la lady en minaudant.

— C'est une excellente proposition ! s'exclama l'hôtesse avec un large sourire. Autre chose ?

Pourquoi ne pas coudre des cilices[1] *pour les pauvres et en finir ?*

Thea mourait d'envie de poser la question. Mais elle se retint. Elle ne pouvait pas se permettre d'attirer l'attention alors qu'elles étaient ici en mission secrète.

— Il est temps d'y aller, chuchota Pandora.

Thea lui adressa un rapide signe de tête. Alors que le groupe débattait de questions essentielles telles que les motifs de broderie et la couleur des fils, Pandora et elle s'éclipsèrent de la salle sans se faire remarquer. Dehors, elle inspira profondément, tâchant d'oublier cette scène empreinte de prétention et de suffisance. Elle devait se concentrer sur sa mission.

Si Pandora avait été affectée, elle n'en manifestait pas le moindre signe, ouvrant la voie à travers les couloirs avec une grande concentration. Elles tournèrent à l'angle d'un couloir, et,

---

1. Petite camisole faite de tissu de poil de chèvre, de crin de cheval ou tout autre poil rude et piquant, que l'on porte à même la chair par mortification.

alors qu'elles approchaient de l'extrémité, des voix se firent entendre de l'autre côté. Pandora se plaqua contre le mur, et Thea fit de même, attendant avec impatience que deux domestiques passent. Une fois qu'elles eurent disparu, la marquise tourna à droite, et, quelques instants plus tard, Thea et elle arrivèrent devant une double porte.

Pandora en tourna la poignée : elle était verrouillée.

— Montez la garde, murmura-t-elle, sortant un outil de son réticule.

Les nerfs à vif, Thea obéit pendant que l'autre femme travaillait sur la serrure. Une minute plus tard, un déclic se fit entendre, et la porte s'ouvrit en douceur. Pandora entra la première et Thea la suivit, refermant derrière elle, les mains moites.

Avec les rideaux tirés, le bureau de Davenport était sombre et spacieux. Il paraissait plutôt simple, avec son mobilier en bois sombre et en cuir, et ses étagères garnies de livres. Le grand portrait au-dessus de la cheminée dominait la pièce. Il représentait lady Davenport assise sous un chêne, vêtue d'une robe de dentelle vaporeuse et coiffée d'un chapeau à plumes. Thea supposa que l'homme du tableau, celui que leur hôtesse contemplait avec une adoration d'épouse, était Lord Davenport. Le vicomte était un homme d'une quarantaine d'années à l'allure élégante, avec un léger grisonnement au niveau des tempes et une grande et robuste silhouette.

Pourtant, il y avait quelque chose de troublant dans ses yeux qui croisaient directement ceux du spectateur. Son regard pâle semblait si pénétrant et si réaliste que Thea paniqua soudain à l'idée qu'on les observait. Un frisson lui parcourut la nuque.

— Nous n'avons pas beaucoup de temps, lui rappela Pandora d'un ton pressant qui la tira de ses pensées. Nous allons devoir faire des recherches toutes les deux. Commencez par le bureau. Essayez de ne rien déranger.

Avec un rapide signe de tête, Thea se dirigea vers le bureau, dont la surface était soigneusement organisée, avec un plateau d'argent contenant des instruments d'écriture, et un épais sous-main en cuir. Les mains tremblantes, elle ouvrit le tiroir du haut et en fouilla soigneusement le contenu. Rien de particulièrement suspect. Elle poursuivit avec les deux autres tiroirs. Toujours rien, pas même un compartiment caché.

Si j'étais Davenport et que j'avais quelque chose à cacher, où le mettrais-je ? Tout en réfléchissant, elle tambourina des doigts sur le bureau… et se rendit compte que la surface sonnait creux. La résonance était comparable au son qu'elle produisait en tapant sur le couvercle d'un piano. S'accroupissant, elle plaça son oreille près du plateau du bureau, répétant le rythme avec ses doigts, et elle l'entendit à nouveau : un écho étouffé venant de l'intérieur. *Il y a un compartiment vide à l'intérieur.* Le cœur battant la chamade, elle glissa ses mains sous le rebord du bureau et ses doigts trouvèrent un bouton caché. Elle appuya dessus et le sous-main glissa sur le côté, révélant une cachette.

Un sentiment d'excitation lui monta à la tête à la vue des documents.

— Pandora, appela-t-elle doucement.

La marquise arriva au moment où Thea soulevait le premier document pour l'examiner. Rédigée d'une main ferme, la suite de mots était étrange, sans queue ni tête. Elle entendit l'autre femme inspirer brusquement.

— *Spectre*, chuchota Pandora.

CHAPITRE VINGT-HUIT

Thea et Pandora revinrent juste au moment où les ladies commençaient à sortir de la salle de bal.

Emma se précipita vers elles.

— Avez-vous trouvé quelque chose ? murmura-t-elle.

Thea acquiesça, ne parvenant que difficilement à réprimer son excitation. Em souffla.

— Dieu merci. Partons d'ici. Parce que si je dois écouter une minute de plus de ce boniment condescendant, je jure que je...

— Ah, vous êtes là ! retentit une voix derrière elle. Oh, Duchesse !

Em se figea, comme un cerf traqué par un chasseur. Lady Davenport se précipita vers leur petit groupe.

— Nous sommes sur le point de commencer à coudre les fichus. Vous aurez la place d'honneur dans mon cercle, Votre Grâce.

— Cela semble vraiment charmant, mais je suis plutôt fatiguée...

— Je vais demander qu'on nous apporte du caviar et du champagne pour nous donner de l'énergie. Je n'accepterai pas de refus, insista la vicomtesse, dont la main s'enroula comme du lierre autour du bras d'Emma. Vous ne voudriez pas abandonner une bonne cause, n'est-ce pas ?

— Non, répondit Em, l'air désespéré, mais je dois vraiment y aller...

Thea haleta brusquement, et agrippa le bras libre de sa sœur.

— Que se passe-t-il, mademoiselle Kent ? s'enquit lady Davenport, l'air alarmé.

— Je... je ne peux pas... respirer.

Les yeux bruns d'Emma s'arrondirent sous le coup de l'inquiétude, et elle passa instantanément son bras autour de la taille de Thea.

— Respire profondément, ma chérie. Inspire, expire. Comme le docteur Abernathy te l'a appris.

Voyant lady Davenport reculer d'un pas, Thea dit d'une voix sifflante :

— Oui, restez en retrait. C'est peut-être contagieux.

Aussitôt, leur hôtesse recula davantage.

— Euh... puis-je faire apporter quelque chose pour vous ?

— De l'air... juste besoin... d'air...

— Sortons, dit Em.

— Merci pour votre hospitalité, Lady Davenport, dit Pandora.

Toutes trois quittèrent la maison.

— Nous allons te ramener à la maison tout de suite, proposa Emma d'une voix inquiète, et appeler le docteur Abernathy...

— Je vais bien, la rassura Thea de sa voix normale.

— C'est vrai ? s'étonna sa sœur, clignant des yeux. Mais, à l'intérieur... que s'est-il passé ?

— J'ai improvisé ! expliqua Thea, qui se sentait absurdement fière d'elle-même.

Pandora esquissa un sourire.

— Comme je l'ai soupçonné dès le début, vous êtes une femme aux talents cachés.

À ce moment-là, Thea aperçut une silhouette coiffée d'une charlotte, qui sortait par l'entrée des domestiques, à quelques mètres d'elles. La femme s'arrêta, arracha le fichu de son cou et le froissa dans sa main. Les épaules voûtées, elle se mit à marcher dans la direction opposée.

Thea lança à sa sœur un regard plein d'espoir.

— N'aurais-tu pas besoin d'une autre femme de chambre ?

— Allons lui parler, proposa Em.

Cette dernière s'approcha de la jeune femme avec Thea. La domestique, surprise, fit une révérence, et se présenta comme étant Sara Tully. Elle accepta avec empressement la carte d'Emma, écouta soigneusement lorsque celle-ci énonça son adresse, et elle promit de passer pour un entretien. Elles se disaient au revoir lorsque la calèche de Gabriel arriva. Il sauta hors du véhicule avec une grâce de prédateur. Son regard gris passa de Thea à Mlle Tully qui s'éloignait.

— Qui était-ce ? s'enquit-il en fronçant les sourcils.

— Une nouvelle connaissance.

De sa main gantée, Gabriel lui releva le menton, une lueur d'inquiétude dans les yeux.

— Comment cela s'est-il passé là-dedans ?

— À merveille, grâce à l'ingéniosité de Mlle Kent, dit Pandora. Elle t'expliquera dans la calèche.

———

— Lord Davenport va vous recevoir maintenant.

Le secrétaire fit traverser à Gabriel, Strathaven et Kent des pièces bien aménagées et lambrissées de bois sombre. Le soleil brillait à travers les fenêtres à meneaux, illuminant les meubles lourds et le tapis oriental bordeaux. Le secrétaire referma discrètement la porte derrière lui.

Se levant de derrière un bureau sculpté, Lord Cecil Davenport s'approcha pour les saluer. Grand, bien bâti, doté de traits patriciens que le grisonnement de ses tempes rendait encore plus distingués, le vicomte avait tout de l'homme politique raffiné. Ses yeux bleu clair témoignaient d'une curiosité polie, sans plus.

Cicéron avait toujours été un maître dans l'art de masquer ses véritables intentions.

— Gentlemen, les salua-t-il en s'inclinant. Que me vaut cet honneur ?

— Nous sommes ici pour parler extorsion, annonça Gabriel.

Davenport haussa les sourcils, et son regard se porta brièvement sur Strathaven et Kent. Il afficha un sourire perplexe.

— Est-ce une plaisanterie, Lord Tremont ?

— Absolument pas, Cicéron, répondit-il fermement.

L'autre homme garda un ton léger.

— Je crains de ne pas suivre. Je suis un homme très occupé, et...

— Nous avons trouvé les courriers d'extorsion dans votre bureau. Dans le compartiment caché de votre table de travail.

En dépit de la situation délicate, Gabriel éprouva un élan de fierté devant l'ingéniosité de Thea. Elle ne cessait de le stupéfier par la profondeur de son esprit et de sa force.

— Vous êtes victime d'un chantage de la part du Spectre, dit Gabriel.

La façade impassible de Davenport se fissura légèrement. Il serra les poings contre ses flancs.

— Il doit y avoir une bonne raison pour que tu décides de briser notre anonymat. Que veux-tu, Trajan ? s'enquit-il d'un ton égal.

— J'ai besoin de ton aide pour attraper le Spectre. Avec Strathaven et Kent ici présents, j'ai recherché de possibles suspects, lui dit Gabriel.

Davenport plissa les yeux.

— Tu viens d'avouer que tu t'es introduit dans mon bureau et que tu as fouillé dans mes effets personnels. Pourquoi devrais-je te faire confiance ?

— Parce que quelqu'un a tenté de tuer Tremont, intervint Kent, et qu'il a réussi à assassiner votre mentor, Octave. Vous pourriez être le prochain.

Davenport pinça les lèvres, et Gabriel comprit la lutte intérieure de son ancien camarade. Après tout, ils avaient eu le même professeur. *Reste sur tes gardes, et ne fais confiance à personne.* Après avoir laissé passer un silence tendu, le vicomte fit un geste en direction du coin salon.

Les hommes s'assirent, et Gabriel lui résuma brièvement les faits. Par habitude, il fournit le moins d'informations possible. La convocation d'Octave, et sa mort. Son poignard qu'il avait récupéré chez Cruiks. L'extorsion dont Pompeia avait été victime. Pendant ce temps, il scrutait l'expression de Davenport, et ne vit rien que de l'acceptation.

— Quand avez-vous commencé à recevoir des lettres d'extorsion ? l'interrogea Kent, sortant son fidèle carnet de notes.

— Il y a environ deux mois, répondit Davenport après une hésitation. La première est apparue avec le courrier du matin, sortie de nulle part. Pendant un moment, j'ai cru que j'avais des hallucinations.

Gabriel échangea des regards rapides avec Kent et Strathaven. Ce que Davenport décrivait était presque identique à l'expérience de Pompeia avec l'extorqueur.

— La missive menaçait de révéler mes activités d'espion. De ruiner ma réputation, ma carrière politique, et tout ce que j'ai construit, si je ne lui payais pas cinq mille livres, raconta Davenport, d'une voix où perçait sa colère. Je n'avais pas le choix. J'ai une épouse... Je ne pouvais pas le laisser détruire sa vie aussi. Alors, j'ai payé.

— Que s'est-il passé ensuite ? s'enquit Strathaven.

La mâchoire de Davenport se crispa visiblement.

— D'autres demandes sont arrivées. J'aurais dû m'en douter. Les extorqueurs ne sont jamais satisfaits.

— Avez-vous des coupables en tête ? demanda Kent.

Le regard froid et scrutateur du politicien se porta sur Gabriel.

— J'ai d'abord pensé à un membre du Quorum. Seul un membre de notre cercle restreint pourrait être en possession de telles informations à mon sujet. Alors j'ai enquêté sur les agissements de mes trois anciens collègues.

Cicéron avait donc enquêté sur lui. Ce n'était pas une surprise.

— Et? insista Gabriel.

— Des trois, tu es celui qui a le plus besoin d'argent. Cependant, il semble que ta situation se soit améliorée depuis ton aventure commerciale avec Strathaven l'année dernière, dit Davenport, dont les yeux pâles témoignaient des soupçons qu'il nourrissait. D'un autre côté, on n'a jamais trop d'argent.

— Je ne suis pas un extorqueur, répliqua Gabriel d'une voix froide.

— Apparemment, non. Si c'était le cas, je doute que tu aies engagé un enquêteur et dévoilé des secrets d'espions à des gens qui n'appartiennent pas à notre monde. Il ne reste donc plus que Pompeia et Tibère, conclut Davenport, plissant les yeux, le ton sombre. Cette femme a toujours été perfide. Après tout, c'est la seule qui a réussi à éviter la Normandie.

La mention de cet enfer réveilla les fantômes de Gabriel, et les muscles de son dos se tendirent. Kent et Strathaven, à qui il avait raconté l'embuscade, gardaient le silence.

— Apparemment, elle avait ses raisons, répondit sèchement Tremont. Le Spectre la fait chanter aussi.

— Si Pompeia n'est pas suspecte, et à supposer pour l'instant que toi et moi soyons également innocents, remarqua Davenport avec un sourire dépourvu d'humour, il ne reste plus qu'un seul coupable, n'est-ce pas?

— Heath, dit Gabriel.

Depuis que Thea et Pompeia lui avaient fait part de leur découverte, à savoir que Cicéron avait lui aussi été victime d'une extorsion, il avait réfléchi au fait que Tibère, également connu sous le nom de Tobias Heath, était le seul suspect encore en vie. C'était logique. Instable au possible, Heath avait toujours vécu selon sa propre morale; il n'aurait pas fallu grand-chose pour le faire basculer dans la criminalité.

Pourtant, une partie de Gabriel se refusait à envisager que Tibère puisse être le Spectre. Il se demanda si un homme au bord de la folie pouvait être capable d'un tel calcul. Encore une fois, la santé mentale n'était pas une condition *sine qua non* pour être diabolique. Il avait rencontré sa part de despotes déments pendant la guerre. Et Tibère avait peut-être feint son instabilité mentale depuis le début.

— Te rappelles-tu que Tibère s'est sorti indemne de l'emprisonnement ? murmura Davenport. Contrairement à nous deux.

Le souvenir surgit dans l'esprit de Gabriel. Les hommes du Spectre les avaient placés tous les trois dans des cellules séparées, mais ils entendaient les cris des autres. Ceux de Gabriel et de Davenport avaient résonné dans ces grottes de pierre, mais jamais ceux de Heath. Ce dernier en était ressorti sale, prononçant des paroles sans queue ni tête, et terrifié… mais il n'avait pas été battu. Tremont avait supposé que leur camarade, plus jeune qu'eux, avait craqué et révélé des secrets ou qu'il avait simplement été jugé trop fou pour que les tactiques de torture soient efficaces.

Une autre explication s'imposa alors. Heath aurait-il pu les berner pendant toutes ces années, prétendre être fou pour mieux pouvoir les doubler ? Était-il aujourd'hui en train de faire chanter et tuer ses anciens camarades un par un ?

— Nous aurons quand même besoin de preuves solides qu'il est bien le Spectre, intervint Kent.

— Si c'est lui le coupable, je ne veux pas qu'il échappe au gibet, confirma Gabriel d'un air sombre.

— Heath a un logement près de Lincoln's Inn Fields, les informa l'enquêteur. D'après mes hommes, il doit assister à une réunion avec le groupe radical demain soir. Nous pourrions en profiter pour fouiller son domicile.

— Tu te joins à nous, Davenport ? s'enquit Gabriel.

L'autre homme inclina la tête.

— Je ferais n'importe quoi pour empêcher les fantômes du passé de ressurgir.

— Le Spectre est déjà de retour. Demain soir, affirma Gabriel avec une sombre détermination, nous le mettrons hors d'état de nuire pour de bon.

CHAPITRE VINGT-NEUF

Cette nuit-là, Thea se rendit furtivement dans le couloir sombre de l'aile des invités. Un sentiment d'urgence la poussait ; l'ourlet de son châle frôlait le tapis et sa lampe projetait une ombre mouvante jusqu'à ce qu'elle trouve la porte qu'elle cherchait. Jetant des regards furtifs de-ci de-là, elle inspira et frappa doucement.

Plusieurs secondes passèrent. Elle se pencha et colla son oreille à la porte, guettant les bruits à l'intérieur. Elle n'entendait rien au-delà du martèlement sourd de son sang. Ses espoirs s'envolèrent. Peut-être était-il déjà endormi.

La porte s'ouvrit si brusquement qu'elle bascula en avant. Des bras puissants l'attrapèrent et l'entraînèrent à l'intérieur. Sa lampe fut sommairement déposée sur une table. Le souffle coupé, elle se retrouva avec le dos plaqué contre la porte fermée. Gabriel la dominait, les mains posées de part et d'autre de ses épaules. Manifestement, il venait de se lever. Une alléchante étendue de muscles parsemés de poils ondulait dans l'encolure de sa robe de chambre enfilée à la hâte. Ses cheveux étaient ébouriffés, et ses yeux brillaient d'un éclat argenté dans la pénombre.

Il avait l'air d'un dangereux et délicieux prédateur. Le désir qu'elle éprouvait pour lui imprégnait son être comme un filigrane à travers les fibres d'un parchemin.

— Que fais-tu ici? demanda-t-il à voix basse.

— Tu me manquais, murmura-t-elle en retour. Je voulais te voir.

Il fit courir un doigt le long de sa mâchoire, et son contact agita toutes ses terminaisons nerveuses.

— Bien que j'apprécie le sentiment et que je le partage, dit-il d'une voix rauque, tu ne peux pas être ici. Tu seras déshonorée si on nous surprend.

— Je m'en fiche. De toute façon, tout le monde sait que nous allons nous marier.

Plus tôt, il lui avait dit avoir annoncé la nouvelle à Strathaven. Ce qui signifiait qu'Emma savait déjà, et que le reste de la famille ne tarderait pas à suivre.

— Tu vas capturer le Spectre demain, et la vie est trop précieuse pour être gaspillée. Je ne veux pas perdre un seul instant avec toi.

— Il n'y a rien à craindre, princesse, la rassura-t-il en lui prenant les mains, qu'il embrassa l'une après l'autre. Tu ne te débarrasseras pas de moi aussi facilement.

Comment pourrait-elle exprimer le sentiment de désespoir qu'elle éprouvait? Sachant qu'il serait dehors la nuit suivante, à la poursuite du diable, elle voulait lui offrir une partie d'elle-même, un talisman à garder précieusement. S'il ne voulait pas de mots d'amour de sa part, alors elle lui montrerait à quel point elle tenait à lui. Chaque fois qu'ils faisaient l'amour, elle sentait se renforcer le lien qui les unissait.

— Nous pourrions simplement nous allonger dans le lit ensemble, lui proposa-t-elle, et ne rien faire d'autre que nous serrer l'un contre l'autre.

— Oui, et des roses pourraient soudain s'épanouir en enfer, répondit-il d'un ton aussi ironique qu'amusé.

— J'ai *besoin* d'être avec toi ce soir.

Emportée par sa passion, elle tendit les mains vers lui, mais il lui saisit les deux poignets, qu'il coinça cette fois au-dessus de sa tête.

— Non, ma chérie, dit-il. Je vais te raccompagner à ta chambre.

Alors qu'auparavant, elle aurait été blessée par son refus, l'attribuant à un défaut chez elle, elle voyait maintenant son attitude protectrice pour ce qu'elle était, et cela ne faisait qu'accroître son amour pour lui. Comme il lui tenait toujours les poignets, elle ne pouvait pas se servir de ses mains, alors elle se hissa sur la pointe des pieds, posant ses lèvres sur les siennes en guise de douce persuasion. Elle se sentait comme la souris du conte d'Ésope, qui demande la clémence du lion ; la morale du conte était que même les créatures les plus petites et les plus fragiles avaient du pouvoir.

Et Gabriel l'avait aidée à découvrir le sien. Comme la bouche de ce dernier restait obstinément fermée, elle lécha ses lèvres. Elle sentit la tension qui l'habitait et, consciente de son avantage, lui mordit délicatement la lèvre inférieure. Il frémit, et l'enfer se déchaîna.

Un instant, Thea se tenait contre la porte, et celui d'après, Gabriel la soulevait dans ses bras. Sa bouche s'empara de celle de la jeune femme, et elle vibra sous l'effet de cette possession brutale. Lorsque sa langue la taquina avec une force voluptueuse, elle ouvrit davantage la bouche, ne retenant rien. Il avait le goût du désir, sombre et primitif, et elle ne put retenir un gémissement d'excitation.

Il la posa sur ses pieds au bord du lit ; le regard de Gabriel scintillait à la lumière de la lampe.

— Sais-tu ce qui arrive aux vilaines chipies qui désobéissent aux ordres ?

Elle ne le savait pas... mais elle nourrissait des espoirs.

Gabriel s'assit sur le matelas. L'ourlet de sa robe de chambre s'arrêtait sous ses genoux, dévoilant ses mollets saillants et élégants. Avec ses cuisses légèrement écartées et ses paupières lourdes, il rayonnait d'une puissance toute masculine.

— Enlève tes vêtements, lui ordonna-t-il. Vite.

Ses injonctions concises l'emplissaient d'un sentiment de triomphe féminin et enivrant. Elle aimait ce côté exigeant et intense de lui et elle aimait plus encore avoir le pouvoir de le faire ressortir. Suivant les instructions de Gabriel, Thea laissa tomber son châle à ses pieds. Elle retira ses pantoufles, puis passa sa chemise de nuit par-dessus sa tête. Ses cheveux retombèrent en un rideau de soie jusqu'à sa taille, mais, en dehors de cela, elle était totalement dénudée.

Nue et rougissante, elle soutint son regard. Il lui fit signe avec son doigt.

— Approche.

Elle fit deux pas en avant, se plaçant entre ses cuisses. Elle sentit son odeur de propre, de savon et d'homme, et ses mamelons durcirent, réclamant son contact. Les orteils de Thea se recroquevillèrent dans les fibres douces de la descente de lit.

— Mets-toi à genoux, princesse.

Le regard surpris de la jeune femme se porta sur celui de Gabriel ; sa respiration se bloqua devant le défi diabolique qu'elle y lut. Ses genoux tremblaient tellement qu'elle n'aurait pas pu rester debout, même si elle l'avait voulu. Hésitante et excitée, elle s'abaissa lentement pour s'agenouiller à ses pieds.

— Comme tu es belle ! murmura-t-il.

Lui, songea-t-elle avec une excitation croissante, était tout simplement magnifique. Les yeux au niveau de son aine, elle ne pouvait pas ne pas voir l'énorme bourrelet sous le brocart sombre. Les paroles qu'il avait prononcées dans la bibliothèque résonnèrent soudain dans sa tête.

Aujourd'hui, ce fut mon plaisir de t'en procurer. Au moment que je choisirai, ce sera à toi de m'en donner.

Thea humecta ses lèvres. Que ressentirait-elle en lui donnant du plaisir de la même manière qu'il lui en avait déjà procuré ? En embrassant ses parties les plus intimes comme il l'avait fait avec elle ?

Elle éprouvait le désir choquant, presque irrésistible, de le découvrir. Gabriel souleva une mèche des cheveux de Thea et frotta la soie scintillante entre son pouce et son index.

— Tu pourrais être faite d'or filé.

La dernière chose à laquelle elle aspirait, c'était d'être comparée à un métal faible et malléable.

— Mais je ne le suis pas, affirma-t-elle avant de relever le menton. Je ne suis pas délicate. J'ai aidé à retrouver la note d'extorsion dans le bureau de Lord Davenport, tu te souviens?

— Comment pourrais-je oublier? Cela m'a fait perdre plusieurs années de ma vie. Mais, ne confonds pas délicatesse et faiblesse, ma chérie. Parfois, ce sont les choses les plus douces qui sont aussi celles qui vous marquent le plus.

Voir Gabriel reconnaître son pouvoir la fit vibrer. Tout comme la façon dont il passait le bout soyeux de ses cheveux d'avant en arrière contre son mamelon, titillant le point sensible. La sensation, légère comme une plume, provoqua une bouffée de chaleur entre ses jambes. Thea se tortilla, serrant ses genoux l'un contre l'autre alors que le désir montait en flèche.

Ses joues rougirent.

— Je t'en prie, Gabriel. Je n'en peux plus.

— J'aime la façon dont tu me regardes, murmura-t-il. Avec tes grands yeux noisette. Tu me donnes l'impression d'être l'homme le plus puissant du monde. Comme si je pouvais te dévoiler les recoins les plus sombres de mon âme. Comme si j'étais capable de tuer pour t'avoir.

Les paroles de Gabriel provoquèrent une nouvelle bouffée de désir.

— J'aime la façon dont tu me regardes, répondit-elle. Tu me donnes l'impression d'être la femme la plus désirable du monde. Comme si je pouvais te donner tout ce que tu désires. Comme si j'étais capable de faire n'importe quoi pour toi.

Ils se dévisagèrent, et leurs respirations s'accélérèrent à l'unisson. À ce moment-là, Thea sentit quelque chose changer entre eux, aussi intangible et puissant qu'un courant électrique. Elle vit sa propre réaction se refléter dans les yeux couleur orage de Gabriel.

— Tu es la femme la plus désirable du monde, confirma-t-il, et tu vas me donner tout ce que je désire.

Il se débarrassa de sa robe de chambre, qu'il jeta de côté. C'était la première fois qu'elle le voyait complètement nu et elle avait tellement envie de lui qu'elle en avait le vertige. Sa masculinité la bouleversait, sa force virile dans tous ses aspects, depuis les pans musclés de sa poitrine jusqu'aux arêtes sculptées de son ventre tendu. Sa virilité se dressait fièrement, impressionnante.

— Donne-moi du plaisir, princesse, lui dit-il, et ses paroles étaient à la fois un ordre et un défi.

Impatiente, mais ne sachant pas exactement comment procéder, elle se redressa sur ses genoux. Faisant fi pour le moment de son sexe vigoureux, ce qui n'était pas évident puisqu'il réclamait son attention, elle passa ses paumes sur son torse, savourant la texture de sa peau satinée, le léger grattement de ses poils couleur bronze. Il arborait quelques légères cicatrices, souvenirs de la vie qu'il avait menée, et cela ajoutait à sa puissance farouche, à son originalité. Se penchant en avant, elle posa les lèvres sur la fine crête de peau sous son mamelon droit. Il laissa échapper un son rauque.

— Est-ce que c'est douloureux ? s'enquit-elle, surprise.

Gabriel, le regard enflammé, secoua lentement la tête. Soulagée, elle poursuivit son exploration. Elle embrassa ses mamelons, devinant à ses respirations irrégulières qu'il aimait cela. Ses mains effleurèrent son corps mince, se familiarisant avec ses arêtes, ses recoins cachés, avant d'arriver à la partie de lui où le désir n'était nullement dissimulé.

Avec précaution, elle enroula une main autour de son membre dressé. Le vit épais frémit lorsqu'elle le caressa, déplaçant sa couverture veloutée sur le cœur rigide. Se remémorant ce qu'il lui avait déjà appris, elle resserra sa prise et accéléra le rythme. Thea entendit la respiration de Gabriel qui s'emballait ; une goutte de liquide perla sur la cime bombée de son sexe.

Faisant preuve d'une grande audace, elle se pencha en avant et la lécha. Son essence au goût propre et salé imprégna les sens de Thea. Il dégageait un arôme sauvage et brut, et elle en voulait plus. Elle lécha le sommet, tournant autour avec sa langue. Elle l'entendit gémir, et elle fut envahie par la volonté de lui donner du plaisir, d'être tout ce qu'il voulait. Elle déposa des baisers sur la longueur de sa verge, suivant une arête veineuse jusqu'à la racine, là où ses testicules pendaient lourdement sur le bord du lit. Elle lécha timidement cette partie de lui... et il plongea la main dans ses cheveux.

— Ça suffit, lui dit-il, guidant sa tête vers le haut. Nous ne voudrions pas que cela se termine avant d'avoir commencé.

Thea regarda Gabriel, perplexe. Il laissa échapper un petit rire sombre.

— Ma douce innocente, laisse-moi t'avoir comme je le veux, lui dit-il.

Avec sa paume sur l'arrière de son crâne, il ramena ses lèvres sur la tête arrondie de sa verge.

— Ouvre la bouche, et prends-moi à l'intérieur.

Avec une excitation grandissante, elle suivit ses instructions. Plaçant ses lèvres autour du large dôme, elle le prit dans sa bouche et suçota gentiment. L'effet fut immédiat; Gabriel resserra les doigts sur le cuir chevelu de Thea et laissa échapper un sifflement.

— Bon sang! C'est si bon! s'exclama-t-il, les paupières lourdes, les traits marqués par l'excitation. Prends-moi plus profondément, princesse. Aussi profondément que possible.

Grisée par ses nouvelles compétences, elle lui obéit. C'était excitant de lui faire l'amour de cette façon, d'entendre ses grognements quand elle essayait de le prendre le plus possible dans sa bouche. Ses encouragements l'enflammaient. *Détends ta mâchoire, ma belle. Respire par le nez. Avale-moi... bon sang! Oui, comme ça...*

Compte tenu de sa taille, la tâche n'était pas aisée. Lorsqu'elle alla trop loin, elle s'étouffa, sa gorge se resserrant autour de son érection. Un gémissement s'échappa de la poitrine de Gabriel.

Un instant plus tard, il lui fit relever la tête, et, avant qu'elle ait pu reprendre son souffle, il la jeta sur le lit, et posa sa bouche entre les jambes de Thea. Sa langue s'enfonça profondément dans son intimité trempée. Il dévora son sexe, le lécha, le suça. Une tempête se déchaîna en elle, la privant de tout contrôle.

Elle se cambra contre sa bouche, et son orgasme lui arracha des mots sans queue ni tête.

— *Je t'aime, Gabriel.*

L'instant d'après, elle se retrouva sur le ventre, ses doigts la pénétrant par-derrière. Cette plénitude soudaine la fit haleter, accentuant les spasmes de son orgasme. Il la pénétra avec force, à coups réguliers et durs qui la firent monter en flèche vers un autre sommet. Il heurta un endroit très profond et, avec un cri de surprise, elle bascula à nouveau. Submergée de félicité, la joue appuyée contre la couverture, elle sentit les doigts de Gabriel glisser le long de la vallée de son postérieur, y répandant sa moiteur.

Elle sursauta lorsqu'elle sentit glisser le poids de son membre au même endroit.

— C'est si bon, princesse, dit-il d'une voix pressante. Laisse-moi te prendre comme ça.

Le cœur battant la chamade, elle laissa sa joue retomber contre la soie. Il posa les mains sur ses fesses et elle eut le souffle coupé par la friction décadente de son érection qui glissait entre elles. Haletant, il se mit à donner des coups de reins à un rythme effréné, son sexe se frottant à ses chairs délicates, ses testicules claquant contre sa douceur.

Incrédule, elle sentit une nouvelle extase monter en elle. Son sexe palpitait, et ses coups de reins la plaquaient contre le matelas, mais sans stimuler cet endroit où elle en avait le plus besoin.

— Touche-toi, lui ordonna-t-il. Jouis pour moi encore une fois.

C'était si aisé de lui obéir. Elle glissa la main sous elle et la plaqua sur sa perle, laissant les mouvements imprimés par Gabriel faire le reste. Il gémit son nom, et elle sentit le jet brûlant de sa semence sur son dos alors que l'extase la gagnait une fois de plus.

Elle revint à la raison lorsqu'il la nettoya à l'aide d'une serviette humide. Pendant qu'il s'occupait d'elle, elle resta allongée, le corps alangui par le plaisir, alors que son cœur battait toujours la chamade. Elle n'avait pas voulu laisser échapper ces mots d'amour, mais il était trop tard pour les reprendre. Comment allait-il réagir à sa confession ? Elle se sentait vulnérable, nue au-delà de sa peau découverte : c'était son cœur qu'elle avait mis à nu devant lui. Leur avenir semblait dépendre de sa réaction, de l'instant d'après.

Gabriel la retourna et l'aida à se mettre debout. Le regard impassible, il effleura le front de Thea de ses lèvres. Elle attendit, retenant son souffle.

— Nous ferions mieux de te ramener dans ta chambre.

Chapitre Trente

Londres était toujours un mélange d'images, de sons et d'odeurs. Ce n'était nulle part plus évident que dans le quartier où vivait Tibère. Depuis la fenêtre d'une taverne, Gabriel observait le mélange de richesse, de pauvreté et de criminels qui se bousculait dans les rues de Lincoln's Fields Inn. Le crépuscule approchait, les hommes d'affaires et les ouvriers rentraient chez eux après leur journée de travail, alors que les fouille-poches et les voleurs commençaient à exercer leur métier. Gabriel avait déjà repéré deux marchands aisés qui se faisaient dépouiller de leur portefeuille.

Assise en face de lui à la table, Pompeia sourit.

— C'étaient des proies faciles, si j'en crois ce que j'ai vu. Ces pigeons méritaient d'être plumés.

Il était aisé d'oublier qu'elle était marquise. Une perruque aux reflets cuivrés, du maquillage et une robe peu convenable masquaient tout ce qui pouvait laisser entrevoir la très à la mode lady Blackwood. Elle avait l'air de quelqu'un qui avait toute sa place dans ce débit de boissons enfumé, où régnait une odeur de viande rôtie et où les tables étaient poisseuses de bière renversée.

Gabriel lui-même était déguisé. Il avait assombri ses cheveux, et s'était fait une moustache. Ses vêtements étaient du genre à convaincre un client que la marchandise qu'il vendait valait son prix et qu'elle ne lui donnerait pas la vérole.

Il était vraiment étrange pour lui de se retrouver en mission avec son ancienne collègue. Il ne faisait pas totalement confiance à Pompeia, mais l'ennemi d'un ennemi était un ami. À cet instant, sous l'apparence d'un proxénète et d'une prostituée en quête d'un travail pour la nuit, ils occupaient une table à la fenêtre de la taverne, surveillant le bâtiment à deux étages situé de l'autre côté de la rue. La lumière était allumée derrière la fenêtre du logement, et une ombre se dessinait à l'occasion derrière le rideau, leur indiquant que leur cible n'avait pas encore quitté les lieux.

— Il se fait tard. Pourquoi Tibère n'est-il pas parti ? demanda Pompeia à voix basse.

Elle se faisait l'écho de ses propres pensées. Pour attirer Tibère hors de son repaire, ils avaient agité un appât. Cicéron lui avait envoyé un message disant qu'ils avaient des affaires urgentes à discuter. Gabriel ne savait pas ce que Davenport avait prévu, mais quoi que ce soit, ce serait bien. Plus d'une fois, son éloquence s'était avérée utile. Ce soir, ils dépendaient de lui pour occuper Tibère pendant qu'ils fouilleraient son logement avec Pompeia.

— Il n'est pas trop tard.

Gabriel but une gorgée de sa bière... qui avait un goût atroce.

— J'ai jusqu'à minuit. Blackwood s'attend à ce que je sois à la maison quand il reviendra du club.

— Tu es devenue une vraie femme d'intérieur.

Une étincelle de danger jaillit dans les yeux de Pompeia.

— Ne te moque pas de moi, Trajan. Blackwood est la seule raison de ma présence ici. Autrement, je me ficherais éperdument des affaires d'espionnage.

— Tu l'as prouvé il y a des années, répliqua-t-il froidement. Après tout, tu as quitté le navire juste avant qu'il ne chavire. Avec le reste d'entre nous à l'intérieur.

— Je ne vous devais rien. J'ai donné des années à Octave, cette ordure obsédée, et, en retour, il m'a saignée à blanc.

Pour un observateur extérieur, les traits de Pompeia étaient si impassibles qu'elle aurait tout aussi bien pu discuter de la qualité de la viande.

— Je n'allais pas le laisser prendre ce qui restait de mon âme. Vous avez choisi de rester... c'était votre problème, pas le mien. Ne me demande pas d'assumer les conséquences de votre loyauté malavisée, conclut-elle.

Gabriel prit un morceau de pain.

— Je ne pense pas que la loyauté soit une notion qui t'est familière.

— Parce que tu ne me connais pas, répliqua-t-elle avec un sourire froid. Il est amusant de constater qu'avec toutes tes connaissances et ton expérience, tu n'es pas capable de comprendre les faits les plus simples. Contrairement à ta petite Mlle Kent.

— Ne la mêle pas à ça, dit-il, un avertissement dans la voix.

Il n'aimait pas qu'elle prononce le nom de Thea. L'espace d'un instant, le souvenir de la douce confession de Thea et de leurs ébats tumultueux jaillit; il l'étouffa tout aussi rapidement. Plus tard, il analyserait le fichu enchevêtrement de ses sentiments. Pour le moment, il devait rester concentré et garder le contrôle. Les sentiments n'avaient pas leur place dans leur mission de ce soir-là.

Ni dans ta vie privée, espèce d'imbécile. Un mariage malheureux ne t'a pas suffi ?

— Tu es susceptible, à ce que je vois, remarqua Pompeia en haussant les sourcils. Je ne te le reproche pas. Ce n'est pas facile pour des gens comme nous de tomber amoureux.

Pourquoi fallait-il que le monde soit à ce point obsédé par cette maudite émotion ?

Avant qu'il puisse lui répondre de se mêler de ses affaires, la silhouette échevelée de Heath sortit du logement. *Enfin !* Debout sur le perron, Heath était vêtu de la tenue sommaire et décontractée d'un artiste, sa cravate négligemment nouée, ses boucles noires et sauvages complétant l'allure de héros byronien. Gabriel tourna la tête quand son ancien collègue scruta la rue. Du coin de l'œil, il le vit descendre les marches menant à la rue.

— Il part vers l'ouest. Il va rejoindre Davenport.

Les yeux de Pompeia étaient perçants.

— Allons-y, proposa Gabriel.

Ils sortirent de la taverne, lui avec assurance, et elle d'un pas grivois qui leur permit de se fondre dans la foule de la rue. L'air frais de la nuit constituait un contraste bienvenu avec l'humidité de la taverne. Ils se dirigèrent vers la ruelle jouxtant le bâtiment où vivait Tibère.

Kent et McLeod arrivèrent quelques instants plus tard. Les deux hommes faisaient le tour du quartier en calèche, gardant un œil sur tout ce qui se passait.

— Le sujet se dirige vers l'ouest sur Holborn. Dans un fiacre, ajouta McLeod. Il lui faudra une demi-heure pour se rendre au club de Davenport et en revenir. En fonction de la capacité de votre ami à le retenir sur place, vous disposerez d'une heure au maximum.

— Ne traînons pas, dit Pompeia.

— Nous ferons le guet ici, annonça Kent, tapotant le sifflet qu'il portait autour du cou. Je m'en servirai si Heath revient.

Lorsque la voie fut libre, Gabriel grimpa les marches grinçantes jusqu'au logement de Heath. Sur le palier, Gabriel sortit un jeu d'outils et se mit à travailler sur la serrure. Heath étant ce qu'il était, le mécanisme était absurdement compliqué, mais il finit par céder avec un déclic.

Il ouvrit la porte et fit signe à Pompeia de rester derrière lui. Il attendit que ses yeux s'adaptent à la pénombre, puis pointa du doigt la planche légèrement surélevée sur la droite.

— Évite ceci, la prévint-il.

— Ah, oui ! Tibère a toujours aimé surprendre les visiteurs indésirables.

La surprise, comme elle le disait, prenait généralement la forme d'un explosif ou d'un autre dispositif susceptible de tuer. La paranoïe[1] de Heath n'était battue que par sa créativité. Guet-

---

1. Ancien nom de la paranoïa.

les vieux artifices de son ancien camarade, Gabriel se faufila prudemment dans la pièce.

Pompeia trouva une lampe, l'alluma et la posa sur le sol pour que la plus grande partie de la lumière ne soit pas visible depuis les fenêtres. Elle projeta des ombres sur le sol et juste assez de lumière pour leur permettre de voir le chaos de l'appartement de Heath. Des livres, des cartes et des piles de papier jonchaient la plupart des surfaces. La cuisine occupait un coin éloigné de la pièce, une pyramide de vaisselle se dressant précairement sur une table à usages multiples. Dans un autre coin se dressait un chevalet, autour duquel se trouvaient plusieurs toiles à moitié achevées. Les tableaux achevés étaient accrochés au mur, de travers.

Gabriel suivit un couloir menant à une chambre à coucher. Il fouilla la paillasse, les piles de vêtements éparpillés, il inspecta les lattes du plancher. Heath avait beau être un homme aisé, il vivait comme un résident de Bedlam. Gabriel retourna dans la pièce principale et vit Pompeia en train de fouiller avec précaution dans la pile de papiers et de curiosités éparpillés sur le bureau de Heath.

— Comment diable allons-nous trouver quelque chose? marmonna Gabriel.

— Je ne sais pas. Mais quelque chose *a bougé* là-dessous, déclara-t-elle.

Retroussant ses manches, Gabriel se mit au travail. En silence, Pompeia et lui fouillèrent méthodiquement les moindres recoins de l'endroit... et ne trouvèrent rien.

— Cela fait près d'une heure, finit-elle par dire. Il ne nous reste plus beaucoup de temps. Crois-tu possible qu'il n'y ait rien à découvrir?

Gabriel fit le tour de la pièce, essayant de la voir à travers les yeux de Heath.

— Nous passons à côté de quelque chose. Tibère a toujours été très intelligent. S'il voulait cacher quelque chose, ce ne serait pas facile à trouver.

Pompeia parcourut à son tour la pièce encombrée.

— Il dissimulerait des preuves dans un endroit accessible pour lui, mais pour personne d'autre. Un endroit qui pourrait avoir un sens pour lui, suggéra-t-elle, plissant les yeux. Un endroit caché à la vue de tous...

Ils arrivèrent devant le chevalet en même temps. Gabriel examina les toiles inachevées empilées sur le sol; les touches de couleur nerveuses auraient pu être les prémices d'un champ de fleurs ou d'un cauchemar; les souvenirs de la Normandie défilaient dans la tête de Tremont. Fantastique! Maintenant, la folie de Heath l'atteignait. D'un air maussade, il souleva les toiles et ne trouva rien de caché derrière elles.

Il rejoignit Pompeia, qui observait les tableaux accrochés au mur. Au nombre de quatre, ces petits portraits encadrés représentaient tous la même jolie femme aux yeux de biche. Ces tableaux étaient si radicalement différents des toiles inachevées qu'on aurait pu croire qu'ils avaient été exécutés par un autre artiste. Pourtant, la signature de Heath figurait sur chacun d'entre eux.

— Sais-tu de qui il s'agit? l'interrogea Pompeia.

— Non, répondit Gabriel, qui sentit des picotements dans sa nuque. Mais, vois-tu ce que je vois?

— Qu'ils ont été peints avec une affection dont je ne croyais pas Tibère capable?

Il secoua la tête avec impatience.

— Regarde ici, le long du bord de cette toile, insista-t-il.

Il s'approcha du portrait du milieu, puis passa un doigt sur l'un des côtés du cadre.

— La peinture du mur est plus foncée, comme s'il avait été couvert auparavant, à l'abri du soleil.

— Le portrait a été déplacé, conclut Pompeia.

Le tableau ne bougea pas quand Gabriel essaya de le retirer du mur.

— C'est bloqué, annonça-t-il, sortant une lame.

— Attends, tu vas le couper?

Pendant un instant, il crut qu'elle voulait qu'il épargne le portrait par sentimentalisme. Mais les mots qu'elle prononça ensuite étaient typiques de la Pompeia qu'il connaissait.

— Si tu détruis ce tableau, Heath saura que quelqu'un est entré dans son logement.

Gabriel était déjà en train de passer la pointe de la lame le long de la jointure entre la peinture et le cadre.

— S'il n'y a rien derrière ce tableau, je lui présenterai personnellement mes excuses.

Il découpa le haut et les côtés, et la toile se décolla. Un coffre-fort était encastré dans le mur derrière. Gabriel haussa un sourcil en se tournant vers son ancienne collègue.

— Il me semble que les boîtes en fer sont ma spécialité, dit-elle.

Pompeia s'empara d'une paire de crochets et se mit au travail. Quelques instants plus tard, un déclic se fit entendre et la porte du coffre s'ouvrit.

Des papiers, des piles de billets de banque. Et...

Pompeia tendit la main et retira un chapelet de saphirs. Même dans la pénombre, les pierres brillaient d'un feu sombre.

— Mon bracelet, dit-elle. Celui que j'ai donné au Spectre.

À ce moment-là, un sifflement retentit. Des bruits de pas lourds résonnèrent dans la cage d'escalier. Un instant plus tard, Heath fit irruption dans la pièce, les cheveux en bataille, les yeux fous.

— *Ordures*! s'exclama-t-il, brandissant un pistolet. Vous êtes venus m'éliminer, n'est-ce pas ? Pas si je vous tue en premier.

Gabriel était déjà en train de courir, et il bondit sur Heath avant que celui-ci puisse viser. Ils tombèrent tous les deux au sol, et l'arme glissa hors de portée. Ils s'affrontèrent, roulant sur les papiers et les livres, jusqu'à ce que Gabriel parvienne à prendre le dessus. Son poing heurta la mâchoire de Heath. L'autre homme gémit, sa tête roula sur le côté, et sa prise se relâcha. Gabriel empoigna les revers de son adversaire.

— Sale traître, gronda-t-il.

— Je vais te tuer! cria Heath, se débattant sauvagement.

Gabriel frappa la tête de l'autre homme contre le sol. Des images explosaient dans son esprit. Marius qui tombait. Les salles d'interrogatoires enfumées. Octave qui se vidait de son sang sur le tapis. Il perdit le contrôle, et sa soif de vengeance l'envahit. Il enchaîna les coups de poing, puis il posa la main sur la trachée de Heath et serra...

Des paumes puissantes tirèrent sur ses épaules. Il les repoussa, refusant d'abandonner sa proie.

— Tremont, lâchez-le. Vous allez le tuer.

La voix posée de Kent traversa la brume qui l'avait submergée. Gabriel baissa le nez et vit ses mains enroulées autour de la gorge de Heath. Il remarqua les yeux exorbités de l'autre homme, son visage ensanglanté. Au prix de gros efforts, il desserra sa prise, et la tête de Tibère retomba sur le sol avec un bruit sourd. Ce dernier gémit et ferma les yeux. Il était inconscient, mais pas mort.

Lorsqu'il releva la tête, Gabriel vit les visages qui l'entouraient. Pompeia fixait Heath, les traits marqués par la fureur. McLeod pointait un pistolet sur l'homme à terre.

Sur Tibère... le Spectre. L'homme à l'origine du mal. Un camarade qui les avait tous trahis.

Gabriel se releva d'un bond, serrant et desserrant les poings alors que quelque chose de collant coulait de ses jointures. Ses sens étaient aussi aiguisés que ceux d'un animal, mais son esprit était curieusement vide. Dans une partie lointaine de son esprit, il avait le souvenir de cette sensation. C'était aussi familier que de se glisser dans une ancienne peau, en regardant les événements se dérouler de l'extérieur.

La rage le vidait de sa substance. Elle le rendait froid.

— Apaisez-vous, my lord, lui dit Kent. Nous le tenons, maintenant.

— Oui, répondit-il d'une voix dépourvue de toute émotion.

Il attendait que le soulagement arrive. Il attendait de ressentir quelque chose.

CHAPITRE TRENTE-ET-UN

Deux jours plus tard, entendant la voix de Gabriel au loin, Thea posa sa tasse, renversant du thé sur la soucoupe. Elle croisa ses mains tremblantes sur ses genoux, se disant qu'elle était idiote.

Qu'elle n'avait pas à se sentir nerveuse en présence de Gabriel. Ils étaient désormais officiellement fiancés. Après la capture du Spectre, il avait tenu parole et parlé à Ambrose. La bague de fiançailles en diamant et topaze qu'il lui avait offerte brillait à son doigt, projetant des confettis de lumière. Un symbole tangible de leur avenir commun.

Et s'il ne m'aime jamais?

Ces derniers temps, cette pensée paniquée tournait dans sa tête comme un oiseau pris au piège. Ce n'était pas juste de sa part, elle en avait conscience, d'attendre de lui une chose dont il lui avait dit dès le début qu'il ne la lui donnerait pas. Pourtant, son absence de réponse à ses mots d'amour l'avait touchée comme une éclaboussure glaciale de réalité. Pour ne rien arranger, le comportement de Gabriel était de plus en plus distant depuis lors. À présent que le danger était finalement écarté, elle s'était dit que leur relation aurait une chance de progresser et de s'épanouir.

Au lieu de cela, il la tenait à l'écart.

Oh ! Il faisait tout ce qu'il y avait à faire. Il était d'une politesse à toute épreuve avec elle et, aux yeux de ceux qui ne le connaissaient pas, il était tout ce qu'un fiancé attentif et correct se devait d'être. Mais elle le connaissait mieux que cela. Dans ses yeux, ses boucliers étaient levés, et même sa chaleur sensuelle était mise en réserve.

Lorsqu'elle avait enfin trouvé le courage de lui demander si quelque chose n'allait pas, il avait répondu brièvement :

— Je vais bien, Thea.

Tout cela parce que je lui ai dit que je l'aimais ? Parce qu'il ne veut pas cela de moi ? Me suis-je trompée depuis le début en pensant qu'il pourrait m'aimer ?

Les insécurités et les peurs de la jeune femme étaient revenues en force. Ce n'était pas parce que Gabriel et elle partageaient un lien physique fort qu'il la jugeait digne de son amour. Peut-être qu'à ses yeux l'attirance sensuelle et l'amour n'avaient rien à voir l'un avec l'autre. Peut-être que, dans son esprit, il s'agissait de deux choses distinctes. Après tout, il avait aimé son épouse modèle en dépit de leur incompatibilité apparente dans la chambre à coucher.

L'effroi commençait à se répandre dans la poitrine de Thea, mais elle savait qu'il était trop tard pour avoir des regrets. Elle avait signé pour tout cela. Elle avait accepté ses conditions, donné son accord pour un mariage fondé sur l'honnêteté, les objectifs communs et l'engagement. Leurs fiançailles avaient été rendues publiques, les préparatifs du mariage étaient en cours et Freddy, le petit trésor, était fou de joie. Lorsqu'elle entendit des pas dans le couloir, elle se prépara en se répétant les paroles de sa mère.

Comme on fait son lit, on se couche.

La porte s'ouvrit, et Gabriel entra. Il semblait svelte et puissant dans un costume gris sombre, une teinte qui convenait à sa visite à la prison de Newgate. Malgré tout, la vue de cet homme faisait naître en elle un désir ardent. *Je l'aime tellement*, pensa-t-elle avec une pointe de ressentiment.

Elle s'efforça de sourire.

— Comment cela s'est-il passé ? s'enquit-elle.

— Heath n'a toujours pas avoué.

Comme à son habitude ces jours-ci, son expression était impassible. Il la rejoignit sur le canapé.

— Mais il ne nie pas non plus être le Spectre. Il ne cesse de parler du complot contre lui, poursuivit-il.

Thea lui versa du thé et remplit une assiette de sandwichs pour lui.

— Il n'a pas l'air d'avoir toute sa tête.

— Je suis d'accord, répondit Gabriel avant d'engloutir deux triangles de pain garni d'œuf et de ciboulette. Heath n'arrête pas de répéter que nous voulons le tuer, qu'il va tous nous avoir, y compris le roi, avant que nous ne le tuions. Pour être honnête, il ressemble davantage à un fou qu'à un célèbre maître-espion.

— Peut-être est-il devenu fou à cause de tout ce qu'il a fait ? suggéra Thea. Comme la lady Macbeth de Shakespeare, la conscience de Heath a peut-être pris le dessus sur sa raison.

Gabriel lui adressa un sourire ironique.

— Il y a une différence entre la fiction et la réalité. Le fait est que, depuis que je le connais, la santé mentale de Heath est précaire. Un tel homme serait-il capable d'organiser des opérations d'espionnage et d'échapper à la capture pendant toutes ces années ?

Thea y réfléchit.

— Mon père disait toujours qu'il n'y a pas de grand génie sans folie.

— Il avait peut-être raison. De plus, les preuves que nous avons trouvées dans son coffre sont irréfutables. Il avait des plans et des lettres contenant des secrets militaires qui lui assureront d'être reconnu coupable de haute trahison et condamné à mort. En fait, poursuivit-il tranquillement, il y a suffisamment de preuves accablantes pour qu'aucun de nos noms, celui de lady Blackwood, celui de Davenport ou le mien n'ait besoin d'être mêlé à cette affaire. La Couronne nous récompensera en sauvegardant notre réputation.

— Je suis tellement heureuse pour Pandora! dit Thea, vraiment soulagée. Son mariage et sa famille comptent plus que tout pour elle.

— Oui, et tu l'as vu dès le début, n'est-ce pas? demanda Gabriel, posant un doigt sous son menton. Et qu'en est-il de toi? N'es-tu pas heureuse de ne pas être connue comme la femme d'un ancien espion notoire?

Son geste fit bondir son cœur, et elle ne put s'empêcher de dire la vérité.

— Je me fiche de ce que pensent les autres. Je sais que tu es un héros, et je serai fière d'être ta femme.

Si seulement je pouvais être ton amour aussi.

Gabriel laissa retomber sa main.

— Dans ce cas, nous ferons lire les bans, et nous nous marierons dans un mois, annonça-t-il brusquement. De toute façon, je vais devoir rester ici tout ce temps pour régler cette histoire avec Heath. Ensuite, j'aimerais vous emmener, Freddy et toi, dans mon domaine. Je suis parti bien trop longtemps.

Le ventre de Thea palpita à la pensée de l'avenir. En réalité, ce n'était que le début de leur voyage ensemble. *Peut-être que son attitude distante s'estompera*, se dit-elle. Peut-être était-il simplement nerveux avant le mariage? Peut-être qu'avec le temps, avec l'honnêteté et la confiance qui se développaient entre eux, l'amour s'épanouirait aussi. Elle devait croire que tout cela se réaliserait.

En attendant, elle s'efforcerait d'être une bonne épouse pour lui... et une bonne mère pour son futur fils. Il n'y avait pas de moment plus propice pour aborder ce sujet. Avec toute l'agitation des cinq derniers jours, elle n'avait pas trouvé le bon moment pour parler à Gabriel du traitement pour les crises de Freddy.

Sois honnête. Toi aussi, tu l'as évité.

Elle mit ses scrupules de côté.

— En parlant de Freddy, dit-elle, il y a quelque chose dont je voulais te parler. J'ai eu une discussion avec le docteur Abernathy lors de sa dernière visite. À propos d'un traitement.

Gabriel se renfrogna.

— Je pensais avoir été assez clair à ce sujet.

— Oui, mais ce nouveau remède n'est pas douloureux, et il n'implique pas de prendre des substances dangereuses. Le docteur Abernathy dit qu'il a obtenu pas mal de succès avec cette méthode, expliqua-t-elle, avant de s'interrompre quelques secondes. Et Freddy aimerait l'essayer.

Le pli se creusa entre ses sourcils.

— Tu en as parlé à Freddy ?

— Il sera bientôt mon fils aussi, répondit Thea, et quelque chose dans la voix de Gabriel lui fit relever le menton. Et je pense qu'il devrait avoir son mot à dire sur son propre avenir.

Un muscle tressauta dans la mâchoire de Gabriel.

— C'est un enfant. Il ne sait pas ce qu'il veut. Je t'ai spécifiquement dit que Sylvia avait tout essayé et qu'elle avait décidé que ses espoirs ne devaient pas être inutilement nourris.

La colère de Thea enfla à une vitesse vertigineuse. Tâchant toutefois de garder son calme, elle répondit :

— Je ne suis pas d'accord. Freddy a besoin d'espoir. Il le mérite.

— Sylvia disait que la déception pouvait aggraver ses crises.

— Peut-être que Sylvia ne savait pas tout ! répliqua Thea.

— Je te demande pardon ?

Le ton glacial de Gabriel la courrouça au-delà de toute rationalité. Se levant d'un bond, elle s'exclama :

— Tu m'as entendue ! Peut-être ta marquise n'était-elle pas aussi parfaite que tu le prétends. Elle ne connaissait peut-être pas tous les sujets du monde.

Il se leva lentement, le regard dur comme la pierre.

— Je trouve tes manières et tes paroles déplaisantes. C'est la dernière fois que je le dis : mon mariage n'est pas sujet à discussion.

— Pourquoi ? Parce que tu as peur que la vérité fasse tomber ta sainte épouse de son piédestal ?

Oh, mon Dieu ! D'où cela vient-il ? Au moment même où Thea prononça ces mots, elle regretta de ne pouvoir les retirer. Mortifiée, elle vit l'expression de Gabriel devenir plus froide qu'elle ne l'avait jamais été.

— C'est indigne de toi, dit-il d'un ton égal.

La honte empêcha Thea de répondre. Elle avait le visage brûlant.

— J'assume l'entière responsabilité des problèmes de mon mariage. Sylvia ne peut être blâmée pour mes penchants. Elle était une bonne épouse et une bonne mère.

Avec une honte terrible, Thea marmonna :

— Je sais. Je ne voulais pas insinuer...

— Nous ne parlerons pas d'elle. Me suis-je bien fait comprendre ?

Thea mordit sa lèvre inférieure pour l'empêcher de trembler. Et elle hocha la tête.

— Bien, dit-il, redressant son gilet. Quant à ce traitement... je pourrai y réfléchir. Mais ce sera ma décision, pas la tienne. Quelles sont les étapes à suivre ?

Les cils de la jeune femme s'agitèrent tandis que le ressentiment se mêlait à la confusion de ses sentiments. La frustration lui embrouillait l'esprit, et elle avait du mal à trouver ses mots. D'une manière ou d'une autre, elle finit par les sortir.

— Le protocole prévoit une période de jeûne suivie d'un régime alimentaire strict. Il semblerait que cette méthode ait été décrite pour la première fois par Hippocrate et qu'elle ait été redécouverte récemment. Le docteur Abernathy dit qu'il a rencontré un grand succès, expliqua Thea d'un ton neutre.

— En dehors du jeûne, il n'y a pas de douleur ? Pas de médicaments ou autres concoctions ?

— Non.

— Comme tu as déjà abordé le sujet avec Freddy, nous allons essayer. Cette fois-ci, insista Gabriel, dont les yeux étaient distants et froids. À l'avenir, j'attendrai de toi que tu discutes d'abord avec moi des idées que tu pourrais avoir au sujet de sa santé.

La mâchoire serrée, elle répondit :

— Oui, my lord. Y a-t-il autre chose ?

— Non.

— Veuillez m'excuser, alors. J'ai des courses à faire.

Elle s'en alla et parvint à rejoindre sa chambre avant de fondre en larmes.

CHAPITRE TRENTE-DEUX

— C'est formidable que nous soyons tous à nouveau réunis, dit Emma, rayonnante.

Cinq jours plus tard, le clan Kent s'était réuni pour fêter les noces à venir de Thea. Tout le monde était présent : Marianne et Ambrose avec leurs enfants, Rosie et Edward, toutes les sœurs Kent et même leur jeune frère Harry. Ils occupaient tout un coin du salon de thé Gunter à Berkeley Square; les serveurs avaient rassemblé trois tables pour les accueillir tous.

Être avec sa famille était un véritable baume pour l'esprit de Thea et c'était exactement ce dont elle avait besoin. Depuis sa dispute avec Gabriel au sujet de Sylvia, les choses étaient restées dans une froide impasse entre eux. Il semblait s'être retranché derrière des murailles invisibles, hors de la portée de la jeune femme. La frustration et le désespoir bouillonnaient en elle, mais elle ne savait pas quoi faire.

— Un sou pour tes pensées, ma sœur.

Écartant ses ruminations, elle parvint à sourire à Harry, qui était rentré de Cambridge la veille. *C'est un adulte maintenant,* constata-t-elle avec une affection toute fraternelle, *et c'est un bel homme, de surcroît.* Sa carrure s'était étoffée, sa taille était désormais équilibrée par des muscles élancés. Avec ses cheveux noirs bouclés et ses lunettes, il possédait le charme sérieux d'un érudit ; ajouté à son physique athlétique, il ne manquait pas d'attirer l'attention des jeunes ladies partout où il allait.

— Je suis si heureuse que tu sois là, Harry ! lui dit Thea d'une voix tremblante. Tu m'as manqué.

— Je ne manquerais ton mariage pour rien au monde.

— Tu as grandi, mon frère, remarqua Ambrose. Et tu t'es étoffé depuis la dernière fois que nous nous sommes vus. Je suppose que tu ne t'es pas enfermé dans le laboratoire pendant tout ce temps ?

— Quand nous ne faisons pas exploser ou brûler des choses, les gars et moi trouvons le temps de monter sur le ring, dit Harry avec un sourire narquois.

— Je parie que je suis encore capable de te battre à la course, intervint Violet à côté de lui.

Harry et Vi avaient toujours été proches, et leur lien prenait la forme d'une rivalité fraternelle animée.

— Tu es une lady maintenant, Vi. Je ne fais pas la course avec les ladies. Après tout, dit Harry, quel intérêt y aurait-il à battre une femme ? Ce n'est pas un comportement de gentleman.

Thea n'était pas dupe de son ton apparemment neutre. Il appâtait délibérément Vi… qui, bien sûr, tomba dans le panneau avec son assurance habituelle.

— Jamais tu ne pourras me battre, dit-elle, plissant ses yeux couleur caramel. Le jour où je ne pourrai pas te distancer, escalader plus vite que toi, ou te dépasser, je… je mangerai mon corset.

— Attention à ne pas t'étouffer avec les baleines, dit Harry.

— Alors, allons-y. Maintenant. Sur la place, nous…

— Avant de défier notre frère dans des jeux dignes des Grecs anciens, ajouta Emma, peut-être pourriez-vous vous rappeler que nous sommes ici pour célébrer le prochain mariage de Thea ? Une effusion de sang n'est pas une bonne manière de fêter l'occasion.

Polly intervint, une lueur sérieuse dans ses yeux aigue-marine.

— En fait, j'ai lu que certaines tribus anciennes pratiquaient des sacrifices de sang dans le cadre du rituel du mariage. C'est censé garantir la fertilité.

Les joues de Thea s'échauffèrent.

— Doux Jésus ! Polly, où as-tu lu une chose pareille ?

— Dans l'un des livres de papa sur l'histoire de la civilisation, répondit sa plus jeune sœur.

— Mieux vaut éviter de donner ce genre d'informations en bonne compagnie, ma chérie, dit Em.

Polly se mordit la lèvre.

— Les gens vont me trouver bizarre, n'est-ce pas ?

À Chudleigh Crest, Polly avait acquis la réputation d'être différente du fait de sa grande vivacité d'esprit qui dépassait son jeune âge. Sachant à quel point sa sœur, timide, craignait d'être exclue, Thea intervint gentiment.

— Je ne dirais pas bizarre. Mais les gens risquent d'être déconcertés par ta source inhabituelle de connaissances.

— Ne te préoccupe pas de ce que pensent les autres, dit Rosie, tapotant la main de Polly. Pour ma part, je préférerais être une originale qu'une débutante idiote.

— Voilà qui est de bon augure pour ton entrée dans la société, dit sèchement sa mère.

Le serveur arriva avec des assiettes contenant les fameuses pâtisseries de Gunter. La famille poussa des exclamations devant les délicieuses friandises : petits gâteaux glacés à la pâte d'amande et à la crème fraîche, fruits en gelée et biscuits décorés de violettes en sucre. Le tout était accompagné d'un thé fort et bien chaud, et tout le monde se mit à manger avec son appétit habituel.

Tout en grignotant un morceau de gâteau imbibé de sirop de fleurs de sureau, Thea réfléchit à la façon dont les choses avaient changé. À une époque, la famille pouvait à peine s'offrir du pain et du fromage, sans parler d'un luxe tel que Gunter. En revanche, ce rituel du repas et de la conversation restait le même. Elle ressentit une douleur soudaine et douce-amère : bientôt, elle ne porterait plus le nom de Kent.

Morose, elle se demanda si Gabriel et elle parviendraient un jour à ce niveau d'aisance et de confort l'un avec l'autre. La distance entre eux ne cessait de se creuser, et, depuis leur dispute, il ne lui avait pas fait d'avances physiques. Elle, qui se sentait déjà désavantagée dans la relation, n'était pas prête à lui en faire. Elle se rendait maintenant compte qu'elle était devenue dépendante de leurs ébats pour ressentir le lien qui les unissait.

— Les choses avancent bien en ce qui concerne les préparatifs du mariage, commenta Marianne.

Si seulement on pouvait en dire autant de la relation entre les futurs mariés.

Oubliant ses inquiétudes, Thea dit :

— Grâce à toi. Sans toi, Madame Rousseau n'aurait jamais créé ma robe de mariée en urgence.

— Marianne a un don pour l'organisation de mariages. Pour une raison inconnue, les yeux d'Ambrose brillaient avec humour lorsqu'il regarda sa femme.

— Nous avons tous nos talents, répliqua Marianne d'un ton posé, et je crois que notre roseraie fera l'endroit idéal pour le petit déjeuner de mariage. C'était l'endroit préféré de ton père.

Thea se souvint que son père adorait prendre son thé dehors, entouré de fleurs éclatantes et d'insectes bourdonnants. Elle savait qu'elle sentirait sa présence lorsque ce jour si particulier pour elle viendrait. Sa gorge se noua.

Veille sur Gabriel et moi, papa. Je t'en prie, ne nous laisse pas faire une terrible erreur.

— Puisque Marianne s'occupe du mariage lui-même, intervint Emma, Strathaven et moi voulions apporter une contribution différente. Nous nous sommes dit que vous aimeriez un séjour dans notre pavillon de chasse en Écosse. C'est un endroit magnifique, intime, parfait pour un voyage de noces. Et comme Freddy se porte bien, il pourrait aussi faire le voyage.

C'était le seul point positif de la semaine de Thea. Le protocole de jeûne et d'alimentation du docteur Abernathy semblait faire des merveilles. Le médecin avait prédit que s'il y avait des résultats positifs, ils seraient immédiats. Comme par miracle,

Freddy n'avait pas fait une seule crise depuis le début du traitement. Même Gabriel avait manifesté une surprise mitigée et un espoir prudent.

— Freddy pourrait rester avec nous à Strathmore, poursuivit Emma. C'est à une heure de route du pavillon, vous pourrez donc prendre de ses nouvelles quand vous voulez.

— Puis-je venir aussi, tante Emma? s'enquit Edward, une goutte de crème s'accrochant à sa lèvre supérieure. Je pourrais tenir compagnie à Freddy. Nous allons devenir cousins, après tout.

Comme on pouvait s'y attendre, les deux garçons étaient rapidement devenus amis. En fait, ils étaient devenus à ce point inséparables que Violet les avait surnommés « Fredward ».

Marianne fit un geste vers sa lèvre, et le garçon s'essuya rapidement la bouche.

— Bien sûr que tu peux, répondit Emma, si tes parents sont d'accord.

— Aussi agréable que cela puisse paraître, le voyage en Écosse devra attendre, dit Thea. Tremont veut retourner dans le Hampshire une fois que les affaires seront réglées à Londres.

— Après tout ce qu'il a vécu ces derniers temps, je ne peux pas lui en vouloir. Je suis sûr qu'il n'a qu'une envie, s'installer chez lui avec sa nouvelle épouse, dit Ambrose. De profiter d'une paix et d'une vie conjugale bien méritées.

À sa grande horreur, Thea sentit son sourire vaciller.

Son frère fronça les sourcils et son regard se porta rapidement sur Marianne. À maintes reprises, Thea avait vu le duo se livrer à une conversation sans paroles, comme s'ils pouvaient lire dans les pensées l'un de l'autre.

Et si Gabriel et moi ne parvenions jamais à une telle intimité? Ou à une intimité, tout court?

— Ambrose, chéri, pourquoi n'emmènerais-tu pas tout le monde dehors pour une promenade sur la place? lui demanda Marianne. Emma, Thea, et moi avons à discuter du mariage.

Ambrose posa sa serviette.

— C'est une excellente idée, mon amour. Vous tous, venez.

Les jeunes Kent le suivirent aussitôt, laissant Thea avec Emma et Marianne. Sans préambule, cette dernière s'enquit :

— Comment vas-tu, ma chérie ?

Au grand désarroi de Thea, les larmes lui montèrent aux yeux.

— Pourquoi cette question ? voulut-elle savoir, fouillant dans son réticule.

Emma lui donna un mouchoir.

— Parce que tu as eu l'air au bord des larmes toute la semaine. C'est l'angoisse avant le mariage, ma belle ?

Savoir que ses sentiments étaient visibles par tous la rendait encore plus malheureuse.

— Je ne sais pas si c'est de l'angoisse ou non, dit-elle, la voix chevrotante. Mais Tremont et moi, nous nous sommes disputés. Et, je ne sais pas... je ne sais pas s'il m'aimera un jour.

Sur ces mots, elle éclata en sanglots. Emma lui frotta le dos.

— Voilà, voilà. Laisse-toi aller. Nous sommes là pour t'écouter.

Entre deux respirations haletantes, Thea leur fit part du pacte de mariage qu'elle avait conclu avec Gabriel. Elle dut supprimer les détails intimes, bien sûr, mais elle révéla qu'elle avait laissé échapper des mots d'amour, et leur raconta comment il avait réagi. Elle parla de sa froideur croissante, et de leur récent désaccord.

— En résumé, je croyais qu'il tombait amoureux de moi, et qu'il était simplement incapable de dire les mots, conclut-elle en reniflant. Je pensais qu'à cause de son passé d'espion, il avait appris à bloquer ses émotions pour survivre, et qu'il suffisait qu'il apprenne à ne plus le faire. Je me disais que si nous étions honnêtes et confiants, il finirait par m'aimer. Mais maintenant, je me demande si tout cela n'était pas un vœu pieux de ma part.

— Sa réaction à ta déclaration d'amour a été plutôt glaciale, convint Marianne.

— Je sais, répondit Thea, de plus en plus désespérée.

— Mais ce n'est peut-être pas la seule explication à son comportement récent, poursuivit sa belle-sœur. Ce n'est peut-être pas à ton amour qu'il réagit aussi mal. Ou pas tout à fait, en tout cas.

— Qu'est-ce que cela pourrait être d'autre ? demanda-t-elle d'une petite voix.

Marianne arbora une expression pensive.

— Ambrose a mentionné que Tremont s'est montré très agressif dans la façon dont il a mis Heath à terre. Comme s'il était possédé par des démons intérieurs. Il m'a dit qu'il avait dû l'empêcher de le tuer, et qu'ensuite Tremont semblait ébranlé et replié sur lui. Il n'était pas du tout lui-même.

Les paroles de Gabriel résonnaient dans la tête de Thea. *Je voulais mettre mes années d'espionnage derrière moi, ne plus jamais verser le sang d'autrui.* Elle commençait à comprendre, et c'était comme si les sensations revenaient dans un membre depuis longtemps endormi.

Soudain, elle dit :

— Ce qu'il a été contraint de faire pendant la guerre le ronge. Il peut paraître stoïque, mais la culpabilité couve en lui. Se confronter à cette période de sa vie, revivre cette trahison et cette horreur...

Mon Dieu, est-ce pour cela qu'il est si distant ? Si froid ?

Marianne lui jeta un regard attentif.

— Quoi qu'il en soit, ton frère voulait s'assurer que tu étais en sécurité.

— En sécurité ? répéta Thea en clignant des yeux.

Marianne hocha la tête.

— Au sens physique du terme.

— Tremont ne me ferait jamais de mal physiquement. En fait, il est même trop protecteur, répondit Thea, les lèvres pincées. Cependant, sur le plan émotionnel, il peut me rendre folle. Il n'a pas dit un mot sur la capture de Heath. J'ai essayé de lui demander ce qui se passait, mais il s'est contenté de me dire qu'il allait bien.

Emma ricana.

— Si j'avais reçu un sou chaque fois que j'ai entendu Alaric me dire la même chose, je serais plus riche que Crésus.

— Ce que tu m'as dit explique tant de choses, Marianne! s'exclama Thea.

Une vague d'espoir déferla sur elle, et elle vit la situation sous un nouvel angle.

— Si seulement Tremont m'avait parlé! Si j'avais su, je n'aurais pas insisté... Je n'aurais pas été aussi frustrée. Peut-être ne nous serions-nous pas disputés...

— Tu n'as pas à t'en vouloir, ma chérie, intervint Em. Tu ne peux pas lire dans ses pensées.

C'était *vrai.* Thea se mordilla la lèvre inférieure.

— Je regrette simplement de lui avoir parlé de sa femme. Ce n'était pas bien du tout de ma part.

— As-tu des doutes, ma chérie? s'enquit Marianne d'une voix douce. Parce que si c'est le cas, nous te soutien...

— Non.

Les sentiments de Thea s'éclaircirent soudain. Les choses entre Gabriel et elle étaient loin d'être parfaites, mais tant qu'il subsistait la possibilité d'un amour, il y avait de l'espoir.

— Je veux épouser Tremont. Je l'aime.

— Et s'il n'est pas capable de t'offrir son amour en retour? déclara Em. Que feras-tu?

La vérité apparut soudain à Thea.

— C'est un risque que je vais devoir prendre.

Ce n'est pas pour rien que l'on parle de *tomber* amoureux, comprit-elle. Il n'y avait aucune garantie de sécurité. On pouvait se contenter de regarder la vie passer avec nostalgie depuis la fenêtre d'une tour... ou faire le grand saut.

CHAPITRE TRENTE-TROIS

Ce soir-là, Gabriel observait d'un œil morose la gaieté qui régnait autour de lui. Kent et sa femme organisaient une fête de fiançailles informelle pour Thea et lui, et il fut frappé par un sentiment d'irréalité en observant la famille joyeuse et turbulente de sa fiancée. Leur affection chaleureuse, leur manière de plaisanter si librement les uns avec les autres... Il ignorait qu'il existait des familles comme celle-ci.

Ses propres parents avaient mené des vies séparées. Son père partait voir des prostituées ou jouer, tandis que sa mère passait des heures à prier, sans doute pour compenser les péchés de son mari. Gabriel avait l'impression que sa mère sortait de son cocon. *Tu ne dois pas salir la robe de maman*, disait-elle de sa voix douce et fraîche. Elle s'éloignait, hors de sa portée, comme un papillon magnifique dont on ne devait jamais toucher les ailes.

Un peu comme... Sylvia.

Il fronça les sourcils en faisant ce rapprochement pour la première fois. Sa première femme, elle aussi, avait évité toute démonstration d'affection ouverte. Elle voyait Freddy avec une régularité formelle, deux fois par jour : une demi-heure après le petit déjeuner et une demi-heure avant le dîner. Gabriel et elle avaient pris leurs repas séparément de leur fils ; avec un pincement au cœur, il se rappela leurs conversations de plus en plus guindées, alors qu'ils dînaient aux extrémités opposées d'une table vide.

Actuellement, les Kent étaient installés avec un confort décousu sur les meubles ou sur le tapis devant l'âtre où brûlait un feu ardent. Harry, le frère que Gabriel avait rencontré pour la première fois ce soir-là, avait commencé les festivités par une démonstration de sa dernière création scientifique : un pot d'encre invisible. La fiole de liquide était d'un rose clair presque incolore ; lorsque Harry écrivait une phrase sur un morceau de parchemin, le papier paraissait vierge et intact. Mais lorsqu'il l'approchait de la flamme d'une lampe, son message apparaît comme par enchantement :

Les choses ne sont pas ce qu'elles semblent être.

Après des applaudissements nourris, Harry leur avait expliqué le mécanisme chimique de cette encre mystérieuse. Un peu dépité, Gabriel se disait que cette invention aurait été bien utile lorsqu'il était espion. Les jeunes Kent étaient ravis... et Freddy aussi. Quand Harry offrit au garçon une petite fiole d'encre, les yeux de Freddy devinrent grands comme des soucoupes. Il prit la bouteille avec autant de respect que s'il s'agissait des joyaux de la Couronne.

Une fois la démonstration terminée, le garçon s'assit sur le tapis avec Polly, Primrose et Edward. Tous les quatre commencèrent un jeu impliquant une grande quantité de bâtons et encore plus de rires. Alors que Freddy poussait des cris de joie lorsqu'il parvenait à retirer un bâton sans faire bouger l'enchevêtrement, Gabriel avait du mal à croire au changement qui s'était opéré chez son fils autrefois si timide.

En l'espace de quelques semaines, Frederick s'était épanoui. Non seulement ses crises de mal caduc s'étaient drastiquement réduites, mais la chaleur de Thea et de sa famille lui avait insufflé une nouvelle vitalité. Freddy était désormais un garçon comme les autres. Jetant un coup d'œil à Thea, qui discutait tranquillement avec Kent près du piano, Gabriel sentit un spasme dans sa poitrine. Il lui fallut un moment pour comprendre que ses sentiments étaient du désir et de la gratitude... mêlés à une peur profonde.

Il savait qu'il se comportait comme une ordure. Qu'il était en train de tout gâcher. Jour après jour, il avait senti le gouffre se creuser entre Thea et lui. Cela avait commencé lorsqu'elle lui avait dit qu'elle l'aimait. La brutalité de sa propre réaction l'avait pris au dépourvu, il n'avait pas su quoi répondre. *N'entreprends que ce que tu veux poursuivre*, lui avait murmuré sa voix intérieure. *Ne l'expose pas à une déception.*

Pour ne rien arranger, l'histoire avec Heath le lendemain l'avait... déstabilisé. Et avait ressuscité une partie de lui-même qu'il ne voulait plus voir. Un animal sans conscience, assoiffé de sang, qui avait fait tuer Marius. Il n'était pas question qu'il le laisse s'approcher de Thea. Il était resté loin d'elle, il n'avait pas pu prendre le risque de la toucher, de la souiller alors que les ténèbres se déchaînaient en lui. Lorsqu'elle avait insisté pour se rapprocher, il l'avait méchamment repoussée.

La culpabilité et la haine de lui-même s'emparèrent de lui alors qu'il repensait à la façon dont il l'avait maltraitée... encore une fois. Elle n'avait cherché qu'à aider Freddy, et il s'était comporté comme un maudit brigand. Quand elle avait quitté la pièce, une partie de lui aurait voulu lui courir après, tomber à genoux devant elle et s'excuser. L'autre partie l'avait maintenu enraciné sur place, paralysé par un sentiment croissant de fatalité.

Après tout cela, comment pourrait-elle l'aimer? Alors que personne ne l'avait fait auparavant?

Au fil des jours, les ténèbres en lui s'étaient heureusement atténuées, et, finalement, ce soir-là, il se sentait à nouveau maître de la situation. Son engourdissement s'était estompé; il était de nouveau lui-même. Avec une clarté absolue, il comprit qu'il devait parler à Thea, la supplier de lui pardonner son comportement. La seule chose qui le retenait était la peur. Et s'il avait tout gâché de façon irrémédiable? Et si elle ne voulait plus de lui?

Le conseil que Strathaven lui avait donné dans la calèche lui revint soudain en mémoire. *Il faut faire table rase du passé.*

Le duc avait raison. Thea n'était pas Sylvia. Elle était unique, rare.

Cesse de te comporter comme un imbécile, se dit-il. *Va donc lui parler !*

Soufflant, il s'avança vers Thea et son frère.

— Puis-je me joindre à vous ? s'enquit-il.

— Bien sûr, répondit Thea d'une voix légère.

Son regard noisette était réservé.

— Comment trouvez-vous notre famille ? s'enquit Kent.

— Elle est... animée ! répondit-il honnêtement.

L'enquêteur échangea un regard ironique avec sa sœur.

— On a déjà dit pire de nous.

— Je ne voulais pas vous offenser. Par animée, je voulais dire gentille, et accueillante..., commença-t-il.

— Ambrose te taquine, le rassura Thea, dont le sourire chassa une partie du vide qui l'habitait.

Avec avidité, il s'imprégna de sa douceur, de son rayonnement, de tout ce qui la concernait.

— J'ai bien peur que ce soit une manie les Kent.

— Parfois, nous pouvons aller trop loin, lui dit Kent, dont le regard se posa sur Harry et Violet, dont la partie de cartes tournait à une véritable guerre. Comme Marianne déteste les taches de sang sur le tapis, je ferais mieux d'aller mettre un terme à cela. Excusez-moi.

Seul avec sa fiancée, Gabriel se rendit compte que son cœur battait la chamade.

— Tu es magnifique, dit-il enfin.

La robe ivoire de Thea épousait sa poitrine exquise et sa taille fine avant de s'évaser en d'amples jupes. Avec ses cheveux d'un brun doré arrangés en cascade de boucles, elle avait l'air d'une princesse de conte de fées. Il se faisait l'impression d'être un gobelin des ténèbres qui voulait l'entraîner à l'écart pour l'avoir à lui tout seul.

— Merci, dit-elle poliment. Tu es très beau, toi aussi.

À une époque, il se cachait derrière un masque de politesse.

Mais il la ressentait soudain comme une barrière pesante, qu'il voulait abattre pour pouvoir se rapprocher à nouveau de Thea. De sa chaleur et de sa vitalité généreuse. Il n'aimait pas que quoi que ce soit se dresse entre eux... même si c'était lui l'imbécile qui avait érigé le mur en premier lieu.

La poitrine oppressée, il dit :

— Je tiens à m'excuser.

Ses cils dorés s'agitèrent.

— À quel sujet ?

Il dressa mentalement la liste de ses péchés, et il opta pour le plus sûr.

— Pour m'être comporté comme un imbécile.

Elle l'étudia, et son expression était si sombre que Gabriel fut saisi d'effroi. Puis la bouche de Thea tressaillit.

— Tu vas devoir être plus précis, déclara-t-elle.

Il s'arma de courage.

— Je sais que je me suis montré... difficile, cette semaine.

— Oui, c'est vrai, confirma-t-elle.

— Je le regrette. Je regrette de m'être montré aussi désagréable au sujet du traitement de Freddy. Je regrette vraiment, dit-il, avant de marquer une pause. Toute cette affaire avec Heath, découvrir la nature de sa trahison... tout cela m'a troublé. Je n'ai pas bien réagi, et tu ne méritais pas de faire les frais de mon comportement.

Au bout d'un moment, Thea lui répondit d'une voix douce :

— N'importe qui serait troublé après un tel choc. Et je sais à quel point tu veux mettre ton passé derrière toi.

— Mais il revient toujours, poursuivit-il.

La chaleur qu'il voyait de nouveau dans les yeux de sa fiancée le poussa à révéler toute la vérité.

— Ces choses que je méprise en moi, le tueur que j'étais... Pendant la capture, j'ai perdu le contrôle. J'aurais pu tuer Heath. J'en avais envie.

— Mais tu ne l'as pas fait. Tu t'es arrêté.

Elle posa ses mains douces sur sa mâchoire, l'obligeant à se concentrer sur elle. Sur son présent.

— Tu as fait ce que tu devais faire dans le passé. Un jour, tu te pardonneras. Tu es un homme bon, Gabriel.

Sa foi en lui le rendait humble. Il n'arrivait plus à parler.

— Et je veux te remercier d'avoir partagé ceci avec moi. De m'avoir parlé, ajouta-t-elle précipitamment. La vérité, c'est que cette semaine a été difficile pour moi aussi. Quand tu m'as rejetée, je n'ai pas compris pourquoi. Je ne sais pas lire dans tes pensées. Je me suis dit que, peut-être, tu avais des doutes quant à notre mariage, ou quant à moi...

— Non, Thea! s'exclama-t-il, consterné par les conclusions qu'elle avait tirées. Je *veux* t'épouser. Plus que tout. J'ai vraiment hâte de te faire mienne.

— Vraiment? demanda-t-elle, les yeux brillants.

Il lui prit les mains, embrassa ses douces jointures.

— Vraiment. Que ne donnerais-je pas pour être seul avec toi à cet instant, princesse!

— Oh, Gabriel! répondit-elle d'une voix tremblante, ça m'a manqué...

— Papa! Thea! s'exclama Freddy, qui tutoyait désormais la jeune femme qui deviendrait bientôt sa nouvelle mère.

Tous deux tournèrent la tête quand le petit garçon courut vers eux. Avec un regard empreint de nostalgie et d'excuses pour Thea, Gabriel répondit:

— Qu'y a-t-il, mon fils?

— Nous allons jouer à un nouveau jeu. Il faut épeler des mots, expliqua le petit garçon, les yeux brillants d'enthousiasme. Nous devons former des équipes. Voudriez-vous faire partie de la mienne, tous les deux?

Gabriel et Thea échangèrent des regards amusés.

— Nous en serions ravis, déclara-t-elle.

Alors qu'elle s'apprêtait à suivre Freddy, Gabriel lui prit la main. Elle ne s'éloigna pas, mais entrelaça ses doigts avec les siens. Il s'y accrocha fermement et ils se dirigèrent vers la cheminée, où se déroulait le jeu.

Le groupe avait été divisé en quatre. D'après les règles, qu'Edward présenta avec beaucoup de sérieux, le but du jeu était de gagner le plus de points possible en épelant correctement un mot. Chaque joueur devait tirer d'une corbeille un morceau de papier contenant une seule lettre. Le joueur disposait d'une minute pour trouver un mot commençant par cette lettre et l'épeler convenablement. Chaque lettre du mot correspondait à un point.

La situation s'étant améliorée avec Thea, Gabriel se détendit pour la première fois depuis des jours. Peut-être était-ce le plaisir de Freddy ou l'atmosphère de compétition qui régnait, mais il se laissa entraîner dans le jeu. Lorsqu'il tira la lettre *M* et épela correctement le mot « méticuleusement », Freddy et Thea crièrent de joie.

— Cela fait *quinze* points, papa! s'exclama Freddy, réjoui. Nous sommes en tête!

Gabriel sourit devant l'enthousiasme de son fils. Pour ne pas être en reste, Strathaven tira la lettre *F* et entreprit d'épeler un mot.

— *Fantaisistement* n'est pas un mot! fit valoir sa duchesse, qui était dans une autre équipe.

— Bien sûr que si! répliqua Strathaven d'un ton hautain. C'est agir de manière fantaisiste.

— C'est ton « mot » qui est fantaisiste, répliqua sa femme, levant les yeux au ciel.

Néanmoins, après un débat bon enfant, l'équipe de Strathaven se vit attribuer quinze points. Le jeu se poursuivit, la compétition devint de plus en plus féroce, et les mots de plus en plus fantasques. Lors du dernier tour, les équipes de Gabriel et de Strathaven étaient en tête, au coude à coude. Edward déclara qu'il y aurait une épreuve finale entre elles. Chaque joueur de l'équipe pouvait épeler un mot.

Strathaven remporta le tirage au sort, et son équipe commença. Harry orthographia correctement « ambitieusement » pour quatorze points. Gabriel connut un moment d'inquiétude lorsque Thea tira la lettre *O*. Mais elle, maligne, trouva le mot « orchestratrice », ce qui leur permit de rattraper leur retard.

Strathaven et Gabriel maintinrent le score à égalité avec leur proposition. Puis ce fut le tour des derniers joueurs, Freddy et Violet. Cette dernière tira sa lettre.

— Q! s'indigna-t-elle. Zut! Ce n'est pas juste. Qui a placé un Q dans la corbeille?

— Quarante-six secondes, annonça Edward, qui surveillait le temps sur une montre à gousset.

Arborant une expression paniquée, Violet s'exclama :

— Quartet!

Son orthographe précise permit à son équipe de remporter sept points. Acceptant les félicitations, elle marmonna :

— Diantre! J'espère que cela suffira. Mais Q! C'est comme boxer avec un bras attaché dans le dos!

C'était à présent le tour de Freddy. Sentant la nervosité de son fils, Gabriel l'encouragea :

— Tu t'en sortiras très bien.

— N'oublie pas que ce n'est qu'un jeu, lui dit Thea en lui ébouriffant les cheveux. Fais de ton mieux, et amuse-toi.

Avec un hochement de tête, Freddy plongea la main dans la corbeille. Il déplia le papier.

— A, annonça-t-il.

Gabriel attendit, retenant son souffle, tandis que son fils fronçait les sourcils en signe de concentration. D'innombrables mots défilaient dans sa tête, et il aurait voulu pouvoir les transmettre à son fils. Mais c'était une chose que Freddy devait faire seul. Avec trente secondes d'attente, il épela son mot.

— Accrocheuse. A-C-C-R-O-C-H-E-U-S-E.

Onze points. Ils avaient gagné.

Alors que les applaudissements et les félicitations fusaient de toutes parts, Thea lança à Freddy, d'un ton admiratif :

— Tu as été brillant, mon chéri! Comment as-tu trouvé ce mot?

— Il m'est venu comme ça, répondit joyeusement le garçon. Lors de l'une de nos leçons, Mlle Fournier...

Il s'interrompit, comme s'il venait juste de se rendre compte de ce qu'il avait dit.

Gabriel se crispa à la mention du nom de cette crapule de gouvernante. Pour autant qu'il le savait, elle était toujours en liberté. Il avait interrogé Heath au sujet de sa complice, mais l'homme avait refusé de parler.

— Elle t'a appris ce mot? l'interrogea Thea d'une voix douce. Il n'y a aucun mal à parler d'elle, si tu en as envie.

Elle planta ses yeux dans ceux de Gabriel avant de poursuivre.

— D'ailleurs, parfois il vaut mieux parler des choses, même si elles sont désagréables.

Freddy déglutit et acquiesça.

— Elle m'expliquait comment étaient fabriqués les vêtements. Ils se servaient de crochets pour étirer le tissu après le lavage. Pour qu'il soit sec, plat et lisse; c'est comme cela que j'ai pensé à mon mot. Elle a dit que les terrains de séchage près de là où elle vivait étaient aussi colorés qu'un champ de fleurs sauvages.

Gabriel s'immobilisa, un picotement sur la nuque. Son regard se posa à nouveau sur celui de Thea; elle vit la prise de conscience dans ses yeux, mais elle secoua subtilement la tête. L'avertissant ainsi de ne pas effrayer Freddy.

— A-t-elle mentionné des terrains de séchage particuliers? Il y en a plusieurs à Londres, dit-elle.

— Non. Tout ce qu'elle a dit, c'était que les terrains de séchage avaient récemment fermé pour que des bâtiments puissent être construits..., raconta Freddy, puis ses yeux s'écarquillèrent. Croyez-vous... que c'est un indice? Pour la retrouver?

— A-t-elle dit autre chose, mon fils? l'interrogea Gabriel.

Freddy fronça les sourcils.

— Je ne me souviens de rien d'autre. Je suis désolé.

Thea lui tapota l'épaule.

— Tu as été d'une aide précieuse, mon chéri. Maintenant, va jouer avec les autres.

L'air incertain, le garçon s'en alla.

— Penses-tu poursuivre les recherches pour trouver la gouvernante ? demanda Thea à Gabriel. Après tout, le Spectre est déjà en détention.

— Allons parler à ton frère, dit Gabriel.

———

Thea demanda à Violet et Harry de s'occuper des plus jeunes tandis que Gabriel rassemblait les autres en silence. Ils se réunirent dans le bureau d'Ambrose et fermèrent la porte au moment où l'on entendait « Cache la pantoufle ! » dans le salon. Les quatre couples s'installèrent en cercle : Emma et Mme McLeod sur le canapé, leurs maris debout derrière elles, Thea dans un fauteuil à oreilles avec Gabriel faisant les cent pas dans son dos, et Marianne au bureau, Ambrose à ses côtés.

— Alors Freddy a dit que Marie Fournier vivait près des terrains de séchage ? demanda Ambrose. S'est-il souvenu d'autre chose ?

— Qu'elle a dit que ces terrains avaient été fermés récemment et que des bâtiments allaient être construits, répéta Gabriel.

— Elle parle de Spitalfields, intervint M. McLeod, dont la tête hirsute se souleva comme celle d'un chien de chasse à l'affût. L'endroit est bordé par White's Row, Wentworth et ces deux voies... Comment s'appellent-elles, déjà... ?

— Bell et Rose, précisa Mme McLeod. Ce lieu est le cœur du commerce du chiffon. Les tisserands, les couturières, les fabricants de boutons... ils sont tous là, tellement entassés que les rues sont pleines à craquer. Sans jeu de mots.

Thea avait toujours apprécié Annabel McLeod, dont la beauté auburn et sensuelle cachait un esprit généreux et pratique. D'après les bribes que Thea avait glanées au fil des ans, Mme McLeod n'avait pas eu la vie facile avant son mariage, et elle n'était pas du genre à se donner des grands airs. Depuis qu'Ambrose et M. McLeod étaient associés, les deux familles se fréquentaient régulièrement, et la chaleur de la maison de Mme McLeod avait toujours rappelé à Thea le cottage de Chudleigh Crest.

L'Écossais et sa femme élevaient leurs deux petites filles rousses avec la même affection dont avait bénéficié Thea en grandissant.

— Traquer Fournier dans cet endroit reviendrait à chercher une aiguille dans une botte de foin, remarqua M. McLeod.

— Nous n'avons pas grand-chose, convint Gabriel, dont la frustration se lisait sur ses traits. Ce n'est peut-être même pas important, vu que nous détenons le Spectre.

— Une information a toujours son importance. Chez Kent et Associés, nous n'aimons pas les pistes inexplorées, déclara Mme Ambrose.

Se tapotant le menton, Emma intervint :

— Que savons-nous de Fournier, à ce stade ?

— Que toutes ses références étaient fausses, répondit Ambrose. Cependant, elle a dû recevoir une éducation, car ses cours semblent avoir été de bonne qualité. Elle parlait couramment le français et l'anglais. Et nous avons ceci.

Ouvrant le tiroir de son bureau, Ambrose en retira un objet. Thea reconnut le mouchoir qu'elle avait trouvé ce jour-là au Jardin zoologique.

— Je l'ai montré dans quelques boutiques. Aucun des vendeurs ne l'a reconnu, poursuivit-il. Tous ont convenu qu'il s'agissait d'un mouchoir banal de qualité moyenne, et que ses initiales étaient un peu exagérées.

— Puis-je le voir ? demanda Mme McLeod.

Ambrose le lui donna.

Mme McLeod passa un doigt sur les grandes lettres cousues en fil bleu au centre du mouchoir. Son expression devint pensive.

— Je ne crois pas que ce soient ses initiales.

— Ah non ? s'enquit Ambrose, l'air renfrogné. Qu'est-ce que c'est alors ?

— La marque du fabricant, répondit la beauté rousse. Les vendeurs que vous avez interrogés l'ignorent, car ils travaillent dans une boutique et non dans une usine. Mais j'ai été couturière pendant un certain temps et je sais que certaines usines ont l'habitude de leur proposer des échantillons. Une sorte d'étalon pour évaluer les biens qu'ils produisent. Pour éviter que ces modèles ne soient volés, le fabricant marque les pièces de ses initiales. Cette marque fait perdre toute valeur à l'objet; si l'on retirait ces lettres, par exemple, on obtiendrait un mouchoir plein de trous, expliqua-t-elle, balayant la pièce du regard. Quoi qu'il en soit, je pense que ce que vous cherchez, c'est un fabricant portant les initiales M. F.

— Annabel, tu es brillante! s'exclama Emma.

La grande main de M. McLeod se posa sur l'épaule de sa femme.

— Qui aurait cru que cette maudite période s'avérerait utile, hein, ma belle? dit-il avec un air tendrement bourru.

Mme McLeod sourit, sa main couvrant celle de son mari.

— Étant donné que cette période m'a conduite à toi, je ne vais pas m'en plaindre.

— Comment Fournier aurait-elle pu se procurer un tel mouchoir? s'enquit Thea.

— C'est une bonne question. Les échantillons sont censés rester dans l'usine.

Un pli se creusa entre les sourcils auburn de Mme McLeod.

— Mon hypothèse la plus plausible est que Fournier a travaillé à cet endroit et l'a volé. Comme il se trouve que ses propres initiales correspondent à celles du fabricant, elle peut utiliser l'objet.

— Nous recherchons donc une fabrique de mouchoirs à Spitalfields, dont les initiales sont M. F., résuma Thea avec enthousiasme. Il ne doit pas y en avoir beaucoup.

— J'irai faire un tour à Spitalfields demain, annonça Gabriel, le regard sombre.

— Non, my lord. *Nous* irons, intervint Ambrose.

Chapitre Trente-Quatre

Le lendemain matin, Gabriel parvint à isoler Thea dans la bibliothèque. Il la guida entre les rayonnages. Ils n'avaient pas beaucoup de temps ; Kent et les autres arriveraient bientôt pour l'accompagner à Spitalfields, et il voulait un moment seul avec elle.

— Tu seras prudent aujourd'hui ? lui demanda Thea.

Il passa son pouce sur la lèvre inférieure de la jeune femme, savourant sa douceur, le contact entre eux une fois de plus.

— Oui. Nous sommes sans doute en train de suivre une fausse piste.

— On ne sait jamais, répondit-elle en frissonnant. J'aimerais que cette affaire soit vraiment terminée.

— Ce sera bientôt le cas. Tout porte à croire que Heath est le Spectre, et si l'on trouve Fournier, cela ne fera qu'enfoncer le clou dans son cercueil. Cesse de t'inquiéter, princesse, murmura-t-il, et donne-moi un baiser d'adieu.

Il inclina la tête ; il avait l'intention de se contenter d'un effleurement chaste. Mais après une semaine de privation, le désir l'envahit... ainsi qu'un sentiment puissant et enivrant de soulagement lorsqu'elle lui répondit.

Elle me veut toujours. Je n'ai pas commis de bêtises irréparables.

Avant même de se rendre compte de ce qu'il faisait, il l'avait acculée contre les étagères, appuyant ses paumes sur les reliures en cuir, tandis qu'elle entrouvrait les lèvres dans une reddition sensuelle. Son goût, la sensation de sa douceur et de sa générosité submergèrent Gabriel. Le besoin d'être plus proche d'elle, aussi proche que possible, se fit sentir en lui.

Il releva ses jupes et sa main trouva la courbe de son genou, avant de remonter jusqu'à sa jarretelle. Thea avait les cuisses très douces, terriblement tentantes. Mais il n'avait pas le temps de s'attarder.

— Gabriel, tout le monde peut nous voir, protesta-t-elle.

— Alors, c'est à toi de décider, n'est-ce pas? Le risque en vaut-il la peine?

— Je ne peux pas... *oh*!

Thea ferma les yeux, et ses joues se teintèrent de rose. Une sensation de triomphe envahit Gabriel.

— Ouvre les yeux, princesse. Regarde-moi quand je te touche.

Ses cils se soulevèrent, et il vit dans ses yeux une lueur dorée, passionnée. Il la récompensa en faisant tourner son pouce autour de sa perle, tandis que ses autres doigts plongeaient dans sa chaleur voluptueuse. Elle était si douillette, si humide, qu'il avait du mal à respirer.

— Est-ce que ça t'a manqué? lui demanda-t-il contre son oreille. Mes doigts en toi?

— Oui. Oh, oui!

Il les retira, avant de la pénétrer à nouveau.

— Il y en a deux pour le moment. Peux-tu en accueillir un autre?

Elle gémit et une goutte de rosée mouilla la paume de Gabriel. Il prendrait cela pour un oui.

Il lui suffit d'un instant pour lui en offrir davantage, et son sexe se durcit avec envie devant la façon dont son fourreau s'agrippait à lui. Oh ! S'enfoncer dans sa boutonnière jusqu'à la garde... ce serait le paradis, mais cela devrait attendre un autre jour. Pour l'instant, il réaffirmait que le plaisir de Thea lui appartenait, qu'elle était toujours à lui. Que c'était réel entre eux. Il savait créer une intimité.

Il serra les dents quand elle jouit. Il endura l'exquise torture de son sexe qui convulsa autour de ses doigts jusqu'à ce que les palpitations s'apaisent. Ce ne fut qu'à ce moment-là qu'il se retira et remit les jupes de Thea en place.

Souriant devant ses yeux brillants, il lui dit :

— Maintenant, donne-moi un baiser d'adieu, et je m'en vais.

Elle le scruta attentivement, et l'instant d'après, elle tomba à genoux. Ébahi, il la vit s'attaquer à la fermeture de son pantalon. Lorsque sa lourde érection tomba dans les mains de la jeune femme, il reprit ses esprits.

— Thea, ma chérie, je ne crois pas...

Le reste de la phrase s'évapora dans son esprit quand ses lèvres se refermèrent sur lui.

Bon sang ! Sainte mère de Dieu !

Les genoux de Gabriel faillirent se dérober quand elle le saisit avec force et rapidité, le caressant de son poing fermé tout en serrant son vit dans sa bouche. Qu'elle prenne ainsi le contrôle ne figurait pas dans leur accord, songea-t-il, pris de vertige. Mais, à cet instant, il s'en fichait éperdument.

Les boucles de Thea se balançaient joliment tandis qu'elle le prenait de plus en plus profondément. Elle s'efforçait de l'avaler tout entier, de consumer chaque centimètre carré de lui avec sa flamme intérieure. Les mains de Gabriel se refermèrent sur la soie de ses cheveux, ses hanches basculèrent avec une détermination animale, prenant sa belle bouche... Elle ne recula pas. Des mots crus s'échappèrent de sa gorge.

— J'ai besoin de ça, grogna-t-il. J'ai besoin de *toi*.

Elle gémit en réponse, la vibration lui faisant cambrer le cou, tandis que la succion humide le conduisait au bord du gouffre. Lorsque le sommet de son vit toucha l'extrémité soyeuse de sa gorge, des étincelles envahirent le champ de vision de Gabriel. La chaleur monta dans son échine, et, s'accrochant à ce qu'il lui restait de raison, il tenta de se retirer.

Elle ne le laissa pas faire. Il sentit les doigts de Thea s'enfoncer dans ses fesses, le maintenant en place pendant qu'elle s'amusait avec lui, diabolique. Il perdit tout contrôle. Gabriel jouit avec un rugissement, sa charge brûlante jaillissant pour se déverser en elle.

Il recula en titubant, et ses épaules s'affaissèrent contre une étagère. Alors qu'il tentait de reprendre son souffle, elle reboutonna son pantalon et se releva. À travers la brume du plaisir, il constata qu'elle avait l'air parfaitement impeccable et raffinée... à moins que l'on ne regarde ses yeux. Ils étaient lascifs et sensuels, débordant de satisfaction féminine.

Thea incarnait le croisement d'une lady et d'une sirène, et le mélange était si éblouissant qu'il en avait le vertige.

— C'était le meilleur baiser d'adieu que j'aie jamais eu, lui dit Gabriel, la voix rauque.

— Considère-le comme un encouragement à revenir, lui dit-elle avec un sourire incroyablement séducteur. Parce que mes baisers de bienvenue sont encore meilleurs.

———

Après le départ de Gabriel et des autres, le temps parut s'écouler avec une lenteur d'escargot. Thea essaya de s'exercer au piano, mais elle n'arrivait pas à se concentrer. Elle était trop distraite : elle pensait à ce qui pouvait se passer à Spitalfields... et à la rencontre sensuelle entre Gabriel et elle ce matin-là.

J'ai besoin de toi.

Elle chérissait ces mots. Il n'avait encore jamais été aussi près de lui dire qu'il l'aimait. Il lui avait fait suffisamment confiance pour la laisser prendre la direction de leurs ébats, et elle avait éprouvé un sentiment de fierté à l'idée d'être maîtresse de son plaisir. Plus important encore, la veille, il s'était excusé pour son comportement, et il s'était ouvert à elle. Il avait réaffirmé son désir de l'épouser.

Les choses *progressaient* entre eux.

Les inquiétudes qu'elle avait éprouvées auparavant lui

semblaient, en fin de compte, relever de la nervosité de la future mariée.

Voyant qu'elle n'arrivait à rien avec ses exercices, Thea alla prendre des nouvelles de Freddy. Le garçon était assis derrière le bureau de sa chambre, sa tête fauve penchée sur un morceau de parchemin. À côté de lui se trouvait un plateau de bœuf rôti et de carottes à moitié terminé.

Son état de santé avait continué à progresser de façon remarquable. Le docteur Abernathy avait commencé à ajouter divers aliments à son régime, afin de voir leurs effets sur la maladie du garçon. Jusqu'à présent, ils avaient découvert que Freddy tolérait sans problème les viandes et les aliments gras, alors que le pain et les sucreries pouvaient déclencher des migraines. Si le processus leur imposait de faire des essais et des erreurs, Freddy gardait espoir, et sa persévérance remplissait Thea de fierté.

— Que fais-tu, mon chéri ? lui demanda-t-elle.

Freddy releva la tête, une lueur d'enthousiasme dans le regard. Il arborait souvent cette expression ces derniers temps.

— Edward et moi jouons à un jeu. Nous faisons semblant d'être des espions ! s'exclama-t-il, enthousiaste. Je lui écris un message secret en utilisant l'encre invisible que Harry m'a donnée.

Thea dissimula un sourire. *Je me demande ce que Gabriel penserait de ce nouveau jeu.*

— C'est fantastique ! Veux-tu que je me renseigne pour savoir si nous pourrions rendre visite à Edward aujourd'hui ?

— Oh, oui ! s'exclama le garçon. Mais je dois finir mon message avant de partir.

Le laissant à sa tâche, Thea envoya un message à Marianne, qui lui répondit rapidement qu'ils pouvaient venir. Thea envisagea de faire venir la calèche, mais l'idée de se dégourdir les jambes et de profiter du soleil et de l'air frais lui parut préférable. C'était à moins de dix minutes de marche, et ils emmèneraient deux valets de pied avec eux. Elle résolut de laisser le choix à Freddy.

— Marchons, dit-il. De cette façon, je pourrai voir comment

réagit l'encre à l'extérieur. Je veux voir si je peux laisser des messages secrets sur des clôtures pour qu'Edward les trouve.

— Je crains que ce ne soit considéré comme du vandalisme, mon chéri.

— En quoi serait-ce du vandalisme si on ne le voit pas ? dit Freddy, raisonnable comme toujours. À moins que quelqu'un n'en approche une flamme, l'encre restera invisible. Et si l'encre devient visible, Harry dit qu'il suffit de mettre de l'eau dessus pour la faire disparaître.

Thea ouvrit la bouche, puis la referma.

— Alors, ne laisse personne voir ce que tu es en train de faire, soupira-t-elle.

CHAPITRE TRENTE-CINQ

Il leur fallut moins d'une heure pour trouver ce qu'ils cherchaient.

La Maison Fortescue, une usine spécialisée dans les mouchoirs, occupait un bâtiment modeste au cœur de Petticoat Lane, à Spitalfields. Elle se trouvait dans une rue encombrée de boutiques des deux côtés, et des vêtements de toutes sortes étaient suspendus le long des avant-toits bas. Dans ce centre industriel, les règles de civisme cédaient la place aux échanges commerciaux. Un corset de lady en mauvais état était suspendu à côté d'une paire de sous-vêtements de gentleman. Les marchands dans la rue vendaient des bas et des jarretières dans des paniers. Les clients se bousculaient pour essayer les articles, les enfilant par-dessus leurs vêtements.

Accompagné de Kent et McLeod, Gabriel entra dans la boutique. L'intérieur de Fortescue était plus spacieux et plus propre que l'extérieur ne le laissait supposer. Le comptoir était impeccable et l'homme qui vint les accueillir avait la mine rose et brillante de celui qui ne manquait jamais un repas. Son gilet, aux rayures criardes, s'étirait au niveau des boutons. Ses cheveux noirs clairsemés avaient été méticuleusement peignés pour couvrir son crâne dégarni.

Il les scruta. Son regard brilla comme celui d'un homme à qui l'on vient d'offrir un festin. Il s'approcha en se dandinant et leur fit une grande révérence.

— James Fortescue, à votre service, se présenta-t-il.

En dépit de son nom français, l'accent cockney de l'homme remontait à plusieurs générations.

— Que puis-je faire pour vous aujourd'hui ?

Gabriel sortit le mouchoir de sa poche, et le posa sur le comptoir.

— Est-ce l'un des vôtres ? s'enquit-il.

— C'est le cas, en effet, et il n'a pas sa place en dehors de notre magasin, les informa Fortescue en fronçant les sourcils. J'ignore comment il est tombé entre des mains aussi raffinées que les vôtres, mais soyez assurés qu'il ne s'agit que d'un échantillon grossier. J'ai des exemples bien plus beaux si vous souhaitez passer commande...

— Ce que je veux savoir, c'est si une femme du nom de Marie Fournier a travaillé ici.

— Je ne connais pas de Fournier, dit le propriétaire. Mais peut-être seriez-vous intéressé par notre plus belle marchandise...

— Elle a peut-être utilisé un autre nom. La femme que je recherche est de taille moyenne, mince, aux cheveux et aux yeux foncés. Elle est bien éduquée, et elle parle couramment le français et l'anglais.

Voyant l'éclat soudain dans les yeux de l'autre homme, Gabriel dit d'un ton ferme :

— Il s'agit d'une affaire importante, et j'offre une récompense.

Fortescue s'humecta les lèvres.

— Une récompense, vous dites ?

Gabriel sortit une bourse dont il fit tinter le contenu.

— Il est possible que je connaisse la femme que vous cherchez. Une couturière du nom de Manette Fontaine a travaillé pour moi, les informa-t-il, les yeux rivés sur la bourse.

Gabriel sentit sa nuque le picoter.

— C'était il y a combien de temps ? l'interrogea Kent, attentif.

— Elle a disparu il y a environ trois mois. Elle est partie sans un mot, ricana Fortescue. J'aurais dû écouter mon instinct et la rejeter dès le début.

Gabriel échangea un regard avec les enquêteurs. C'était au moment où Fournier, ou plutôt Fontaine, avait commencé à travailler pour lui. Ce devait être la femme qu'ils recherchaient.

— Pourquoi l'auriez-vous rejetée ? demanda Gabriel.

— À cause de ses manières. Elle était hautaine. Parce qu'elle avait un peu d'éducation, elle se croyait meilleure que les autres, expliqua Fortescue.

Il grogna… c'était sans doute tout ce qu'il avait à dire au sujet des femmes éduquées.

— Elle prétendait avoir été gouvernante pour une famille riche et avoir été renvoyée lorsque les enfants étaient partis à l'école. Seul un idiot aurait cru à cette histoire, surtout qu'elle n'avait pas la moindre référence à faire valoir, expliqua-t-il, haussant les sourcils. Je pense que Mlle l'Arrogante s'est compromise, et qu'on lui a montré la porte.

— Alors pourquoi l'avez-vous engagée ? voulut savoir Gabriel.

Le commerçant détourna les yeux.

— C'est parce que j'ai un grand cœur.

Le cœur n'est pas la partie de l'anatomie de cet homme qui a pris la décision, songea Gabriel, dégoûté.

— Après son départ, dit-il froidement, vous n'avez rien entendu d'autre ?

— J'ai dit tout ce que je savais.

Fortescue tendit la main pour prendre la bourse. Tremont la garda pour lui.

— Nous aurons besoin de parler à vos employées qui connaissaient Fontaine.

— Mes couturières sont très occupées. Elles n'ont pas le temps de…

Gabriel vida la bourse et l'or tinta dans sa paume gantée. L'avarice de Fortescue prit le dessus.

— D'accord. Vous pouvez parler à Alice ; avec Manette, elles étaient aussi bavardes que des pies, leur dit-il, mettant l'argent dans sa poche. En revanche, dix minutes seulement. J'ai une boutique à faire tourner.

———

La femme nommée Alice était plus qu'heureuse de parler.

— C'est mieux que d'être dans cette maudite mansarde, n'est-ce pas? Il fait tellement chaud, là-haut!

Battant des cils, elle dénoua son fichu et éventa son large décolleté avec de grands gestes.

Gabriel remarqua que l'allure de trayeuse de la femme montrait déjà des signes du temps. De fines rides se dessinaient autour de ses yeux et de sa bouche, et son regard était aussi blasé et scrutateur que celui de n'importe quelle prostituée. En fait, ses manières faussement timides laissaient penser qu'elle avait au moins un peu d'expérience dans le plus vieux métier du monde.

Il avait renvoyé Kent et McLeod à la calèche pour ne pas intimider la seule piste menant à Fontaine. Alice et lui se trouvaient dans la ruelle derrière Fortescue. Coincé entre les immeubles, le passage était étouffant et empestait les ordures. Les portes arrière des autres commerces s'ouvraient de temps à autre, laissant sortir des personnes ou des seaux de déchets.

Ils ne pouvaient pas espérer avoir davantage d'intimité.

— On m'a dit que vous connaissez Manette Fontaine, dit Gabriel.

— Je la *connaissais*. Je n'ai pas eu de ses nouvelles depuis qu'elle a quitté cet endroit, répondit Alice, lui adressant un sourire séducteur. Quoi qu'elle ait fait pour vous, my lord, je pense pouvoir mieux faire.

— Manette est une prostituée?

— Vous n'êtes pas l'un de ses clients chics? l'interrogea Alice, plissant les yeux. Qui êtes-vous alors?

Il lui tendit une pièce de monnaie.

— Quelqu'un qui souhaite la retrouver. Ceci est à vous si vous répondez à mes questions.

— Le double, et je vous dis tout ce que je sais.

Gabriel lui donna la moitié de ce qu'elle demandait.

— Le reste quand vous aurez terminé. Alors, Manette et vous... vous travailliez toutes les deux dans la rue ?

— Je ne suis pas une vulgaire vagabonde. Je suis une bonne fille, vraiment, répondit Alice sans conviction. Je me tue à la tâche dans le métier que Dieu m'a donné, mais parfois, cela ne suffit pas, et s'il y a un travail ou un autre à côté...

Elle s'interrompit, puis haussa les épaules.

— Une fille doit parfois joindre les deux bouts, n'est-ce pas ?

— Manette elle aussi avait ces emplois à côté ?

— C'est elle qui m'a donné l'idée. Nous avons commencé ici à peu près en même temps et nous avons sympathisé. Un jour, elle m'a dit qu'elle connaissait un moyen de gagner plus d'argent, et m'a demandé si j'étais intéressée. Alors je lui ai répondu : « Est-ce que les oiseaux ont des ailes ? » C'est alors qu'elle m'a parlé d'un endroit haut de gamme à Covent Garden, le Tickle and Fancy. Là, les filles peuvent travailler quand elles veulent et comme elles veulent. Les nobles aiment ça ; ils n'aiment pas les vieilles prostituées.

Alice sourit avant de poursuivre.

— Ils préfèrent les produits frais, les couturières et les femmes de chambre qui ne font ça que de temps en temps. Ils paient davantage pour les femmes comme nous.

— Vous avez dit que Manette connaissait quelques beaux clients.

— Elle était très appréciée. Les hommes l'aimaient bien parce qu'elle était jolie et intelligente, expliqua Alice, haussant un sourcil. Avant tout ça, elle travaillait comme gouvernante, mais les maîtres, disait-elle, avaient toujours les mains vagabondes. *Pourquoi céder pour le salaire d'une gouvernante, alors que l'on pourrait leur faire payer le prix fort pour ce qu'ils reçoivent ?* disait toujours Manette. Elle était très intelligente.

— Connaissez-vous les noms des gentlemen qu'elle fréquentait?

Alice secoua la tête, et ses grosses boucles brunes s'agitèrent sous sa coiffe.

— Manette restait muette comme une carpe quand il était question de ses affaires. Elle disait que la discrétion est la différence entre nous et les prostituées ordinaires. Mais elle avait de la classe, ne vous y trompez pas. C'est normal qu'elle ait décroché un noble.

Gabriel s'immobilisa.

— Quel noble?

— Je ne connais pas son nom... comme je l'ai dit, Manette savait garder ses secrets. Mais un soir, elle et moi nous sommes un peu enivrées, et elle a raconté qu'elle avait obtenu un billet pour un endroit meilleur. C'est un aristo qui le lui a fourni. J'ai cru que c'était l'alcool qui parlait, mais une quinzaine de jours plus tard, elle a disparu. Maintenant, elle pourrait être Lady Je-ne-sais-quoi, s'enthousiasma Alice.

Gabriel ne partageait pas sa bonne humeur.

— Vous ne vous souvenez pas d'autre chose qu'elle aurait dit à propos de cet homme?

— Non, monsieur. J'ai raconté tout ce que je savais.

Gabriel lui remit le reste de l'argent.

— Merci pour votre temps.

— Êtes-vous certain que je ne peux pas vous aider d'une autre manière? demanda Alice avec coquetterie.

— Ce sera tout, répliqua-t-il d'un ton ferme.

— Vous savez où me trouver si vous changez d'avis.

Elle lui adressa une moue gentille, puis rentra dans le bâtiment en ondulant des hanches. La porte se referma derrière elle, et Gabriel resta là, l'esprit en ébullition.

Heath était-il ce noble que Marie, ou plutôt Manette, avait rencontré? Était-ce lui qui avait engagé la Française, non pas à des fins charnelles comme le croyait Alice, mais pour l'espionner, et enlever son fils? L'instinct de Gabriel lui soufflait que, d'une manière ou d'une autre, la gouvernante était la clé de tout. Il devait se rendre au Tickle and Fancy pour voir si quelqu'un là-bas savait où se trouvait Manette, ou s'il pouvait identifier Heath comme l'un de ses clients.

La porte du bâtiment adjacent s'ouvrit à la volée. Un homme aux cheveux couleur sable la franchit, et, lorsqu'il se tourna, un froid glacial envahit Gabriel, choqué. Il resta figé tandis que la vision se rapprochait de lui.

Le visage familier arborait un sourire ironique.

— Bonjour, Trajan.

— Marius ? murmura Gabriel.

Rapide comme l'éclair, l'autre homme se déplaça. Tremont leva instinctivement le bras, mais il savait qu'il était trop tard. La poudre s'infiltra dans ses narines et ses poumons ; elle l'étouffa, il ne pouvait y échapper. Il recula en titubant, loin du fantôme, et, cette fois, ce fut lui qui bascula dans l'oubli.

CHAPITRE TRENTE-SIX

Le monde devint plus net.

L'esprit de Gabriel analysa sa situation tout en restant parfaitement immobile.

Pièce sans fenêtre. Allongé sur un lit, mains et jambes entravées. Ne le laisse pas voir que tu es réveillé. Marius. Mon frère... mon ennemi.

— Bienvenue, Gabriel.

Le diable l'emporte ! Lentement, il s'assit, faisant cliqueter les chaînes entre ses poignets. Marius sortit de l'ombre, et le ventre de Gabriel se noua à la vue du visage qui l'avait hanté pendant tant d'années. Le temps s'était montré clément avec cette ordure. Quelques rides de plus sur sa peau bronzée, quelques touches de gris dans ses cheveux bruns courts. Ses yeux, bleus et perçants, étaient les mêmes. Aussi acérés qu'une lame.

Le genre qu'on retrouvait planté dans son dos, apparemment.

— Comment ? lança Gabriel. Pourquoi ?

Marius sourit.

— Avec simplement deux mots, tu ouvres tout un univers de questions, mon ami.

— Je ne suis pas ton ami.

— Et je ne suis pas ton ennemi.

— Prouve-le, dit calmement Gabriel, alors qu'il fulminait intérieurement. Détache-moi et ensuite nous aurons une discussion sur l'amitié.

— Je ne suis pas un idiot. Au corps à corps, je n'ai jamais pu te battre. Voilà pourquoi j'ai dû organiser ce *tête-à-tête*[1], expliqua Marius en secouant la tête. Je ne te libérerai pas tant que tu n'auras pas écouté ce que j'ai à dire. Et tu vas écouter attentivement, Gabriel. Je suis revenu d'entre les morts pour te transmettre ce message.

— Que le diable emporte ton message, répliqua Tremont, dont la rage prit le pas sur son sang-froid. Et, en parlant de mort... pourquoi ne l'es-tu pas ?

Marius soupira.

— Je suppose que je ne vais pas pouvoir éviter de te raconter toute l'histoire. Je vais devoir recommencer depuis le début. Mais je te préviens : nous risquons d'avoir peu de temps.

— Je n'ai pas besoin de ton avertissement, espèce de sale traître ! Tu es le Spectre, n'est-ce pas ? s'exclama Gabriel.

Il fut debout en une seconde, obligé de traîner ses pieds entravés alors qu'il avançait vers celui qui avait été son ami.

— Depuis le début, c'était *toi* ! Pendant des années, j'ai vécu avec la culpabilité de ta mort. Mais je n'ai pas de sang sur les mains, n'est-ce pas ? Il coule des tiennes !

Marius sortit un pistolet de sa poche et visa le cœur de Gabriel.

— Si tu t'approches, je serai obligé de te tuer. Je n'en ai pas envie, mais je le ferai.

— Va au diable ! gronda Gabriel.

— Assieds-toi. Sur cette chaise, indiqua Marius, faisant un geste avec son arme.

Avec de grandes respirations, Gabriel s'obligea à s'exécuter. *Reprends le contrôle. Trouve un moyen de sortir d'ici.*

---

1. En français dans le texte.

— Un seul geste et je te mets une balle dans le cœur, l'avertit Marius. Compris ?

Je t'arracherai les membres un à un. Il dut faire appel à toutes ses ressources, mais il finit par hocher brièvement la tête. Il attendrait son heure.

— Puisque tu en as parlé, nous allons commencer par cette dernière mission. Dès le début, j'ai essayé de dissuader Octave de la faire, mais il ne voulait rien écouter. C'était une ordure têtue.

— C'est pour ça que tu lui as tranché la gorge ? gronda Gabriel entre ses dents serrées

— J'ai essayé de donner ma démission à Octave, poursuivit Marius, comme si son ancien ami n'avait rien dit. À cette époque, j'en avais plus qu'assez de l'espionnage et de toute la laideur que cela impliquait. Mais Octave ne l'a pas acceptée. Il m'a rappelé tout ce que je lui devais, qu'il m'avait arraché à la pauvreté et du tas d'ordures dont j'étais issu, qu'il avait fait de moi un gentleman épanoui…, expliqua Marius, les lèvres déformées par un rictus. Il m'a convaincu de faire cette dernière mission. De risquer ma vie et celle de mes collègues à cause de son obsession à capturer le Spectre tout-puissant. Et je l'ai fait… parce que je n'ai jamais pu dire non à ce maudit homme. Notre mentor était un maître dans l'art de la manipulation.

N'écoute pas Marius. Ce n'est qu'un foutu menteur. Que veut-il ?

— La nuit de la mission, tout a mal tourné. C'était un piège. J'y ai échappé de justesse, et j'ai attendu trois jours au lieu de rendez-vous convenu à Rouen. Quand personne ne s'est montré, j'ai compris que vous aviez tous été capturés, dit Marius, dont les traits bronzés semblaient durs dans la pénombre. Je vais être honnête : j'ai été tenté de m'enfuir. De laisser Octave penser qu'il nous avait tous perdus cette nuit-là et de commencer une nouvelle vie, enfin débarrassé de lui. Mais je n'ai pas pu.

— Pourquoi devrais-je croire ce que tu dis ? lança sèchement Gabriel.

— Parce que je suis revenu pour toi et les autres, alors que c'était la dernière chose que j'avais envie de faire ! s'exclama Marius, la voix tendue. Comme un fou, je me suis disputé avec moi-même, et j'étais méchamment en colère contre la partie de moi qui a gagné. Mais je ne pouvais pas te laisser aux mains du Spectre, sachant de quoi cette ordure était capable.

La voix de Gabriel était empreinte de sarcasme, alors que son cœur battait la chamade.

— Loyal jusqu'à l'excès.

— Appelle ça de la loyauté ou de la stupidité, cela n'a pas d'importance. Le fait est que je suis revenu et que je vous ai tous libérés. Et quand toi et moi nous sommes battus pour retrouver la liberté et que ce salaud m'a poussé du haut de la falaise, je n'avais qu'une seule pensée en tête. *Bon sang ! Voilà à quoi cela m'a mené*, raconta Marius, qui déglutit visiblement. J'allais mourir au beau milieu de nulle part, sans que personne ne le sache ou ne s'en préoccupe, et pour rien. C'était ainsi que les choses allaient se terminer pour moi, et je n'ai même pas été surpris.

Ne l'écoute pas. Ne te laisse pas abuser une nouvelle fois.

— Tout cela serait très touchant... si tu étais mort. Mais ce n'est pas le cas, remarqua Gabriel, de l'acide dans la voix. Tu es vivant et tu pointes une arme sur moi.

— Je n'aurais pas besoin de l'arme si tu n'étais pas si têtu, soupira Marius. Il y avait une corniche sur cette falaise, cachée sous un plus grand affleurement. Pendant ma chute, je suis parvenu à l'attraper et à me hisser. J'étais allongé là, perdant mon sang à cause de la balle dans mon bras, et, à ce moment-là, j'ai su que Marius était mort. Il était tombé dans l'océan, dans une tombe anonyme. Mais moi, John Malcolm, j'allais vivre. L'univers m'avait donné une seconde chance, une nouvelle vie, et j'étais bien décidé à faire en sorte qu'elle vaille la peine d'être vécue.

Gabriel détestait entendre la vérité dans les paroles de Marius. Il détestait encore plus le fait qu'il ne comprenait que trop bien ces sentiments.

— Je croyais que tu étais mort à cause de moi, dit-il, la voix rauque. Pendant plus de douze ans, tu m'as laissé vivre avec cette culpabilité.

Marius eut le culot de paraître surpris.

— Pourquoi penserais-tu que ma mort était ta faute? Tu ne m'as pas poussé dans le précipice.

— C'est à cause de moi que nous avons tardé à sortir de cet enfer! s'exclama Gabriel, que le souvenir submergeait comme de la lave en fusion. Tu n'arrêtais pas de me dire de courir, de partir, de sortir de là, mais je n'écoutais pas, parce que j'étais hors de contrôle, emporté par ma soif de sang. Au lieu de fuir, je suis resté, j'ai combattu, et j'ai tué. Quand nous avons atteint l'extérieur, l'ennemi nous encerclait. Si je t'avais écouté, nous aurions eu dix bonnes minutes d'avance sur eux. Tu n'aurais pas été obligé de te battre sur la falaise.

Les traits burinés de Marius laissèrent apparaître sa prise de conscience.

— Tu pensais que le retard que tu as causé avait entraîné ma mort?

— Plus maintenant, vu que tu te tiens ici, aussi vivant que moi, répliqua Gabriel. Mais pendant toutes ces années... oui, bon sang! Je croyais que c'était ma faute! Tu étais mort parce que j'avais laissé mes émotions prendre le dessus, au lieu de mon intelligence. Parce que j'avais perdu le contrôle. Parce que je n'avais pas tenu compte des enseignements d'Octave...

La colère brillait maintenant dans les yeux de Marius.

— Le contrôle n'a *jamais* été le problème. Ne laisse pas les prétendues leçons de notre mentor t'aveugler au sujet de la vérité. Ce n'est *pas* normal de bloquer toutes les émotions. Tuer, voir les choses dont nous avons été témoins; et faire comme si cela ne touchait pas nos âmes, c'est vraiment *mal*! Voilà pourquoi j'avais besoin de m'en aller. Je ne voulais pas devenir un soldat mort et sans âme. L'ombre d'un homme, une coquille vide.

Un étau se resserra autour de la poitrine de Gabriel. Il ne pouvait pas parler.

— Je ne suis pas le Spectre, Gabriel, dit Marius d'une voix

calme, et je mène une vie paisible, que certains jugeraient ennuyeuse, depuis que j'ai tout recommencé à zéro. Je n'ai aucune raison d'être ici aujourd'hui, si ce n'est pour régler une dette.

— Quelle dette ? l'interrogea Gabriel, la voix rauque.

— La loyauté que je te devais... ainsi qu'aux camarades que j'ai laissés derrière moi. La Normandie a continué à m'obséder au fil des ans, comme un caillou dans ma botte. Ou, plus précisément, comme un serpent dans l'herbe. Comment le Spectre pouvait-il connaître suffisamment bien les rouages de notre groupe pour tendre un tel piège ? Bien sûr, il n'y avait qu'une seule réponse possible. Quand j'ai appris la mort d'Octave, suivie de peu par ton « accident » de calèche, j'ai compris qu'il était question d'achever un travail. J'ai eu beau essayer, je ne pouvais pas l'ignorer. Alors, je suis revenu. Il s'avère que ma mort apparente m'a donné un grand avantage en matière d'espionnage. Au cours des quinze derniers jours, j'ai suivi les événements sans que personne ne s'en aperçoive. Et j'ai pu intervenir quand cela a été nécessaire.

— Le tireur dans la ruelle, dit soudain Gabriel. C'était... toi ?

Marius acquiesça.

— Je vous ai suivis au marché ce jour-là, Pompeia et toi. Et quand il m'a semblé que tu avais besoin d'un peu d'aide, je suis intervenu.

Gabriel déglutit.

— Tu as toujours été un tireur d'élite. Pourquoi ne t'es-tu pas révélé à moi à ce moment-là ?

— Parce que je ne savais toujours pas qui était le Spectre. J'avais besoin de rester dans l'ombre pour observer le déroulement des événements. Pour voir qui se révélerait finalement être le coupable.

— Tu sais qui est le Spectre ? l'interrogea Gabriel.

— Oui.

Gabriel vit tout ce qu'il avait besoin de savoir dans l'expression lugubre de l'autre homme. Ce que son instinct essayait de lui dire depuis le début.

— Ce n'est pas Heath.

— Non, effectivement.

— Par tous les diables! s'exclama Gabriel, fou de rage. Davenport.

Marius hocha la tête d'un air sinistre.

— Cicéron a toujours été rusé comme un renard, et il est de nature méfiante. Plusieurs fois, j'ai suivi sa calèche depuis ses bureaux, pour découvrir plus tard qu'il s'agissait d'un leurre. Il avait engagé un homme pour se faire passer pour lui, faire des courses à Bond Street, ce genre de choses. Pendant ce temps, il était parti, Dieu sait où, pour semer le trouble. Ce n'est que par accident que j'ai flairé sa véritable piste. Je surveillais également Heath, l'autre suspect possible... et qui s'est montré chez ce dernier? Cicéron. Heath n'était pas chez lui, mais Davenport est entré directement. J'ai compris qu'il mijotait quelque chose, mais j'ignorais quoi. Puis, trois soirs plus tard, tu as « découvert » les plans du Spectre dans son logement, et j'en ai déduit que Cicéron avait piégé notre ami fou.

— Pourquoi ne t'es-tu pas manifesté à ce moment-là?

— Parce que je voulais des preuves tangibles. Pas seulement des spéculations. Et j'en ai enfin. Il y a deux nuits, Cicéron, se croyant à l'abri après la capture de Heath, s'est finalement montré imprudent. J'ai pu le suivre jusqu'à un cottage à Camden Town où j'ai trouvé le chaînon manquant, expliqua Marius, sortant une clé de sa poche. Je te montrerai, si tu promets de ne pas perdre de temps à essayer de me tuer.

Le passé était révolu. Gabriel se rendit compte qu'il n'en avait plus rien à faire. Ce qui importait, c'était que les explications et les révélations de Marius étaient logiques et ouvraient des perspectives, en mettant un terme au règne maléfique du Spectre une fois pour toutes.

— Retire-moi ces maudites chaînes.

Après lui avoir ôté ses entraves, Marius lui dit :

— Suis-moi.

Gabriel parcourut à sa suite un couloir, jusqu'à une porte fermée, que Marius déverrouilla.

— Après toi.

Une femme était assise sur un lit, les mains enchaînées, un bâillon sur la bouche. Ses jolis traits étaient pâles, ses cheveux plus clairs, mais Gabriel l'aurait reconnue entre mille.

Il serra les poings contre ses flancs.

— Que le diable vous emporte, Fournier, Fontaine, ou qui que vous soyez !

Elle voulut parler, mais ses mots étaient étouffés ; elle se recula contre la tête de lit.

— Il se trouve qu'elle est aussi la maîtresse de Davenport, mais tu entendras sa confession plus tard. Viens, mon ami, dit Marius, qui le fit sortir avant de fermer la porte à clé. Nous n'avons pas beaucoup de temps. Si Cicéron se rend compte de sa disparition, il va paniquer. Il pourrait frapper.

Freddy. Thea. Gabriel sentit une poigne glaciale lui saisir les tripes.

— Il faut que je rentre.

— Oui. Veux-tu prendre...

Un grand fracas retentit dans la maison. En un éclair, Marius sortit une paire de pistolets et en lança un à Gabriel. Ils se déplacèrent selon leur vieille habitude, Gabriel debout, Marius en position basse, tous deux visant les silhouettes qui prenaient d'assaut le couloir obscur. À mesure que les intrus se rapprochèrent, leurs visages apparurent clairement.

Gabriel s'écria :

— Cessez-le-feu ! Tout le monde.

— Tremont, est-ce que vous allez bien ? s'enquit Kent, son arme braquée sur Marius. Déposez votre arme, qui que vous soyez. Nous avons encerclé l'endroit.

— Tout le monde pose son arme, ordonna Gabriel. Voici Marius... un ami.

Lentement, ce dernier abaissa son arme à feu. Kent fit de même, marmonnant :

— Vous avez des amis intéressants, my lord. Est-ce qu'ils vous enlèvent tous en plein jour ?

— Marius a trouvé la gouvernante. C'est la maîtresse de Davenport et sa complice, dit Gabriel d'un ton sombre. Je vous expliquerai tout dans la calèche. Nous devons retourner immédiatement chez Strathaven.

————

Lorsqu'ils s'arrêtèrent devant la résidence du duc, Gabriel comprit que quelque chose n'allait pas. La porte était ouverte ; des domestiques et des hommes en uniforme s'affairaient. Il bondit hors du véhicule et s'élança avant que les roues ne s'arrêtent complètement. Il se fraya un chemin à travers la petite foule et aperçut Strathaven et la duchesse dans l'entrée.

Le duc donnait des ordres à un groupe d'hommes. Des coureurs[2]. À ses côtés, la duchesse était pâle, le visage marqué par l'inquiétude.

— Où sont Thea et Freddy ? s'écria Gabriel.

— Tremont, tu es de retour, dit Strathaven en s'avançant vers lui, posant une main sur son épaule. Allons parler dans mon bureau, ce sera plus calme...

— Bon sang ! Dis-moi ce qui s'est passé !

— Ils ont été enlevés, lui dit la duchesse. Dans le courant de l'après-midi. Ils se rendaient chez Marianne et, d'après les témoignages recueillis, une voiture anonyme s'est arrêtée et quelqu'un a fait feu sur les deux valets de pied qui les accompagnaient. Thea et Freddy ont été emmenés.

Sa voix s'étrangla, et le bras du duc entoura ses épaules.

— Nous ne savons pas qui est derrière tout cela ni où ils ont été emmenés.

Le sang rugissait dans les oreilles de Gabriel.

— Davenport. C'est le Spectre.

— Quoi ? s'exclamèrent Strathaven et la duchesse à l'unisson.

————

2. Les *Bow Street Runners* constituèrent les premières forces de police professionnelles de Londres.

Il fut assailli d'images de Thea et de Freddy, enfermés dans un trou à rats. Sa bien-aimée qui luttait pour respirer, son fils qui tombait... Gabriel repoussa sa panique.

Ils sont forts; ils se débrouilleront jusqu'à ce que tu les retrouves. Concentre-toi pour les ramener.

— Rassemble tout le monde dans ton bureau. Nous allons sauver Thea et Freddy des mains du Spectre, dit-il d'un ton sec, et chaque minute compte.

Chapitre Trente-Sept

La tête de Freddy reposant sur ses genoux, Thea fit le point sur cette situation inquiétante. Le garçon était encore inconscient à cause de la substance nocive contenue dans les mouchoirs qui avaient été pressés sur leur visage pendant l'enlèvement. Cela faisait environ un quart d'heure qu'elle avait repris ses esprits et elle se sentait encore sonnée. Elle ignorait combien de temps s'était écoulé, la durée du trajet en calèche et où ils avaient été emmenés.

Pour l'instant, il n'y avait qu'une petite pièce sans fenêtre. L'obscurité semblait indiquer qu'ils se trouvaient dans un sous-sol. Freddy et elle portaient tous deux des entraves métalliques aux chevilles, de lourdes chaînes les reliant à un anneau de fer dans le mur. Ils étaient assis sur une mince paillasse, et sa peau se contractait en entendant le bruissement sous ses jupes.

Ne panique pas. Tâche de comprendre où vous êtes.

Plissant les yeux dans la pénombre, elle distingua une petite alcôve bordée de briques, et assombrie par les cendres. Un coin cuisine. Cette pièce avait servi de cuisine à un moment donné. Reniflant, elle perçut une odeur de graisse et de fumée de charbon, dont les parois de bois étaient imprégnées. Une autre odeur persistait dans l'air... saumâtre, comme de l'eau de mer, ou des eaux usées. Elle entendait des bruits sourds et lointains venant de l'extérieur. Une corne de bateau, peut-être ? Étaient-ils près de la Tamise ? Mais elle n'avait pas l'impression qu'ils étaient en ville ; le silence qui régnait ici était différent de la cacophonie londonienne.

La tête de Freddy remua, puis il battit des cils, et il leva les yeux vers elle, mais sans vraiment la voir.

Thea fut soulagée.

— Tu vas bien, mon chéri ?

— Que s'est-il passé ? demanda-t-il, la voix encore endormie.

— Nous avons été enlevés, mais j'ignore par qui.

Thea le sentit trembler. Elle caressa sa petite joue parsemée de taches de rousseur.

— Je sais que c'est effrayant, mon chéri, mais nous ne devons pas céder à la peur. Nous devons nous concentrer pour essayer de sortir d'ici. Ton papa et mon frère sont sûrement en route pour nous retrouver.

Freddy hocha la tête, les yeux écarquillés.

— Crois-tu pouvoir t'asseoir ? lui demanda-t-elle.

— Je crois que oui.

Avec l'aide de la jeune femme, il parvint à se redresser contre le mur.

— Bon travail, mon chéri. Maintenant, je vais aller jeter un coup d'œil dans la pièce, d'accord ? Tu peux m'aider en essayant de voir s'il y a un moyen de sortir d'ici.

Se levant, elle parcourut le petit périmètre de la pièce, qui ne mesurait pas plus de trois mètres de chaque côté. Elle tâcha de se déplacer aussi furtivement que possible pour minimiser le cliquetis révélateur de la chaîne. Elle posa les paumes à plat sur les murs ; ils étaient en bois massif et épais. Pour autant qu'elle pouvait en juger, le seul moyen de sortir de la pièce était la porte, et elle entendait les pas lourds de quelqu'un juste à l'extérieur. Un garde, probablement. Même s'ils parvenaient à franchir la porte, elle n'avait aucune chance de passer devant un coupe-jarret.

Alors qu'elle se tenait là, désemparée, un léger sifflement lui parvint à l'oreille. Elle crut d'abord qu'elle l'imaginait, mais il recommença. Le son était bas et lugubre comme une marche funèbre.

— Est-ce que tu entends ça ? murmura-t-elle à Freddy.

— Entendre quoi ? chuchota-t-il à son tour.

— Un sifflement.

Le garçon secoua la tête.

Néanmoins, elle ferma les yeux et se concentra sur le son, comme elle le faisait parfois lorsqu'elle faisait ses exercices au piano. Elle entendit les battements de son propre cœur, les mouvements du monde extérieur... et là. Il était là. Encore ce bruit. Il venait... du coin cuisine.

Elle s'y précipita. Les cendres formaient un épais tapis sur le sol, et les murs de briques de l'alcôve étaient noircis par des années d'exposition à un feu de cuisine. *Le feu, la fumée...* Le cœur de Thea s'emballa. *Il faut bien que cela sorte quelque part.* S'avançant prudemment dans le foyer, elle jeta un coup d'œil dans l'obscurité au-dessus d'elle.

Et voilà.

Une fine planche avait été clouée sur l'ancienne ouverture du conduit de fumée. Elle ne couvrait pas entièrement le trou, et le sifflement provenait du vent qui s'infiltrait sur les bords. Elle voyait de minces traits de lumière au-dessus et au-dessous de la planche. Soudain, la liberté ne lui semblait plus aussi éloignée que quelques instants auparavant. Le trou était situé à environ deux mètres de hauteur, ce qui était accessible si elle parvenait à hisser Freddy sur ses épaules. Elle jugea l'ouverture juste assez grande pour que le garçon puisse y passer... s'ils parvenaient à détacher la planche. Et si Freddy n'était pas enchaîné au mur.

À cet instant, elle entendit des pas s'approcher. Des voix d'hommes. Elle se précipita vers le petit garçon et se laissa tomber à côté de lui, juste au moment où la porte grinçait sur ses gonds. Un homme vêtu d'un grand manteau entra. Elle le reconnut pour l'avoir vu sur le tableau dans son bureau. À la lumière de la lampe qu'il tenait, les traits patriciens de Davenport présentaient un aspect nettement menaçant. Deux laquais s'agitaient derrière lui, vêtus grossièrement, comme des hyènes avides de se nourrir.

— Mademoiselle Kent et le jeune Lord Ridgley, dit Davenport avec des accents polis, je vous prie de m'excuser pour la modestie de votre logement, mais je crains d'avoir manqué de temps. Des circonstances inattendues, voyez-vous. Mais, n'ayez crainte. Nous ne serons là que pour peu de temps.

Thea se leva, les épaules droites.

— Pourquoi nous avez-vous enlevés, Lord Davenport ?

Il ne semblait pas surpris qu'elle connaisse son identité. Au lieu de cela, il sourit, et un frisson parcourut l'échine de Thea.

— Eh bien, pour votre charmante compagnie, bien sûr.

— Si c'est de l'argent que vous voulez...

— Oh, oui ! *J'en veux*. Mais vous, mes chers, vous valez bien plus que de l'or.

— Pourquoi ? demanda Thea.

Le venin dans la voix de Davenport lui inspira une peur paralysante.

— J'ai pour invités le fils de Trajan et sa fiancée. Je l'aurai à ma merci, et je lui rendrai la monnaie de sa pièce pour avoir ruiné mes plans.

— Vous... vous êtes le Spectre ? souffla-t-elle.

Il lui adressa un rictus.

— Ma réputation me précède, à ce que je vois.

— Je ne comprends pas. Pourquoi faites-vous cela ? Vous avez une position, un statut, la richesse...

— Rien de tout cela ne me protégera lorsque mon secret sera révélé. Octave ne voulait pas renoncer, et Trajan... eh bien, comme on dit, la pomme ne tombe jamais loin de l'arbre. À cause d'eux, je vais perdre la vie privilégiée que je menais. Comme Octave est déjà mort, il ne reste plus que Trajan pour compenser mes désagréments, dit Davenport, un sourire méchant aux lèvres. Nous allons bientôt voyager.

Il se retourna, et sa cape noire tourbillonna derrière lui. Ses hommes de main le suivirent en jetant des regards avides et concupiscents vers l'arrière. La porte se referma, et Thea sentit ses genoux faiblir. Elle posa une main sur le mur pour se soutenir.

— Thea ? l'appela la voix fluette et effrayée de Freddy, pénétrant son hébétude.

Elle s'agenouilla à côté de lui.

— Je vais bien, Freddy.

— Pourquoi as-tu appelé cet homme le Spectre ? Et quand il a parlé de Trajan, il voulait dire papa ? l'interrogea le garçon, fronçant les sourcils avant de poursuivre d'une voix tremblante. Va-t-il faire du mal à papa ? Va-t-il nous faire du mal ?

Thea déglutit, ne sachant que dire. Elle n'était pas dupe. Le Spectre était un méchant, sanguinaire et sans pitié, qui n'avait pas l'intention de négocier quoi que ce soit. Il voulait obtenir de l'argent et sa vengeance. Et il existait un moyen efficace de mettre Gabriel à genoux.

Elle observa le petit visage adorable de Freddy, et l'amour et la résolution prirent racine en elle.

— Il ne t'arrivera rien, mon chéri, le rassura-t-elle, le prenant par les épaules. J'ai un plan. Et je vais avoir besoin de ton aide.

***

— Où les a-t-il emmenés ? demanda Gabriel.

Assise dans le bureau du duc, Manette Fontaine avait les lèvres blanches.

— Je ne sais pas. Il ne m'a pas fait part de ses projets.

La duchesse se tenait devant la prisonnière, les poings serrés sur les hanches.

— Il détient ma sœur et le fils du marquis. Si quelque chose leur arrive, vous serez complice d'un meurtre. En réalité, vous êtes déjà complice de haute trahison. Vous allez être pendue.

— Tr... trahison ?

Lorsque Gabriel vit la femme blêmir soudainement, il comprit que sa surprise était sincère.

— Davenport ne vous l'a pas dit ? s'enquit-il d'un ton mortel.

C'est un espion. Il vend des secrets britanniques depuis des années. Il se sert de sa position au Parlement pour se livrer à son activité de traître.

— Je ne suis pas au courant de cela, haleta Fontaine.

— Vous pensez que quelqu'un vous croira ? Vous vous êtes fait passer pour une gouvernante, et vous avez tenté d'enlever un garçon innocent. Vous avez comploté pour m'assassiner dans ma calèche, énuméra Gabriel sans ménagement.

La poitrine de la femme se soulevait et s'abaissait en vagues paniquées.

— Je vous jure que j'ignore tout d'un projet d'assassinat !

— Personne ne vous croira. Vous serez pendue pour vos crimes, à moins que vous ne nous aidiez maintenant. À moins que nous ne plaidions la clémence en votre faveur.

Gabriel vit que Fontaine prenait conscience de la réalité et qu'elle abandonnait le combat.

Les épaules affaissées, elle dit à voix basse :

— Davenport ne fait confiance à personne. Il ne m'a jamais parlé de ses plans ni de l'endroit où nous irons. Seulement d'être prête quand il viendrait me chercher.

— Cela ne suffira pas à vous sauver de la corde ! s'exclama Tremont.

Ils n'avaient pas de temps à perdre à l'écouter tergiverser ; les vies de Freddy et Thea étaient en jeu.

— Si vous n'avez rien de mieux à proposer, vous pouvez pourrir à Newgate jusqu'à ce que vous soyez pendue.

— Non, attendez ! s'exclama Fontaine, se léchant les lèvres tandis qu'elle parcourait la pièce du regard. Peut-être... peut-être que je sais quelque chose.

Gabriel attendit, le cœur battant à tout rompre.

— Davenport m'a fait savoir que je devais l'attendre dans ce cottage de Camden Town. Il m'a dit de me préparer à un voyage par la mer. Il est censé envoyer quelqu'un me chercher à vingt-trois heures trente ce soir.

— Où vous emmène-t-il ? l'interrogea Gabriel.

— Je n'en sais rien. Je vous jure que c'est la vérité! s'exclama Fontaine, les mains croisées sur ses genoux. Tout ce qu'il m'a dit, c'est de faire des bagages légers, et de ne prendre que ce dont j'aurai besoin, car le voyage allait se dérouler en plusieurs étapes.

Enfin, une piste. Gabriel échangea un regard rapide avec les autres hommes, et il vit à leurs expressions pessimistes qu'ils étaient parvenus à la même hypothèse que lui. Un feu s'alluma au creux de son ventre. *J'arrive, princesse. Dis à Freddy de ne pas avoir peur. Attendez-moi.*

Il fit un geste vers l'un des hommes de Kent.

— Emmenez la prisonnière hors d'ici. Gardez-la en sécurité.

— Tiendrez-vous votre promesse de clémence? demanda Fontaine.

— Si Mlle Kent et mon fils reviennent sains et saufs.

Quand la porte se referma derrière elle, Kent dit :

— Il va utiliser le Regent's Canal.

C'était exactement ce que pensait Gabriel. Davenport avait choisi Camden Town, car situé non loin du canal. Depuis l'écluse, il pourrait emprunter une barge pour rejoindre la Tamise et, de là, prendre la mer. S'il allait aussi loin... ils ne pourraient pas le retrouver. Le ventre de Gabriel se noua. Il devait retrouver Freddy et Thea avant qu'ils ne soient embarqués sur un maudit bateau.

— À mon avis, Freddy et Thea sont cachés quelque part à Camden Town. Non loin de la maison de Fontaine, affirma Gabriel d'un ton laconique. Cette ordure a pris la précaution de les séparer de Fontaine, au cas où elle serait retrouvée.

— Tu crois qu'il sait que nous l'avons arrêtée? demanda Strathaven.

— Il n'est pas censé venir avant vingt-trois heures trente. Nous avons donc encore quatre heures devant nous; il est possible qu'il ne sache pas. Mais nous n'avons pas de temps à perdre, rappela Gabriel avant de leur exposer sa stratégie. Nous aurons besoin de trois équipes à Camden Town. Une pour surveiller le cottage, une pour quadriller les environs à la recherche de Thea et Freddy, et une pour monter la garde près de l'écluse.

— Mes hommes et moi nous occuperons du cottage, annonça McLeod.

— Je vais envoyer un message à mes anciens collègues de la police de la Tamise, dit Kent. Ils pourront nous aider à surveiller l'écluse et les barges le long du canal et à repérer tout signe de Thea et Frederick.

— Je quadrillerai la ville, proposa Gabriel.

— Je viens avec toi, dit Strathaven.

— Moi aussi, ajouta Marius.

Gabriel acquiesça d'un hochement de tête et serra les poings. Il allait ramener Thea et Freddy sains et saufs. Après cela, il s'occuperait du Spectre et lui rendrait la justice qu'il méritait.

Chapitre Trente-Huit

— À l'aide! S'il vous plaît, quelqu'un, à l'aide! hurla Thea. Mon fils est malade!

Elle entendit un juron étouffé de l'autre côté de la porte, et quelqu'un qui essayait d'introduire une clé dans la serrure. Quelques instants plus tard, la porte s'ouvrit à la volée, et l'un des laquais entra en trombe. Il jeta un coup d'œil à Freddy qui tremblait sur le sol, et il écarquilla les yeux.

— Par tous les saints! Quel est son problème? demanda le coupe-jarret.

— Il souffre de crises de mal caduc. Se faire enlever, c'est trop éprouvant pour lui, expliqua Thea d'une voix larmoyante. Je ne l'ai jamais vu aussi mal en point.

Les yeux de Freddy étaient révulsés, et il commença à faire des borborygmes. Le brigand se signa, puis recula d'un pas.

— Que suis-je censé faire, bon sang? demanda-t-il, visiblement paniqué. Le maître n'est pas encore rentré, et il me tuera s'il arrive quelque chose à ce petit monstre.

— Détachez-le pour que je puisse l'installer plus confortablement, dit Thea d'un ton pressant.

Le laquais sortit une clé de sa poche. Il hésita.

— Dois-je le toucher ?

— Oh, pour l'amour du ciel ! s'exclama Thea, dégoûtée. Contentez-vous de me jeter la clé.

Le garde laissa tomber l'objet sur le sol et la lui envoya d'un coup de pied. Le cœur battant la chamade, Thea s'en saisit et déverrouilla la menotte sur le pied tremblant de Freddy. L'entrave ouverte s'écrasa sur le sol. Retenant son souffle, elle tendit la main avec le plus de désinvolture possible vers la lourde entrave qui pesait sur sa proche cheville.

— Juste celle-là, ordonna le garde.

Ça aurait été trop facile. Lui jetant la clé, Thea dit :

— Il a besoin d'eau.

Le garde s'en alla en traînant les pieds. Dès qu'il eut disparu, Thea murmura :

— Tu fais un excellent travail, mon chéri.

Freddy cessa de trembler, et afficha un sourire malicieux.

Lorsque la porte se rouvrit, il reprit avec énergie ses mouvements convulsifs. Thea prit l'eau des mains du garde terrifié et lui annonça que seuls le repos et la tranquillité aideraient le garçon maintenant. Le coupe-jarret semblait plus qu'heureux de s'éloigner d'eux. Il claqua la porte, et ils entendirent le déclic de la serrure.

Thea écouta les bruits de pas qui s'éloignaient, puis elle dit :

— Allons-y. Nous n'avons pas beaucoup de temps.

Freddy et elle se dirigèrent furtivement vers l'alcôve. Au prix d'un grand effort, elle parvint à le hisser sur ses épaules. Perché là, il pouvait atteindre le conduit fermé.

— Le haut de la planche est desserré, murmura-t-il. Si tu me tiens immobile, je vais tirer.

Transpirant sous le poids du garçon, elle le tint malgré tout fermement sous les genoux, et serra. Freddy tira fort. La planche céda avec un craquement. Ils se figèrent tous deux à ce bruit... et au souffle soudain et saisissant de l'air vivifiant de la nuit. Comme le garde ne faisait pas irruption dans la pièce, Thea pencha le cou, essayant de voir par le trou.

Une parcelle de gravier. Au-delà, rien que des ténèbres. Même si elle craignait d'envoyer Freddy seul dans la nature, il serait bien plus en danger s'il restait ici.

— Va vite, maintenant, le pressa-t-elle. Grimpe par là.

Jetant la planche sur le gravier, Freddy s'agrippa aux bords du trou. Les poumons de Thea se contractèrent sous l'effet de l'effort, tandis qu'elle lui donnait le plus d'élan possible. Un instant plus tard, son poids se souleva de ses épaules et elle regarda, la respiration haletante, les semelles de ses bottes disparaître par l'ouverture.

Un instant plus tard, le visage inquiet de l'enfant la regardait.

— Je ne me sens pas à l'aise de partir...

— Rappelle-toi ce dont nous avons parlé. Continue à avancer, jusqu'à ce que tu trouves un fiacre pour te ramener à la maison, ou un lieu public où quelqu'un pourra t'aider. Tu es un garçon fort et intelligent : tu peux le faire.

— Je ramènerai papa. Nous reviendrons te chercher, dit-il, la lèvre inférieure tremblante.

— Je t'aime, Freddy. Maintenant, *va-t'en*, insista-t-elle.

Finalement, il obéit. Elle ne le voyait pas, et elle tendit l'oreille en quête d'un bruit indiquant qu'il aurait été repéré. Mais elle n'entendit pas de cri ni d'échauffourée. Thea s'affaissa contre la brique, le regard levé vers la nuit exposée. L'inquiétude l'envahit lorsqu'elle pensa à Freddy seul dans ce monde obscur, mais, au moins, là-bas, il avait une chance.

La tête baissée, la jeune femme pria pour qu'il retrouve le chemin de la maison.

———

La nuit imprégnait le ciel de la campagne comme de l'encre indigo, assombrissant le moral de Gabriel. Depuis une heure, lui, Strathaven et Marius parcouraient les rues tranquilles de Camden Town, un village situé au nord de Londres. Il s'était déjà arrêté plusieurs fois dans ce hameau bucolique sur le chemin de Hampstead ou de Highgate et l'avait trouvé plutôt pittoresque.

Jamais il n'aurait imaginé qu'il se retrouverait ici, à rechercher désespérément son fils et Thea. Que quelque part dans cette ville endormie se cachait un maître-espion félon qui se préparait pour la dernière partie.

— Il y a une autre taverne plus loin, dit Strathaven. Le Bedford Arms. Nous pouvons demander si quelqu'un a vu Thea et Freddy.

Ils se rapprochèrent du bâtiment grouillant d'activité. Sur le côté de la taverne se trouvait une entrée voûtée surmontée d'une enseigne peinte indiquant «Jardins du Thé». Le tapage de la foule sous les guirlandes lumineuses témoignait que des boissons bien plus fortifiantes que du thé étaient servies.

— Vous deux, allez voir les jardins, ordonna Gabriel. Je vais me renseigner à l'intérieur.

Il entra par une porte dont les gonds avaient grand besoin d'être huilés. Les clients étaient assis au coude à coude autour de tables rudimentaires. Il se concentra sur le barman derrière le comptoir rayé, un homme costaud aux cheveux roux qui versait des chopes aussi vite que les servantes à l'air pressé les déposaient sur leurs plateaux. Gabriel s'approcha et déposa une pièce sur la surface.

Le tavernier ne leva pas le nez.

— Qu'est-ce que ce sera, monsieur?

— Je recherche deux personnes. Une femme et un jeune garçon, affirma Gabriel.

— Je n'ai vu aucun garçon ici.

Ses espoirs s'amenuisaient, mais Tremont tenta à nouveau sa chance.

— La femme... elle est belle. Une épaisse chevelure brun doré, fine, avec des traits délicats.

— Bon sang! J'aurais remarqué une telle femme, s'exclama le tenancier, qui releva la tête pour adresser un clin d'œil d'homme à homme à Gabriel. Mais, désolé, patron, je ne l'ai pas vue.

La peur et le désespoir envahirent le marquis. Ses tempes

palpitaient; le grincement de la porte, telle la foule joyeuse, formait comme un grondement sourd à ses oreilles. *Où es-tu, princesse ? Si tu es quelque part, envoie-moi un signe...*

— Patron, ce garçon dont vous avez parlé... est-ce qu'il ne paraîtrait pas un peu jeune pour son âge ?

Gabriel reporta aussitôt son attention sur l'homme derrière le bar.

— Oui. Il est frêle.

— Les cheveux ébouriffés ? Des taches de rousseur ?

— Vous l'avez vu ? insista Gabriel.

Le barman pointa au-delà de l'épaule de Tremont.

— Il est juste derrière vous, patron.

Gabriel se retourna. Il n'en croyait pas ses yeux. Freddy se tenait là, sur le seuil. Il était pâle et ébouriffé, de la saleté maculant l'une de ses joues, et le coude de sa veste était déchiré. Mais il semblait par ailleurs indemne.

— Papa ? dit-il d'une voix tremblante.

Gabriel fut là en trois enjambées, ses bras entourant le garçon, serrant le petit corps tremblant contre lui.

— *Frederick.* Comment es-tu arrivé ici ? Où est Thea ?

Le garçon laissa échapper un brusque sanglot, puis il se recula.

— Nous devons retourner la chercher, papa. Maintenant ! s'exclama-t-il.

Une main glaciale saisit les tripes de Gabriel.

— Où est-elle ?

— À la maison où ils nous ont emmenés. Le méchant, Davenport. Elle m'a dit de faire semblant d'avoir une crise et elle m'a aidé à m'échapper par un trou, mais elle ne pouvait pas se libérer à cause des chaînes. Ils l'ont encore, papa !

— Ralentis, mon fils. Respire, dit Gabriel, saisissant les épaules du garçon. Maintenant, dis-moi où se trouve cette maison.

— Je ne connais pas l'adresse.

Ce fut au tour du sang de Gabriel de se glacer.

— Mais je crois que je peux la retrouver.

Soufflant, Freddy fouilla dans sa poche et en sortit une petite fiole. Ouvrant de grands yeux, il dit :

— J'ai laissé une piste avec l'encre invisible. Si nous la suivons, elle nous ramènera à Thea.

CHAPITRE TRENTE-NEUF

— Je crois bien que c'est celle-ci, murmura Freddy en pointant la clôture du doigt.

Gabriel approcha la lampe du bois blanchi à la chaux. Quelques secondes plus tard, une croix bleue apparut. Les muscles tendus, il dit à voix basse :

— Excellent travail. Je suis fier de toi, mon fils.

Celui-ci lui adressa un sourire tremblant.

— Est-ce qu'on va chercher Thea maintenant, papa ?

Gabriel regarda le bâtiment en briques au-delà de la clôture. Un certain nombre de ces petits manoirs étaient disséminés le long des rives du canal. Celui-ci était en partie caché par les arbres, et la pierre croulante était d'un argent spectral sous la pleine lune. Il n'y avait pas de lumière aux fenêtres et la propriété inquiétante semblait abandonnée. Un lieu où rôdaient des fantômes. Derrière la maison, l'eau coulait de manière aussi sombre et régulière que le sang dans une veine.

— Elle est au sous-sol ?

— Oui, papa. Sur le côté droit de la maison. Je suis sorti par le conduit d'aération, mais je ne pense pas que tu puisses y entrer, précisa Freddy d'une voix inquiète.

— Je vais me débrouiller, annonça Gabriel avant de se tourner vers les autres. Strathaven, occupe-toi de Freddy, tu veux ?

Le duc hocha la tête d'un air grave.

— Il sera en sécurité avec moi.

— Prêt, Marius ? s'enquit Gabriel.

Son camarade acquiesça, le pistolet à la main.

— Finissons-en une fois pour toutes.

— Papa, tu feras attention, n'est-ce pas ? demanda Freddy, frémissant.

Tremont posa la main sur la joue de son fils.

— Toujours. Maintenant, sois un bon garçon et veille sur Sa Grâce. Nous serons de retour en un rien de temps.

Il adressa un signe du menton à Marius et tous deux se mirent en route. Ils franchirent la clôture, s'approchant de la maison par le champ plutôt que par l'allée de graviers. Ils se déplaçaient furtivement, suivant leurs vieilles habitudes, se couvrant mutuellement à mesure qu'ils progressaient vers la maison. Ils s'arrêtèrent derrière une haie. À travers les feuilles, Gabriel disposait d'une vue dégagée sur le côté droit du manoir et il repéra les buissons que Freddy avait décrits. Le trou devait être derrière.

Il s'adressa à Marius par gestes. *J'y vais. Tu me couvres.* En guise de réponse, son vieil ami hocha la tête et arma son pistolet. Gabriel contourna la haie et courut vers le côté de la maison. Il atteignit les buissons et s'accroupit, écartant les branches. Le trou était bien là, comme l'avait dit Freddy.

Dégainant ses lames, il appela doucement :

— Thea ?

Le silence lui répondit. Son cœur s'emballa. *Si quelque chose lui est arrivé...*

Un bruissement. Des chaînes qui s'entrechoquaient. Quelques secondes plus tard, il l'entendit répondre d'une voix tremblante.

— Gabriel ?

Une vague de soulagement l'envahit.

— Près du conduit, mon amour.

Le visage de Thea émergea de l'obscurité; elle avait les yeux écarquillés.

— Gabriel, tu dois t'enfuir. Il est de retour…

Il entendit un violent fracas. Thea se retourna, hurla et disparut de son champ de vision un instant plus tard. À sa place brilla un éclat métallique, et Gabriel se jeta sur le côté juste au moment où une explosion surgissait du trou, le coup de feu transperçant les buissons. Il s'accroupit, plaqué contre le mur de la maison, ses couteaux prêts à l'action. Il ne pouvait pas les lancer, de peur de toucher Thea. Il entendit un bruit de bousculade à l'intérieur, Thea qui criait « Lâchez-moi. » Il comprit qu'ils la traînaient hors de la pièce.

— Marius, prends l'avant. Personne ne doit sortir, cria Gabriel. Il détient Thea!

Marius était déjà en train de quitter le couvert de la haie pour se diriger vers l'entrée principale.

Gabriel se précipita vers l'arrière de la maison. Les fenêtres étaient fermées, ce qui l'empêchait de voir à l'intérieur. Des broussailles mortes entouraient la cour, des troncs s'empilaient sur le chemin caillouteux qui menait à un petit quai à une cinquantaine de mètres de là. Une barge flottait sur les vagues sombres. Le plan de fuite de Cicéron.

Il faudra me passer sur le corps.

Soudain, il entendit des coups de feu provenant de l'avant de la maison. Marius au travail.

La porte arrière s'ouvrit et deux coupe-jarrets en sortirent, arme au poing. Gabriel esquiva les coups de feu, roulant avec aisance derrière les troncs. Le temps que ses ennemis rechargent leurs armes, il visa, libérant ses lames simultanément. Les hommes tombèrent sur le gravier. Gabriel s'arrêta un instant pour récupérer ses armes de leur corps inerte avant de continuer.

Il se faufila par la porte ouverte, les sens en alerte. Une pièce avec des étagères vides. Aucun mouvement ici. Il entendit des bruits de pas au-dessus de sa tête. L'étage supérieur. Son sang bouillonnant dans ses veines, il sortit de la pièce et prit la direction des bruits.

Dans le couloir lambrissé, il vit l'obscurité s'éclaircir devant lui. L'entrée, et l'accès à l'étage supérieur. Deux portes se trouvaient entre le vestibule et lui. Il avança, les couteaux prêts à l'attaque. Des planchers grincèrent, des portes s'ouvrirent, et deux brutes s'engouffrèrent dans le couloir. Gabriel se baissa rapidement et attaqua; sa lame droite fendit l'air de façon nette et sa lame gauche décrivit un arc mortel. Du sang glissa sur ses doigts alors que les corps s'écrasaient sur le sol derrière lui. Il continuait à avancer vers Thea.

Vers la seule chose qui comptait.

Il emprunta l'escalier vers l'étage, suivant les bruits. Il ouvrit la porte de l'étage avec un coup de pied. Une salle de bal. Les fenêtres du balcon étaient ouvertes, les rideaux blancs s'agitaient contre le ciel sombre, reflets fantomatiques dansant le long des murs couverts de miroirs. Tout au bout de la salle...

Thea. *Mon amour.*

Cicéron se tenait derrière elle, un bras passé autour de sa gorge, un pistolet pointé sur sa tête.

Les possibilités défilaient dans l'esprit de Gabriel. Un coup de poignet, et il planterait la lame dans le point sensible situé entre les yeux de Cicéron. Ou encore, un lancer incurvé à cet endroit du côté du cou, celui qui viderait un homme de son sang en moins d'une minute. Il pourrait faire l'un ou l'autre avant même que Cicéron n'appuie sur la détente.

Et ce dernier le savait. C'était pourquoi ce capon[1] se servait de Thea comme d'un bouclier.

— Laisse-la partir, lui ordonna Gabriel, et je te tuerai rapidement.

— Cela a toujours été ton problème, Trajan. Tueur talentueux, remarqua Cicéron, secouant la tête avec tristesse, mais piètre négociateur.

---

1. Couard, lâche.

Les doigts de Tremont le démangeaient de porter le coup fatal. Mais il ne pouvait pas risquer que Thea soit blessée.

Fais parler Cicéron. C'est sa faiblesse. Attends une ouverture.

— Je n'ai pas ton talent pour vendre les secrets de notre pays au plus offrant, déclara-t-il d'un ton égal.

Le sourire de Cicéron dévoila ses dents.

— Mais tu possèdes une rare aptitude à gâcher mes plans. Apparemment, la Normandie ne t'a pas servi de leçon.

— C'était intelligent de ta part, de faire semblant d'être prisonnier en même temps que Tibère et moi. De crier si fort que nous avons cru que tu te faisais torturer.

— J'ai eu mal à la gorge pendant des jours, ricana Cicéron avec un grand sourire.

— Comment as-tu survécu à ma dague ? Je t'ai vu tomber.

— Je portais une cotte de mailles. Dans de telles situations, je prends toujours des précautions, expliqua le maître-espion en haussant les épaules. Pendant des années, j'ai gardé ton couteau en souvenir. Dommage que j'aie dû le mettre en gage.

La poigne de Gabriel se resserra subtilement sur les manches.

— De l'argent ? C'est de cela qu'il s'agit ?

— Mon cher ami, l'argent est le nerf de la guerre.

Il fallait qu'il distraie Cicéron, qu'il libère Thea...

— Tu as de l'argent, remarqua-t-il. Tu as épousé une héritière.

— Hélas, mon accès à sa fortune n'est pas aussi entier que je l'avais espéré, expliqua Cicéron, souriant faiblement. Cependant, j'y serais parvenu si Octave n'avait pas retrouvé ma trace. Il ne savait jamais quand s'arrêter, j'ai donc dû l'arrêter moi-même. Définitivement. Mais ensuite, tu t'es mis sur ma piste.

Quinze centimètres, c'était tout ce qu'il lui fallait. Si Thea parvenait à s'éloigner ne serait-ce que de quinze centimètres, Gabriel pourrait sans crainte lancer son coup mortel. Il espéra qu'elle se souviendrait des mouvements qu'il lui avait enseignés.

Surprends cette ordure. Attaque-le. Libère-toi.

— Tu m'as entraîné dans une sacrée course-poursuite.

— C'est plutôt agréable de pouvoir partager mes victoires.

Cicéron appuya le canon de l'arme plus fort sur la tempe de Thea, ce qui la fit grimacer, et les doigts de Gabriel se crispèrent autour de la lame.

— Étant donné que les morts ne parlent pas, je suppose qu'il n'y a pas de mal à se faire un peu plaisir, n'est-ce pas? J'ai placé les documents que tu as trouvés dans le coffre-fort de Tibère. Et la lettre d'extorsion, celle que vous avez trouvée dans mon bureau, prétendument rédigée par le Spectre. Tu pensais honnêtement pouvoir trouver quelque chose qui m'appartenait sans que j'aie voulu que tu le voies?

— Pourquoi essayer d'enlever Freddy?

— C'était un moyen de pression... tu aurais fait tout ce que je te disais si la vie de ton fils était en jeu. J'aurais fini par te le rendre en échange d'une rançon, raconta Cicéron, resserrant le bras autour du cou de Thea. Mais maintenant, j'ai quelqu'un qui fait tout aussi bien l'affaire, n'est-ce pas? Assez parlé. Lance tes lames vers moi, ou je mets une balle dans sa jolie tête.

Gabriel fit le calcul. Il ne pouvait pas prendre de risque avec Thea. Il lança un couteau qui glissa sur le sol en direction de son ennemi.

— Non, Gabriel, ne..., s'écria Thea, avant que le son ne soit étouffé par Cicéron.

Elle agrippa en vain le bras qui lui écrasait la trachée. Le cœur battant à tout rompre, Gabriel la pressa du regard. *Allez, princesse. Tu es forte. Rappelle-toi ce que je t'ai appris.*

Elle écarquilla les yeux : était-ce le manque d'air, ou la prise de conscience?

— L'autre aussi, insista Cicéron.

Comme il n'avait pas le choix, Gabriel jeta l'arme qui lui restait.

Ce fut cet instant que choisit Thea pour agir. En un éclair, elle lâcha le bras qui l'étranglait et ramena son coude en arrière, se heurtant au plexus solaire de Cicéron. Surpris, il grogna, et elle leva son pied droit, qu'elle rabattit sur son cou-de-pied. Il relâcha son emprise sur elle et elle se dégagea d'un coup sec, trébuchant sur le côté.

— Petite garce...

Avant que Gabriel puisse atteindre ses couteaux, Cicéron se ressaisit, visa, et tira sur lui. Tremont plongea pour se mettre à l'abri ; la balle brisa un mur de miroir et des éclats se mirent à pleuvoir partout. Il roula et referma les doigts autour d'un morceau, puis, se tournant face à son ennemi, il l'envoya droit sur lui.

Le verre scintilla dans l'obscurité, telle une étoile mortelle, et il atteignit sa cible.

Gabriel tituba vers Cicéron. L'autre homme gisait au sol en clignant des yeux, l'éclat de miroir fiché dans son cou, des bulles cramoisies s'échappant de ses lèvres. Une mare sombre et brillante s'étendait sous lui. Gabriel regarda sans tressaillir, jusqu'à ce que les yeux du traître ne deviennent vides.

— Gabriel ?

Thea se précipita vers lui, et il l'entoura de ses bras. Il la serra contre lui.

— Tu vas bien, ma chérie ? demanda-t-il.

— Je vais bien, le rassura-t-elle, même si elle tremblait de tous ses membres. Je suis juste un peu secouée.

— C'est le contrecoup. Ça va passer. Je suis fier de toi, ma farouche princesse, lui dit-il, regardant droit dans ses beaux yeux.

— Et toi ? Je sais que tu ne voulais plus jamais tuer...

— J'ai fait ce qu'il fallait. Et c'est ce que j'ai toujours fait, répondit-il, l'embrassant doucement sur le front. Je suis en paix, sachant que Freddy et toi êtes en sécurité, et que personne ne souffrira plus des mains du Spectre.

Le regard de Thea se mit à briller.

— Je t'aime.

— Et je t'aime. De tout mon être.

L'émotion le submergea, et il n'essaya pas de la combattre. Il prit son précieux visage entre ses mains.

— Cela me tuait de penser que je n'aurais peut-être plus jamais l'occasion de te le dire. J'étais stupide de ne pas reconnaître ce qui se trouvait dans mon cœur. Mais je te jure que je me rattraperai. Tu vas finir par te lasser d'avoir un mari qui te dit jour et nuit à quel point il t'adore.

— Je ne pense pas pouvoir m'en lasser un jour, le rassura-t-elle avec un sourire qui lui réchauffa l'âme.

Leur moment romantique fut interrompu par des bruits de coups de feu au loin.

— Bon sang! Je ferais mieux d'aller voir Marius, marmonna Gabriel. Il doit perdre la main.

— Marius? répéta Thea, surprise.

Récupérant ses armes, Gabriel lui adressa un rapide sourire.

— Je t'expliquerai plus tard.

Chapitre Quarante

Le lendemain après-midi, Thea était en sécurité, douillettement installée dans le salon de sa sœur. Gabriel était assis à sa droite sur le canapé, Freddy à sa gauche, et tout le clan Kent était présent. Entourée de ceux qu'elle aimait, elle avait l'impression qu'un hymne de Bach résonnait en elle. Son cœur était si plein qu'il semblait sur le point d'éclater.

— Vous avez tous les trois été tellement courageux ! s'exclama Emma.

Dans ses bras, elle berçait Olivia, qui gazouillait et essayait d'attraper les cheveux de sa maman avec ses minuscules poings.

— Une famille de braves.

— Surtout Freddy ! répondit Thea avec fierté. Non seulement il est parvenu à se rendre en ville pour chercher de l'aide, mais il a eu l'idée d'utiliser l'encre invisible. Il a été brillant.

Le visage du petit garçon rougit tandis que les autres hochaient la tête en guise d'accord.

— Tel père, tel fils, remarqua Strathaven, qui essayait de libérer l'une des boucles sombres d'Emma de la main de leur fille. Mon petit ange, ne t'agrippe pas à ta maman.

— Tel père, telle fille, constata Gabriel.

Tous éclatèrent de rire. Les yeux gris de Gabriel souriaient.

— Il nous reste quelques détails à régler, dit Ambrose, l'air sérieux, avant de se tourner vers son fils. Edward, pourquoi Freddy et toi n'iriez-vous pas jouer un peu?

— Mais, papa, nous allons tout juste aborder la partie intéressante! protesta Edward.

— C'est exactement pour cela que tu pars, dit sèchement son père.

— Comment pourrais-je devenir un enquêteur comme toi si je ne peux pas apprendre de vos affaires?

— Tu veux devenir enquêteur comme moi?

Ambrose fronça les sourcils et reporta son regard sur Marianne. Celle-ci se contenta de sourire et de hausser les épaules.

— Oui! affirma Edward, et, en plus, Freddy et moi avons décidé d'ouvrir une agence ensemble. Quand nous serons un peu plus âgés, bien sûr.

— Bien sûr, confirma solennellement son père. En attendant que la société Fredward et Associés voie le jour, je crains que vous ne deviez vous consacrer à des activités plus adaptées à votre âge. Aux jonchets ou aux palets, par exemple.

— Mais papa...

— Les garçons, les interrompit Harry, j'ai une nouvelle invention que je souhaiterais essayer dans le jardin. Voudriez-vous bien m'aider?

Les garçons se tournèrent vers Harry, puis ils échangèrent un regard.

— Oui, s'il te plaît! s'exclamèrent les deux garçons à l'unisson.

— Allez, venez!

Harry fit un geste vers la porte, et ils sortirent en gambadant.

Puis, courbant le doigt, il fit signe à Violet, Polly et Primrose, qui gémirent à l'unisson elles aussi.

— Nous ne sommes pas des enfants, Harry, protesta Violet, croisant les bras. Tu ne peux pas détourner notre attention simplement en agitant une carotte au bout d'un bâton.

— Non? Que pensez-vous de ça, alors? demanda Harry, sortant une bourse de cuir de sa poche avant de la laisser se balancer par les ficelles. Je vous garantis que c'est quelque chose qu'aucune d'entre vous n'a jamais vu auparavant. Ce sera un spectacle inoubliable. Des hommes vendraient leur âme pour voir ça.

Les trois filles se concertèrent. Puis elles se levèrent à leur tour, et se dirigèrent vers la porte.

— Diantre! Tu as un meilleur sens du spectacle que le Monsieur Loyal de chez Astley[1], grommela Violet en passant devant lui. Il vaudrait mieux que ce soit à la hauteur de ce que tu prétends.

Thea sourit à son plus jeune frère.

— Merci, Harry. Par curiosité, qu'y a-t-il dans la bourse?

— Une nouvelle substance avec laquelle je travaille. Chimiquement, cela ressemble à de la poudre à canon, répondit Harry, mais avec un peu plus de puissance.

La porte se referma derrière lui. Strathaven regarda sa duchesse.

— Devrions-nous nous inquiéter au sujet des voisins?

— Si nous entendons une explosion, oui, dit Emma.

— Avant que Harry ne nous réduise tous en miettes, je suggère que nous revenions à l'affaire en cours, intervint Ambrose, joignant les doigts devant lui. Il y a quelques faits nouveaux que j'aimerais partager avec vous. Il s'avère que tu avais raison, Thea.

— À quel sujet? s'enquit Emma.

— Sur l'état des finances de Davenport, répondit Ambrose. À la demande de Tremont, j'ai parlé avec le beau-père de Davenport, M. George Clemens, ce matin. Je lui ai donné le minimum de détails, en gardant les identités anonymes. Clemens est un homme fin, digne de sa réputation d'avocat le plus brillant de Londres. Il était choqué d'apprendre la nature des activités de Davenport, mais pas par le caractère de son ancien gendre. Il a déclaré qu'il ne lui avait jamais fait confiance en ce qui concerne sa fille. Mais

---

1. L'amphithéâtre d'Astley, salle de spectacle ouverte à Londres en 1773, considérée comme la première piste de cirque moderne.

lorsque Lady Davenport a menacé de s'enfuir avec lui, il a cédé. Cependant, il a d'abord protégé ses intérêts.

— Il a créé une fiducie pour elle ? demanda Thea.

Ambrose acquiesça.

— Comment le sais-tu, Thea ? l'interrogea sa sœur.

— Au déjeuner de lady Davenport, Gabby m'a dit que M. Clemens avait aidé son père à créer une fiducie pour protéger son héritage des coureurs de dot, expliqua Thea. Quand Davenport a dit qu'il n'avait pas accès à la fortune de sa femme, j'ai fait le rapprochement.

— Grâce à de brillantes manœuvres juridiques, Clemens est parvenu à tromper son gendre et à lui faire signer la fiducie. Selon les conditions, Davenport n'a pas accès à l'essentiel de la fortune de sa femme. Elle pouvait effectuer des retraits sur ses comptes, mais Clemens a également imposé des limites de ce côté-là. S'il lui arrivait quelque chose, l'argent reviendrait à la personne désignée par la fiducie, une cousine éloignée. La tuer n'apporterait rien à Davenport ; en fait, il perdrait le bénéfice de son généreux compte de dépenses trimestrielles.

— M. Clemens a pensé à tout, constata Thea.

— Il aime beaucoup sa fille. En fait, il souhaitait exprimer sa gratitude au bienfaiteur anonyme…, confia Ambrose, et des plis apparurent aux coins de ses yeux, qui l'a débarrassé de son crapuleux mari.

— Tout est bien qui finit bien, murmura Marianne.

— À ce propos, avez-vous des nouvelles de Heath ? demanda Kent à Gabriel.

Gabriel hocha la tête.

— Malcolm et moi avons parlé aux magistrats. Ils le libèrent.

John Malcolm, anciennement connu sous le nom de Marius, s'exprima pour la première fois.

— Heath n'avait pas l'air de s'en réjouir. Le pauvre n'a pas toute sa tête.

Thea aimait bien le vieil ami de Gabriel. Surtout depuis que Gabriel lui avait avoué en privé qu'il comprenait pourquoi

Malcolm avait simulé sa propre mort toutes ces années auparavant. Il avait seulement voulu échapper au cauchemar de l'espionnage, et il ne s'était pas rendu compte que son vieil ami serait dévasté par la culpabilité au sujet de sa mort.

Malcolm avait présenté ses excuses, que Gabriel avait acceptées. Les deux hommes avaient tiré un trait sur le passé.

— L'opium n'aide pas, remarqua Tremont. J'espère que Heath écoutera nos conseils. Qu'il essaiera de prendre un nouveau départ avec les idées claires.

— Je serai là pour le rappeler à l'ordre s'il ne le fait pas, intervint Malcolm, l'air déterminé. Ce sera comme au bon vieux temps, mais sans l'espionnage, les meurtres et les trahisons.

— Je serai là aussi, dit Gabriel.

Thea sourit, et lorsque ce dernier la regarda, elle vit que les ombres s'étaient dissipées dans son regard. Un à un, ses fantômes étaient vaincus.

À ce moment-là, on frappa à la porte, et Jarvis entra pour les informer de l'arrivée de lady Blackwood. Une minute plus tard, elle fit irruption dans la pièce, vêtue d'une pimpante robe à rayures aubergine et crème. Cependant, Thea remarqua la légère rougeur des yeux de Pandora, qui étaient légèrement gonflés.

S'approchant d'elle, Thea lui demanda, inquiète :

— S'est-il passé quelque chose ?

Au lieu de répondre, Pandora embrassa distraitement l'air près des joues de Thea.

— Je suis ici parce que j'ai reçu la note de Tremont ce matin. Il fallait que je vienne voir par moi-même, affirma-t-elle, posant les yeux sur Malcolm qui s'était avancé. Alors, finalement, Tremont n'hallucinait pas.

— Bonjour, Pandora, dit Malcolm en s'inclina sur sa main. C'est un plaisir de te revoir.

— C'est un *choc* de te revoir, rétorqua-t-elle.

En dépit de ses paroles acerbes, il y eut comme un accroc dans la voix de Pandora, qu'elle ne put tout à fait cacher.

— Quand je pense qu'il est possible que j'aie versé une ou deux larmes sur ta disparition ! Où t'es-tu caché toutes ces années ?

— Dans des endroits que vous ne voudriez pas connaître, my lady, répondit Malcolm, de l'humour dans ses yeux d'un bleu délavé. Maintenant que tu es marquise, je suis sûr que tu ne voudras pas te frotter à la racaille.

Les yeux violets de Pandora brillèrent, et ses lèvres tremblèrent.

— Je ne voulais pas t'offenser, ajouta Malcolm à la hâte. C'était une plaisanterie.

— Non, ce n'est pas ce que tu as dit.

Pandora laissa Thea l'entraîner vers un fauteuil vide. Le visage défait, elle dit :

— C'est mon mariage. Je crois... qu'il est terminé.

— Que s'est-il passé ? s'enquit Thea, inquiète.

— Blackwood sait tout. Au sujet de mon passé. Cicéron, cette sombre crapule, n'a pas pu résister à un dernier acte de destruction, expliqua Pandora entre deux respirations haletantes. Il a envoyé à mon mari une lettre anonyme, qui est arrivée ce matin.

— Quelle ignominie de sa part ! s'exclama Thea qui s'accroupit et prit les mains de l'autre femme. Mais peut-être que l'honnêteté n'est pas la pire chose qui pourrait arriver. Je suis sûre que si vous clarifiez les choses maintenant...

Des larmes roulèrent sur les joues de Pandora.

— C'est trop tard. Il m'a quittée. Il a demandé à son valet de préparer ses affaires, et il a quitté la ville. Je ne sais même pas où il est allé.

— Il a peut-être besoin de temps pour se calmer. Pour clarifier ses idées, intervint Gabriel, qui aida Thea à se relever pour passer un bras autour de sa taille. Nous, les hommes, nous laissons parfois notre colère prendre le dessus.

— Pas mon mari. C'est un homme fier, loyal et bon, protesta Pandora.

Elle prit le mouchoir que Thea lui tendait, et elle se tamponna les yeux.

— Et je l'ai trompé depuis le début.

Le cœur serré, Thea se tourna vers Gabriel.

— Mon chéri, ne pourrais-tu pas parler à Blackwood ?

— Moi ?

Il avait l'air aussi atterré qu'un homme stoïque pouvait l'être.

— M. Malcolm et toi, ensemble. Après tout, vous étiez ses collègues, dit-elle d'un ton encourageant. Je suis sûre que si vous deux plaidiez la cause de Pandora, si vous racontiez à son mari quelle véritable héroïne elle a été pendant la guerre, il vous écouterait.

— S'il ne nous tue pas avant, murmura Malcolm. Crois-moi, aucun homme n'a envie que d'autres hommes lui parlent du passé de sa femme.

— Mais nous le ferons, accepta Gabriel, s'éclaircissant la gorge. Si tu souhaites que nous le fassions, Pandora.

La marquise se redressa, le visage baigné de larmes, mais elle était déterminée.

— Je te remercie, mais non. Je suis responsable de ce gâchis, et c'est à moi de réparer. Je trouverai un moyen de reconquérir mon mari.

— Tu as toujours été une battante, et sacrément douée, dit Malcolm.

— Assez parlé de mes malheurs. Parlons de nouvelles plus heureuses. Quand le mariage aura-t-il lieu ? demanda-t-elle, déterminée à retrouver sa bonne humeur.

Le bras de Gabriel se resserra autour de la taille de Thea.

— Samedi prochain.

— Vous êtes invités, s'empressa de lui dire Thea. Tout le monde ici l'est. Nous n'avons pas encore eu le temps d'envoyer des invitations, parce que... eh bien...

— Vous avez été un peu occupés, conclut Pandora pour elle.

— Vous viendrez, n'est-ce pas ? demanda Thea, anxieuse. Pandora ? Malcolm ?

— Voir notre vieil ami embarquer pour la mission la plus importante de sa vie ? demanda Malcolm avec un clin d'œil. Nous ne manquerions pas cela pour tous les secrets du monde, ma chère.

Chapitre Quarante-Et-Un

Une semaine plus tard, Gabriel frappa, et le son de la jolie voix de Thea lui permettant d'entrer le remplit de satisfaction. L'impatience faisait bouillir son sang. Sous sa robe de chambre en soie, il était déjà dur pour sa femme. Son amour.

Ouvrant la porte attenante, il pénétra dans une somptueuse chambre aux tons d'ivoire et d'or. Il leur avait réservé la plus belle suite du Mivart pour leur nuit de noces. Le voyage de noces n'allait pas durer longtemps puisqu'ils devaient rentrer à Oakhurst trois jours plus tard. Il avait donc pensé qu'ils pourraient se contenter d'un séjour d'un week-end à l'hôtel. Les Strathaven avaient proposé de s'occuper de Freddy, pour que Gabriel et Thea puissent être seuls.

Tremont avait l'intention d'en profiter au maximum. Sa poitrine se réchauffa à la vue de la jolie image que Thea offrait en se peignant devant la coiffeuse. Elle ressemblait à une princesse dans sa robe de chambre couleur de neige, avec un pan de dentelle à l'encolure et aux poignets, et ses cheveux qui retombaient en une cascade brillante dans son dos. Lorsqu'il se plaça derrière elle, elle lui sourit dans le miroir.

Il glissa les doigts dans ses mèches luxuriantes.

— J'aime vos cheveux lâchés, Lady Tremont, murmura-t-il. D'autant plus que je suis le seul homme autorisé à les voir ainsi.

— Ne serais-tu pas un peu possessif? le taquina-t-elle, les yeux pétillants.

— Tu sais bien que je le suis, répondit-il, lui prenant la brosse des mains. Et tu sais que tu adores ça.

Son rougissement était magnifique, un coucher de soleil remontant le long de sa gorge blanche et douce et de ses joues de porcelaine. Il passa la brosse dans ses cheveux, se délectant de la voir frissonner à son contact.

Le côté banal du moment le frappa. Il brossait les cheveux de sa femme. Il ne tenait pas de couteau, de pistolet ni aucun autre instrument de mort; cette époque était enfin révolue. Grâce à Thea, il prenait enfin un nouveau départ. Et il était déterminé à commencer ce chapitre dès maintenant.

— Bonté divine, que c'est bon! soupira-t-elle, cambrant légèrement le cou. Le mariage s'est bien passé, tu ne trouves pas?

— Hmm, dit-il distraitement.

Il cherchait ses mots, la meilleure façon de partager les résultats de ses réflexions des derniers jours. L'intimité n'était toujours pas simple pour lui; peut-être que cela ne serait jamais le cas. Pour Thea, cependant, il était prêt à essayer. En vérité, il était prêt à faire n'importe quoi.

— Mon moment préféré, c'était le lancer du bouquet. As-tu vu la tête de Violet quand elle l'a attrapé? s'esclaffa Thea. On aurait dit qu'elle avait mordu dans un citron.

Amusé malgré lui, Gabriel répondit :

— Elle ne voulait pas l'attraper?

— Elle voulait *gagner*. Voilà qui lui apprendra qu'il y a des conséquences quand on se montre trop compétitif, dit Thea, se retournant pour regarder Gabriel. Quelle partie as-tu préférée dans notre mariage?

Il posa la brosse, l'air déterminé.

— Celle qui a fait de toi ma femme. Thea, il y a une chose dont j'aimerais discuter.

— Oui ?

— Je voulais te dire... que tu avais raison, soupira-t-il. Au sujet de Sylvia.

Les joues de Thea rosirent, et elle détourna le regard.

— Nous ne sommes pas obligés de parler du passé. J'ai eu tort d'insister au sujet de ton mariage cette fois-là et...

— Non, mon amour, la rassura-t-il.

Il lui releva le menton. La gêne qu'il lut dans ses yeux lui donna envie de se donner des coups de pied.

— Tu n'as rien fait de mal. Bien sûr que tu voulais parler de mon passé. Je suis désolé de m'être comporté comme une ordure à ce sujet. La vérité, c'est que je ne veux pas que quoi que ce soit se dresse entre nous. Pas même de vieux secrets.

Le sourire de Thea atteignait presque ses yeux, lui donnant le courage de continuer.

— J'ai réfléchi à ce que tu disais sur le fait que je mettais Sylvia sur un piédestal, et je me suis rendu compte que tu avais raison. C'était le seul moyen d'avoir un lien avec elle, expliqua-t-il en se frottant la nuque. Elle était si distinguée, si... intouchable. Je n'ai jamais eu l'impression de la mériter.

— Tu as été un bon mari pour elle, répondit Thea d'une voix douce.

— Je croyais l'aimer, mais je me rends compte maintenant que j'aimais une idée de la perfection qui n'était pas réelle. Ou peut-être qu'elle était réelle, mais ce n'était pas ce que je voulais vraiment ou ce dont j'avais besoin, poursuivit-il, avant d'asséner une dernière vérité. Cela ne m'a jamais rendu heureux.

— Oh, Gabriel ! s'exclama Thea, les yeux brillants. Je suis désolée.

— Non, princesse, ne le sois pas. Ne vois-tu pas ? demanda-t-il, posant un genou à terre, prenant son précieux visage dans ses mains. Maintenant, je sais ce qu'est le bonheur, grâce à toi. Parce que tu m'as montré que mes désirs et ce que je suis sont dignes d'être acceptés. Ton amour tendre et ta passion débridée m'ont rendu entier, m'ont apporté la paix que je n'aurais jamais cru pouvoir trouver. Tu m'as libéré de ma malédiction.

Deux larmes s'échappèrent des yeux de Thea, mais il comprit que c'étaient des larmes de joie.

— Tu es tout ce que j'ai toujours voulu, dit-elle en reniflant. Je t'aime tellement.

— Comme je t'aime, ma très chère femme.

Leurs lèvres se rencontrèrent en un baiser tendre et brûlant. Elle avait le goût du sel et de la douceur, le contraste addictif de la mariée bien-aimée et de la maîtresse sulfureuse, le mélange parfait de l'amour et du désir. Une chose en entraînant une autre, et avant même qu'il ne s'en rende compte, il l'avait hissée sur la coiffeuse, avec son dos contre le miroir, ses lèvres se promenant le long de sa gorge élégante. Il tira sur sa ceinture, et la robe de chambre de Thea s'ouvrit, glissant sur ses épaules pour dévoiler un vêtement qui fit grimper la température de Gabriel en flèche. Confectionnée en satin bleu poudré et en dentelle crème, la combinaison plongeait profondément sur sa poitrine et n'avait pas de manches. Elle était maintenue par un nœud de satin sur chaque épaule.

Gabriel glissa un doigt sous l'un d'eux.

— J'aime ça, murmura-t-il.

— Je m'en doutais.

Les mains de son mari effleurèrent la courbe mince de sa hanche.

— En fait, je préférerais que tu ne portes rien du tout.

— Je pense qu'on peut arranger ça aussi.

— Chipie, lui dit-il en la regardant droit dans les yeux, puis il recula d'un pas. Enlève-la pour moi, alors.

Il ne vit aucune hésitation dans le regard de sa femme. Rien que de l'amour et du désir. Une acceptation stupéfiante dont il se souviendrait toute sa vie. D'un mouvement gracieux, elle descendit de la coiffeuse. Debout, elle tira d'abord sur un nœud, puis sur l'autre. Le satin tomba en cascade contre sa peau, comme une vague, avant de former un tas à ses pieds. Sa peau crémeuse rosit tandis qu'elle plongeait son regard dans celui de Gabriel.

Innocente et sensuelle, elle était son Aphrodite à lui, surgissant de la mer.

Ce soir, il allait la revendiquer pleinement.

Il fut submergé par un sentiment d'émerveillement et de convoitise. D'un geste souple, Gabriel souleva Thea dans ses bras et la porta jusqu'au lit à baldaquin. Il l'étendit sur les draps et se délecta de cette image d'elle. Elle était magnifique sous tous les aspects, ses cheveux étalés en un éventail décadent, ses mamelons durs, la soie dorée apparaissant entre ses cuisses minces.

S'agenouillant sur le lit, il se pencha et embrassa sa bouche douce.

— Tu es si belle, ma princesse de la tour.

Le sourire de Thea débordait d'une promesse séduisante.

— Mais je ne suis plus dans une tour, n'est-ce pas?

— Non, tu es là, avec moi, dit-il avec une voix rauque. Là où est ta place.

Alors qu'il prononçait ces mots, le besoin de réclamer sa récompense le submergea. Gabriel embrassa la gorge de sa femme, dont la force vitale bondissait sous sa langue. Ses seins vinrent ensuite, dont les pointes dressées recherchaient son attention. Il s'y attarda, léchant, suçant ses mamelons, captivé par ses gémissements, et le fait qu'elle s'abandonnait à son amour. Puis ses autres collines et vallées parfumées l'appelèrent, et il poursuivit son voyage vers le bas.

Il parcourut la longueur gracieuse d'une jambe, savourant la peau soyeuse de la jeune femme. Il découvrit qu'elle était chatouilleuse derrière le genou, et son rire contagieux le fit sourire. Ce côté détendu était nouveau pour lui, une aisance délicieuse qui complétait d'une certaine manière l'intensité de ses sentiments. Il embrassa la peau douce de son mollet, le tour délicat de sa cheville, son cou-de-pied gracieux. Lorsqu'il prit un orteil dans sa bouche, le rire de la jeune femme laissa place à un halètement sensuel.

Il embrassa chacun de ses jolis petits orteils.

Il remonta ensuite le long de l'intérieur de son autre jambe, jusqu'à atteindre ses doux pétales. Son cœur battait la chamade lorsqu'il la découvrit humide et légèrement enflée. L'écartant, il introduisit deux doigts en elle, gémissant devant l'étroitesse douillette de son fourreau. Elle cambra les hanches en signe de supplication, et il voulut s'assurer qu'elle était tout à fait prête pour cette première fois.

En plus, il avait l'eau à la bouche à l'idée de goûter à sa femme.

Enfouissant la tête entre ses cuisses, il dévora sa figue avec toute la voracité qui l'habitait. Son parfum le rendait fou, tout comme sa saveur, riche et enivrante comme le meilleur des vins. Elle soupira tandis qu'il plongeait sa langue profondément en elle. Il titilla sa perle tout en la prenant ainsi, et Thea empoigna ses cheveux, le poussant à continuer. Elle se raidit, et sa boutonnière frémit autour de la langue de Gabriel, tandis qu'elle répétait son nom.

— C'est tellement bon, dit-il, la gorge nouée. Jouis pour moi, ma douce.

Lorsqu'elle atteignit l'extase, il arracha sa robe de chambre. Son érection était énorme, moite à son extrémité. Se penchant au-dessus de Thea, il rapprocha son membre de la boutonnière de sa femme, et bascula lentement les hanches. Un gémissement s'échappa de la poitrine de Gabriel. C'était une béatitude brûlante et intense, un plaisir qui réunissait le corps et l'âme, qui effaçait tout ce qu'il avait connu jusqu'à présent. Il sentit son sexe vierge s'étirer pour l'accueillir, s'épanouir autour de lui, et il sut qu'il était enfin rentré chez lui.

———

Le visage de Gabriel planait au-dessus d'elle, les pommettes rougies, les traits concentrés.

Il était en elle.

Sa présence submergeait les sens de Thea. Épais et dur, son sexe était étroitement logé au creux de son ventre. Chaque respira-tion semblait accentuer la sensation, jusqu'à ce qu'elle ait l'impression de pouvoir sentir chaque arête, chaque veine saillante, chaque centimètre palpitant. Il l'étirait, la comblait, la submergeait de sensations.

Mon mari, s'émerveilla-t-elle. La vision de Thea se brouilla.

— Princesse ? s'enquit Gabriel, un pli barrant son front. Est-ce que tu as mal ? Es-tu... ?

— Ça ne fait pas mal. C'est bon. Oh, Gabriel ! murmura-t-elle, tu fais partie de moi maintenant.

L'adoration qu'elle lisait dans les yeux de son mari fit couler d'autres larmes sur les joues de la jeune mariée. Tendrement, il les sécha.

Son regard rayonnait d'une passion intense quand il se mit à bouger.

— Jamais je ne voudrais être séparé de toi. Je veux être en toi, te prendre, t'aimer toujours.

Elle soupira, chaque coup de reins l'étirant davantage, l'ouvrant à la découverte. Thea caressa les épaules de Gabriel, ainsi que les muscles qui ondulaient dans son dos. Sous ses paumes, elle sentit les légères lignes des cicatrices, mais elle savait qu'elles ne pourraient plus lui faire de mal. Son corps tendu l'emprisonnait ; il plongeait son membre de plus en plus loin en elle. Entourée de sa force, de son odeur, de son amour, elle sentit le désir jaillir à nouveau au creux de son ventre. Impatiente d'être plus proche de lui encore, elle entoura de ses jambes les muscles durs de ses hanches. Elle se cambra, répondant intuitivement à ses coups de reins, gémissant lorsque ce nouvel angle intensifia la friction.

— Oui, chérie, gronda-t-il. Bouge avec moi. Fais-moi l'amour.

Ses coups de reins se firent plus durs, et les sons érotiques de leurs chairs qui se rencontraient emplirent la pièce. Ce rythme battant envahit son cœur ; elle se perdit dans la beauté primitive de leur musique. Le corps de Thea se souleva contre le sien, dans un mouvement de va-et-vient, et le chœur de leur passion s'éleva en flèche.

— Je suis proche, gronda-t-il. Prends tout de moi, princesse. Prends ce qui est à toi.

Les paroles de Gabriel déclenchèrent un frémissement au creux de son ventre. Ce choc voluptueux se propagea jusqu'à son sexe dont les muscles se contractèrent autour de lui. Thea cria sa libération et Gabriel frémit ; les yeux de ce dernier se révulsèrent alors qu'il l'inondait d'une chaleur infinie et enivrante.

Avec un gémissement, il s'effondra sur elle, et elle savoura son poids écrasant. Comme elle savoura le fait de savoir qu'il s'était enfin donné entièrement à elle. Et elle lui avait tout donné en retour.

Au bout d'un moment, il roula sur le côté, sans que leurs corps se séparent. Effleurant la joue de Thea de ses doigts, il s'enquit :

— Comment te sens-tu, mon amour ?

— Comme ta femme, répondit-elle, satisfaite de voir le ravissement dans le regard de Gabriel. Et toi ?

— Comme ton mari, répondit-il, l'embrassant tendrement. L'homme le plus chanceux du monde.

ÉPILOGUE

Gabriel faisait les cent pas devant l'une des fenêtres de son bureau. En temps normal, la vue des terres florissantes à l'extérieur lui procurait un sentiment de satisfaction. Aujourd'hui, il était simplement glacé jusqu'aux os.

— Pourquoi est-ce si long, papa? Tu crois que maman va bien?

Freddy arpentait le bureau de long en large, sa foulée maladroite étant due à sa récente poussée de croissance.

— Pourquoi le docteur Abernathy n'est-il pas encore descendu?

— Ces choses prennent du temps, mon fils.

Il tâchait de paraître sûr de lui, mais la peur faisait palpiter son cœur.

Strathaven se leva du fauteuil à oreilles dans lequel il lisait le journal.

— Ne vous inquiétez pas, tous les deux, les rassura-t-il. Les Kent sont des gens robustes.

Gabriel réprima une remarque sarcastique : il se rappelait sans mal que son ami s'était mis dans tous ses états lors de la naissance de son héritier. À la place, il se tourna vers la fenêtre, regardant dehors sans rien voir, alors que les souvenirs de l'année écoulée défilaient dans sa tête. Des instants de la vie quotidienne, comme les rires partagés avec Thea et Freddy à la table du dîner. Tous trois qui rendaient visite ensemble aux locataires, ou leurs baignades dans l'étang du domaine. Les joies simples de la création d'un foyer ensemble.

Des moments d'intimité lui revinrent également. La fois où il avait surpris Thea en lui offrant un nouveau piano... et la tendre et torride manière dont elle l'avait remercié. Il frémit, revoyant ses courbes pâles penchées sur le bois sombre, ses mains qui agrippaient les hanches de Thea alors qu'il la prenait durement, vite, par-derrière, ses cris d'extase se mêlant aux siens. Il y avait aussi ces longues nuits enfiévrées, où, dans le sanctuaire de leur lit commun, ils ne laissaient aucune voie de plaisir inexplorée, ils ne s'interdisaient rien.

La gorge de Gabriel se serra. *S'il lui arrive quelque chose...*

Au moment où il se promettait à un célibat éternel, ou du moins à l'application de certaines mesures préventives, la porte s'ouvrit.

Le docteur Abernathy entra, et Gabriel retint son souffle.

— Félicitations, my lord. Votre femme va bien. Vous avez un autre fils..., dit le médecin, et au moment où une vague de soulagement envahissait Gabriel, il ajouta, ainsi qu'une fille !

Bon sang... des jumeaux ?

Freddy laissa échapper un cri enthousiaste.

— J'ai un frère *et* une sœur !

— Félicitations, mon vieux ! dit Strathaven en s'approchant et en donnant une tape dans le dos de Gabriel.

Celui-ci regardait fixement le médecin.

— Ma femme, parvint-il à dire, vous êtes sûr qu'elle...

— Elle se porte exceptionnellement bien. Elle et vos enfants sont prêts à recevoir une visite, mais pas trop longtemps. Votre marquise est une jeune femme forte, mais elle a eu beaucoup de travail aujourd'hui, dit le docteur Abernathy avec un clin d'œil.

Abasourdi, Gabriel se rendit dans la chambre de Thea, leur fils derrière lui. Il entra, et, à la vue de sa femme, l'émotion le gagna.

Les yeux humides, il tituba jusqu'à elle, repoussant une mèche de sa joue d'une main tremblante.

Thea lui sourit, fatiguée, mais heureuse. Le plus beau spectacle qu'il ait jamais vu.

— Comment vas-tu, princesse? demanda-t-il d'une voix rauque.

— Il y a eu quelques surprises, répondit-elle, mais je crois que je les ai plutôt bien supportées. Veux-tu rencontrer les nouveaux membres de notre famille?

La duchesse s'avança alors vers eux; dans sa hâte de rejoindre sa femme, il n'avait même pas remarqué la présence de sa belle-sœur. Souriante, elle tenait un petit paquet de flanelle blanche dans chaque bras; elle lui en confia un, et donna l'autre à Thea.

— Je vais vous laisser faire connaissance, dit-elle doucement, refermant la porte derrière elle.

Émerveillé, Gabriel serra ce poids précieux contre lui, contemplant le visage potelé et ridé du bébé endormi. Le miracle que Thea et lui avaient réalisé ensemble.

— Freddy, voudrais-tu tenir ton petit frère ou ta petite sœur? lui proposa Thea, tendant les bras.

Leur fils prit avec précaution le paquet que Thea lui confiait. Elle lui ébouriffa les cheveux tandis qu'il berçait le nouveau-né, l'air stupéfait. Il jeta un regard au bébé dans les bras de Gabriel.

— Papa, dit-il, c'est mon frère ou ma sœur que je tiens dans mes bras?

Gabriel se rendit compte qu'il n'en avait pas la moindre idée.

— Euh...

Thea éclata de rire.

— C'est ta sœur que tu tiens dans tes bras. Ton papa berce ton frère.

— Comment s'appellent-ils? s'enquit Freddy.

Gabriel s'éclaircit la gorge.

— Je pensais que nous pourrions donner le nom de ton père à notre petit garçon, Thea.

— Le petit Samuel, approuva sa marquise, les yeux brillants. Et notre fille ?

— Le nom que tu voudras !

Thea tourna les yeux vers Freddy, qui avait posé sa joue contre celle de sa sœur.

— Voudrais-tu donner un nom à ta sœur, mon chéri ?

— Moi ? haleta le garçon. Vraiment, maman ?

— Vraiment, confirma Thea, qui sourit, et ne put réprimer un bâillement.

— Il est temps de laisser ta maman se reposer, dit Gabriel.

Il appela la nourrice, qui vint prendre les jumeaux. Sur ses talons, Freddy quitta la chambre en marmonnant :

— Que pensez-vous de Frederica... ou Fredelina... ou *Fredwina*...

Refermant la porte, Gabriel se déshabilla et se glissa dans le lit. Avec précaution, il attira sa femme dans ses bras.

— Merci, princesse, murmura-t-il.

Elle se blottit contre lui.

— Je t'en prie, mon chéri, répondit-elle d'une voix endormie. Tu sais que je les voulais autant que toi.

Gabriel ne la remerciait pas seulement pour les précieuses vies qu'elle avait mises au monde. Mais en entendant la respiration douce et régulière de sa femme, il comprit qu'elle avait davantage besoin de repos que de ses déclarations d'amour à cet instant. Alors il la blottit contre son cœur, son corps abritant celui de sa femme pendant qu'elle dormait, sans aucune barrière entre eux. Finalement, ses paupières s'alourdirent. Il s'enfonça dans un brouillard paisible, sachant que ses rêves seraient toujours là lorsqu'il se réveillerait... parce qu'elle les avait tous réalisés.

Cher lecteur,

Merci d'avoir lu l'histoire de Thea et Gabriel! J'ai pris beaucoup de plaisir à écrire sur leur couple passionné. Cette histoire occupe également une place spéciale dans mon cœur, car les luttes de Frederick contre les troubles épileptiques sont tirées de mon expérience personnelle. J'ai adoré écrire une histoire illustrant la capacité de résistance et le triomphe de l'amour sur toutes sortes d'adversités. Comme toujours, j'apprécie les commentaires des lecteurs et je vous serais très reconnaissante d'en laisser un.

Ne manquez pas le prochain livre de la série *Le Cœur de l'enquête* : *La Lady qui venait du froid* est une romance racontant les retrouvailles passionnées et émouvantes entre Lord et Lady Blackwood.

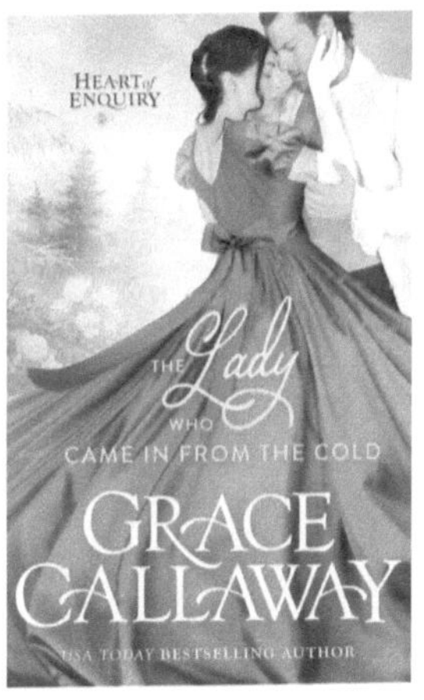

« Captivant... j'ai été happée par les montagnes russes émotionnelles jusqu'à la fin. » — Nicola, *Goodreads*

À bientôt,

Grace Callaway

Note de l'auteure

Les lecteurs s'interrogent peut-être sur la cure de jeûne du docteur Abernathy pour les crises d'épilepsie. Il s'agit d'un récit fictif au sujet du régime cétogène, un traitement pour certaines épilepsies et crises convulsives. Dans un cas où la fiction rejoint la vie réelle, je tire ma connaissance du régime cétogène du fait que je l'ai utilisé pour traiter l'épilepsie généralisée intraitable de mon fils.

Depuis que j'ai écrit ce livre, le régime cétogène est devenu un phénomène courant pour la perte de poids et d'autres problèmes de santé. En tant que traitement de l'épilepsie, ce régime consiste en une restriction des glucides, un apport suffisant en protéines et un régime riche en graisses. Il peut être prescrit par des neurologues, en particulier lorsque les crises sont résistantes aux médicaments. Le régime cétogène implique le respect d'un protocole rigoureux (par exemple, nous calculons et mesurons chaque repas de notre fils au dixième de gramme près) et doit être appliqué sous la direction d'une équipe médicale spécialement formée. D'après l'expérience de ma famille, l'engagement et l'effort en valent la peine, car ils ont permis d'obtenir des résultats que nous n'avions pas constatés avec des médicaments ou d'autres procédures.

Pour plus d'informations sur les thérapies cétogènes,

consultez votre médecin. Des ressources supplémentaires sont disponibles sur le site www.charliefoundation.org et sur le site du Johns Hopkins Epilepsy Center, sous la rubrique « dietary therapies » (thérapies diététiques).

Remerciements

À mes lecteurs, merci de votre soutien aux Kent. La saga de cette famille continue grâce à vous, et j'espère que vous aimerez leurs aventures à venir. Je vous embrasse très fort.

À mes amis qui gardent les pieds sur terre. Tina Folsom, ma meilleure amie au millionième degré, qui partage avec moi les hauts et les bas de ce voyage d'écriture : je ne pourrais pas le faire sans toi (ou sans ta machine à expresso). Diane Pershing, merci de toujours comprendre où l'histoire doit aller. Carrie, tu m'inspires pour écrire des histoires dignes de tes magnifiques couvertures. Aux huit de Montauk, continuons à nous amuser.

À Brian, mon mari et mon éditeur, excellent dans l'un et l'autre domaine.

À Brendan, la raison pour laquelle j'ai écrit cette histoire et la raison de presque tout.

À PROPOS DE L'AUTEUR

Grace Callaway, auteure de best-sellers *USA Today* et à l'international, écrit des romances historiques torrides et passionnantes, pleines de mystères et d'aventures. Son premier roman a été finaliste du prix *Romance Writers of America Golden Heart®* et premier dans la liste des best-sellers *National Regency*. Ses romans suivants se sont classés en tête des ventes aussi bien aux États-Unis qu'à travers le monde. Elle a remporté trois fois le *Daphné du Maurier Award for Excellence* dans la catégorie mystère et suspense, le *Maggie Award for Excellence* en romance historique et le *Passionate Plume*. Elle a également reçu le *National Excellence in Romance Fiction Award*, le *Golden Leaf* et le *National Excellence in Storytelling Award*. Ses romans ont été traduits en plusieurs langues et sont disponibles au format audio.

Elle est titulaire d'un doctorat en psychologie clinique de l'université du Michigan et vit avec sa famille dans le magnifique comté de Marin, en Californie. Lorsqu'elle n'écrit pas, elle aime danser, manger dans des petits restaurants de quartier et vivre des aventures adaptées avec son fils *extra*-ordinaire.

facebook.com/GraceCallawayBooks

bookbub.com/authors/grace-callaway

instagram.com/gracecallawaybooks

amazon.com/author/gracecallaway